U0124672

人物ら思想

中　国　现　代　文　学　学　人　论　集

有承擔的學術

钱理群　著

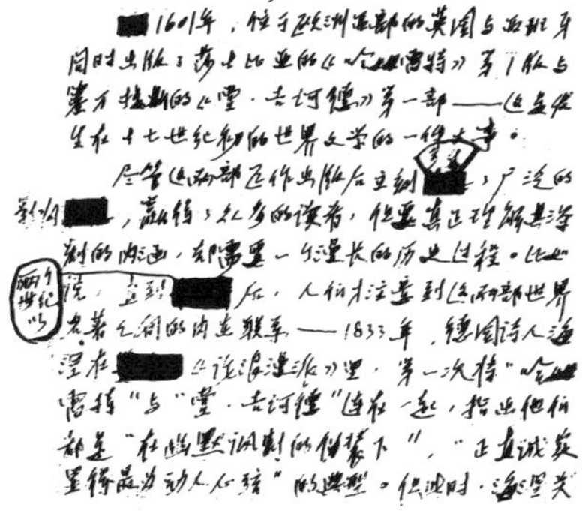

四川人民出版社

1989 年，王瑶先生与弟子钱理群、陈平原、温儒敏聊天。

1981年，"文革"后北大现代文学专业第一届研究生与导师合影。前排左起：乐黛云、唐沅、王瑶、严家炎、孙玉石；后排左起：赵园、钱理群、吴福辉、凌宇、温儒敏、张玫珊、陈山。

北大中文系1978级研究生合影，最后排左五为钱理群。

1980 年代拜访吴组缃先生。

1980 年代与林庚先生、师母合影。

2000 年以后，谢冕、严家炎和钱理群三家每年聚餐。

2021 年，与谢冕出席严家炎学术思想研讨会。

2017 年，与洪子诚对谈。

2021 年，黔人（乐黛云）与黔友（钱理群）一起参加在北大召开的《安顺城记》国际学术研讨会。

《中国现代文学研究丛刊》创刊 30 周年，樊骏、钱理群、王信合影。

2014 年，老友聚会。左起：王培元、王富仁、王信、王得后、钱理群、赵园。

"燕园三剑客"黄子平、钱理群、陈平原 2000 年重逢。

2019 年，与"同时代人"一起出席老友黄子平新书发布会。左起：李浴洋（主持人）、黄子平、钱理群、赵园、陈平原。

2019 年，同龄的"三只兔子"共庆 80 大寿。左起：夏晓虹、陈平原、吴福辉、钱理群、洪子诚、么书仪。

2022 年，与陈平原在北大参加北大现代中国人文研究所成立大会。

目　录

辑三　传统的构建

辑四　同时代人

辑五　回忆、祝福与怀念

史家的风范

"寻找你自己"

——王瑶先生的鲁迅研究

（一）

记得高尔基曾经向作家们发出过"寻找你自己"的召唤。其实，在学术界也同样应该呼唤"自己的"学术个性，这是学术研究是否成熟的重要标志之一，读《鲁迅作品论集》，最引人注目的正是王瑶先生独特的学术个性。

如果说，作家的创作个性，是由特定的表现对象、观察角度、适合作者自己的表现形式以及由此而形成的独特的艺术风格等因素构成，那么，一个有着鲜明学术个性的学者，也同样有着自己独特的研究领域，相对持续、集中的关注中心，研究视角，以及独特的研究方法和风格。

王瑶先生是作为一个现代文学史专家去研究鲁迅的，因此，他最关注的是"鲁迅的方向"的意义（在该书《鲁迅研究的指导性文献》一文中，即有对"鲁迅是中国文化革命的主将"的地位的详细辩论）。这不仅决定了王瑶先生的鲁迅研究特具"史"的眼光，总是把鲁迅置于中国现代文学发展的历史联系与过程中去把握他的历史贡献与地位；更决定了他的研究的特定目的、方向与视角："透过鲁迅看现代文学"，即通过对鲁迅的道路、精神、创作成就的研究，来探讨、把握中国现代文学发展的某些规律与经验教训，以作为当代文学发展的借鉴。王瑶先生在收入该书的第一篇论文、也是他的主要代表作《论鲁迅作品与中国古典文学的历史联系》里，反复申说：研究这一课题的出发点与归宿，是要"说明中国现代文学与古典文学传统的历史联系"，而这"对于社会主义文化建设和社会主义文学的发展，都具有极其重大的意义"。王瑶先生所追求的，正是学术研究的理论深度、历史感与现实性的统一。

在选择了这一学术研究的制高点，使自己的研究取得了高屋建瓴的态势以后，还需要从自我的具体条件出发，选择恰当的切入口，并形成持续的研究关注中心。王瑶先生曾经把鲁迅思想的"基本特点"概括为"清醒的现实主义"——这不仅是受了瞿秋白、许寿裳等人的启示，更是王瑶先生自己对鲁迅思想本质的独立体会与把握。王瑶先生特别强调与重视鲁迅先生的一切从中国实际出发的清醒的现实主义精神与对中外文化"生吞活剥的教条主义"的对立；他认为，作为中国文化革命主将的鲁迅，一生致力于实现"外来思想（文化）的民族化"与"传统思想（文化）的现代化"，这正代表了中国新文化的发展方向。王瑶先生这一理论概括，自然是他从鲁迅（以及中国现代作家）的理论与实践中抽象出来的，不但反映了鲁迅（以及中国现代作家）的实际，而且揭示了中国现代文学发展的某些规律。这反过来又成为王瑶先生研究鲁迅（以及中国现代文学）的指导思想、价值尺度；而探讨鲁迅思想与创作实践和中外文化的关系，研究他如何实现"外来文化的民族化"与"传统文化的现代化"，进而创造出新文化的"典范"，并在这一过程中形成对现代文学发展有着深远影响的鲁迅传统，这就成为王瑶先生的鲁迅研究独特的切入口，独特的研究领域与关注中心。

这乃是一个个性化的选择，即是充分考虑与体现了王瑶先生个人特点的优化选择。我们知道，王瑶先生学术研究的起点是中古文学的研究，然后再由于工作的需要与个人兴趣，转向了现代文学与鲁迅研究；王瑶先生又是在五四新文化熏陶下成长起来的一代学人，由此而形成了他开放的眼光与胸襟，追求科学与民主的现代意识；在精神与学术上给他以重大影响的鲁迅先生与朱自清先生又都精通古今中外文化，不仅是中国传统文化的最杰出的继承人，又是现代新文化的开拓者。这一独特的学术道路与学术背景，形成了王瑶先生特有的学术优势：他不但具有以后几代学者很难企及的深厚的古典文学修养，而且兼具现代文学的修养和现代眼光、胸襟与意识，这恰恰又是同代学者中所少有的。因此，选择"鲁迅与中外文化的关系，特别是鲁迅与传统文化的联系"以及"鲁迅对新文化的创造性贡献"作为研究的中心与切入点，不仅是在对学术研究界的全局与自我的长短，以及自我在全局中应占有的位置，都作了精细而准确的估量以后，所作出的"扬长"（当然另一面就是"避短"）的抉择，而且选择本身也构成了形成独特的学术个性的要素。

王瑶先生对鲁迅研究的独特贡献与地位实际上也因此而确定。收入该集中的开头两篇《论鲁迅作品与中国古典文学的历史联系》与《论鲁迅作品与外国文学的关系》分别发于 1956 年与 1978 年，不仅课题选择本身具有开创性，对于同时期的研究产生了很大影响，代表了时代的研究水平，有其学术研究史的重要意义；而且，其所提出的许多论断，至今仍对后来的研究者具有重要的启示意义。例如《论鲁迅作品与中国古典文学的历史联系》一文中所提出的鲁迅小说中知识分子形象与中国传统知识分子的精神联系，鲁迅小说与中国传统诗歌的关系，鲁迅短篇小说格式与《儒林外史》的关系等，在"中国现代小说与传统小说的历史联系"的研究中，仍然是具有启发性的课题。而王瑶先生在《论鲁迅作品与外国文学的关系》一文中所提出的作为"体裁家"(stylist)的鲁迅，他的文学语言和文体风格与中外文学的关系，仍然是一个有待于深入研究的课题。王瑶先生六十年代对《野草》的研究，新时期对《故事新编》和《朝花夕拾》的研究，都是十分引人注目，并且在学术界颇有影响的。王瑶先生在《论〈野草〉》里，用鲁迅1925年5月给许广平信中所说"人道主义与个人主义这两种思想的消长起伏"来分析《野草》中所表露的鲁迅"心境和思想中"的"矛盾"，这在《野草》思想和研究中无疑打开了一个新的思路；王瑶先生强调，鲁迅"对很多名词的运用是按照自己的理解来借用的"，因而对鲁迅从二十世纪初到《野草》时期所受外来思想的影响作了广泛的研究，进而对鲁迅思想中的"人道主义"与"个人主义"的特定内涵及彼此"消长起伏"的关系，作出了自己的解释与阐述。王瑶先生的具体结论自然是可以讨论的，以后的《野草》研究中也有人提出不同意见；但王瑶先生从鲁迅思想所受多元影响中来揭示鲁迅式概念的特定内涵，及概念之间的关系，这样的研究方法却有其更长远的启示意义。王瑶先生的《〈故事新编〉散论》是对《故事新编》中长期争论不休的"难点"即所谓"油滑"问题研究的一个创造性的突破，此文无论在王瑶先生个人的鲁迅研究，还是新时期鲁迅研究中，都堪称代表作与重要收获。在这篇力作里，王瑶先生充分发挥了他的学术优势，旁征博引，极有说服力地说明《故事新编》里的"油滑"手法在中国传统戏曲中早已有之，鲁迅如何吸取其历史经验，并进行了创造性的转化；最后，又引用德国戏剧家布莱希特受中国戏曲表演艺术的启发而提出的"间离效果"的理论（美学原则），来说明"油滑"手法的美学意义。这样，王瑶先生通过他的富有创造性的研究，科学地论证了在鲁迅的创作中"现代美学准则如何丰富了本国文学的传统原则，并产生了一种新的结合体"（王文中引述的普实克对《故事新编》的评价），这无疑具有一种"典范"的意义。王瑶先生的《论〈朝花夕拾〉》也是一篇颇有新意的论文。文章强调了《朝花夕拾》是"一个统一的有机体"，不同于鲁迅的杂文，其主要价值不在于"结合现实，针砭时弊"，而在于"以儿童的天然的正常的兴趣和爱好作为对人和事的评价尺度，提供了一个关于风俗、琐事和人物的美丑的价值观念"；文章并进一步联系了五四时期鲁迅先生翻译的厨川白村有关"随笔"的介绍中，所提出的"再随便些""再淳朴些，再天真些，再率真些"的要求，论证了鲁迅的《朝花夕拾》与"随笔"从内容到形式的内在联系。以上这些意见对于相对薄弱的《朝花夕拾》研究，自然是一个新的启示与推动。正因为王瑶先生的鲁迅研究始终贯穿着"从中外文化纵横联系中探讨鲁迅坚持的中国文化的现代化、民族化方向"这一中心线索，《鲁迅作品论集》中的文章尽管前后历时几达三十年，选题颇为广泛，但仍然仿佛有统一的构思，自成一个体系，显示了王瑶先生既有时代特色的、又充分个性化了的"鲁迅观"，从而在鲁迅研究史上占据了独特的位置，显示了独立的意义与价值。

（二）

很少有研究者像王瑶先生这样重视研究与学习鲁迅治学（特别是治文学史）的精神与方法。王瑶先生在很多场合一再强调他的文学史研究（包括中古文学史与现代文学史研究）在方法论上受到鲁迅的影响。其实，这种影响也存在于王瑶先生的鲁迅研究中。

在《鲁迅作品论集》中，有一组文章专门论及鲁迅在"方法学"上的理论与实践。像《从鲁迅所开的一张书单说起》《鲁迅古典文学研究一例》，均属王瑶先生在"后记"里所说"小题大做"之列——王瑶先生"小题大做"与"大题小做"之说本身，就具有"方法论"的意义，这些文章的有关论述，也有助于我们把握与理解王瑶先生在鲁迅的启示下，在研究方法上的追求以及由此而形成的研究风格。

王瑶先生在几篇文章中，一再引述鲁迅的下述意见："倘要论文最好是顾及全篇，并且顾及作者的全人，以及他所处的社会状态，这才较为确凿"；"倘有取舍，即非全人，再加抑扬，更离真实"。[1]王瑶先生因而强调："从一个作者的全部作品来研究，详细占有材料，并顾及他所处的社会状态，是启发读者独立思考和避免片面性的重要方法。"详细地占有与论题有关的一切可能占有的材料，可以说已成为王瑶先生研究工作的基本出发点。

我们今天读王瑶先生《论鲁迅作品与外国文学的关系》这样的皇皇大文，不能不惊叹，王瑶先生对有关材料的锐意穷搜，竟至如此的全面与详尽，从论文，到书信、译文、序跋、附记、编校后记，到回

---

[1] 鲁迅：《且介亭杂文二集·"题未定"草（七）（六）》，《鲁迅全集》第6卷，第430页、422页，人民文学出版社，1981年版。

忆文章，几乎无一遗漏。正是在广泛地占有材料的基础上，王瑶先生对鲁迅作品与外国文学关系的考察，视野才如此地开阔，从时代背景、思想出发点、选择标准，到不同时期的不同选择对象，从"表现手法""格式"的吸取、体裁的借用、"讽刺艺术"的借鉴，到文学语言、文体的影响，直到理论原则的总结……无不在论述之列，但却无罗列材料与芜杂之嫌，因为唯有这样多层次、多侧面地全面展开，才能充分地显示以鲁迅为代表的五四那一代先驱者"放开度量，大胆地，无畏地，将新文化尽量地吸取"[1]的胸襟与气魄，也有助于我们全面地总结前辈的历史经验。这里实际上已经包含着列宁所说的"要真正地认识事物，就必须把握、研究它的一切方面、一切联系和中介"[2]的要求。正如列宁所说："我们绝不会完全地做到这一点，但是，全面性的要求可以使我们防止错误和防止僵化"；王瑶先生在他的研究中，之所以能够打破一些"习见"（这些"习见"往往是根据片面材料得出的片面结论，但人们未经用事实材料进行检验，就陈陈相因地接受下来），从新作出新的概括，常常得力于他对第一手材料的全面掌握与研究的重视。例如，在《鲁迅思想的一个重要特点——清醒的现实主义》一文中，王瑶先生指出："过去，我们笼统地把鲁迅重视青年的思想看作他前期思想的局限，这并不符合实际。"而之所以得出"不符合实际"的片面结论，其中一个原因，就是只占有了一个方面的材料，而没有占有另一方面的材料（或者"视面不足"）。王瑶先生则引述了过去为人们有意无意忽略了的材料，说明鲁迅即使在前期也并非

1 鲁迅：《坟·看镜有感》，《鲁迅全集》第1卷，第200页。

2 列宁：《再论工会、时局及托洛茨基、布哈林的错误》，《列宁选集》第4卷，第453页，人民出版社，1972年版。

无原则地肯定"一切青年之意"[1]，他所重视的仅是青年"改革者"；"鲁迅也没有把青年和民众对立起来，他对青年所能起的作用是有明确的认识的"[2]。根据以上材料与分析，王瑶先生作出了新的概括："鲁迅对青年作用的估计是符合实际的，而且他对青年的重视是他重视人民大众力量的表现。"在全书中，类似的情况还不少。由此可见，一切创造性的结论必须是对客观存在的大量事实材料进行实事求是的分析、研究的结果，而绝不应是主观臆想的产物。

王瑶先生在《鲁迅古典文学研究一例》一文开头，就引述了鲁迅在与友人通信中，对一篇论文的批评意见："此乃文学史资料长编，非'史'也，但倘有具史识者，资以为史，亦可用耳。"王瑶先生说："这里，鲁迅指出了在文学史研究中，既须掌握充分的资料，又必须具有'史识'。"这自然是一个十分重要的提示：尽可能地占有材料（特别是第一手原始资料），固然是一切科学研究的起点与前提，但不能代替"研究"本身，而且如王瑶先生对鲁迅意见的体会，"资料有时可以借助于别人搜集的成果，'史识'则必须研究者具有独到的见解"。在这个意义上，对于"材料"富有创造性的独立"研究"，是更重要、也更困难的。王瑶先生更进一步申说，所谓"史识"，即是"从大量资料中找出它们的内在联系"。所谓"找出它们的内在联系"，就不能停留于对客观材料的直观把握上，而必须通过理性思维，进行理论的抽象与概括；这既是对事实材料的某种"脱离"、飞跃，又是对其内在本质、联系的深入把握。王瑶先生十分重视"理论的抽象与概括"这一环节，以为在一定的意义上，这是决定科学研究水平的关键。

---

1 鲁迅：《集外集拾遗·聊答"……"》，《鲁迅全集》第7卷，第248页。

2 鲁迅：《华盖集·补白（三）》，《鲁迅全集》第3卷，第100页。

王瑶先生虽然也很重视艺术感受力在文学研究中的重要意义，但他以为创造性的理论思维是更为重要的，因此对重感受而忽视理论概括与逻辑的印象式的批评与研究，持相对的保留态度；这大概与王瑶先生所受马克思主义理论训练有关，也是构成王瑶先生研究个性与风格的一个重要方面。王瑶先生再三告诫青年研究者，写学术论文不能像编织毛衣一样，只是罗列与平铺材料与观点，而要像留声机一样，从各种材料与观点的内在联系中"拎"出一个"中心"（"针"）来，一切材料与观点都围绕着这个"中心"（"针"）转。这自然是王瑶先生治学的经验之谈，却显然受了鲁迅的启示；王瑶先生所说的"中心"，实际上也就是鲁迅所说的"史识"。王瑶先生自己的研究，不仅以材料的扎实、丰富引人注目，更是以"史识"的深刻、独见见长。前述"外来文化民族化，传统文化现代化"的观点即是充分显示了王瑶先生的"史识"的。在每一个具体课题研究中，王瑶先生也是力图从大量资料的内在联系中，作出富有创造性的理论概括。前述以"清醒的现实主义"概括鲁迅思想基本特色，以及在《谈鲁迅的改造国民性思想》一文中，提出"用'立人'来概括鲁迅关于国民性的思想，可以更清楚地看到它的一贯性和认识的深化过程"，在王瑶先生的鲁迅研究中是有代表性的。

王瑶先生还十分重视与强调论证的严密性。他曾经提出，学术研究可以有三条"水平线"：研究结论能够成为"定论"，自是最高水平，却不多见；次则能够成为"一家之言"；至少也要能"自圆其说"。这里的重要一环是是否有严密的论证，王瑶先生的鲁迅研究在这方面提供了不少范例。前述《〈故事新编〉散论》中，王瑶先生首先对《故事新编》中的"油滑"手法作了明确界说，然后又对这种"油滑"手法在中国传统戏曲中"早已有之"作了详细的论证，在得出了上述两个结论以后，王瑶先生并没有因为二者的"相似"，而轻率得出"鲁迅《故事新编》受了中国传统戏曲启示"的结论，因为整个研究的链条还有一个中间环节没有扣起来：鲁迅本人对中国古代戏曲传统是否熟知？于是王瑶先生又引述了大量材料，说明鲁迅自小就通过故乡的目连戏、绍兴戏，熟悉了传统戏曲中与"油滑"手法直接相关的丑角艺术，并一直给予极高评价。在完成了这样的"中间环节"的论证以后，整个论证才形成了丝丝入扣的完整链条，最后得出的结论就具有了事实的与逻辑的说服力。王瑶先生的研究始终十分重视"中间环节"的论证，例如，在《论鲁迅作品与中国古典文学的历史联系》一文中，讨论魏晋文章对鲁迅的影响，也是首先抓住了"鲁迅如何开始接近魏晋文章""鲁迅为什么特别爱好这些魏晋时代的作品"这两个中间环节。

由以上的讨论，我们可以了解，王瑶先生的鲁迅研究在研究方法上，既重视占有大量材料作为论证的基础，又强调论证过程中逻辑的严密性，由此而形成了他的谨严的学风；王瑶先生同时又重视"史识"在科研中的地位与作用，提倡创造性的理论思维，这就把"谨严"与"创新"有机统一起来，构成了王瑶先生独特的学术风格。

（三）

在《鲁迅作品论集》中还收有几篇王瑶先生在"鲁迅作品讲座"与群众性纪念会上的演说词，曾有人建议从《论集》中删去，却为先生所拒绝，这恐怕不仅是因为"可从中略窥纪念鲁迅诞辰百年盛况之一斑"，而是有更深的意义在。

王瑶先生在一次演说中强调了"鲁迅著作的普及工作"的重要。像王瑶先生这样全国著名的鲁迅研究专家，号召并且身体力行"鲁迅研究的专业工作者与鲁迅著作的普及工作者"的"结合"，自是有特殊意义的。记得王瑶先生曾经回忆，他的导师朱自清先生也是十分重视学术研究成果的普及的，这说明重视普及工作，实际是五四"启蒙"传统的一个组成部分。这同时也表示了对"鲁迅精神"实质的一种深刻理解与把握；正如王瑶先生在演说中所说："把鲁迅著作当作'古董'，只是少数人鉴赏、连声赞曰'好！好！好！'，可就是不让它与人民群众的实践活动发生联系，这首先就从根本上背离了鲁迅精神。"在普及工作中，王瑶先生特别强调应以青少年为重点，这固然与王瑶先生长期在大学从事"鲁迅研究"的教学工作有关，更是表现了先生对"鲁迅精神"的一个侧面——鲁迅与青年关系的深刻理解。王瑶先生再三强调："鲁迅的心与青年人是息息相通的；鲁迅的思想直接培育和影响了中国几代的青年人。应该相信，当代青年的心也是与鲁迅相通的。那种认为'鲁迅不为当代中国青年理解'的观点是不符合实际的。"这自然是一种远见卓识：青年正代表了中国的未来；鲁迅一生"自己背着因袭的重担，肩住了黑暗的闸门"，"放"青年们"到宽阔光明的地方去"，鲁迅思想也必在与当代青年的结合中，获得新鲜的生命活力。

这一切，都显示了王瑶先生的鲁迅研究的一个最基本的特色：用鲁迅精神学习与研究鲁迅。王瑶先生在《鲁迅研究的指导性文献》一文里曾经谈到，他和他的同代人，从"开始接触一些书报杂志开始，就是在鲁迅作品哺育下成长的"，也就是说，他们首先是从鲁迅作品中学习"做人"，然后才是学习"作文"与"作研究"。这就必然形成"做人与作文（作研究）相统一"的传统。中国有句老话，叫作"功夫在诗外"；王瑶先生和他的同代学者在鲁迅研究上之所以取得了令人瞩目的成就，其最重要的原因，就是他们首先努力把"鲁迅精神"化为自己的血肉。王瑶先生这一代学人在鲁迅学术界对于后学者的影响，除了他们卓越的学识，科学的研究方法外，最主要的还是他们自身"人格力量"的感召。王瑶先生曾经用"以鲁迅精神研究鲁迅"概括一位中年鲁迅研究者的研究特色；这表明，王瑶先生这一代学术前辈所开创的这一传统已经和正在为越来越多的中青年学者所自觉继承与发扬，我们正是从这里看到了鲁迅研究打开新局面的希望。

有承担的学术

史家的风范

——王瑶先生的研究个性、学术贡献与历史地位

（一）

王瑶（1914—1989），山西平遥人，我国著名的文学史家、教育家。

王瑶先生于 1934 年至 1937 年在清华大学中文系学习期间，即积极投身于爱国学生运动，并一度担任《清华周刊》的主编：这是他文字生涯的开端。这一时期，先生撰写最多的是时事评论，显示了强烈的现实感，以及透过纷乱、复杂的表面现象把握事物本质的思想穿透力和理论概括力；而同时期所写的文学评论不仅表现了先生的"文学情结"和深厚的文学理论修养，而且处处显示出鲁迅的深刻影响；在鲁迅去世以后所写的《悼鲁迅先生》一文，可以说是先生所写的第一篇阐释鲁迅精神的文章，更有着特殊的意义。1942 年，先生经过战争的动乱重返西南联大中文系，兴趣转向中国古代文学史的研究，选择"魏晋文论的发展"作为毕业论文题目。1943 年，先生考入清华研究院，成为中国文学部的研究生，师从朱自清先生，攻读中古文学。以后所著《中古文学史论》一书即是他这一段研究的成果，并因此奠定了先生的学术地位。1949 年北平解放后，由于工作的需要和个人兴趣，先生又转向中国现代文学和鲁迅研究，先后出版了《中国

新文学史稿》和《鲁迅与中国文学》，前者成为中国现代文学史学科的奠基之作，后者在新中国的鲁迅研究中产生了很大影响，以后先生即终生坚守在中国现代文学史和鲁迅研究的岗位上。但仍然念念不忘古代文学史的研究，直到1982年六十九岁高龄的先生还在给一位学生的信中谈及自己"拟搞一本《〈世说新语〉并注校释》"的计划。在去世前先生仍热心组织有关"中国文学研究现代化进程"的研究：这是先生亲自主持的最后一项研究工作。

从以上的简述中可以看出，王瑶先生是在五四新文化熏陶下成长起来的一代学人，由此形成了他开放的眼光与胸襟，追求科学和民主的现代意识；在精神与学术上给他以深刻影响的鲁迅和朱自清先生又都精通古今中外文化，不仅是中国传统文化最杰出的继承人，又是现代新文化的开创者；同时，王瑶先生从青年时代起，就与中国现代爱国学生运动和革命运动发生了密切的联系，并由此形成了他的马克思主义的理论修养与兴趣，以及对现实生活的热切关注与敏感。以上独特的学术背景和学术道路，形成了王瑶先生特有的学术优势：他不仅具有以后几代学者很难企及的深厚的古典文学的根底和修养，而且兼具现代文学的修养和历史唯物主义与辩证唯物主义的理论修养和眼光，这是同代学者中所少有的。由此而形成了王瑶先生"学贯（通）古今"的独特的学术个性，并由此决定了王瑶先生在中国现代学术史上的独特地位。所谓"学贯（通）古今"应包含以下意义：首先是指王瑶先生同时在中国古代文学与现代文学两个领域都取得了突出的成就——不只是同时涉猎（这在现代中国文人中并不少见），而且都蔚然成家，被学术界公认为中古文学研究的开拓者与中国现代文学研究的奠基者之一，这就并不多见了。其次，这也是指先生在研究中国古代和现代文学时的独特的学术眼光，即如他的一位学生所说，先生"以现代观念诠释古典诗文，故显得'新'；以古典修养评论现代文学，故显得'厚'。求新而不流于矜奇，求厚而不流于迂阔，这点很不容易"（见陈平原《从古典到现代》）。其三，独特的学术修养也决定了先生独特的研究方法和风格。一方面先生通过鲁迅、朱自清、闻一多的中介，深受清儒实事求是学风的影响，重视考据，"每一事必详其本末"，强调以翔实的史料作为研究的基础与前提，并因此而成为现代文学史料学研究的创导者之一；另一方面，先生又对他所说的"过分推崇考据而贬低理论"的乾嘉学派有自觉的超越，重视理论思维的作用，强调研究方法的更新，突出学术研究的历史感和时代精神，用先生习惯的说法，即是要"用新的眼光，新的时代精神，新的学术思想和治学方法"来"照亮"自己"所从事的研究对象"（《王瑶教授谈发展学术的两个问题》）。由此而决定了王瑶先生学术研究的"现代性"，并使他成为致力于"中国文学史研究现代化"的重要代表人物之一。王瑶先生晚年一再提及以"释古"为旗帜的清华学派，说他们的"治学方法既与墨守乾嘉学派的京派不同，也和空疏泛论的海派有别，而是形成了自己严谨、开阔的学风"。王瑶先生正是以自己的研究实践与卓越成就为现代学术史上的"清华学派"的建立与发展作出了独特的贡献。

还应该指出，前述王瑶先生与中国现代爱国学生运动和革命运动的关系，一方面使王瑶先生的学术研究与时代先进思潮保持着密切的联系，使他的研究始终具有鲜明的时代性和现实感，不断从生机勃勃的现实生活中汲取生命的活力，同时焕发着一种人格的力量。作为"中国现代知识分子（它的精神、良心、情操）"的杰出代表之一，王瑶先生的影响已超出了学术范围。而王瑶先生长期执教于中国现代思想、文化、学术中心的北京大学，他的具有鲜明个性的出色的教学活动和学术研究，使他成为北京大学最有影响的教授之一，并在一定程度上，成为"北大精神"的象征和代表之一：并不是所有的学者都能达到这样的境界，产生这样的影响，在这个意义上，王瑶先生的学术生命是具有一种特殊的光彩和意义的。但另一方面，复杂而变化万端的中国现代政治运动对王瑶先生的学术研究的影响也是明显的：这不仅是众所周知的政治干扰使王瑶先生长期以来不能从事正常的学术活动，以致被迫中断，造成了"千古文章未尽才"的永远的遗憾；更是内在精神的伤害，形成了王瑶先生学术研究的某些局限和内在矛盾，这也是我们不必回避的。而这一事实本身就具有典型性，代表了王瑶先生那一代（甚至是以后几代）学者（知识分子）的历史命运，构成了中国现代学术史（和现代知识分子精神史）上同样无可回避的一页，并作为重要的"遗产"留传给后代。

（二）

王瑶先生古典文学研究的主要领域是中古文学的研究，其代表作是《中古文学史论》。此书于 1951 年由上海棠棣出版社分为《中古文学思想》《中古文人生活》《中古文学风貌》三分册同时出版；1956年从中选录《文人与酒》等八篇，又增补《关于曹植》《关于陶渊明》二文（再版时又增补《读书笔记十则》），由上海古典文学出版社以"中古文学史论"为名出版；1986 年由北京大学出版社重版，重版本恢复了原棠棣出版社本的全部篇目，删去了上海古典文学出版社本增补的篇目，并经过详细校订，可视为定本。

古人对于汉魏六朝文学的研究，多系评点式；直到明末张溥的《汉魏六朝百三家集》，不但辑录了较为完整的作品，而且通过题词作了评价，才可以视为第一部初具规模的汉魏六朝文学史。到二十世纪初，刘师培的《中国中古文学史》辑录排比中古文论，略加引论和案语，连缀成史，并自成体系，学术界认为，"中古文学研究自此出现了向现代过渡的趋向"（参见葛晓音《王瑶先生对中古文学研究的贡献》）。鲁迅曾受刘师培的影响，他写于 1927 年的《魏晋风度及文章与药及酒之关系》则是用现代观念、方法重新观照中古文学的尝试，虽然用的是他所擅长的杂文笔法。王瑶先生的研究则是对鲁迅所开创的工作的自觉继承与发展。尽管这是极富开创性的研究，但王瑶先生的《中古文学史论》首先引人注目的是其引证史料的丰富，以至时人有"竭泽而渔"的称誉，显示出所受传统治学方法的深刻影响和深厚功力。这固然是前述王瑶先生的学术渊源和修养的必然反映，但也显然有"如何有效地进行文学研究方法的变革，使引入的新方法在传统研究格局中立足"的策略考虑，即不是将新方法与传统方法截然对立，而是最大限度地吸取传统研究方法之长，以为我用：仅此一点，王瑶先生的《中古文学史论》对后来者就应有极大的启示。当然，《中古文学史论》的主要特色与贡献还在于研究方法现代化的尝试和努力。如一些研究者所说，先生自觉地将现代社会学、文化学、心理学（包括性心理学）等"新知"引入中国古代文学的研究，在具体操作中，紧紧抓住两个中介环节，即作为特定时代的"社会、政治、经济"与"文学"的中介的"文化"，以及作为"历史文化背景"与"文学文本（形式）"的中介的"作家主体精神（生活状态、思维方式、情感方式、心理状态等）"。正是研究视野与方法的更新，打开了中古文学研究的新思路、新天地、新境界，《中古文学史论》一出版，即给人以耳目一新之感，并具有极大的超前性，以至有的学者认为，王瑶先生的研究"一直笼盖着五十年代到八十年代的中古文学研究，今人除了在少数问题上有较大的突破外，绝大部分的学者都只是在他所开辟的范围内再作深细的发掘或者进一步发挥"（葛晓音《王瑶先生对中古文学研究的贡献》）。因此，可以毫不夸大地说，王瑶先生在"中古文学研究由传统模式转向现代思维方式的发展过程中"起到了"转关的作用"，他"为这门学科的现代化奠定了扎实的基础"（同上）；而其研究方法的影响已经远远超出了中古文学研究的领域。

王瑶先生中古文学研究的成果除《中古文学史论》外，还有五十年代编注的《陶渊明集》，以及先后收入《中国文学论丛》（上海平明出版社，1953 年版）、《王瑶文集》第二卷（北岳文艺出版社，1995 年版）的散见论文，如《关于陶渊明》《读陶随录》等。

此外，王瑶先生在五十年代初还写有《晚清诗人黄遵宪》等关于近代文学的论文（收《中国文学论丛》），并写有《李白》（上海人民出版社，1954 年版）、《中国诗歌发展讲话》（中国青年出版社，1956 年版）等普及性著作，也处处显见功力。

（三）

对中国现代文学作学术性的考察始于胡适 1922 年所著《五十年来中国之文学》，以及陈炳坤分别作于 1929 年、1930 年的《中国近代文学的变迁》《最近三十年中国文学史》，但都是作为传统文学的一部分，并不具独立形态。二十世纪三四十年代陆续出版的新文学史著作，或仅为某一阶段文学的近距离考察，或限于资料汇集，作家、作品、思潮评论的汇编，朱自清先生的《中国新文学研究纲要》虽已具文学史的品格，但同时也明显具有当代文学批评的性质。王瑶先生写于五十年代初的《中国新文学史稿》（上册由开明书店于 1951 年出版，下册由上海新文艺出版社于 1953 年出版）虽然不难看出朱自清先生《纲要》的影响，却是第一次将以五四新文化运动为开端，到中华人民共和国成立（1917—1949）的现代文学作为完整而独立的文学形态来加以研究，从而实现了与传统文学史的分离；同时又是完全自觉地对现代文学作有距离的历史的考察，从而实现了与当代文学批评的分离。这样，"中国现代文学史"也就最终成为一门独立的学科，有了自己完备的文学史体系与模式。王瑶先生的《中国新文学史稿》无疑是这一"体系与模式"的最初创建。其基本内容大体包括以下几个方面：一、注重"文学与时代的关系"，坚持"人民本位主义"的价值观，强调现代文学反帝、反封建的基本性质，"与进步的文学思潮及民族解放、人民革命事业自觉联系"；二、在历史分期上，提出了四个时期的划分，突出五四新文化运动的开创意义，和毛泽东《在延安文艺座谈会上的讲话》对现代文学的发展所起的决定性影响；三、"时代为经，文体发展为纬，先总论，后分论"的体例；四、大量引证原始材料，多描述、少判断的叙述方式。王瑶先生《史稿》所建立的这一现代文学研究与教学的基本格局，影响至为深远——以后历次政治运动中无休止的批判也未能从根本上消除这种影响。

"文革"以后王瑶先生现代文学研究的成果，主要集中在《现代文学史论》（收入《王瑶文集》第六卷）一书中。其论述范围极为广泛，包括对现代文学的性质、历史特点、基本关系的宏观概括，对现代文学的主要思潮的历史考察，以及对影响最大的现代作家或全面、或某一侧面的具体研究（其中有鲁迅、郭沫若、茅盾、巴金、老舍、曹禺、周作人、赵树理等）。其最能体现王瑶先生的研究个性，影响最大的则有两个方面。人们注意到，将近十年的研究中，王瑶先生始终把他的关注集中于现代文学与传统文学的内在联系，前后写了《现代文学中的民族传统与外来影响》（1979）、《中国现代文学和民族传统的关系》（1982）、《中国现代文学与古典文学的历史联系》（1986）、《五四时期对中国传统文学的价值重估》（1989），而《价值重估》一文则是先生所写的最后一篇学术论文。这不仅体现了先生一以贯之的"学贯古今"的学术个性，如果考虑到同一时期大多数学者仍热衷于"撞击与回应"的研究模式，就更显示出王瑶先生学术思想的超前性。在晚年的研究中，王瑶先生以相当大的精力致力于文学史理论、方法的建树，这也是显示了先生学科建设的战略眼光的。在这方面，先生留下了大量的论述，其中最重要的是：关于"文学的现代化"的理论与观念；关于"文学史既是文艺科学，也是一门历史科学"的学科性质的界说，以及"历史的"思维方式，"过程"与"联系"的观念的提出与强调；关于"典型文学现象"的理论与方法（详见拙文《王瑶先生文学史理论、方法描述》）。应该说，王瑶先生的这些文学史理论与方法是他对包括自己在内的，1949年以来的现代文学研究正反两方面的历史经验教训的科学总结，并且以他自己高水平的研究实践作为支持，自然具有特殊的影响力。王瑶先生在五十年代初和其他几位先生一起开创了现代文学史这门学科，又在八十年代对四十年来现代文学研究的历史经验作出了科学总结，使其具有某种理论化的形态，

　　　　　　　　　　　　　有承担的学术

这自然是有学术史的意义的：或者我们可以说这四十年（也许还会延续一段时间）的研究已经构成了现代文学学术史上相对完整的历史阶段，而王瑶先生无疑是这一历史阶段最重要、最有影响的代表人物之一。

（四）

鲁迅对于王瑶先生具有特殊的、多方面的意义。

作为思想家、文学家的鲁迅是作为文学史家的王瑶的研究对象。王瑶先生尽管不是鲁迅研究的开创者，但却是1949年以来大陆鲁迅研究的重要代表。他在极"左"思潮的严重干扰下，为维护鲁迅研究的科学性，促进鲁迅研究的学术化，作出了巨大的努力。他从自己"学贯古今"的学术个性出发，选择"鲁迅与中外文化的关系，特别是鲁迅与传统文化的联系"以及"鲁迅对新文化的独特贡献"作为研究中心与出发点。他分别写于五十年代、六十年代及八十年代的《论鲁迅作品与中国古典文学的历史联系》《论〈野草〉》《〈故事新编〉散论》都是代表时代研究水平的力作，产生了很大影响，从而使王瑶先生在鲁迅研究界自成一"家"，这是很不容易的。

作为学者的鲁迅对于王瑶先生更具有典范的意义。王瑶先生自己就多次指出，他是"由于十分钦佩鲁迅关于魏晋文学的许多精辟的见解"才"决定从汉魏六朝一段来开始自己对中国文学史的研究工作"的；"在现代文学研究方面"也"仍然是以鲁迅的有关文章和言论作为自己的工作指针"（《王瑶自传》）。

作为人的鲁迅，现代知识分子的代表、精神界的战士的鲁迅，对于王瑶先生的影响是更为深远、也更为重要的。王瑶先生正是通过鲁迅的中介，与中国传统文化中的"魏晋风度"，以及作为中国现代文化的集中代表"五四精神"，取得了内在的精神联系。或者说将鲁迅的精神化为自己的血肉，从而成为"鲁迅式的知识分子"，在自己的学术工作中，实现了"做人与作文（作研究）的统一"，形成了一种精神的力量：这正是王瑶先生学术研究的魅力所在，并足以启示后代。

1994年8月22日写毕于南郊寓所

一代学者的历史困惑

——王瑶先生和他的《中国新文学史稿》的命运

（一）

记得王瑶先生的女儿王超冰在《王瑶纪念文集》里谈到先生"在解放初期较长一段时间内……绝没有想到自己是被批判与怀疑的对象。他是逐渐接受了自己被批判的地位，并在事后对 1957 年未被划为右派暗自庆幸。但直到'文革'中，他才真正认识到并且接受了自己的地位，知道自己在别人眼里是不可能改造好的，对此自己是无从也无须辩解的"。这大概是可以概括王瑶先生（以及和他类似的知识分子）解放后心灵的历史的。王瑶先生自己则对我说过，知识分子对新社会的接受有两种状况，一是"回头是岸"，一是"水到渠成"；先生显然自认是属于后者的。我想对此稍作一点发挥：大体说来，解放前夕与初期，知识分子的态度可分几类。一是持根本反对态度，自觉意识到自己在新中国将无法容身，从而离大陆而去，如胡适、梁实秋、林语堂等。二是因对旧中国的失望，对本土的眷恋而不愿离开大陆，但对新中国又心存疑惧，如沈从文等。第三类，从理性上对新中国持欢迎态度，却预感到知识分子（包括自己）在未来可能的遭遇，而陷入深刻的矛盾中。这本是鲁迅的思路，朱自清、曹禺等都有过类似的矛盾，但在当时这类知识分子并不多，穆旦可能是其中之一。第四类知识分子则怀着忏悔、负疚的心情迎接新中国的到来，真诚地希望改造自己，从而跟上时代的步伐，这大概就是王瑶先生所说的"回头是岸"吧。这是相当多的"中间派"，或"中间偏左"的知识分子的心态。第五类，自认是革命的或进步的左派知识分子，自觉地以新中国的主人自居，至少也是理所当然的依靠对象。胡风派的知识分子大抵属于这一类，在他们看来，这是"水到渠成"、不言而喻的；而他们的悲剧几乎就隐藏在这理想主义的预想里。

在这一点上，王瑶先生与胡风派的知识分子颇有些类似，而他是有充分的理由作出这样的乐观估计的。正如王瑶先生在1952年的检讨中所说，"我上中学的时候，正是大革命失败以后，有许多从革命战线撤退下来的进步知识分子，当了中学教员。当时国民党的思想统治还不十分严格，传播马列主义社会科学和左翼文学的书籍都非常流行，因此我比较早的接受了一些概念式的马列主义的知识"。以后他不仅积极参加了爱国学生运动，并一度加入了中国共产党，而且从读研究生时起就决心做一个马克思主义的中国古典文学研究专家。据王瑶先生说："我当时觉得要研究好这门学问，必须三方面都有基础：1. 古书的知识，包括历史和文学；2. 历史唯物论；3. 马列主义文艺理论。我以为中国念马列主义的多半不念古书，就是念也只念中国历史和中国哲学，绝没有人念中国文学，因为他们如果喜欢文学就念新文学了。而一般大学学者又只懂古书，绝不会懂马列主义。我狂妄地以为这三方面我都有些基础，如果有时间、条件，一定能一举成名。"——人们自然会注意到王瑶先生是在"思想检讨"中说这番话的：特定的叙述语境决定了我们所见到的王瑶先生当年的学术选择，不具有通常在一般学者的自叙里所常见的为学术献身的纯洁性，而带

　　　　　　　　　　　　　　　有承担的学术

有明显的自我生存与发展的现实考虑，但也许具有更大的真实性。因此，当年王瑶先生（以及和他同类的知识分子）把以马列主义为指导思想的新中国的成立，看作实现自己理想的最好时机，是完全顺理成章的；而刚刚成立的新中国也迫切需要王瑶先生这样的具有马列主义理论水平的文学史专家，本也是应该没有问题的。但历史却没有沿着人们所预期的直线走下去，恰恰在"应该没有问题"的地方出了问题。

但这都是历史的"后话"。在当时，即解放初期，王瑶先生（及其同类知识分子）对自己的理想追求必能实现是充满信心的，并确实有"如鱼得水"之感。正因为存在着这种和谐与信任，当党要求王瑶先生由中国古典文学研究转向现代文学研究，在大学里开设"新文学史"课程时，王瑶先生几乎是欣然接受这个"转移"的要求的——而正是这一转移决定了王瑶先生今后几十年的命运。

那么，在新中国成立初期，提出建立"中国新文学史"学科（课程）的动因何在呢？王瑶先生在1951年元旦所写的《中国新文学史稿·自序》里有过一个简要的交代——

> 1949年北平解放时，著者正在清华讲授"中国文学史分期研究（汉魏六朝）"一课，同学就要求将课程改为"五四至现在"一段，次年校中添设"中国新文学史"一课，遂由著者担任。两年以来，随教随写，粗成现在规模。1950年5月教育部召集的全国高等教育会议通过了《高等学校文法两学院各系课程草案》，其中规定"中国新文学史"是各大学中国语文系的主要课程之一，并且说明其内容如下："运用新观点、新方法，讲述自五四时代到现在的中国新文学的发展史，着重各阶段的文艺思

想斗争及其他发展状况，以及散文、诗歌、戏剧、小说等著名作家和作品的评述。"这也正是著者编著教材时的依据和方向。

1951 年 5 月，受中央教育部组织的文法学院各系课程改革小组中的"中国语文系小组"的委托，由李何林牵头，老舍、蔡仪、王瑶联合起草了《"中国新文学史"教学大纲（初稿）》，其中"绪论"规定："学习新文学史的目的"是"1. 了解新文学运动与新民主主义革命的关系；2. 总结经验教训，接受新文学的优良遗产"。"方法"是"1. 辩证唯物论和历史唯物论；2. 马列主义的文艺理论和毛泽东的文艺思想"。在讨论这一《大纲》时，时任河南大学教授的任访秋先生也正在上"中国新文学史"课，并且与李嘉言、张长弓共同拟定了一个提纲。任访秋先生在所写的《对〈"中国新文学史"教学大纲〉的商榷》中，这样介绍了他们所拟提纲中有关"目的"与"方法"的规定。"目的"有四，计"1. 了解并掌握中国新文学创作理论和现实间的相互关系，以及创作在现实的基础和理论的指导下的发展规律。2. 了解马列主义、毛泽东思想、中国共产党，对中国近三十年来新文学所发生的作用和影响，以及'毛泽东的文艺方向和道路'的历史的和现实的基础。3. 了解外国文学，尤其是苏联文学，与民间文学，对新文学所发生的影响，并明确今后文艺工作者对它们应有的认识和应持的态度。4. 批判接受这份文学遗产，纠正其缺点，发扬其优良传统"。"方法"也有六项："1. 怎样探索创作与现实的关系？2. 从作为阶级斗争的武器的观点上来看新文学的发展。3. 文学和社会是如何在同一的规律下向前发展着？4. 怎样理解一时代文学的复杂性与多面性？5. 怎样理解一个作家的没落、转变和进步？6. 怎样批评作家和作品？"任访秋先生介绍说："我们不是标示'辩证唯物主义''历史唯物主义'及马列主义文艺理论和毛泽东思想，而是把它们完全贯穿在研究这六种问题的方法之中。"

我们之所以不厌其烦地抄录以上材料，是为了弄清"新文学史"作为一门独立的学科（课程）在创立初期的基本动因、指导思想；只有对逻辑起点有一个比较清晰、准确的了解与把握，才有可能较为准确地理解王瑶先生的《中国新文学史稿》这本"开创之作"的时代背景，以及中国新文学史（后来称为"现代文学史"）这个学科以后的发展，及今后的走向。——于是，我们有了以下"发现"：1."新文学史"从"古代文学史"中分离出来的最直接的动因，来自青年学生的要求，也就是说，"新文学史"这门学科是适应"厚今薄古"的时代心理而产生的。过去，由于"厚古薄今"的学院气氛使"新文学史"课程，在大学中文系无以立足；而现在，由于时代的大变动，"厚今薄古"的时代气氛又将"新文学史"课程推为"各大学中国语文系的主要课程之一"。2.从一开始，人们即把"新文学"与中国共产党所领导的，在马列主义、毛泽东思想指导下的"新民主主义革命"密切联系起来。由于这场革命刚刚取得胜利，"新中国""新政权""新社会"都是这场革命的直接产物，对这场革命的历史评价直接决定了新中国、新政权、新社会的历史地位的确立。这样，不仅由此而决定了"新文学史"研究的最初主要对象（课题）必然是"新文学运动与新民主主义革命的关系""马列主义、毛泽东思想、中国共产党，对中国近三十年来新文学所发生的作用和影响""毛泽东的文艺方向和道路的历史的和现实的基础"，并且在提出的问题中已经预设了答案，有着极为现实的目的，即当时叫作"革命功利主义"的动力。3.此外，还有更现实的功利目的，即为新政权所制定的新文艺政策，对文艺现实发展的引导，提供历史的根据。在前引各大纲中，"总结经验教训，接受新文学的优良遗产"的要求，以及诸如"了解外国文学，尤其是苏联文学，与民间文学，对新文学所发生的影响，并明确今后文艺工作者对它们应有的认识和应持的态度"等具体研究课题都是这样提出的。如此提出的"问题"自是不免"狭窄"的。例如，新文学与苏联文学以外的外国文学的关系，与民间文学之外的传统文学的关系，这类重大课题，当时都没有进入人们的研究视野，或没有受到足够的重视。

我们已经说明，王瑶先生自认是这场胜利的革命的参加者，又早已有做一个马列主义文学史家的自觉追求和理论、知识准备，再加上他所师从的朱自清先生即是新文学的中坚人物和新文学史研究的先驱，因此，前述时代提出的历史要求，由王瑶先生首先给予回应，并据此建立起"中国新文学史"的完整体系，是很自然的，也可以说是"水到渠成"。王瑶先生在他的《中国新文学史稿》里，对时代所提出的"新文学运动与新民主主义革命的关系"问题给予了明确的回答，在"绪论"里即规定"中国新文学史是中国新民主主义革命史的一部分"。这样，新文学史刚从传统文学史中分离出来，成为独立的学科，又立刻从属于中国新民主主义革命史：这"分离（独立）"与"从属"的两种倾向，就构成了王瑶先生的《中国新文学史稿》（以及相当一段时间内的现代文学研究）的内在矛盾。王瑶先生（及其同时代的研究者）一旦承认"新文学史是新民主主义革命史的一部分"这一大前提，就必然以指导新民主主义革命取得胜利的毛泽东的"新民主主义理论"作为理论基础。因此，王瑶先生的《中国新文学史稿》一方面根据毛泽东《新民主主义论》的有关论述，断定新文学的基本性质是"无产阶级思想领导的，人民大众的，反帝反封建的民主主义的文学"，对革命的、进步的文学给予了充分的肯定；另一方面又根据毛泽东关于新民主主义时期的政治、经济、文化整体上"还不是社会主义的"，"民族资产阶级还有一定时期中和一定程度上的革命性"的论述，对资产阶级的作家也给予一定的评价。

(二)

不难看出，王瑶先生的《中国新文学史稿》无论其主观追求，还是客观效果，都是符合时代要求的，理应受到欢迎。但这本书的遭遇却颇为奇特：一方面，它从一出版始，就在事实上受到了渴望了解新文学史的读者的欢迎，并且成为大学中文系"新文学史"课程的通用教材；另一方面，却几乎从一开始就受到学术界的批评，其态度的严峻，简直令人吃惊。例如1952年8月30日《文艺报》召开的座谈会就众口一词地断定，该书的错误"最基本的原因是作者的立场是资产阶级的立场"。其中一位与会者提出了四点根据：1."作者处处好似是站在纯客观的立场说话，把进步的与落后的、革命的与反革命的作家等量齐观。这种纯客观的立场，事实上就是资产阶级的立场。无视党的领导，不管他是有意无意的，他就是轻视无产阶级，这种轻视也正是资产阶级立场的表现"。2."从方法论上看"，"他把文学运动的发展，看成单纯经验知识的积累，企图以进化论来代替历史唯物论和辩证唯物论。此外，他那种材料堆积的叙述方法，也正是资产阶级的"。3."作者对唯美派作家，有颓废思想的作家，常常不厌其烦地叙述。这就证明作者在感性认识上，在对事物之美学的感觉上是属于资产阶级的"。4."就从标题上看，也可以看出作者的资产阶级趣味如何浓厚，如'人生探索''形式追求'，等等"。总之一句话，无论从哪一方面说，都是"资产阶级"的 [1]，这对自认"马克思主义文学史家"的王瑶先生无疑是当头棒喝。王瑶先生后来写了题为"读《中国新文学史稿》（上册）座谈会记录"的检讨，承认自己"没有站稳无产阶级立场，甚至有敌我不分的地方，加以分析力、概括力不够，编写的态度和方法不严谨，因此就产生了一连串的错误和缺点"，"原因当然是作者的思想水平和文艺修养太不够"。不难看出，王瑶先生的"检讨"与批判者的"判词"之间的差距——按照当时流行的观点，也是批判者的基本出发点，知识分子如果不经脱胎换骨的改造，是不可能获得进入"新社会"的入场券的。但要承认自己必须"彻底改造"，其前提就是要将自己自外于"党"与"人民"的队伍，这是当时还背着"进步"包袱的王瑶先生所不能接受的。因此，他的检讨只能是"低调"的。于是，《文艺报》以认识"比较简单"为由将其退回，这就意味着即使检讨也过不了"关"，王瑶先生这样的知识分子就陷入了困境。

但事情并没有到此结束。本来王瑶先生是通过《中国新文学史稿》的写作，将自己的学术生命与新政权、新社会联系在一起的，这是他对比新、旧社会以后所作出的自觉选择，更是一个信仰马克思主义的学者必然作出的选择。但恰恰是这部《中国新文学史稿》，给王瑶先生带来了永远也洗刷不清的罪名。只要一有运动，发现知识分子有"不安分"征兆，需要加以"整治"时，王瑶先生必然被当作一个"典型"拉出来陪绑示众。

---

1 座谈会记录，载《文艺报》1952年第20号。

　　　　　　　　　　　　有承担的学术

尽管这本身就是一个历史的大悲剧、大闹剧，但"导演"却要硬性规定为"正剧"。于是，那些被选定要扮演"法官"角色的知识分子（大学教授与大学生们）在批判王瑶先生时，一个个都是那样"义正词严"，甚至是"正气凛然"。在"反胡风斗争"中，一篇题为《清除胡风反动思想在文学史研究工作中的影响——评〈中国新文学史稿〉(下册)》[1]的檄文，就这样给王瑶先生的《史稿》判定了"为胡风集团吹嘘和为胡风集团掩盖错误"的罪名，断言"胡风成了作者所崇拜的偶像"，作者"在思想情绪上"与"胡风集团有着共鸣"，而"对于新的人民的文学缺乏发自内心的热爱"，等等。这篇文章有两点颇值得注意：一是尽管批判者自身完全不顾事实，对胡风及其友人加上莫须有的反革命罪名，却口口声声宣称"我们完全有权利要求这本书起码应当尊重客观的历史事实"，从而指责王瑶先生"缺乏科学的、正确的态度"。而批判者在文章结束时将问题归结为无产阶级的党性原则，更是要害所在："列宁早就痛斥过在文学事业中'超党派'和'无党性'的叫喊之虚伪和欺诈。王瑶的书之所以存在这么多问题，无论他自己是否有过这种无党派性的主张，但实际上他的失足正在这里。"

在"反胡风运动"中，这篇檄文所强加的上述罪名，是十分严重的。王瑶先生几乎是胆战心惊地连忙做检讨，承认自己的错误"有利于敌人"，"给革命事业带来危害"，甚至自动给自己"加码"："×××同志说我把蚂蚁与大象并列，其实最严重的错误还不止于此，而在我并没有指清楚什么是蚂蚁，什么是大象，以致使读者把'蛇窟'里的动物也当作了大象。"有意思的是，王瑶先生最后也把问题归结为

---

1 载《文艺报》1955年第19号。

"党性问题"："文学史的研究必须首先为无产阶级革命服务"，"我是在这种重要的关键问题上犯了错误；道理很显然，因为这是文学的党性原则，它是与资产阶级客观主义根本对立的"。[1]

在1958年高校开展的"拔白旗运动"（它是1957年反右派斗争的一个补充）中，王瑶先生再次被押上"审判台"。这次扮演"法官"角色的，是他北京大学的学生，判词也更为严厉："从王瑶先生的《史稿》中只能得出这样的结论：党不能领导文学"；王瑶先生从"资产阶级个人主义出发"，"露骨地自觉地维护资产阶级新文学'传统'，公然嚣张地宣扬资产阶级反动的文艺观点，不遗余力地在文学史上为资产阶级争夺领导权"；《史稿》"运用的并不是马克思列宁主义的新观点，而是资产阶级客观主义的旧观点，不是辩证的唯物主义的新方法，而是资产阶级的经验论的形而上学的旧方法"；《中国新文学史稿》一书，不但在立场、观点、方法上是反动的、荒谬的，而且也是毫无科学性可言的，书中充满了"剽窃与抄骗"，"张冠李戴"，"语言枯燥贫乏，分析公式化、概念化"，"概念不清，故作玄虚"，"庸俗的市侩作风"等[2]。——这可以说是对王瑶先生及其《中国新文学史稿》的一次全面讨伐与全盘否定。因此，王瑶先生在这次"拔白旗运动"中所写的《〈中国新文学史稿〉的自我批判》里给自己加的罪名也逐步升级：不但承认"这部书中最突出的、带有原则性的错误，是我当作正面论述引用了许多胡风、冯雪峰的意见"，"错误地肯定了许多反动

---

1 《从错误中汲取教训》，《文艺报》1955年第12号。

2 以上分别见《批判王瑶先生的反马克思主义文艺思想》《两条道路的斗争不容否定》《批判王瑶先生对待文学战线上的思想斗争的资产阶级文艺观点》《揭发王瑶先生的伪科学》，载《文学研究与批判专刊》第3辑，人民文学出版社，1958年版。

的作品，把毒草当作鲜花，起了很坏的影响"；而且自己"上纲上线"：《史稿》"混淆了我们的新文学与一般资产阶级民主主义文学的区别，它的客观效果只能是为资产阶级张目。这实际上也同样是对于无产阶级的领导、对于党的领导作用的忽略和贬低"，最后归结为"我的立场、观点和方法都是资产阶级的，这部书当然也是一面产生了很大危害性的白旗。是白旗就必须迅速、彻底地拔掉它，坚定地树立起共产主义的红旗来，我有决心也有信心能够在自己的思想深处努力来完成这个插红旗的光荣任务"。[1]——这样，至少在口头上，连王瑶先生自己也承认必须把自己的《中国新文学史稿》当作一面"资产阶级白旗""迅速、彻底地拔掉"。

然而，宣布"拔掉"也不能"赎罪"——写书本身就是"还不清的债，赎不完的罪"。到了"文化大革命"，就开始"全面清算"。于是，就有了王瑶先生《在"文化大革命"中的检查》："我是一个从旧社会来的资产阶级知识分子，解放以后二十年来虽然经过多次政治运动和党的耐心教育，但事实证明我在思想改造上收效甚微，依然顽固地保持着自己的反动立场和资产阶级世界观；而且随着社会主义革命的深入发展，我的反动思想也表现得更加恶劣和突出了。在这次史无前例的无产阶级'文化大革命'中，一开始就冲击到我，是必然的、罪有应得的。"而这一次他给自己加上的罪名也是更为吓人的："我所犯的主要罪行集中起来说，就是'放毒'。在解放以来两个阶级、两

---

[1] 见《批判王瑶先生的反马克思主义文艺思想》《两条道路的斗争不容否定》《批判王瑶先生对待文学战线上的思想斗争的资产阶级文艺观点》《揭发王瑶先生的伪科学》《〈中国新文学史稿〉的自我批判》和《在党的领导问题上驳斥王瑶先生》六篇文章，载《文学研究与批判专刊》第3辑，人民文学出版社，1958年版。

条道路、两条路线的尖锐激烈的斗争中，我站在资产阶级反动立场，在文教战线上忠实地充当了一名资产阶级思想吹鼓手的可耻角色；它所起的社会作用只能是在意识形态领域为资产阶级复辟制造舆论，为资产阶级争夺青年和动摇社会主义的经济基础，我的这种'放毒'罪行可以说是数量众多，危害严重，影响恶劣；《'五·一六'通知》中所指出的牛鬼蛇神'多年来塞满了我们的报纸、广播、刊物、书籍、讲演'各项，其中都有我的一份罪行。我不只在讲台上贩卖封、资、修的一套垃圾，而且还粗制滥造，写了十本书和许多单篇文章，其中充满了资产阶级的学术思想和文艺观点，都是起了为反动路线服务作用的毒草。"——以上所有这些"罪名"都是王瑶先生在历次批判运动中所极力逃避而不愿承认的，而现在他在"无产阶级全面专政"的压力下终于就范。而他最后对自己的"罪恶"的概括更意味深长："毛主席把从旧社会来的知识分子的影响看作我国社会主义和资本主义之间在意识形态方面谁胜谁负的斗争未能早日解决的重要原因，我的这些言行就充分证明这类知识分子想要顽固地保存资产阶级意识形态的反动性质。"[1]

人们还注意到王瑶先生的如下"检讨"：《中国新文学史稿》"主动地接受周扬等人的意见，忠实地贯彻修正主义文艺路线，吹捧30年代作品和所谓'左联'功绩"，"在五四时期夸大陈独秀的作用，30年代夸大瞿秋白、周扬、夏衍等人的功绩，吹捧的完全是一条与毛主席革命文艺路线对立的路线"。人们当然记得，在当年的"拔白旗运动"中，批判者们恰恰是在指责王瑶先生对以周扬为首的三十年代左翼文艺运动的领导者的历史功绩估计不足，并且义愤填膺地质问王瑶

---

[1] 王瑶：《在"文化大革命"中的检查》，未刊稿。

先生："我们弄不清楚的是，为什么新民主主义革命已经开始近十年来，我们上海的文艺界的'领袖们'（按：当然指的是周扬他们）却好像才开始启蒙似的。"同一篇批判文章还明确肯定"周扬同志"的意见是"体现了党的领导意图的"[1]——这当然都是服从于不同时期的"党的政治需要"的，王瑶先生这样的知识分子跟也跟不上，只能"左右都是罪"。

这样，经过史无前例的"文化大革命"的总清算，王瑶先生的《中国新文学史稿》出世以后，在新中国的传播，就成了"资产阶级知识分子向无产阶级猖狂进攻"，与"无产阶级不断予以打击"的"两个阶级、两条路线的斗争史"，成了王瑶先生的"罪恶史"——王瑶先生（及其同类知识分子）所面临的，已不是困境，而是真正的绝境。

（三）

我们还想再深入地探讨一下问题的症结何在，也就是说，王瑶先生的《中国新文学史稿》究竟"罪"在何处？在哪一点上为"新社会"所不能容？仔细分析1952年《文艺报》座谈会、1955年《文艺报》批判文章、1958年北京大学"拔白旗运动"，以及1966年以后的"文化大革命"对王瑶先生及其《中国新文学史稿》的四次大讨伐，我们发现，讨伐目标主要集中在对五四新文化运动以及五四开创的新文学运动的性质的认识与估价这一问题上。早在1952年《文艺

---

[1]《在党的领导问题上驳斥王瑶先生》，载《文学研究与批判专刊》第3辑，人民文学出版社，1958年版。

报》座谈会上，一开头就有人提出《中国新文学史稿》的最大失误是"主从混淆"，"30 年来文艺统一战线的斗争发展，是马克思列宁主义文艺思想居于主导地位。在本书每编每章总的叙述里，作者对此点是有认识的，可是一到具体论列作家作品的时候，这一要点就被抛开了，书中对代表资产阶级、小资产阶级和无产阶级思想的社团与作家，一律等量齐观，不加区别"。而另一位发言者则点破问题的实质，指责王瑶先生在书中"忽视党的领导，不管他是有意无意的，他就是轻视无产阶级，这种轻视也正是资产阶级立场的表现"。这说明，从讨论的一开始就已十分明确：对新文学性质问题的讨论，实质上是关系着新文学运动的指导思想与领导权的问题。

这里，涉及对中国共产党与五四新文化运动的真实关系的态度、评价问题，因此我们有必要作一番历史的回顾。最早系统地表达了中国共产党人、中国的马克思主义者对于五四新文化运动的性质的看法及评价的，是瞿秋白。他在《普罗大众文艺的现实问题》里明确提出，五四是"资产阶级的自由主义启蒙主义文艺运动"，而主张以"无产阶级的'五四'""无产阶级的革命主义社会主义的文艺运动"来取而代之，这就是无产阶级所领导的左翼文艺运动。这意味着，中国共产党在大革命失败以后的新形势下，自觉地以文艺作为其革命运动的重要战线，建立起真正属于自己领导的左翼文艺运动时，他们对并非由自己领导、发动的五四新文化运动采取了"首先划清界限"的策略。因此左翼文艺运动从一开始从指导思想上就是自觉地作为五四新文化运动的对立面而出现的，这就是瞿秋白所说的"无产阶级的'五四'"与"资产阶级的'五四'"的对立。——至于左翼文艺运动的参加者，甚至某些领导人自身与五四新文化运动的千丝万缕的联

　　　　　　　　　　　有承担的学术

系，以及他们创作的作品与五四新文学的继承关系，这都是明显的事实。但我们在这里所讨论的是左翼文艺运动的组织者、领导者的指导思想；从其发动初期所采取的策略、手段，例如对五四新文学的主要作者鲁迅、周作人、郁达夫、叶圣陶的批判，也说明了发动者对五四新文化运动及五四新文学的对立情绪，批判倾向。正是瞿秋白的这一指导思想，决定了左翼文艺理论家在评价五四新文化运动时，几乎无一不把它看作是一个"资产阶级的文艺运动"。如李何林先生在1939年所写《近二十年中国文艺思潮论》里就明确指出："所谓'新文化'在'文化'之上加上一个'新'字，是指资本主义文化。"直到四十年代，冯雪峰在《论民主革命的文艺运动》里还坚持认为："五四是科学和民主的启蒙运动，这启蒙运动最初虽主要地为资产阶级所领导，也迫切要求扩大，因为它无论作为反帝、反封建的思想革命，作为单纯的新文化运动，或作为现实社会改造的政治斗争的准备，都非有落后而最广大的人民做后盾不可。"尽管冯雪峰强调了新文学以后的"发展"，但他仍然是确认新文化运动"最初"（至少是五四时期）"主要地为资产阶级所领导"。——其实，瞿秋白、李何林、冯雪峰的上述分析、论断，正是代表了三十年代以至四十年代初中国的马克思主义者，以至中国共产党人对于五四新文化运动及新文学的性质占主导地位的认识与看法的。

这种情况，到毛泽东写作《新民主主义论》时才发生了根本的变化。毛泽东指出："在五四以前，中国的新文化运动，中国的文化革命，是资产阶级领导的，他们还有领导作用。在五四以后，这个阶级的文化思想却比较它的政治上的东西还要落后，就绝无领导作用……至于盟长资格，就不得不落在无产阶级文化思想的肩上。"并说"这是铁一般的事实，谁也否认不了的"。毛泽东还指出，"五四运动是在当时世界革命号召之下，是在俄国革命号召之下，是在列宁号召之下发生的。五四运动是当时无产阶级世界革命的一部分。五四运动时期虽然还没有中国共产党，但是已经有了大批的赞成俄国革命的具有初步共产主义思想的知识分子。五四运动，在其开始，是共产主义的知识分子、革命的小资产阶级知识分子和资产阶级知识分子（他们是当时运动中的右翼）三部分人的统一战线的革命运动"，"五四运动在思想上和干部上准备了1921年中国共产党的成立，又准备了五卅运动和北伐战争"。在这里，毛泽东显然着意强调了五四新文化运动中的某些事实，特别是新文化运动的主要领导人陈独秀、李大钊等后来成为中国共产党的创始人，以及鲁迅等新文化运动中的主要作家以后与中国共产党的合作这些事实，进而将"五四运动"与"中国共产党的成立"直接连接起来，从而确认了中国共产党及其文化思想在中国现代思想文化史上的主导地位。应该说共产党人对于五四新文化运动与五四新文学，由批判、否定、划清界限，转向承认，并进而将其纳入新民主主义的轨道，这的确不仅是一个认识上的进步，而且是一个意味深长的策略转变，表明毛泽东比之瞿秋白们更了解中国老百姓，以至知识分子对正统性和合法性的尊重。尽管毛泽东在《新民主主义论》中对五四新文化运动的性质的论断与估价有着如此明确的政治策略上的考虑，但由于他的论断有一定的事实依据，更由于毛泽东为了与王明"左"倾路线划清界限（这也是为了争取中国共产党内部合法地位的需要），因而在《新民主主义论》中，又同时批判了"把共产主义思想体系的宣传，当作当前行动纲领的实践"的"左"倾空谈，指出"如果以为现在的整个国民文化就是或应该是社会主义的国民文化，这是不对的"，而认为"就整个政治情况、整个经济情况和整个文化情况来说，都还不是社会主义的，而是新民主主义的"。——这两个方面的原因，就使得像王瑶先生这样的信奉马克思主义，一定程度上参加了中国革命的知识分子，能够接受《新民主主义论》中对于五四新文化运动的论断，并几乎是原封不动地抄入了他的《中国新文学史稿》的"绪论"中。由于毛泽东的论断有其特殊性，因此，当进入具体论述时，就不免要与"绪论"中从毛泽东著作抄录的论断发生矛盾。这一点，王瑶先生《史稿》的批判者们倒是看得很清楚。1958年"拔白旗运动"中，一篇题为《在党的领导问题上驳斥王瑶先生》的文章这样指出：《史稿》"口头上说新文学运动是新民主主义革命的一部分，实际论述中却抽掉了新民主主义文化中的社会主义方向，闭口不谈起着决定作用的社会主义因素，一味强调反帝反封建的热情，抹杀了新民主主义与旧民主主义的根本区别"；"'绪论'里强调党对新文学的领导，实际论述中却把少数特殊人物凌驾在党之上，认为党根本领导不了文艺，实质上取消了党的领导"；"'绪论'里说党所领导的革命文学日益壮大，实际上却把它贬得一钱不值，根本不堪属于主流，倒是反动的资产阶级文人及其作品居于压倒优势的地位"。应该说，这些"批判"还是抓住了"要害"的。这"绪论"的理论概括与实际论述之间的矛盾，从一个侧面反映了王瑶先生这样的新中国第一代史学家的内在矛盾：一方面，出于自己的政治信仰，他们自愿、半自愿地遵循党性原则，使自己的学术研究服从于现实政治的需要，自觉、半自觉地以毛泽东《新民主主义论》的论断作为自己学术著作的理论基础；但另一方面，他们作为一个认真严肃的学者、史学家，又必然要求自己维护学术品格，王瑶先生本人更在朱自清先生等前辈影响下形成了"重在说明现象和解释史实"的学术追求。这样，党性原则所决定的意识形态的革命策略要求，与史学的独立品格决定的科学性、学术性要求之间的矛盾，就使王瑶先生这样的学者陷入了学术困境。

问题的尖锐性还在于，政治领导人不断地变更自己对于历史与现实的判断，更加重了学者们前述的困境。如前所说，《中国新文学史稿》是以《新民主主义论》作为理论基础与根据的；但在《中国新文学史稿》出版的1951年和1953年，中国政治形势的变化却是王瑶先生这样的知识分子所难以预料的。在1953年毛泽东尖锐批评了刘少奇等人提出的"巩固新民主主义秩序"的观点，指出："有人在民主革命成功以后，仍然停留在原来的地方，他们没有懂得革命性质的转变，还在继续搞他们的'新民主主义'，不去搞社会主义改造，这就要犯右倾的错误。"与此相适应，同年召开的第二次文代会根据毛泽东的指示，提出了建设社会主义文学的任务；为了为社会主义文学提供历史根据，对五四新文学作出了新的估价，强调"五四以来中国革命的文学运动，就是在工人阶级思想指导下，沿着社会主义现实主义方向发展过来的"，于是，新文学史就成了一部"社会主义现实主义在新文学中萌芽、成长和发展的历史"。这显然是作为学者的王瑶先生所万难接受的，他只能坚持《新民主主义论》所说的新文学的"反帝反封建"的性质，这在"政治需要就是一切"的极"左"思潮统治下，自然是绝对不能容忍的。对所谓"资产阶级作家"的评价也是如此。在《中国新文学史稿》上册出版后的第二年，毛泽东在一份党内文件的批示上指出："在打倒地主阶级和官僚资产阶级以后，中国内部的主要矛盾即是工人阶级和民族资产阶级的矛盾，故不应再将民族资产阶级称为中间阶级。"1953 年毛泽东又提出要"反对党内的资产阶级"，强调"工人阶级和资产阶级的矛盾"是"对抗性的矛盾"。在这种形势下，王瑶先生的《中国新文学史稿》还在给资产阶级作家以一定的科学评价（尽管他所根据的也是毛泽东的《新民主主义论》），当然要被认为是"大逆不道"，甚至是有意对抗了。耐人寻味的是，这股"批判资产阶级思想"之风愈演愈烈，从 1958 年提出"兴无灭资""反对资产阶级法权"，到六十年代"反对资产阶级和平演变"，直到"文化大革命""反资产阶级复辟"，永无休止之日，而且每反一次，都要将王瑶先生及其《中国新文学史稿》拿出来示众，真正是"在劫难逃"。这样，王瑶先生这类要求进步的学者就面临着一个两难选择：或者忠实于自己的政治信仰，自觉服从不断变化的政治需要，而不断变化自己的学术观点；或者坚持尊重事实的科学原则，坚持自己的学术观点，从而永远失去政治信任，被排斥在革命、进步队伍之外。问题还不止于此，在王瑶先生生活的时代，服从政治需要的要求是绝对的，对其任何的背离，都会直接威胁到知识分子自身的生存。这是我们考察这一代知识分子的选择时，所必须充分注意并予以理解的。正是为了生存与自救，也部分地为了自己的信仰，王瑶先生像大多数同时代的知识分子一样，总想努力地跟上时代：他们不断地检查自己，在每一次政治和思想批判运动中，都或主动或被动地做种种或违心或半信半疑的表态。在"反胡风"、反右派运动中，王瑶先生都写了批判文章，这样，不管其主观动机如何，最后都卷入了知识分子的自相残杀之中，其自身的悲剧也就发展到了顶端。这样不但救不了自己，反而使自己陷入了更加尴尬的境地：在 1958 年的"拔白旗运动"中，批判者就理直气壮地指责王瑶先生对"右派分子冯雪峰的批判不疼不痒，蒙混过关"。事实上，在极"左"者的眼中，王瑶先生这类"资产阶级知识分子"犯的是赎不清的"原罪"，无论他们怎样地玩弄知识分子的"狡黠"，也绝不许过"关"。因而，如果说王瑶先生（及其同辈）最初的"忏悔""检讨"还有几分真诚，后来就越来越具有策略性，并且一有机会就要"反攻倒算"。1962年政策调整时，王瑶先生就发表了《根深叶茂》一文，强调"提高艺术质量的重要性"。后来王瑶先生在"文革"的检讨中说，这篇文章的"出笼"，暴露了自己"资产阶级立场的顽固性"。而在我看来，这正表明了他对自己深信不疑的真理的坚持。这就像被迫屈服的伽利略最终仍认定"地球还是动的"一样。

"地球还是动的"——这事实比什么都重要。

有承担的学术

我理解的王瑶传统

（一）"师朱法鲁"的学术渊源

王瑶先生去世的时候，我们这些弟子们曾经送了一副挽联，是陈平原起草的："魏晋风度为人但有真性情，五四精神传世岂无好文章"。"魏晋风度"和"五四精神"正是对先生人格、精神、气质的一个高度概括。

王瑶先生对于五四可以说是情有独钟的，他有一种永远摆脱不掉的五四情结。当我和陈平原、黄子平提出"二十世纪中国文学"这个概念时，先生对我们最尖锐的批评，就是不管你们主观动机如何，你们把现代文学的起点上移到晚清，客观上会导致对五四意义的贬低和否定。

而王先生对五四传统的继承，主要通过两个中介：一是他的研究生导师朱自清，一是鲁迅。他的研究生同班同学季镇淮先生曾说王瑶先生是"师朱法鲁"，就思想与学术的传承来说，这是很有道理的。后来，新加坡有一个学者叫郑子渝，曾经描述过一个他以为的精神谱系，说"从周作人到俞平伯，到朱自清，再到王瑶"，有一条发展线索。将朱自清、王瑶的思想、学术上溯到周作人，这可能不大准确，这涉及对朱自清、王瑶的理解，有讨论的必要。

我们先来看王瑶先生对朱自清先生的看法。孙玉石先生在他的日记里，曾记录了王瑶先生的一段话："研究历史最重要的就是实事求是。闻一多先生受罗隆基的影响走上进步道路。罗隆基是搞政治的，皖南事变后他到昆明，同闻一多来往很多，拉闻一多加入民盟。当时陈果夫到云南，来劝高级知识分子加入国民党。冯友兰、雷海宗等人都加入了，闻先生也为之心动。他为此找朱自清先生，朱先生不同意，闻一多也就作罢了。闻一多牺牲后，许多文章都说朱自清先生受闻一多影响，朱自清先生看了以后很生气。朱先生一直是支持进步的，'一二·九'时曾多次冒生命危险掩护进步学生。"王先生由此得出一个结论："闻一多热情外露，他是诗人、学者、民主斗士，几个阶段很分明。朱自清先生不同，他更内向一些。他一生皆是诗人，一生皆是学者，一生皆是战士。"孙玉石先生回忆说："说这段话时，王瑶先生是很激动的。这番藏在心底的声音，说明王先生不是为朱自清先生而辩护，而是在为历史的真实辩护，在为一种实事求是的科学精神辩护。"[1] 我看孙先生这段回忆，更感兴趣的是王先生对朱自清的评价，说他"一生皆是诗人，一生皆是学者，一生皆是战士"。这个看法和通常看法不一样。我们说闻一多是"诗人、学者、战士"，好像朱自清和"战士"是不沾边的，因为在一般人心目中朱自清是一个纯粹的学者，是学院派学者的一个典型代表。但是王瑶师作为学生，对朱自清自有更深的观察与了解，他认为朱自清将"诗人、学者、战士"统一为一身，贯彻于一生，这当然有他的道理与根据，在我看来，这是一个很独到的见解，对我们了解朱自清先生，以及王瑶先生对朱自清

---

1 孙玉石：《他拥有绿色的永恒》，钱理群等编著《王瑶和他的世界》，第133页，河北教育出版社，2000年版。

有承担的学术

传统的继承，都非常重要。

王瑶先生晚年写过两篇文章悼念他的老师：《念朱自清先生》和《念闻一多先生》，可以说是姐妹篇，对两位恩师的为人与学问，都独有会心，很值得注意。其中有一个判断，就非常重要：他强调朱自清先生新诗理论的核心是新诗的"现代化"问题。后来王瑶先生又主持他生前最后一个学术项目"中国文学研究的现代化进程"，并坚持要把朱自清先生加进去，也就是说，在王瑶先生心目中，朱自清先生是对中国学术的现代化及中国诗歌的现代化做出了杰出贡献的一个学者和诗人。从现代化这个角度来肯定朱自清，显然跟王先生自己的学术思想与学术追求有密切关系。我们知道，朱自清先生是最早在大学里面开设新文学课程的，他三十年代在燕京大学的讲稿《中国新文学研究纲要》，对王瑶先生后来写《中国新文学史稿》，在体例、结构与方法上都有直接的影响。

但是已经有研究者注意到一个很有意思的现象：王瑶先生在学术问题上经常提到鲁迅和朱自清，但"他提起鲁迅的次数大大超过朱自清；谈到前者时所用的词汇和语气的分量，也要明显重于后者。——比如一再指出鲁迅的著述及方法，为我们研究工作提供了'典范''范例'等，谈到朱自清时，从未使用过这类词语"，结论是：在王瑶先生"自身的学术工作中，鲁迅要比朱自清留下更多更深的印记"。[1] 这也是一个很值得重视的分析。

王瑶先生对鲁迅的特别重视，最集中地表现在他的一个基本观点，他始终坚持鲁迅的"方向"意义。也就是说，他理解的五四传统，

---

1 樊骏：《论文学史家王瑶——兼及他对中国现代文学学科建设的贡献》，钱理群等编著《王瑶和他的世界》，第441—442页。

主要是鲁迅的传统。鲁迅对王瑶先生的意义，我在一篇文章里有过这样的概括——

"作为思想家、文学家的鲁迅，是作为文学史家的王瑶的研究对象。王瑶先生尽管不是鲁迅研究的开创者，但却是 1949 年以来大陆鲁迅研究的一个重要代表。他在极'左'思潮的干扰下，为维护鲁迅研究的科学性，促进鲁迅研究的学术化，作出了巨大的努力。

"作为学者的鲁迅对于王瑶先生更具有典范的意义。王瑶先生自己就多次指出，他是'由于十分钦佩鲁迅关于魏晋文学的许多精辟的见解'才'决定从汉魏六朝一段来开始自己对中国文学史的研究工作'的；'在现代文学研究方面'也'仍然是以鲁迅的有关文章和言论作为自己工作的指针'。

"作为人的鲁迅，现代知识分子的代表、精神界的战士的鲁迅，对于王瑶先生的影响可能是更为深远、也更为重要的。王瑶先生正是通过鲁迅的中介，与中国传统文化中的'魏晋风度'，以及作为中国现代文化的集中代表'五四精神'，取得了内在的精神联系。或者说将鲁迅的精神化为自己的血肉，从而成为'鲁迅式的知识分子'，实现了'做人与作文（作研究）的统一'，形成了一种精神的力量。"|

（二）五四精神、魏晋风度：和鲁迅的深度精神感应

这里所说的"魏晋风度"和"五四精神"正好是构成王瑶先生精

| 钱理群：《史家的风范——王瑶先生的研究个性、学术贡献与历史地位》，《返观与重构——文学史的研究与写作》，第59—60页，上海教育出版社，2000年版。

神气质的两个侧面。大家知道，鲁迅曾经用"清峻"和"通脱"来概括魏晋风度，并且说他自己"有时很峻急，有时又很随便"，其实"峻急"就是"清峻"，"随便"就是"通脱"。而王瑶先生正是在这两方面都有所继承，而且形成了自己的特点。作为王瑶的学生，我们永远不能忘怀的，是他那极有特色的"王瑶之笑"，以及锐利的、给人以威压的目光，把他内在的通脱与清峻，表现得淋漓尽致。在朋友、弟子圈里传诵一时的先生的名文《自我介绍》，让我们最为倾心的，也是这一点："……迩来垂垂老矣，华发满颠，齿转黄黑，颇符'颠倒黑白'之讥；而浓茗时啜，烟斗常衔，亦谙'水深火热'之味。惟乡音未改，出语多谐，时乘单车横冲直撞，似犹未失故态耳。"这里，幽默和通达之中，暗含着辛酸和倔强，包孕着多么丰厚的人生体验！此言此语，在当今学者中非王瑶莫为，却很容易使我们想起鲁迅。这就是说，王瑶之于鲁迅，不仅是精神上的契合，更有一种生命的遇合，这样一种深度的精神感应，这样的"魏晋风度"与"五四精神"的胶合，正是我们这些学生所达不到的，我们无法进入那样一种境界。

（三）"学者兼战士"的学术道路

我在一篇文章里曾经说过，"'王瑶的意义'已经成为现代思想、文化、学术史上的一个课题，引发了后来者的不断追念 / 思考与论说"[1]。而且，在学术界有了不同的认识，引发了不同意见的争论。

有研究者认为王瑶先生是"学院派的一员"[2]，强调王瑶先生的鲁

---

1 《编后记》，《王瑶和他的世界》，第537页。
2 王富仁：《中国鲁迅研究的历史和现状》，《鲁迅研究月刊》1994年第8期。

迅研究体现了"对事实和价值，对学术和意识形态的清晰区分与界定"，对"意识形态要求"的"自觉的疏离"，[1]并且认为这是王瑶先生对鲁迅研究的主要贡献。

但樊骏先生在《论文学史家王瑶——兼及他对中国现代文学学科建设的贡献》这篇文章里，提出了不同的看法。他提醒人们注意以下事实：王瑶先生在清华大学读书时，是"一二·九"运动的一名骨干，是一个左翼文艺批评家，同时也是一个共产党员，几次被关进国民党监狱，到抗战时期，他脱党走上了学术的道路。王瑶先生和其他学者不一样，有很多学者都是从学术走向政治，他是从政治走向学术，走的是一条逆向的道路。但是，王瑶成为学者以后，他的学术和早年"左翼理论家"之间，仍然存在着内在的联系，因此，"无法回避他的治学态度、学术风格，和学院派之间原则的区别"。

樊骏先生作了如下论证：第一，王瑶先生强调无论是研究作家作品或是其他问题，都应该注意，它既然是历史的现象，就必然需要一种历史感。与此同时，对于历史的研究也必然与现实生活保持密切联系。也就是说他从认识论的角度提出了"历史感"和"现实感"的结合，一方面强调历史研究的客观性，同时又强调研究的主体性。第二，王瑶还从史学的社会功能的角度，"强调历史研究对于现实的积极作用"，他因此赞赏这样的命题："让历史告诉未来"。这就"超越了纯粹学术的界限，很注意它们为现实提供历史经验的社会作用"。第三，王瑶先生的文学观念，竭力推举"为人生的文学"，强调人民本位的价值标准，在他看来，这是中国现代文学的本质特征，因此，他强调

---

[1] 高远东：《某种启示：鲁迅研究过程中的王瑶先生》，钱理群等编著《王瑶和他的世界》，第497页。

历史研究中"知人论世"的原则，重视文学和时代的关系。"他最善于联系时代抓住问题和说明问题；在这种场合特别显示出他过人的才能和智慧，还常常提出发人深思的见解。这几乎形成了他的普遍的思维定式和常见的论证模式。"第四，王瑶先生"不仅在青年时代活跃于政治斗争的第一线，而且终生都对于政治保持着浓厚的兴趣"，"他的志趣不限于学术，不是一位单纯的学者，不问世事的学院派"，"为人的这一特点，不可能不渗透在他的学术成果中，那就表现为相当浓厚的政治内涵和相当鲜明的政治倾向"。在时代和文学的关系当中，王瑶先生更关注的是政治对文学的影响，"他更多地从政治的角度（包括当时的政治形势、政治事件、政治社会心理等），直接或间接地切入问题"。孙玉石先生有一个回忆，也证实了樊骏先生的这一论断。那是王瑶先生在他家客厅的一次讨论会上的即席讲话，我也参加了讨论，孙先生在他的日记里有如下记录："我们搞现代文学的，不能离开政治谈文化，不能一味地淡化政治"，这其实是对包括我在内的他的学生的一个批评。因为当时我们提出"二十世纪中国文学"，就是想摆脱文学史研究依附于革命政治史的研究格局，因而有意地淡化政治，突出文化与文学因素。王瑶先生理解我们的这一意图，同时提醒我们不要走到否认政治的极端："淡化政治，淡到了零的程度是不行的。政治这个东西是客观存在，你不找它，它还要找你。现代文学离不开政治，生活里的人也离不开政治。这政治过去看得太狭窄了，要把它看作一个广泛的范畴。但是怎么广也不能广到没有。"

樊骏先生根据以上四个方面的分析：王瑶先生对文学研究现实感的强调，对文学研究对于现实作用的强调，对文学和时代关系的强调，对文学和政治关系的强调，论证了王瑶先生不是为学术而学术的学院派的学者，并将其放在五四以后的学术史的视野里，作出了一个我认为极重要的概括。他说："以五四新文化运动为起点，于二三十年代逐步出现一个新型的文化学术群体"，"有的接受实证主义的理论与方法，有的进而以马克思主义学说为指针，以此来重新估价历史遗产，探索发展文化学术的新路；把自己在文化学术领域的专业工作，视为推动社会进步、民族解放的组成部分——不仅没有把前者游离于后者之外，而且自觉地以此作为自己服务于国家民族的主要手段：在学术观点和政治倾向上，是进步的、革命的，往往兼有学者与战士的双重身份，在他们的观念和工作实践中，也是把文化学术与意识形态密切地联系在一起的"，"这个群体和学院派的区别，主要在于更多的政治色彩和意识形态方面的自觉性"。樊骏先生认为，鲁迅、郭沫若就是其中的代表，而王瑶先生也应该属于这样一个群体，而且中国现代文学研究这门学科的主要开拓者，如李何林、唐弢、田仲济等先生，也都是这样"学者兼战士"型的知识分子。[1]

我是同意樊骏先生的这一分析和论断的。而且如果我们联系前面提及的，王瑶先生把他的研究生导师朱自清也视为"一生皆是诗人，一生皆是学者，一生皆是战士"型的知识分子，而鲁迅无疑更是"学者兼战士"型的知识分子，那么，王瑶先生走上这样的学术道路，固然是他的经历、个人精神气质所决定，也是自有学术渊源的。

---

[1] 以上所引樊骏先生的意见，均见《论文学史家王瑶——兼及他对中国现代文学学科建设的贡献》，钱理群等编著《王瑶和他的世界》，第444页、430页、432页、435页、444页、445页、446页、447页。

有承担的学术

（四）特殊的价值、魅力和可能存在的陷阱

但是，即使是承认王瑶先生所走的是一条"学者兼战士"的学术道路，紧接着产生的问题就是价值判断：怎么看待这样一条学术道路，这样一类学者的学术成就？应该说，在这个问题上，学术界是有不同意见的。

比如，有的研究者把王瑶先生对现实的关怀，特别是对政治的关怀，即所谓"关怀世务"，简单地概括为"政治至上""革命崇拜"，并将其价值观概括为"族国本位—经世致用—政治至上—'元价值'""个性本位—不事王侯—为隐而隐（为学术而学术）—无价值"。这显然是一个过于简单化的概括，王瑶先生对学术和政治、现实关系的认识要复杂得多。但也必须承认，"政治至上""革命崇拜"对王瑶先生这一代中革命知识分子的影响。问题是这样的概括背后隐含着另一种价值判断，即将"政治"狭隘化为一种"官本位"的"权力政治"，"革命"即是通向"王廷"之途，从政，或政治关怀、现实关怀，最多也就是一个"时段性角色行为规范"，而不具有"终极性普世价值"；而唯有学术才具有终极性，"学术乃天下之公器，有比现实政治更长久的独立价值"，唯有为学术而学术的纯粹的学者才能真正实现"个人本位"的普世价值，"以学为本"才是真正的"传道"。[1]这实际上是一种价值观的颠倒，即以"为隐而隐，为学术而学术"为"元价值"，以"经世致用"、政治关怀、现实关怀为"无价值"。这样的颠倒的价值观（"学术至上"）与所要颠倒的价值观（"政治至上"），

---

[1] 参看夏中义：《九谒先哲书》，第348页、349页、345页、405页、408页，上海文化出版社，2000年版。

史家的风范

53

其内在思维方式却是惊人的一致：都是将"政治"与"学术"绝然对立，并将某一种选择绝对化。

当然，我理解为"为学术而学术"的学院派所作的辩护，对其价值的着意强调，因为我们确实有简单地排斥学院派的问题，而且直到今天，学院派在中国也没有得到真正的发展：标榜者多，而认真实践者少。因此，我认为真正的学院派在当今中国仍然有它的特殊价值和意义，至少说在坚持学术独立，坚持学术传承，坚持精神自由，抗拒御用学术和商业学术上，是有着积极意义的。但反过来也不能把学院派的价值绝对化了，好像与学院派不同的选择，另一条学术道路，比如说"学者兼战士"的道路，就是背离了学术，就要将其逐出"学术殿堂"，至少认为其学术价值不高，这样实际上就是要把学术的判断权垄断在自己手里，这是不利于学术自由和多元化发展的。

而且一个学者选择什么样的学术道路，不是完全决定于主观意志，是和他的客观条件，例如个人精神气质，有关系的。假如这个人对政治毫无兴趣，你非要他去走"学者兼战士"的道路，那当然不行；反过来这个人他就是对政治有兴趣，对现实有强烈关怀，他就不可能"为学术而学术"。我们之所以要强调学术道路的多元化，强调不同类型的学者的并存，就是为了充分发挥每一个学者不同的潜能，以达到合理、健全的学术生态平衡，而绝不能把任何一种价值绝对化。

从另一面说，任何一种选择，在具有其独特的价值的同时，也会存在着自己的盲点、局限，甚至会有某种危险的陷阱。因此，无论是"为学术而学术"，还是"学者兼战士"，都应看到它的正面和负面，做比较复杂的分析。对王瑶先生的学术选择与道路，也应该做更细致、更具体的客观分析。

　　　　　　　　　　　　　有承担的学术

我自己在一篇文章里曾谈到我在研究王瑶先生时注意到的一个现象："王瑶先生从青年时代起，就与中国现代爱国学生运动和革命运动发生密切的联系。"这不仅是指王瑶先生在清华大学学习期间即成为"一二·九"运动的骨干。应该肯定，王瑶先生和学生运动、时代思潮的密切的关系，使得他的研究始终具有鲜明的时代性和现实感，他不断从生机勃勃的现实生活中汲取生命的活力，所以读王瑶先生的学术著作，你可以感觉到其背后的鲜活的生活本身所具有的生命感，以及严谨的论述中时时溢出的丰厚而锐利的思想带来的冲击力，同时焕发着一种人格、精神的力量，把你引入一个开阔而高远的学术的、人生的、生命的境界：这都是王瑶先生的学术的特殊魅力所在。而作为中国现代知识分子的精神、良心和情操的代表之一，王瑶先生的影响已经超出了学术范围。王瑶先生"长期执教于中国现代思想、文化、学术中心的北京大学，他的具有鲜明个性的出色的教学活动和学术研究，使他成为北京大学最有影响的教授之一，并在一定程度上成为'北大精神'的象征和代表之一：并不是所有的学者都能达到这样的境界。在这个意义上，王瑶先生的学术生命是具有一种特殊的光彩和意义的"，¹这显然和他的"学者兼战士"的这样一种选择有关，同时也有力地证明这样一条学术道路的特殊意义和价值。

　　但另一方面，复杂和变化万端的中国现代政治运动对王瑶先生的影响也是明显的，这种影响不仅表现在政治干扰使王瑶先生长期以来不能从事正常的学术活动，先生多次对我说他五十年代一年一本书，但是现在写不出来了，以致有"千古文章未竟才"的永远的遗憾。这

<hr>

1 钱理群：《史家的风范——王瑶先生的研究个性、学术贡献与历史地位》，《返观与重构——文学史的研究与写作》，第52页、54页。

是外在的影响。更重要的是，内在精神的伤害造成了王瑶先生学术研究的某些局限和矛盾，这是我们不必回避的。

根据我在身边近十年的观察，先生对政治已经超出一般意义上的关注：这实在是他施展才华的场所。王瑶先生早年是一个左翼批评家，特别是担任《清华周报》主编期间，他的这种善于对复杂多变的政治形势作出准确的判断和预测的能力，已经得到了淋漓尽致的发挥。比如西安事变刚刚发生，一切处于混沌之中时，王瑶先生就作出了明确的论断，并且为以后的事态发展所证实。尽管他后来成为学者，但是这样的"政治分析家"的气质、才能和兴趣仍然对他产生了潜在的影响和蛊惑。我们当年定期到先生家里去听他神聊，其中一个重要内容就是作各种各样的政治与社会分析，那真是精彩极了。而且我们分明感到，这对王瑶先生来说是一种享受。我因此有时候想，如果王瑶先生有条件当一个专栏评论家，他的政治、社会分析的才能或许能够得到充分的发挥。而且我觉得一个学者兼政治、社会评论家的王瑶对他自己也未必是坏事，这是符合他的"学者兼战士"的气质的。据我的观察，王瑶先生并不具备政治实践家的气质（包括心理素质），他介入政治的最好方式就是写政治、社会评论。但现实却使他的政治、社会分析只能变成清谈，就是对学生或来访者神聊。王瑶先生是严格把握好分寸的，他的政治分析绝对不写进他的文章里，跟学术著作是完全分开的。所以王瑶先生有两套语言，一套是学术著作的语言，严谨、简约，有时读着有些枯燥；另一套是客厅里的政治、时事、人事分析，那真是妙趣横生，入木三分。我和平原曾私下商量，要把这些妙语录下来，但还没有来得及做，先生就撒手而去，留下了永远的遗憾。这样的没留下的清谈，在某种意义上成了才华的浪费。

　　　　　　　　　　　　有承担的学术

更重要的是，这样的时时处处作政治分析的习惯，形成了先生对政治的极度敏感。他一天几个小时读报纸，从报纸的字里行间去分析政治形势、动向，有的分析极其独特，有的就不免是过分敏感。对瞬息万变的政治形势的种种准确、不准确的分析、猜测，又总伴随着对自己及周围人的实际命运的种种担忧，这大大加重了先生"战战兢兢，如履薄冰"的感觉，形成了无休止的、不堪承受的心理压力，不仅妨碍了先生进入单纯而明净的学者状态，而且从根本上挫伤了他的学术积极性，看得太透，就什么也不想做了。王瑶先生在生命的最后时刻，反复叮咛我们这些学生：不要再分析了，不要再瞻前顾后，沉下来做自己的事，实在是他自己的沉重的经验之谈。

史家的风范

人的标尺

高举"鲁迅'五四'"旗帜的学者

——李何林先生的学术贡献

（一）马克思主义的文学史家

李何林先生在二十世纪八十年代回顾自己的学术道路时，这样说道："1938—1939 年间我编写《近二十年中国文艺思潮论》的思想武器，是在这以前的十年间所接受的，'革命文学'论争前后所介绍宣传的马克思列宁主义文艺理论，'左联'成立以后所译介与传播的马克思主义文艺思想"，并"力图结合中国文艺运动的实际"。[1] 这是一个重要的说明：它表明李何林先生的学术研究从一开始即是自觉地以马克思主义理论与方法作为考察、描述中国现代文学的依据的。

而据樊骏先生的研究，"对于五四以来的新文学进行比较系统的历史考察，开始于二十年代末期，正当进步的文艺界、学术界开始出现学习和运用马克思主义理论的高潮之际。当时，不仅革命作家在马克思主义的指引下，提倡无产阶级文学；在社会科学的众多学术领域里，也纷纷建立起马克思主义的新哲学、新史学、新经济学、新教育学……形成一个声势浩大的马克思主义的新文化运动。萌发于这个时期的中国现代文学研究，从一开始就鲜明地显示出这样的时代特征和

---

[1] 李何林：《我的文学研究与学术生涯》，《李何林全集》第1卷，第3页，河北教育出版社，2003年版。

发展趋势"[1]。应该说，李何林先生正是这样的"马克思主义的新文化运动"所培育的新一代的学者，我们也必须将他的研究置于中国现代文学研究的马克思主义学派的发展历史这样一个大的学术背景下来加以考察与说明。

鲜明的倾向性和"一切从历史事实出发"的科学性的结合

如樊骏先生所说，用马克思主义的立场、观点与方法来考察中国现代文学，"最早的研究成果，主要是革命作家关于五四文学革命和初期新文学的评论"[2]，如瞿秋白的《〈鲁迅杂感选集〉序言》，茅盾、冯雪峰、胡风的作家作品论，都是至今仍为人们提及的马克思主义的文论。而瞿秋白的鲁迅论更是给李何林先生的研究以极大启示和直接而又深远的影响。直到二十世纪六十年代他还这样向南开大学的学生专门介绍瞿秋白的这篇文章："这在当时是思想界的最高成就，是马克思主义的最基本的原理——辩证唯物主义与历史唯物主义论的最正确最深刻的运用。"他高度评价瞿文将马克思主义的阶级观点运用于鲁迅研究，而"又不是概念式的抽象的论述或贴标签，而是从具体的思想斗争材料出发，具体人的思想出发来论述的"，"全篇也充满了历史主义的精神，从当时历史的具体情况出发来评述某种思想，而不做脱离时代具体情况的一般的肯定和否定"[3]。

---

1 樊骏：《马克思主义与中国现代文学研究》，《论中国现代文学研究》，第50页，上海文艺出版社，1992年版。

2 樊骏：《马克思主义与中国现代文学研究》，《论中国现代文学研究》，第50页。

3 李何林：《瞿秋白〈鲁迅杂感选集·序言〉的特点》（1962年在南开大学讲课的提纲），《李何林全集》第4卷，第246页。

尽管这是二十年后的分析，但如果结合李何林先生本人的研究，是不难看出他自己也是始终坚持将马克思主义的阶级分析的观点、方法与具体的历史材料相结合的。而这也正是马克思主义的研究路线；恩格斯早就说过："如果不把唯物主义方法当作研究历史的指南，而把它当作现成的公式，按照它来剪裁各种历史事实，那么它就会转变为自己的历史对立物"[1]，"即使只是在一个单独的历史实例上发展唯物主义的观点，也一样要求多年冷静钻研的科学工作，因为很明显，在这里只说空话是无济于事的，只有靠大量的、批判地审查过的、充分地掌握了的历史资料，才能解决这样的任务"[2]。可以说，李何林先生的《近二十年中国文艺思潮论》正是这样的在中国现代思潮史这个"单独的历史实例"上，运用与发展"历史唯物主义观点"的自觉的最初的努力与尝试。为此，他确实作了"多年冷静钻研"，是"充分地掌握了历史资料"，才完成这一任务的。——据先生自述，早在1929年他就编选了《中国文艺论战》与《鲁迅论》两本史料集，以后更对文艺论争与文艺思潮给予极大关注，"注意随时搜集有关这些论争的资料，正反两方面的资料都要"，前后积累了九年之久，才于1938—1939年最后成稿。[3]而在写作中又有意地采取"论评"与"资

1　恩格斯：《致保·恩斯特（1890年6月5日）》，《马克思恩格斯选集》第4卷，第472页，人民出版社，1972年版。

2　恩格斯：《卡尔·马克思〈政治经济学批判〉》，《马克思恩格斯选集》第2卷，第118页。

3　李何林：《我的文学研究与教学生涯》，《李何林全集》第1卷，第1—2页。

料长编"结合的叙述方式，[1]"除依编者个人见解所下的论评外"，"多多引用原文：一以保存各时期作者的文艺思想的本来面目，以免复述失真；一以供人们查查旧案"。[2]这就表明，李何林先生的马克思主义的现代文学研究从一开始，就显示出了鲜明的倾向性（这一点，我们将在下文展开论说）与"一切从历史材料出发"的科学性相结合的特点，并找到了属于自己的写作模式，逐渐形成了独特的学术个性与传统，至今仍在启迪着后人。

运用马克思主义的方法，又不忽略文学本身的源流或发展

作为马克思主义学派的新人，李何林先生在 1938 年写作《近二十年中国文艺思潮论》时，给自己所确立的目标，是要在瞿秋白等前辈的基础上，进一步将马克思主义的唯物史观与研究方法由新文学作家、作品的评论，深入到文学史的研究领域。他曾在一篇文章中这样谈到作为他的研究出发点与动因的"问题意识"——

"从社会经济基础上来解释上层文化现象，无论是对历史、社会、文化、政治或文学艺术各部门，在中国都还是很幼稚的学问；我们至今还没有一本这样的中国文学史或艺术史……

"自五四运动到现在出版的几十种中国文学史，有一部分是学术

1　李何林在《〈近二十年中国文艺思潮论〉1982 年重版说明》中曾说："我没有总结出它的'史'的发展脉络或规律，只稍稍提到每次斗争的社会政治背景和原因，以原始资料为主。因此，只能叫作文艺思想斗争史资料'长编'，不是'史'。"（《李何林全集》第 3 卷，第 3 页）但这其实也是可以视为文学史研究与叙述的一种模式的。

2　李何林：《〈近二十年中国文艺思潮论〉序》，《李何林全集》第 3 卷，第 6 页。

史中夹文学史，把经史子集都包括在内（集中有一部分是文学）；有一部分则注重形式上的数量列举和作家短史与作品举例，就文学本身范围内叙说一点某时期某种文学所以兴衰的原因。对于某作家或某类作品，多半赞扬一通，说如何如何好，很少看见他们说过坏处或缺点，更不提什么社会意义或价值；其余一部分则应用社会学的观点，用时代社会因素来解释历代文学现象，对于作家作品的形成，都大略找出它们的时代社会背景，这算是中国文学史著作中最好的一类。不过，社会学的观点虽已走进科学方法的大门，可惜尚未登堂入室。我总觉得所谓时代社会还嫌有些笼统，某一时代社会之所以成为那样，似乎还有另种基本的东西作为主要因素在决定着它。

"在'九一八'前后，当新哲学和新社会科学开始大量输入中国，引起中国社会史问题论战时，记得有一两本文学史书是从社会经济基础上来撰述的。据我现在的一点残余记忆，觉得它们的解释文献现象与社会经济基础和其他上层文化的关系，似都嫌单纯和粗略……

"因此，中国的一切文化学术史和文学史，可以说是还停留在社会学的阶段，很少有进步的著作出现（虽有，很少）。中国很需要有一本用进步的科学方法写作，不忽略文学本身的源流或发展，并兼顾与其他上层文化关系的文学史。"[1]

李何林先生的《近二十年中国文艺思潮论》正是他的这一追求的具体实践，可以说是中国第一部自觉地用马克思主义的科学方法（也即李何林先生在文中所说的"进步的科学方法"）写作，又"不忽略文学本身的源流或发展"的现代文学思潮史。

---

[1] 李何林：《中西市民社会的文学共同点》，《李何林全集》第4卷，第137—138页。

用历史唯物主义历史观研究五四新文学的发生和特质

于是，我们注意到，在"绪论"一开始，作者就讨论"五四新文化运动"的"经济基础"问题。这是一个五四新文化运动何以发生的问题，是任何研究者所不能回避，也是最能显示不同学者的不同理论背景的。

在五四发难者的陈独秀与胡适之间，就有过一次论争：先是 1923 年陈独秀在《〈科学与人生观〉序》里提出："我们相信只有物质原因可以变动社会，可以解释历史，可以支配人生观，这便是'唯物的历史观'。"胡适在《答陈独秀先生》中则表示："我们治史学的人，知道历史事实的原因往往是多方面的，所以我们虽然极欢迎'经济史观'来做一种重要的史学工具，同时我们也不能不承认思想知识等事也都是'客观的原因'，也可以'变动社会，解释历史，支配人生观'。"陈独秀在《答适之》中又进一步指出："唯物史观的哲学者也并不是不重视思想、文化、宗教、道德、教育等心的现象之存在，惟只承认它们都是经济基础上面的建筑物，而非基础之本身。"为论证自己的观点，陈独秀谈到了五四的起因："常有人说，白话文的局面是胡适之、陈独秀一班人闹出来的。其实这是我们的不虞之誉。中国近年来产业发达，人口集中，白话文完全是应这个需要而存在的。适之等若在三十年前提倡白话文，只需章行严一篇文章便驳得烟消灰灭。此时章行严的崇论宏议有谁肯听？"[1] 胡适后来在 1935 年所写的《中国新文学大系·建设理论集·导言》里又作出了回应，强调"历史事实的解

I 上述讨论文章收《胡适文存二集》，《胡适全集》第 2 卷，第 222 页、224—225 页、227 页，安徽教育出版社，2003 年版。

释不是那么简单的，不是一个'最后之因'就可以解释了的"。胡适更重视的是多元的、个别的、偶然的因素，他这样谈到自己所写的关于五四发生的回忆文章《逼上梁山》的动因："是要用我保存的一些史料来记载一个思想产生的历史。这个思想不是'产业发达，人口集中'产生出来的，是许多个别的、个人传记所独有的原因合拢来烘逼出来的。"[1]

了解了这样一个背景，我们就可以懂得，写于1939年的《近二十年中国文艺思潮论》，在某种程度上，是可以看作为一个年轻的马克思主义的现代文学研究者的李何林先生，对这场论争的一个介入与发言。他与陈独秀一样力图用历史唯物主义的历史观来阐释五四的发生，强调第一次世界大战期间"中国民族资本，在帝国主义压迫的放松中"的"兴起"，"代表这兴起的民族资本主义的资产阶级"，"在政治上的影响也日益显著起来"，"五四反帝反封建运动正是在此种觉醒下勃发起来的（俄国的'十月革命'也给这一运动以很大的影响），相应着这种经济政治的情势，于是在文化方面就有了'新文化运动'的出现"。而"新文化运动的标志，是提倡民主，提倡科学，提倡怀疑精神，提倡个人主义，提倡废孔孟，铲伦常"，而"这些内容，都有一定的社会意义，就是接受资本主义文化，反对封建思想"。[2]

这些论述显然是比较粗略的；后来，李何林先生又写了《中西市民社会的文学共同点》一文，从"市民社会的文学"的角度，从文学发展的源流与发展，来探讨"新文学"的产生与性质，如李何林先

---

1 胡适：《中国新文学大系·建设理论集·导言》，《中国新文学大系·建设理论集》，第15页、17页，上海文艺出版社，1981年据上海良友图书印刷公司1936年版重印。

2 李何林：《近二十年中国文艺思潮论·绪论》，《李何林全集》第3卷，第4—5页。

生自己所说，他的写作动因是想"借以证明这新的历史观或科学方法的正确"。此文可注意之点有二："市民社会的文学"的概念提出本身，自然是以西方文学的发展为参照的，但论述的着眼点却是"它们的一般和特殊，同点和异点"，因而有了以下的说明："本文的市民社会是广义的资本主义社会，是把孕育近代工业资本的封建社会内的商业资本主义也包括在内的；所谓'市民'，是商业资本发达以后的城市市民，虽然可以包括工业革命以后的大工商阶级和金融资产阶级，但也包括小商人及手工业者等在内；所以它不是单指近代资产阶级而言，市民社会也不单是狭义的工业革命以后的资本主义社会。"并有了"以鸦片战争为界"的两阶段的划分：之前是"封建社会的商业资本阶段"，"以后的中国近百年社会，虽然是半殖民地半封建性质，但是有着主要的近代市民社会的成分与趋向，因此我把它作为中国市民社会的一个段落，放在本题的范围之内"。

而文章的具体论述，则集中于"新文学"的语言、文体和这样的"市民社会"的关系，于是，就有了"中西市民社会初期均有新语文的新文学产生""小说是中西市民社会的叙事诗""政论文学是中西工业市民阶级兴起时的斗争武器"这样的命题的提出与讨论。[1] 这里对"经济基础"与"阶级""社会"，以及作为文学本体的"语言""文体"关系的探讨，显然是既坚持"经济基础的最终的决定作用"的历史唯物主义的基本原则与阶级分析的方法，但又避免将其简单化、直线化的一个自觉的、最初的努力。

值得注意的还有同写于四十年代的《文学与商业和政治的关系》

---

1 李何林：《中西市民社会的文学共同点》，《李何林全集》第4卷，第138页、140页、141页、143页、150页。

　　　　　　　　　　　　　　　　　　有承担的学术

一文。此文有一个副题："评沈从文先生的《文学运动的重造》和《文艺政策探讨》"。针对沈从文的"新文学与政治和商业发生了关系，是其堕落的原因"的观点，经过具体而详尽的讨论，指出："新文学运动本来是资本主义的玩意儿，它必定要与商业制度发生关系，借商业制度以广传布的。"而"古今中外文学都与政治有关"，沈从文所提倡的远离商业与政治，"由学校奠基，学校培养"的纯学术、纯文学的文学"重造"不过是"渺茫的"心造的幻影，而且有违于新文学的本质。[1]人们自不难注意到，这样的关于"文学与商业和政治关系"的争论，直到今天仍在继续，李何林先生用马克思主义的唯物史观对文学、新文学的特质的阐释，也就依然具有启示意义。

四十年代李何林先生还写了一篇重要文章，即《读谭丕模〈中国文学史纲〉》。文章一开始便肯定谭书是一本自己所期待的"用进步的科学方法写作，不忽略文学本身的源流或发展，并兼顾与其他上层文化关系的文学史"著作，更充分肯定了作者所提出的文学史写作的"基本观念"："（1）要把握历代的社会思潮和文艺思潮；（2）要把握文学的社会基础；（3）要探求文学形式的各种渊源（'形式的变革多半被内容规定；但是内容对于形式的变化，也只是主要的因素，却不是唯一的因素'）；（4）要把文学家的个人生活环境与文学作品联系起来"，并作出了如下评价："以上这些方面都足以证明作者并非只是机械地应用唯物论或者笼统简单地以经济基础去解释文学现象，而是用进步的观点，从多方面去解释文学现象的。"[2]这都表明，中国的马

---

1 李何林：《文学与商业和政治的关系》，《李何林全集》第4卷，第156页、157页、161—162页。

2 李何林：《读谭丕模〈中国文学史纲〉》，《李何林全集》第4卷，第166页、168页。

克思主义的文学史家正在努力克服"机械地应用唯物论"的幼稚病，在艰难地寻找一条恩格斯所提出的科学、正确地"应用""新理论"的道路。[1] 应该说，在这方面，李何林先生是具有相当的自觉性的。

有意思的是，在 1955 年批判胡适运动中，李何林先生发表了一篇题为《批判胡适唯心论文学思想的几个主要方面》的文章，重提胡适与陈独秀当年的那场论争。尽管在当时的语境下，不免有将学术上的论争无限上纲为政治问题的"左"的倾向，如将胡适所发表的不同意见说成是"和马克思主义文学史观对抗"，进而断定胡适是"马克思列宁主义的死敌"，"无产阶级思想领导的中国文学革命运动的死敌"，等等，但仍可以看出，李何林先生所坚持的是当年论争的基本立场，而且因为有了时间的距离，也就有了更为科学的分析。比如他这样谈到陈独秀在论争中的得失："陈独秀的'产业发达，人口集中'，当然不是科学的历史唯物论；但在当时（《科学与人生观·序》写于1923 年）他是企图运用历史唯物论的观点，从经济基础的变动去解

---

[1] 恩格斯：《致约·布洛赫（1890年9月21日——22日），《马克思恩格斯选集》第4卷，第477—479页。正是在这篇文章里，恩格斯指出："根据唯物史观，历史过程中的决定性因素归根到底是现实生活的生产和再生产。无论马克思和我都没有肯定过比这更多的东西。如果有人在这里加以歪曲，说经济因素是唯一决定性的因素，那么他就是把这个命题变成了毫无内容的、抽象的、荒诞无稽的空话。经济状况是基础，但是对历史斗争的进程发生影响并且在许多情况下是决定着这一斗争的形式的，还有上层建筑的各种因素：阶级斗争的各种政治斗争形式和这个斗争的成果——由胜利了的阶级在获胜以后建立的宪法等，各种法权形式以及所有这些实际斗争在参加者头脑中的反映，政治的法律的和哲学的理论，宗教的观点以及它们向教义体系的进一步发展。这里表现出来这一切因素的交互作用，而在这种交互作用中归根到底是经济运动作为必然的东西通过无穷无尽的偶然事件（即这样一些事物，它们的内部联系是如此疏远或者是如此难于确定，以至我们可以忘掉这种联系，认为这种联系并不存在）向前发展。"

释新文学运动发生的原因的；'经济史观'或'机械唯物论'都在所难免。这种朴素的唯物论的运用，虽然显得简单和粗糙一些，但在当时的学术界还是有它的进步意义的。"

在论及胡适的观点时，他在肯定其观点的合理成分的同时，仍坚持历史唯物论的基本原则，而与胡适划清了界限："我们虽不否认胡适所提出的'我们有了一千多年的白话文学作品'，'有了全国各地通行的大同小异的官话'，'有了欧洲近代国家国语文学次第产生的历史可供我们参考，因而主张文学革命'——这三方面和新文学运动多少有些关系；同时，我们也不否认'科举制度的废除'和'满清帝室的推翻，民国成立'替新文学运动扫清了道路。但我们和胡适不同的是：我们认为这些'政治势力'之所以形成，也是由于鸦片战争以后的经济基础的变动的'最后之因'，不是和'产业发达，人口集中'无干。""这就是胡适的文学观和我们的文学观，胡适的文学史方法与我们的文学史方法的不同，他解释文学史现象，是向个人传记里面去找原因，把文学和文学运动当作个人的东西；我们并不否认个人的东西，但我们把个人的东西和整个的文学现象当作社会现象来考察，当作阶级斗争的一部分来考察，要研究形成它的社会原因，最后还要追查到'最后之因'。"[1]

人们不难注意到，近年来对五四新文化运动的发生的考察中，胡适的意见似乎受到了更多的重视；或许正因为如此，重温论争中陈独秀、李何林等马克思主义文学史家的意见，应该是有一种特殊的意义与价值的。

---

[1] 李何林：《批判胡适唯心论文学思想的几个主要方面——并驳斥他所自吹的对于新文学的所谓"贡献"》，《李何林全集》第4卷，第25—26页、28页。

（二）高举"鲁迅'五四'"的旗帜

《近二十年中国文艺思潮论》的倾向性

李何林先生在 1982 年所写的《近二十年中国文艺思潮论》"重版说明"里，特意点明他的研究的"倾向性"，这是关系到他的一个基本的学术立场与观点的。在他看来，"任何文学史，或文学运动、文学思想斗争史的编著者，表现在他的'论述'部分中都有倾向性"，"所谓倾向性，就是倾向于赞成一方的思想，反对另一方的思想；而在引述双方的文章时又似乎很客观，但'论述'起来就表现得并不客观了。世界上有真正客观的文学史、思想斗争史吗？"

而且李何林先生并不讳言："这本书的倾向性，首先表现在前面的两幅铜版像：鲁迅和瞿秋白，而且标明他们是'现代中国两大文艺思想家'。"[1] 在该书的序言里，更是高度评价鲁迅"在近二十年内各时期里面中国文艺思潮的浪涛中"所起到的"领港"与"舵工"的作用，以及瞿秋白在"中国新兴文艺理论建设中的地位"。[2]

这样的论断，不仅如作者自己所说，为"当时一切反对派所不允许"，[3] 而且为当时的文学史家所不能接受。尽管在 1930 年李何林编选的《中国文艺论战》出版以后，曾有读者邢桐华来信提出鲁迅"在中国是最伟大的思想家与艺术家和战士，十个胡适之换不来一个鲁迅

1　李何林：《〈近二十年中国文艺思潮论〉1982 年重版说明》，《李何林全集》第 3 卷，第 3 页。

2　李何林：《〈近二十年中国文艺思潮论〉序》，《李何林全集》第 3 卷，第 6 页、7 页。

3　《〈近二十年中国文艺思潮论〉1982 年重版说明》，《李何林全集》第 3 卷，第 4 页。

先生；十个郭沫若也换不来鲁迅先生的几本小说和数集杂感；五个郁达夫，四个周作人，都换不来鲁迅先生对中国的难磨的功绩"。李何林在回信中也表示"怀有同感"[1]，但在许多人心目中，新文学与新文学思潮的"领港"与"舵工"仍是胡适等人，而非鲁迅。这在1935年、1936年所编选的《中国新文学大系》（这是对五四新文化运动以来的新文学第一次大规模的历史整理与叙述）的"导言"里可以看得很清楚：在胡适所写的《建设理论集》的长篇导言里，所凸显的是他自己，以及陈独秀、周作人的理论贡献与作用，只字未提鲁迅；倒是郁达夫在《散文二集》导言、朱自清在《诗集》导言里，给鲁迅的散文、新诗创作以极高的评价；鲁迅自己在《小说二集》导言里，这样谈到自己的贡献："从一九一八年五月起，《狂人日记》《孔乙己》《药》等，陆续的出现了，算是显示了'文学革命'的实绩，又因那时的认为'表现的深切，格式的特别'，颇激动了一部分青年读者的心。"

以鲁迅为五四传统的代表和开创者

这里所注重的或许是一个历史事实的"陈述"；但说到李何林所强调的"论述"，即倾向性的价值判断与选择，情况就比较复杂了。这是因为如研究者所说，五四新文化运动最显著的特征就是运动的发动者、参与者，仅仅拥有"态度的同一性"，即对于中国传统文化和社会的批判与怀疑态度，如胡适所说的"重新估定一切价值"的共同理念；在此之外，尽管也有"科学""民主"这样一些被今人认为是"五四精神"的共同的价值理想，但"实际上，《新青年》同人对

---

1 邢桐华来信与李何林回信均收《李何林全集》第5卷，第5页、2页。

'民主'和'科学'的理解并不一致",并"事实上导致他们的严重分歧,一旦偏离开他们一度共同拥有的批判和否定的对象,这种分歧将会以更加尖锐、甚至相互对立的方式呈现出来"。[1]这就是说,在某些大体的具有某种模糊性的共同价值理念之外,运动的发动者与有影响者,都以自己的各自不同的理解、追求与实践在五四新文化运动上打上了个人的烙印,甚至形成某种传统。于是,在总体的"五四"之下,还有"陈独秀、李大钊的'五四'","胡适的'五四'","蔡元培的'五四'",自然也还有"鲁迅的'五四'",等等。

后人,也包括现代文学史的研究者,在对五四进行回顾、研究、叙述与评价时,事实上如李何林先生所说,是不可能不自觉与不自觉地表现出某种倾向性的,即在对"五四精神"有总体的认同或批判之外,也还包含有对前述不同的个人"五四"的不同理解与评判。在我看来,这或许正是一个契机:有可能由此形成不同的"五四观"及相应的不同学派。在这样的观照下,李何林先生在《近二十年中国文艺思潮论》中对鲁迅在五四新文学运动与新文学思潮史中地位的凸显,就具有了重要的史的意义:这是第一部自觉地认同"鲁迅'五四'",突出鲁迅所代表与开创的五四传统的文学思潮史著作。[2]

由此形成了李何林先生独立的学术立场与独特的新文学史观,在某种意义上可以说这是他将马克思主义的唯物史观运用于中国新文学史的历史实际所获得的重要成果。而且难能可贵的是,在此后半个多

---

1 汪晖:《中国现代历史中的"五四"启蒙运动》,《汪晖自选集》,第313—314页,广西师范大学出版社,1997年版。

2 但如果仔细阅读李何林先生的《近二十年中国文艺思潮论》,仍可以发现,他在序言里所鲜明地表达的价值判断,并没有真正落实到他的历史叙述中,这里的原因是复杂的,也涉及文学史理论的一些重要问题,需要作更深入的研究与讨论。

世纪的历史的风风雨雨中，他始终自觉而顽强地坚守着、发展着这样的学术立场与以"鲁迅‘五四’"为核心的新文学史观，以至在他临终前可以毫无愧色地作出这样的自我评价："六十多年来，为党为祖国培养了一大批中国现代文学和鲁迅研究的人才，坚持五四以后新文学的战斗传统，发扬鲁迅精神，驳斥了鲁迅生前死后一些人对鲁迅的歪曲和诬蔑，保卫了鲁迅思想。"[1]

现代文学研究界的"鲁迅‘五四’"学派

据说有的朋友曾讨论过现代文学研究界中的"李何林学派"的问题；在我看来，在现代文学研究界确实存在着一个或许可以称作"鲁迅‘五四’"的学派，李何林先生是举旗帜的代表人物之一，现代文学研究界的许多前辈，如王瑶先生、唐弢先生也都是这样的举旗帜的学者。

应该说这样一种"鲁迅‘五四’"观在现代文学研究中曾经占据着主导地位，并因而出现了十分复杂的情况。[2] 或许正因为如此，近年来不断有人对"鲁迅‘五四’"、甚至五四传统本身提出质疑，如果是一种严肃的学术探讨，这样的质疑有助于现代文学研究多元化的格局的形成，而且可以期待由此形成不同的学派；但如果因此而形成了

---

[1] 李何林：《自传及著述经历》附录"1987年8月1日自制悼词"，《李何林全集》第1卷，第5页。

[2] 占据主导地位的一个重要的不可回避的原因是毛泽东对鲁迅的高度评价所引起的意识形态乃至权力的介入，发展到极端，就将"鲁迅‘五四’"唯一化，对其他人的"五四"形成了某种压抑，而"鲁迅‘五四’"本身也出现了许多李何林先生所说的"歪曲"，以及投机者的渗入，并在事实上形成了对"鲁迅‘五四’"的不同理解与阐释，出现了许多分歧。而这样的分歧在学术研究中是永远存在的，因此，这里所说的"鲁迅‘五四’"学派本身，也只是大体上价值理想上的相同或相似，而在进一步的理解与分析上仍是存在着歧异的。

对"鲁迅'五四'",以至整个五四传统的否定与消解，形成对"鲁迅'五四'"派的压抑，则同样不利于现代文学研究的健全发展。这也正是我们今天在这里纪念李何林先生，探讨他的学术思想与学术贡献的意义所在，或许我们可以借此对李何林先生和其他前辈所开创的这一"鲁迅'五四'"学术传统，进行科学的总结，并寻求在新的历史条件下发展这一传统的道路，这应该是"开创现代文学研究新局面"的题中应有之义，一个不可忽视的重要方面。

（三）历经磨难而信仰弥坚的风范

最后，我还想讨论李何林先生这样的现代文学研究界的马克思主义学者的历史命运问题：这是一个沉重的话题，却又是不能回避的。

《近二十年中国文艺思潮论》被查禁

李何林先生曾多次谈到他的《近二十年中国文艺思潮论》出版不久，即被查禁（见张静庐编《中国现代出版史料·丙编》所收《1941年国民党反动派查禁书刊目录》），也因此没有学校请他教书，只能改行。[1] 这是一个重要的事实：在中国，马克思主义曾被视为洪水猛兽，视为非法，用马克思主义的立场、观点与方法进行学术研究，必定要付出沉重的代价，马克思主义本质上的批判性决定了它的真正信奉者也必然为专制体制所不容。近年来总是有人有意无意地掩盖、遮蔽这

---

1 参看李何林：《〈近二十年中国文艺思潮论〉1982年重版说明》，《李何林全集》第3卷，第4页；《自传与著述经历》，《李何林全集》第1卷，第3页。

一事实，美化国民党专制政权，这是颇为奇怪的。

《近三十年中国新文学运动大纲》的困境

1948 年 5 月，李何林先生逃脱国民党的追捕，来到华北解放区，并被任命为华北大学中文系主任，他自然会有一种解放感，并期待着可以自由地运用马克思主义的历史唯物论来进行被中断的现代文艺思潮史的研究。于是，他很快就依照《近二十年中国文艺思潮论》的纲目，加上抗战以后的十年，写出了《近三十年中国新文学运动大纲》，但没想到却因此陷入了困境。这是因为这时的解放区的现代文学研究与教学，已经确定以毛泽东的《新民主主义论》为指导方针；对这一点，李何林并无抵触，毛泽东在《新民主主义论》中将"鲁迅的方向"定位为"中华民族新文化的方向"[1]，这是与李何林的"鲁迅'五四'"观相符合的。事实上，李何林在《近二十年中国文艺思潮论》序言中就不点名地引用了毛泽东 1938 年在延安陕北公学讲话中对鲁迅的评价。[2]

---

1 毛泽东：《新民主主义论》，《毛泽东选集》，第658页，人民出版社，1967年版。

2 《〈近二十年中国文艺思潮论〉序》："有人说'孔夫子是封建社会的圣人，鲁迅则是新中国的圣人'。"李何林并据此作了发挥，说"埋葬鲁迅的地方是中国新文学界的'耶路撒冷'，《鲁迅全集》中的文艺论文也就是中国新文学的'圣经'"（《李何林全集》第3卷，第6页）。毛泽东在延安陕北公学的演讲由胡风在他主持的《七月》月刊（重庆出版）1938年第3期首次发表，毛泽东的鲁迅观也就在大后方知识分子中广泛流传，产生了很大影响。而据李何林在《〈近二十年中国文艺思潮论〉1982年重版说明》中交代，"在反动派掀起第一次全国反共高潮（1939年冬—1940年春）的前夕，在法西斯统治的四川，我没有说是毛主席说的，用了'有人说'三个字"（《李何林全集》第3卷，第4页）。

但是，问题在于李何林与毛泽东的"五四观"既相同又不同。如前文所说，李何林从他对当时中国社会的经济基础与阶级关系的分析出发，断定五四新文化运动的指导思想是"资产阶级思想"，而毛泽东则将五四新文化运动定位为"无产阶级的文化思想即共产主义思想"所领导的统一战线的文化运动。[1]

本来这样的分歧是可以通过学术争论来解决的，但在解放区建立的新的思想文化体制下，思想、学术的问题都是政治问题。于是，就有了1948年10月、12月时为华北大学领导的何干之与钱俊瑞的两次来信，尽管采取的是尽量说理的态度，并直接引述了毛泽东的观点作为说服的依据，但内在的政治压力也是显而易见的，如一位传记作者所说，大有"必须修正"之势。[2]但李何林并没有立刻放弃自己的观点，如他自己后来所说，"我当时虽然觉得他们说的也有理理，但并未能使我心服"。直到后来与范文澜交换了意见，又经过长时期的思考，才"认识到他们的见解的正确"，并于1950年写出了《五四以来中国新文学的性质和领导思想问题——〈近二十年中国文艺思潮论〉自评》，基本上接受了毛泽东《新民主主义论》的观点。

应该说，李何林对毛泽东五四新文化观的全面接受，既有原有思想基础，又经过后来的认真思考，而且此后从未动摇。直到八十年代思想解放运动中，有人重提当年的论争，认为正确是在李何林先生这一边，李先生却表示："我现在倒不这样看"，仍然坚持在《自评》中已经认定的"无产阶级思想领导论"。但他同时又表示，领导思想的

<hr>

1 拙作《远行以后——鲁迅接受史的一种描述》（贵州教育出版社，2004年版）对此有详尽分析，可参看该书第36—39页。

2 参看田本相：《李何林传》，第158—159页，河北教育出版社，2003年版。

问题还是"可以讨论的"。[1]

《十年来文学理论和批评上的一个小问题》遭批判

尽管李何林先生"心悦诚服"地放弃了自己在《近二十年中国文艺思潮论》中的一些观点，但他并没有放弃自己的独立思考，就自然日益为体制所不容，终于在 1959 年至 1960 年间，有组织有计划地在全国范围内展开了对所谓"李何林修正主义文艺思想"的批判，起因不过是他写了一篇题为《十年来文学理论和批评上的一个小问题》的短文，就文艺政治性与艺术性的关系问题发表了自己不同于主流意识形态的独立见解。[2] 在以马克思主义为指导思想的国度里，坚持马克思主义的独立思考的学者，却遭到了无情的批判与压制，这个事实或许更为严峻，而且更加发人深省。

面对这样的对他而言也许是过于严酷的现实，李何林先生表现出"每临大事有静气"的大家风度，仍然坚持马克思主义而绝不动摇，可以说他至死都是一个坚定的马克思主义学者，一个坚定的"鲁迅'五四'"派。李何林先生留给后人的历经磨难而信仰弥坚的风范，也

---

1 参看李何林：《〈近二十年中国文艺思潮论〉自评》，《李何林全集》第 3 卷，第 1—9 页；《我的文学研究与教学生涯》，《李何林全集》第 1 卷，第 4 页。据李何林先生所说，最后说服了他的是范文澜所说的"无产阶级思想在这个运动中虽然数量比较小，质量却比较高……这是从发展的一方面着眼所得出的结论"这一段话。李何林因此而检讨自己"在蒋管区虽然也看过一点辩证唯物论的书，记了一些书本上的法则或教条，但不能运用于实际，遂用一个衰老没落的似乎强大的事物(资产阶级思想)遮盖了新生的发展着的量虽小而质高的事物(无产阶级思想)的领导作用"。

2 参看田本相：《李何林传》第十五章"一个小问题"，河北教育出版社，2004年版。

许是更加值得我们永远怀想的。

2004年9月10—12、29—30日

　　　　　　　　　　　　　　　　有承担的学术

有承担的一代学人，有承担的学术

——纪念田仲济先生诞辰一百周年

我们今天在这里聚会，缅怀田仲济先生对现代文学和现代文学研究这门学科的贡献。我以为，先生的贡献主要在三个方面。

（一）现代文学史上重要的杂文家

田仲济先生首先是现代文学史，特别是抗战文学史上一位重要的杂文家。我注意到，先生在其所著《中国抗战文艺史》中，论及抗战时期的杂文创作时，以史家之笔这样写道：其代表作家，"有唐弢、徐懋庸、聂绀弩、宋云彬、田仲济、丁易、秦似等"。这一判断，经过历史的检验，已基本上成为学术界的一个共识，田先生杂文创作的历史地位也由此而确立，无须再多作论证了。我想补充的是，田仲济先生同时还是一位重要的杂文理论家。他在 1942 年的专著《杂文的艺术和修养》（收《田仲济文集》第 3 卷）里，就特地提道："杂文这一名词，已渐渐由为人轻蔑而转为被人注意了"，"但关于这一部门的理论却几乎还'绝无仅有'"，可见他是有着从事杂文理论建设的高度自觉。今天重读田先生这部开创之作，仍很受启发。我以为田先生的杂文观有三点很值得注意，并有助于我们对田先生自己的杂文创作的理解。

首先是他强调杂文"正面短兵相接的战斗性"，特别是他提出，杂文是杂文家（他以高尔基为例）"'用一个公民的资格'来对社会所说的话，也是为他自己的理想而战斗的战绩"（《高尔基的社会论文》，收《文集》第3卷）。田先生这里强调的是杂文所具有的现代"公民言说"的特质，我理解这也就是我们今天常说的"公共知识分子"的言说，借用鲁迅的概念，也就是"精神界战士"的言说。田先生之所以首先选择杂文创作，所看中的正是杂文这样的言说特质。可以说，这是他终于找到的对社会发言的最好形式。从另一个角度说，田先生的杂文的内在魅力也正源于他的"现代公民""公共知识分子""精神界战士"的精神魅力。我在十四年前写《真的人和真的杂文——读〈田仲济杂文集〉所引起的思考》（文收《压在心上的坟》，四川人民出版社，1997年版）时，就为其从"奴隶状态"中挣扎而出的独立人格，"博大而仁爱的胸襟"，"没有半点道学家气"的"对人性的矛盾，包括人性弱点的深切理解"所震撼；现在，我终于明白：这样的人与文的魅力是由田仲济先生及他那一代人，作为"一个勇猛的社会的战士而存在"（《唐弢及其〈投影集〉》，收《文集》第3卷）的生命存在方式所决定的；他和他们的杂文，就是这样的生命存在的一种外在的文学表现。

其次，田先生也非常重视杂文形式本身的特点，他反复强调的是"杂文思维"，以为这是杂文的特质所在。杂文家总是"以如炬的目光，把每个问题都看到内层，不为表皮的形象所欺骗；每件事情，在别人不注意的时候，杂文的作者却注意到"；杂文家的"独到的见解"，"不是奇异而是从平常事物中看出来的、大家都忽略了的真理。一说出便使人人觉着是至情至理。在未经指出前，却大家习于平日的看法，拘于传统的观念，都忽略了，谁也不注意，谁也不详察"（《略论杂文的特质》，收《文集》第3卷）。在我看来，田先生的杂文之所以在抗战时期脱颖而出，也正有赖于他在"杂文思维"上的自觉追求。在前述文章里，我也是在几篇杂文的细读中发现了先生作为"杂文家"所"特有的思想穿透力"，因而"能够探微发隐，从表面看到内底，从正面看出反面（即田先生所说从"美丽的传统"背后看见"血淋淋的故事"），揭示出被有意无意遮蔽着的事物的真相或另一面"。这都是为"僵硬的、绝对的直线思维"所束缚的作者所难以达到的真正的"杂文境界"。

田仲济先生对杂文形式也有很高的要求。他说："杂文形式上的特质是冷隽和挺峭，这是配合了它的内容而产生的形式。这种冷隽的字句、挺峭的风格的形式，是那么自然，丝毫没有刻画的痕迹，格式又是那么的多样，且灵活而自如。"（《略论杂文的特质》）这也是我读田先生的杂文，最为倾心之处：在这"自然""自如""灵活""多样"里，正充盈着一种自由感：思想的自由，精神的自由与文体的自由。

这正是田仲济先生的杂文给我留下的最深刻的印象：这是"真的杂文"，因为它是由"真的人"所创造的。但我由此而想到的问题却是："为什么田仲济先生那一代有杂文，而我们这一代则无？"这其实是我的那篇文章的原题，也是我在座谈会上讲话的题目，是我最想讲的话：经过改造，"我们的内心世界变得如此地狭窄、猥琐、麻木和僵化"，没有了"真的人"，哪里来"真的杂文"？这也是我读田先生的杂文，心灵受到震撼的原因所在。

这次重读，我又有了新的震撼：田先生晚年在为自己的杂文集写的"后序"（收《文集》第2卷）里，回顾一生和杂文的关系，竟然用了"纠缠"一词。先生谈到，四十年代杂文写得最多，却不想"惹起了不少的麻烦"，"有的说揭了他隐私，更有的说诬陷了他，还有的说损害了他的名誉。有的骂街，有的到处告状"，等等。五十年代以后，是所谓"明朗的天"了，没有想到一篇《雅量》却引来弥天大罪："为反党的彭德怀鸣不平，攻击伟大的领袖毛泽东"，如一把剑高悬头顶，直到"文革"结束。杂文写作就这样和田先生的生命及人生命运发生了如此的纠缠，这确有惊心动魄之处，但我们也因此懂得了田仲济先生对杂文的情有独钟，或者说，杂文对于田先生的人生与学术的意义。

这就说到了田先生与杂文的另一层关系：他不仅如前所说，是杂文的写作者，杂文理论的创建者之一，而且他还是现代杂文史研究的开创者之一。这样，田先生在中国现代杂文史上，就占据了一个特殊的地位：他既直接参与了中国现代杂文的创造，现代杂文运动的推动，同时又是杂文史的研究者。而如樊骏先生所说，这恰恰是"现代中国相当普遍的文化现象"。我们很容易就由田仲济先生而联想起唐弢先生、陈瘦竹先生、贾植芳先生等我们现代文学研究界的前辈，他们都曾主要是作家（杂文家、散文家、小说家、剧作家），以后才走上研究之路。"兼作家与学者于一身，综合理论探讨和历史考察于一体，美学分析和社会透视并重"，就成为他们的"显著特点和突出优势"（樊骏《陈瘦竹对于中国现代文学学科建设的贡献》）。——应该说，这样的特点与优势在田仲济先生这里也是表现得十分充分的。

我们实际上已经讨论到了田先生的学术贡献——

　　　　　　　　　　　　　　有承担的学术

（二）现代文学研究的开创者之一

田仲济先生对中国现代文学研究的开创性贡献，在我看来，主要在两个方面。

人们首先想到的，自然是田先生写于1946年，并以"蓝海"的笔名发表、出版的《中国抗战文艺史》。这已经成为现代文学研究史上的经典著作，特别是研究抗战文学史必读的入门书。我在九十年代中期开始进入四十年代文学研究时，也是从研读这本书开始的。这本书写在抗战胜利后的第二年，也就是说，这是对刚刚结束的历史的一个历史的叙述与总结，这是"当代人写当代史"。这是需要胆识的。或许因为缺少历史的距离而造成某些局限，但其价值也恰恰在这里：因此保留了历史原汁原味的新鲜感、生命感、历史具体形态的精微之处的特殊感悟与把握，这都是后来者单凭历史典籍的阅读所难以达到的；或许更重要的是，这样的研究，是必然从活生生的、有血有肉的历史经验事实出发的，它的历史总结、概括、以至它的历史叙述的结构、方式，都建立在经验事实的基础之上，而不是从书本、概念、理论、意识形态出发，把历史事实强纳入某一既定理论框架、意识形态之内，而后者正是许多从书本到书本的研究者极容易落入的陷阱。这就是后来有些看起来既有完备的理论体系，严整的结构，也不缺乏历史材料的著作，反而有"失真"之感的原因所在。田先生在《中国抗战文艺史》的"后记"中把避免"失真"作为他的努力目标，说明他是自觉地从历史事实出发，忠实于自己的真实感受，力图保存历史的真实面貌的。我们今天读田先生的这本写在历史当时的文学史著作，感受最深的，最有兴趣的，也是这一点。杨义先生在发言中谈到，该书的历史叙述，是从"通俗文艺与新型文艺""报告文学"谈起，再说"小说""戏剧""诗歌"的，这和通常的以雅文学为主，至多顺便谈及通俗文学的叙述是很不一样的，和"先小说、诗歌，后散文、戏剧"的叙述次序也很不一样，原因就在于田先生关注的，是抗战文艺的"事实是怎样的"，而无雅、俗之分的偏见，更不为文学教科书通常有的文体等级观念所支配。今天已经看得很清楚，田先生对通俗文学的强调，对报告文学这样的新型文艺形式的重视，都是抓住了抗战文艺的特点的。

直到晚年，田先生谈及抗战文学时，还是这样提出问题："抗战给了文学些什么"（《关于抗战文学的思考》，收《文集》第3卷），这可以说是田先生研究抗战文学的着力点，也是最能给今天的研究者以启发的。他首先强调，战争大大加强了现代文学的"时代性"，即文学与时代的血肉联系，使得抗战文学具有"时代的纪念碑"的特性，并且由此而加深了对新文艺的认识：它"确确实实是生长在我们中国自己土壤中的，而不是如一些人所说的，是从外国庭院里移植来的花草"。其次，田先生特别重视抗战文学"促进民族内部改造"的作用与功能，强调"只有通过这个内部的改造过程，人民大众底觉醒和成长过程，才能够得到对外抗战的民族力量的成长"。其三，在田先生看来，抗战文艺对新文艺发展的最大贡献，是"战争把文艺由亭子间，由文化中心的都市中带到了广阔而自由的天地中"，不但促进了地方文艺的发展，形成了文化发展的多中心，而且大大加强了新文艺与中国普通民众的联系，开始出现了民众对文艺的参与，并由此形成了中国文艺理论的特殊命题，如"提高与普及""中国化与民族形式"等。其四，田先生还反复强调了"民主与文艺"的关系问题，在他看来，这是抗战文艺发展中的一个关键问题："没有言论自由，没有民主，一切文艺都会枯萎而死。"因此，他专门立题讨论 1944 年以后大后方"民主运动的高扬"（这恰恰是今天的许多抗战文艺叙述所忽略的），把"民主与文艺"列为抗战"文艺理论发展"中的一个重要问题，并且强调"在中国近代史上，像今天这样绝大多数知识分子，强烈地、一致地要求政治上的民主和自由，是空前的"——田仲济先生以此语结束他的《中国抗战文艺史》的历史叙述，自是意味深长：既是对历史经验的基本总结，也是对中国现实问题的一个回应，同时更是他对未来中国文学发展的一个期待。尽管以后的历史走了一条田先生和他的同代人都没有预计到的远为曲折的路，但当年的呼唤已经经过了历史的检验而永远给后来者以启迪。这也是他的这部历史著作的生命力所在。

这里，我还要单独提出讨论的，是田仲济先生对抗战文艺的观照，有一个特殊的侧重点，即抗战文学适应战争动员的需要，所创造的新文体。据田先生晚年的回忆，他在准备《中国抗战文艺史》的写作，收集资料时，最初接触到的，是"迎面而来的许许多多短小活泼的反映抗战新生活的文章，有的是早已有的形式，如报告、速写、剪影、素描……也有罕见的新的形式，如活报剧、演讲稿等，数量都很多，反映了抗战开始后，丰富、紧张而又热气腾腾的生活"。他因此而改变写作计划，"先着手收集文艺的新的样式"，并经整理分析，写出了《新型文艺教程》一书（1940 年出版，收《文集》第 4 卷）。对文体新样式、新创造的这种敏感与热情，在我看来，是最能显示田仲济先生作为文艺理论家与文学史家的眼光与素质的，而且，如前文所说，是表现了他没有任何文体等级意识的胸襟的。正是这一点，构成了他的《中国抗战文艺史》的最大特色，不仅以文体叙述为全书的主要内容，并以"通俗文艺与新型文艺"作为叙述的开端，而且单独列章讨论"长足进展的报告文学"；在"戏剧的高潮"一章里，也是将话剧创作与"平剧的改编与重写""新歌剧的萌芽"一起进行讨论。这样的文学史研究中的文体意识，而且是开放的文体意识，对今天的研究也是特别有启示意义的。

对文体发展的持续关注，实际上构成了田仲济先生现代文学研究的最大特色与亮点。因此，就有了田先生的第二个方面的贡献：他不仅是抗战文艺史研究的开拓者，而且是现代杂文史与报告文学史研究的开创者之一。田先生对杂文史的关注与研究，我们在前面已有讨论。这里要说的是，田先生对报告文学史的研究，前后延续了大半个世纪：四十年代，他在《中国抗战文艺史》中对报告文学的专章讨论，奠定了研究基础；六十年代，他主持编选《特写报告选集》，所写的长篇序言《特写报告发展的一个轮廓》(收《文集》第3卷)，可以视为对报告文学发展史的一次完整叙述与总结；八十年代，他作为"中国报告文学丛书"第一辑第一分册的主编，写了长篇序言《我国报告文学历史发展中的几个重要问题》(收《文集》第3卷)；九十年代，他又主持《中国新文学大系·1937—1949散文杂文集》编选，并写"序言"和"后记"(收《文集》第2卷)，对报告文学史的史实作了更精细的考释，对中国报告文学的特质，作了更深入的阐释。这样几十年如一日的关注，不仅令人感动，更引人深思。这样的关注显然是以他的独特的"报告文学观"为支撑的。他在有关论述中反复强调两点：一是"迅速而比较直接地反映社会和政治问题"，是"特写报告突出的特点"，它的"实际力量在于全面地拒绝对现实的逃避"；二是报告文学"是一种新的文学，年轻的文学"，它是"从其他文学形式蜕变成功的：是新闻通讯渗入了形象化的表现方法；是散文渗入了新闻性和战斗性；是小说限制在了真人真事上"（《特写报告发展的一个轮廓》，收《文集》第3卷）。这里，对现实的关怀和参与，以及文学形式的创新，如前所说，都是田先生的文学观念、学术思想的核心理念；和对杂文的关注一样，田先生对报告文学的巨大热情，同样是出于对自己的基本理念的坚守。

最后要讨论的是田仲济先生的治学方法。他在《中国抗战文艺史》的"后记"里，有过清楚的表白，主要有二：一是"抗战文艺史资料最容易失散"，"写这本小册子的目的便是企图弥补一部分缺陷，保存一部分史料，使它不至于全部失散"。二是为了"不致失真，在写作时，我力避发抒自己的主张，尽量引用了各家的意见。我想，使它不陷于偏颇，这么做是对的"（收《文集》第3卷）。这样，以史料的收集、爬梳为研究的基础，一切从史料出发；不但"论从史出"，而且力避立论的主观性，强调史料的翔实、可靠与论证的客观：这就构成了田仲济先生的基本治学追求。可见田先生是把他对现代文学的考察建立在实证研究的基础上的，从而获得了某种科学性的品格。而且我们注意到，不仅是田仲济先生，而且李何林先生、王瑶先生、唐弢先生，几乎所有的现代文学研究的前辈，尽管治学风格各不相同，但都无一例外地将史料工作置于特殊的重要地位，视为整个学术研究和学科建设的基础。这当然不是偶然的。特别有意思的是，前辈们在谈到现代文学研究的史料工作时，也一致强调查阅原始期刊的重要。据田仲济先生介绍，他们在六十年代编选《特写报告选集》时，为了"尽可能全面地从原始材料中整理出特写报告发展的一个轮廓"，翻阅了能够找到的一百多种杂志和报纸，但仍然有未尽其全的遗憾（《特写报告发展的一个轮廓——〈特写报告选集〉编辑工作的一点感受》，收《文集》第3卷）。我想，这大概是现代文学的传播方式所决定的：相当多的作品都是首先发表于期刊，以后再编辑成书而流传的，这样，报刊就较多地保留了文学生产与流通的原生形态，必然成为研究的基础。而田先生自身就有丰富的报刊编辑工作经验，在这方面，大概有更为深切的体会吧。

对史料工作的重视，也集中体现了田仲济先生这一代学人严谨的学风。这次我在阅读先生《文集》时，印象最为深刻，甚至可以说受到震动的是这样一件事：先生在1962年编选《特写报告选集》查阅原始报刊时，发现自己写于1946年的《中国抗战文艺史》，由于没有机会接触到原始报刊，发生了一个判断的错误和一处史料的讹误，后来的研究者也就以讹传讹，把错误延续下来。田先生当即写了文章予以更正。十八年后的1980年，田先生仍为自己的失误"贻害甚大"而"耿耿于怀"，特地在所写的"序言"里再次公开检讨、更正（《我国报告文学历史发展中的几个重要问题》，收《文集》第3卷）。这在田先生的学术生涯中，或许只是一个细节；但细节里自有大传统，细节中最见风范。

（三）杰出的文学教育家、学科组织者、学术带头人

田仲济先生曾有过这样的自述："我的主要业务是教书，写作是我的副业，或者说是我的业余工作。我的一生可说是作为职业教师的一生"（《〈田仲济序跋集〉后序》，收《文集》第2卷），足见教育工

作在田先生的一生事业中，特别是在他的自我认同上的特殊地位。就我们现代文学学科建设而言，田先生和他们那一代学者在学科人才的培养、学科组织工作上的贡献更是怎么估价都不为过的。这自然是和中国现代文学学科的建立和发展与大学教育的密切关系这一历史特点相联系的。我们知道，正是朱自清先生那一代人首先尝试在大学开设新文学课程，而为现代文学学科奠定了基础。而将"现代文学史"正式列入国家大学中文系课程计划，从而使整个学得以建立，则是在中华人民共和国成立以后。而田仲济先生那一代正是在这样的背景下，担起了现代文学教学工作和学科建设的重任，在这个意义上，可以说，我们这个学科正是在这一代人手中创建的。

因此，我们今天在这里缅怀田仲济先生，不能不同时想起学科创建者的这一代人。此刻在我的眼前浮现出的，正是他们健在或远去的身影：王瑶、唐弢、王景山（北京）、李何林（天津，北京）、贾植芳、钱谷融（上海）、田仲济、孙昌熙、刘泮溪、薛绥之（山东）、陈瘦竹、吴奔星（江苏）、任访秋（河南）、单演义（陕西）、刘绶松（武汉）、华忱之（四川）、陈则光、吴宏聪（广东）、孙中田（东北），等等。只要列举出这样一个名单，就可以看出，我们这个学科，我们这支研究队伍，今天所具有的规模、格局，正是这一代人所奠定的。更重要的是，这一代人所创造的学术传统，学术精神，更是一笔宝贵的财富。

对于这一代学人，樊骏先生有一个非常精当的判断和概括，他说，他们是直接继承了鲁迅传统的"新型文化学术群体"，"其特点是：把自己在文化学术领域的专业工作，视为推动社会进步、民族解放的组成部分，没有把前者游离于后者之外，而且自觉地以此（学术研究）作为自己服务于国家民族的主要手段；在学术观点和政治倾向上，是进步的、革命的，往往兼有学者和战士的双重身份。五十年代迅速成为一门显学的中国现代文学研究，总体上分明具有这个群体的显著特征"。值得注意的是，樊骏先生举出的代表人物，就有李何林、王瑶、唐弢和田仲济先生（《中国现代文学论集·论文学史家王瑶》）。如我们在前面所讨论的，田仲济先生一生的事业，涉及多个领域：他办报、编书、组织革命文学社团、从事实际革命文化活动；他将文学创作、文艺理论探讨、文学史研究、文学教育集为一体，同时兼具编辑、作家、学者、教师、社会活动家多重身份。他自由地驰骋在大时代的广阔天地里，"以一个社会战士的资格"，为国家、民族，以及人类，战斗不息。——他在自己的代表作《中国抗战文艺史》里，开宗明义："凡是具有正义感的作家的作品都是为了人类。这理由是简单的，就是因为我们是人，除了为人类以外，是不应该有任何道德标准的。"（收《文集》第3卷）更重要的是，他把这样的信念贯彻于一生的实践中：他首先是"人"，理想高远，胸襟开阔，堂堂正正的"真人"，他是以这样的"真人"精神去从事他的创作与研究的；"人"与"文"的统一，正是田仲济先生和他那一代人最显著的特征。

这样的特征的形成，是和这一代人生活、成长的时代直接相关的。如田仲济先生在《中国抗战文艺史》"绪论"里所说，三四十年代的抗战时期，"不但是一个民族翻身与永劫的转折点，也是整个人类迈进光明或黑暗的发轫期"，"这是最困苦的时代，也是最伟大的时代"，"人是时代舞台的主角"，"今天的文艺工作者应当肩负起他们的使命，为了拯救人类，为了拯救文化而贡献出所有一切。无论任何时代，文艺工作者从没有一次担负过像现在这样值得尊敬的崇高的任务"（收

《文集》第3卷）。正是这样一个民族危难的大时代，使得每一个人首先面临的是一个如何堂堂正正"做人"的问题；而在那个大时代"做人"，首先是对民族、国家、人类，对社会、时代、人民要有所承担。我们在前面谈到田仲济先生（实际也是他们那一代人）的文艺观、学术观中，对文艺、学术和时代、民族、人民的血肉联系的强调，其实也是他们自身"做人"的问题。因而对民族、人类、时代、人民的承担，同时也是对自我生命的承担，对文艺、学术的承担：这是一种三位一体的承担。正是这样的有承担的一代学人，创造出了有承担的文艺和学术。我们讲"真的人""真的杂文""真的学术"，讲的就是这样的有承担的人，有承担的文艺和学术。

我以为这是能够概括这一代学人和他们的创作与学术的特点的。他们不是"为文艺而文艺"，"为学术而学术"，而是把文艺与学术作为他们对国家、民族、人类，对社会、时代、人民的一种承担，因此，他们是怀抱着历史的使命感去从事文艺与学术的创造的；同时，这也是他们内在"做人"的需要，文艺、学术的创造，对于他们，不是外在的职业性、技术性操作，而是内在于自己的生命的，因此，他们的文艺创作与学术是和他们的自我生命融为一体的。这两大特点，就决定了他们的创作与学术，充满了来源于时代大生命和自我生命相融合的生命的魅力和活力，而且具有以大关怀、大悲悯为底蕴的人与学术的大气象。——或许这就是这一代学人和学术不可企及之处，最令我们这些后人怀想、警醒之处。

2007年8月28日—9月3日陆续写成

人的标尺

任访秋先生对现代文学研究的历史贡献

　　当志熙在电话里告诉我，河南大学文学院近现当代同人发起，要召开任访秋先生的学术思想研讨会时，我的第一个反应是，即使不能与会，也要作一个书面发言。因为我隐隐觉得，自己好像和河南近现当代学术界之间，有一种"缘分"，不仅因为任访秋先生是和我的导师王瑶先生同代的我一直心仪的前辈，刘增杰先生更是我心目中我们学科的第二代学人的重要代表，和刘思谦先生虽然仅有一面之缘，但她的当代文学、女性文学研究也是我所关注的；二刘之后的关爱和、解志熙、沈卫威等中年学友，以及更年轻的朋友，也都和我有不同程度的交往。而且我发现，这样的亲和关系，更存在于我所在的北大和河大之间，我的老师严家炎、樊骏，我的同学吴福辉，还有本身就是河南人的赵园，都与河南大学文学院有着不解之缘。这背后，应该还有更深层次的东西，我也说不清楚，或许是学术路向、追求与学风的某些相通吧。总之，对于这次河南朋友的学术盛会，我是有话可说，而且是应该说的。

　　为了准备发言，这两天我都在忙着读解志熙寄来的《任访秋文集》和刘增杰先生的著作。因为是临时补课，再加上任先生的古代文学、近代文学研究都是我不甚熟悉的领域，因此，就谈不上什么研究，只能说说我的学习心得。我想主要讨论任先生的《中国现代文史（上卷）》的学术价值与贡献，并会涉及《中国现代文学论稿》《中国新文学渊源》和《鲁迅散论》《鲁迅散论续集》等著作。

《中国现代文学史（上卷）》是任先生 1941 年起，在河南大学文学院开设"中国现代文学及习作"课程的讲稿，于 1944 年 5 月由前锋报社出版。为了说明这部著作的学术价值，就需要对在此之前的现代文学史研究和大学教学的历史，作一番简要的梳理。胡适写于 1923 年的《五十年来中国之文学》应该是新文学进入历史叙述的开始；在此之前，周作人于 1922 年在燕京大学文学系开设"国语文""习作与讨论"等课程，算是新文学进入大学的开端。1929 年朱自清在清华大学开设"新文学研究"选修课，并在北平师范大学、燕京大学讲授，写有《中国新文学研究纲要》讲稿，这应是第一部新文学史，但同时又兼有当代文学批评的性质。同时，杨振声也在清华大学讲"新文学习作"，在燕京大学讲新文学作家作品。1930 年沈从文在上海中国公学和武汉大学讲新文学，编有《新文学研究——新诗发展》，着眼点在推动当下的新诗创作。1932 年武汉大学也由苏雪林开设"新文学研究"课，并留有《中国二三十年代作家》的讲稿。1932年周作人在辅仁大学讲"中国新文学的源流"，应是一次重要的历史梳理。到 1933 年王哲甫根据他在山西省立教育学院的讲稿整理出版的《中国新文学史》，才有了第一部具有系统规模的新文学史。以后陆续出版的王丰园的"中国新文学运动述评"（1935），吴文祺的《新文学概要》（1936），也都和朱自清的《中国新文学研究纲要》一样，兼具文学史和当代文学批评的性质。废名在 1935—1937 年间，在北大开设"现代文艺"课，讲稿《谈新诗》，则和沈从文一样，意在为当代诗歌写作提供资源。抗战时期的大后方，在昆明的西南联大，在

人的标尺

"大一国文"里第一次选入了新文学作品，沈从文、杨振声等开设了"现代中国文学""现代中国文学讨论及习作"等课程。[1] 而此时，任访秋先生在河南讲述中国现代文学史，是和西南联大将新文学纳入大学教育体制的努力，遥相呼应的。而沈、杨二位的讲稿没有存留，任先生的《中国现代文学史（上卷）》却正式出版了。

从以上历史的回顾里，不难看出，二三十年代新文学史的研究与书写者，或是胡适、周作人这样的新文学的开创者的一代，或是朱自清、杨振声、苏雪林、沈从文、废名这样的新文学作者，他们都是以新文学创造者的身份来研究、言说新文学，因此，他们的著述，或着眼于推动新文学创作，或将文学史的研究与当代文学批评结合起来，为新文学的发展争取历史的合法性，他们的自我命名也是"新文学研究""新文学习作与讨论"，重在"新文学"；真正作严格的历史考察与研究的并不多。正是在这一点上，任访秋先生的《中国现代文学史（上卷）》就显出了它的特殊意义和价值。如关爱和在《任访秋文集》"代序言"里所说，任访秋先生是属于"后五四时代"的学人。[2] 胡适发表《文学改良刍议》的1917年，任先生还是8岁孩童；他是读《新青年》《小说月报》《创造月刊》《语丝》（杨振声、苏雪林、朱自清、沈从文、废名都是作者）长大的；更重要的是，1929年以后，他先后就读于北师大国文系、北京大学国学研究所，师从钱玄同、胡适、周作人等。北大国学研究所是胡适所倡导的"国故运动"的大本营，胡适与章门弟子都集合在"研究问题，输入学理，整理国故，再造文

---

1 以上讨论参看张传敏：《民国时期大学里的新文学教师们》，载《新文学史料》2008年第4期。

2 关爱和：《从适斋到不舍斋（代序言）》，收《任访秋文集·古代文学研究（上）》，第22页，河南大学出版社，2013年版。

　　　　　　　　　　　有承担的学术

明"的旗帜下¹。任访秋正是在这样的"中国现代学术体系初步形成"的学术背景下成长起来的新一代的学者。任访秋在他的《中国现代文学史（上卷）》里，设专节讨论"整理国故运动"，强调它与文学革命的内在一致，不是偶然的。而他把整理国故"应持的观念与态度"概括为"历史的观念""客观的态度"，²是包含了他自己的实际体验在内的；在晚年所写的《五十年来在治学上走过的道路》里，他就更加明确地说明了自己所受的学术训练，说他"受了清代朴学家及五四时期胡适、钱玄同等学者治学方法的影响，学习了他们的重证据、斥臆断以及客观的分析评论、务期有所创见的'实事求是'精神来解决学术上的问题"。³而他首先进入的学术领域，又是古代文学研究，他的毕业论文是《袁中郎研究》，参加答辩的是胡适、周作人、陈寅恪、罗常培、俞平伯这样的学术大家，因此，我们可以说，任访秋是以一个受过新史学的严格训练的学院派的学者的身份和根底，来研究现代文学史的。他一方面，坚守了五四新文学的立场，同时又以新史学的眼光和方法，来观察、研究、书写现代文学史，自然就有别于他的前人：这是一部严格的文学历史著作，其史学品格是更为突出的。他将其著作命名为"现代文学史"，较之前的"新文学史"，着眼于"新、旧"文学的质的差异，更注重价值判断的不同，"现代文学史"更着眼于"现代"与"古代"的延续与区别，更是一个历史的概念。

因此，任访秋的《中国现代文学史（上卷）》，最引人注目的，就

---

1 陈以爱：《中国现代学术研究机构的兴起——以北大研究所国学门为中心的探讨》，第81页，江西教育出版社，2002年版。

2 任访秋：《中国现代文学史（上卷）》，《任访秋文集·现代文学研究》，第79页、80页。

3 任访秋：《五十年来在治学上走过的道路》，《任访秋文集·集外集》，第457页。

是他的第一章"文学革命运动的前夜"的设置。用今天的话来说，这是五四新文学的"发生学"的研究。如嵇文甫在书序里所说，"历史上的因果是错综倚伏的，只要把清末文学界的动向细细加以研究，就知道五四以来的文学革命实非偶然"。[1]这自然是一种历史的眼光。任访秋也确实通过对清末民初的政治、思想、文学的历史考察，从时代原因——"时代已变，旧文学已经不能适应新时代的要求"；文学发展的内部趋势——"旧文学之弊，已达到极点"，同时产生了"言文一致的要求""对于方言的重视"等新因素；以及外来的"西方文学观的影响"，这三个方面，有力地说明了五四文学革命发生的"远因"。[2]在我看来，这些历史分析，直到今天，也还是有解释力的。

我们更应注意的是，在任访秋的研究里，这样的考察，还具有文学史观与方法论的意义。直到八十年代，任访秋还提出了"中国新文学渊源"的研究课题，晚年在《五十年来在治学上走过的道路》一文里，他还在强调："在中国学术界，对五四文化革命的渊源，过去还没有人加以探索与论述，我认为在我平生著作中是比较有个人独到之见的，是具有开创性的作品。"[3]可以说，从四十年代的《中国现代文学史（上卷）》到八十年代的《中国新文学渊源》是连接任访秋前后期研究的贯穿性课题。这构成了任先生研究最鲜明的特色，他的其他领域的研究，也打下了这样的印记。比如任访秋先生的鲁迅研究，其

---

1 嵇文甫：《〈中国现代文学史（上卷）〉序》，收《任访秋文集·现代文学研究》，第1页。

2 任访秋：《中国现代文学史（上卷）》，《任访秋文集·现代文学研究》，第36—38页。

3 任访秋：《五十年来在治学上走过的道路》，《任访秋文集·集外集》，第455页、456页。

能够和其他鲁迅研究者区分开来的独特处，就在他的"鲁迅与晚清民初五四学人关系"的研究，其实也就是"鲁迅思想与文学的渊源"研究，其代表作《鲁迅与晚清几个作者——严复、梁启超、章太炎》《鲁迅与龚自珍》《鲁迅论章太炎》《鲁迅与蔡元培》《鲁迅与胡适》《鲁迅论钱玄同》等，至今在鲁迅研究领域仍是独具一格的。[1]

　　从《中国现代文学史（上卷）》到《中国新文学渊源》，自身也有一个发展过程。前者的重心还是清末民初的政治、思想、文学变革五四文学革命的相互关联；后者就更加明确地提出要"把晚明文化革新运动与五四文化革命运动，这三百年间的中国学术思想与中国文学的发展，联系起来考察"[2]。他的这一研究思路，使人们很容易联想起周作人早在1932年的《中国新文学的源流》里所作出的"今次的文学运动，其根本方向和明末的文学运动完全相同"的论断。[3]当年任先生就是在周作人指导下作《袁中郎研究》的，因此，他们师生间的学术继承关系是十分明显的。但如任访秋先生在《〈中国新文学渊源〉自序》里所说，他当年认识还"不够明确具体"，以致写《中国现代文学史（上卷）》时虽然已经提到了明代公安派的革新运动，但论述重点却在五四文学革命的突破意义，而非二者的继承关系[4]；按任访秋先生在"自序"的说法，他大概是在二十世纪五六十年代写《袁中郎及其所倡导的文学革新运动》和《从〈红楼梦〉中的叛逆思想谈到李

1　参看《任访秋文集·鲁迅研究》收入的有关文章。

2　任访秋：《〈中国新文学渊源〉自序》，《任访秋文集·近代文学研究（下）》，第361页。

3　周作人：《中国新文学的源流》，见《周作人自编文集·中国新文学的源流》，第54页，河北教育出版社，2002年版。

4　任访秋：《中国现代文学史（上卷）》，《任访秋文集·现代文学研究》，第35页。

赞的叛逆思想》时，开始有了更明确的认识，到八十年代才得以提出"中国新文学渊源"的课题的，可见他是经过自己的独立思考与研究，接受周作人的影响的。因此，他也同时强调，自己的研究思路与周作人的不同：不仅是周作人"只勾画出一个比较简单的轮廓"，任先生的论述远为周详、系统；更在于论述背后的文学史观的不同，任先生并不认同周作人的"'立志'与'载道'两派互为消长"的文学史观，[1] 而认为"袁中郎提倡的文学运动，与五四文学革命，所以有其相同之处，还在于前者代表市民阶级的利益，后者代表资产阶级的利益"，这背后显然是一个马克思主义历史唯物论的文学观和历史观。[2]这样，任访秋先生也就从新的历史观、文学观出发，根据自己的独立研究，构建了一个"中国新文学渊源"的论述模式：晚明思想解放及文学革新运动——十七、十八世纪的文学——清代朴学家的反理学的思想与先进的文学观——清代桐城派的兴起、发展和衰竭——晚清西学输入与中国近代文学的发展——晚清的"排荀""批孔"与文学革新——五四新文化运动。[3] 应该说，任访秋先生构建的这一从晚明到五四的三百年间中国思想与文学变革的谱系，是自成一说，并且具有开创性与启示性的，尽管也会引发质疑与讨论。

我们再回到任先生的《中国现代文学史（上卷）》上来：我把任著与在他之前最有分量的新文学史著作朱自清的《中国新文学研究纲要》作了一个比较，发现朱著第一章"背景"，第二章"经过"，在结

---

1 任访秋：《〈中国新文学渊源〉序言》，《任访秋文集·近代文学研究（下）》，第360—361页。

2 任访秋：《十七世纪初中国文学革新运动的倡导者——袁中郎》，收《中国新文学渊源》，见《任访秋文集·近代文学研究（下）》，第404页。

3 见任访秋：《中国新文学渊源》，收《任访秋文集·近代文学研究（下）》。

构上和任著第一章"文学革命运动的前夜",第二章"文学革命运动"是相近的;但其论述内容,却有一个重要差别。朱著讨论"背景",除论及"'戊戌政变'与'辛亥革命'"这一大的政治背景外,主要集中在"清末民初的文学"背景(列举出的有"新文体"、小说创作、翻译、白话运动等);讨论"经过",也着眼于新文学运动自身的倡导、论辩等。[1]而任著在讨论清末民初的政治、文学背景外,还引人注目地设专章讨论"清末民初的思想",对"严几道所介绍的西方学术","章炳麟的反儒家思想",以及"康、梁的变法维新与复辟尊孔论","张之洞的中学为体西学为用论"都有简明的讨论;在讨论五四文学革命运动的"始末"时,也特意强调其发生的"近因"是《新青年》杂志社所倡导的思想革命"。[2]这样,如果说,朱自清的"新文学史"是就文学而讨论文学,而且这在当时与以后的文学史研究与写作中都是一个"常规";那么,任访秋的文学史研究与书写里,就还有一个思想史与学术史的视野,这也是最能显示与体现任访秋先生的研究特点与特殊价值的。这不仅是因为任访秋先生的学术史、思想史的研究背景和修养,更是出于他对五四新文学的独特理解,他在《中国现代文学史(上卷)》里有非常明确的阐述:"打倒传统思想,与文学革命工作,是一而二,二而一的事。新的文学必须有新的内容,才能充实。同时新的思想,也必须有新文学的形式,才能传播愈速","文

---

1 朱自清:《中国新文学研究纲要》,收《朱自清全集》第8卷,第73—77页,江苏教育出版社,1993年版。

2 任访秋:《中国现代文学史(上卷)》,《任访秋文集·现代文学研究》,第6—20页、40页。

学革命之能成功为一种运动，是基于思想革命"。[1]他也同样重视现代文学与现代学术之间的密切关系，专门设章讨论"伴着文学革命运动而产生"的学术问题和变革，对"整理国故运动""征集民间文学运动"相关的民俗学研究、语言学研究、史学研究、文学研究，以及"国语统一运动"相关的语言变革，中小学教育的变革，都进行了梳理。[2]在任访秋先生这里，思想、学术与文学的密切关系，不仅是中国新文学的特点，而且带有更普遍的文学本体的意义，他写有《论文学中思想与形式之关系》，总结中国文体（赋、古文、小品文、白话文）发展的经验，强调"思想不仅表现于文学的内容中"，"而且就在形式方面，也时时显示它（思想）的支配的威力来"。[3]由此形成的是关爱和所说的"倚重思想史、学术史解释文学史的理路与方法"，[4]是任访秋先生治学的基本方法，在我看来，是具有普遍的启示意义的。

最后，还需要对任访秋先生学术思想与方法的发展道路，略作一点清理。如前文所说，任访秋先生是胡适倡导的"整理国故运动"培养出来的五四以后的新一代学者，在他的三四十年代的研究中，可以明显看出他受清代朴学和胡适派学术的影响。在1949年以后，特别是批判胡适的运动中，留在大陆的胡适弟子都受到了不同程度的冲击，因此也都不同程度地接受了马克思主义历史唯物论的影响。史

---

1 任访秋：《中国现代文学史（上卷）》，《任访秋文集·现代文学研究》，第43页。

2 任访秋：《中国现代文学史（上卷）》，《任访秋文集·现代文学研究》，第78—90页。

3 任访秋：《论文学中思想与形式之关系》，《任访秋文集·集外集》，第273页。

4 关爱和：《从适斋到不舍斋（代序言）》，见《任访秋文集·古代文学研究（上）》，第23页。

学界的罗尔纲就是这样的典型代表[1]。任访秋先生或许没有这么"典型"，但他1949年以后对马克思主义历史唯物论的接受，也是不争的事实。这种接受与影响，在他五十年代在开封师院的讲义，即1957年由师院函授教育处铅印的《中国现代文学论稿》中，有集中的反映。他在"绪论"里，对"学习现代文学的目的，方法"有专门的论述，我们也就可以据此对任先生的新的学术思想与方法，作三个方面的讨论。

首先我们发现，任先生的学术思想、文学观念上确实出现了一些新的东西。除了前面已经提到的阶级分析的方法，解志熙的《古典文学现代研究的重要创获》里指出的辩证分析之外，[2]还有"人民本位"的新的历史观。这都是那个时代左翼或进步知识分子所共有的。任先生自己对此表现出相当大的自信，他一再引用鲁迅的话："马克思主义是最明快的哲学。许多以前认为纠缠不清的问题，用马克思主义观点一看，就明白了"[3]，并且说，自己也是"初步掌握了马克思主义的理论武器，因而对比较熟悉的古典文学，经常有着与前人不同的看法，所以能发前人之所未发"[4]。记得王瑶先生也有类似的说法：这是一代学人的选择，我们应该予以尊重与理解。

其二，在新的发展的同时，也还有前后一以贯之的东西。比如，

---

1 参看吴海滨：《早年罗尔纲的"一边倒"》，载《温故》总26期，第77—83页，广西师范大学出版社，2013年版。

2 参看解志熙：《古典文学现代研究的重要创获——任访秋先生文学史遗著三种校读记》，打印稿。

3 李霁野：《鲁迅先生两次回北京》。转引自任访秋：《七十自述》，《任访秋文集·集外集》，第464页。

4 任访秋：《五十年来在治学上走过的道路》，《任访秋文集·集外集》，第450页。

在《中国现代文学史（上卷）》里，任先生将"新文学的建设"概括为两条："形式方面主张建立国语的文学"，"内容方面主张建设人的文学"；[1] 而在《中国现代文学论稿》里谈到"学习现代文学的目的"时，首先强调的也是"体会其人道主义和爱国主义思想"。[2] 在五十年代的时代气氛下，这样的坚持是不容易的。我们还发现，在《中国现代文学史（上卷）》里，任先生已经强调"文学的功用是表现时代，推进时代"[3]，因此，在《中国现代文学论稿》里强调"只有了解了作者所处的时代，才能更好的了解作品的内容和形式"[4]，进而要求作家与研究者紧跟时代，与新时代相结合，这都是有一个内在逻辑的贯通的。就研究方法而言，任先生在《论稿》里强调马克思主义的历史唯物主义，"具体的情况具体的分析"，切忌"公式化的或者教条主义的分析和批评"，[5] 这和他在前期所受到的"重证据、斥臆断，客观的分析评论，以实事求是精神来解决学术上的问题"[6] 的训练，至少是并行不悖的。

当然，也不可否认，五十年代占据主流地位的一些"左"的思潮，也在任先生的《论稿》里留下了时代印记。比如"要打算了解作家的进步与落后，革命与反动，最重要的就是要着眼于他的世界观和政治态度"，"我们对于作家和作品评价，基本上是以客观现实的要求和人

---

1 任访秋：《中国现代文学史（上卷）》，《任访秋文集·现代文学研究》，第50页、52页。

2 任访秋：《中国现代文学论稿》，《任访秋文集·现代文学研究》，第158页。

3 任访秋：《中国现代文学史（上卷）》，《任访秋文集·现代文学研究》，第149页。

4 任访秋：《中国现代文学论稿》，《任访秋文集·现代文学研究》，第159页。

5 任访秋：《中国现代文学论稿》，《任访秋文集·现代文学研究》，第159页。

6 任访秋：《五十年来在治学上走过的道路》，《任访秋文集·集外集》，第457页。

　　　　　　　　　　　　　有承担的学术

民的需要，以及作品与作家对革命事业所发生的影响和作用，来作为唯一的标准"等。[1] 对这样的失误，我们既不必回避，也要作出科学的说明。在我看来，任先生作出这样的论断，也是有他自己的思想逻辑的：或许他最初的出发点，就是前面说到的他的基本文学观，即强调"文学与思想，文学革命与思想革命的内在统一"，这本身是很有价值的；但如果将"思想"与"思想革命"的理解狭窄化，变成对"政治性"与"政治革命"的过度强调，以至用作家的政治态度，和政治革命的关系作为衡量文学价值的唯一标准，就出现了谬误。这里确实包含了深刻的思想教训。解志熙在他的讨论任先生的学术的《古典文学现代研究的重要创获》里，提出"即使再新再好的文学观念"，一旦推向极端，"成为教条"，就会变成"新偏见"，是很有道理的。[2]

任访秋先生的学术著作，今天都已经成为现代学术史上的宝贵财富，其对当下学术研究的启示是多方面的。就我个人而言，在学习了他的现代文学研究著作以后，感受最深的主要有两点，一是他"贯通古代—近代—现代"的学术视野与功力，二是他"贯通文学史—思想史—学术史"的学术思想与功力。这两大"贯通"，正是我自己，或许也是多数现代文学研究者所欠缺的。而在我看来，学术研究发展的未来取向，将是日益走向"多学科的综合"，调整知识结构，扩大学术视野，使我们的学术功底更加深厚，学术想象力、创造力更加丰富，这或许是现代文学研究，以至整个文学研究、学术研究得以健全发展的重大任务。这也是我学习任访秋先生的著作以后的最大感想。我知

---

[1] 任访秋：《中国现代文学论稿》，《任访秋文集·现代文学研究》，第159—160页。
[2] 解志熙：《古典文学现代研究的重要创获——任访秋先生文学史遗著三种校读记》，打印稿。

道，这在当今中国社会和学术界，是一个过于奢侈的梦。但我这样的人注定要做一辈子的梦，也就借这次河南大学文学院的学术盛会，再说一番不合时宜的梦话。

　　　　　　　　　　　有承担的学术

那里有一方心灵的净土

——林庚先生对我的影响

　　回顾自己的一生，最大的幸运就是在二十世纪七十年代末，"文化大革命"结束以后，能够回到燕园，直接受到承接了五四传统的一代学人的精神熏陶与学术训练。我在一篇文章中曾谈到七十年代末与八十年代的北大中文系，"拥有一大批真正是一流的教授，他们无论是治学，还是为人，都有不同的追求，而且把这样的追求，发展到极致，形成极其鲜明的个性，他们之间既相同又不同，既相互对立，又相互补充，形成了兼容并包的格局。在这个格局中，每一个教授都是偏至的（既有明显的长处和特色，同时也有明显的偏颇与不足），但由于他们的相互制约，即从整体上保证不会将某种倾向发展到极端，从而达到较为合理的学术生态平衡"。"这正是最有利于学生健全发展的。他们可以从有着不同追求与风格的教授那里，各有所取，又各有所不取，他们与每一个教授的关系，都是既受其影响，同时又保持独立的批评态度。当然，在实际的教学过程中，每一个学生和教授的关系，也会出现不平衡状态：学生会根据自己的气质、性格、爱好、知识结构、自我设计与选择，对与自己有着更多共鸣的教授产生更大的亲和力，受到某位教授的更大影响，这自然会产生某种特殊的崇敬感，但他也会受到其他教授的影响，并从其他教授的不同追求中，看到这位教授的某些不足，这会有效地保证不会将崇敬发展为盲目崇拜。这样就既可享受追随自己心仪的教授的'从游'之乐，又能够保持自我精神与学术的相对独立性，师生之间的关系，也就能够达到'亦师亦友'的境界。我和我的同代学者之所以得到较为健康的发展，可以说全仰赖于这样的学术传统与环境。"(《中国大学的问题与改革》)

我在说这番话时，心中想到的，就是文学专业的"三巨头"：吴组缃先生、林庚先生与王瑶先生。他们之间是那样的相通——不仅私交很好，而且同是"五四精神"的传人，有一种内在的心灵的契合；但他们的精神气质，为人处世的方式，以及学术的追求，以至治学方法，又是那样的不同：都是不可重复的活生生的"这一个"。有幸作为他们的学生，我从内心对他们怀有同样的崇敬之情，但彼此的关系与所受影响，却又不同。王瑶先生是我的导师，我毕业留校后又长期担任他的助手，交往自是十分密切，先生作为一个"鲁迅式"的知识分子与学人，其精神与治学态度、方法对我的影响，也非常明显，我曾写有《从麻木中挤出的记忆》等多篇文章。因为我的大嫂是吴组缃先生的老学生，我与吴先生也就有了更多的私人的家庭式的交往。吴先生的"敢说真话"与学术、创作上的"务去陈言滥调，绝不人云亦云，无论如何要有自己的东西，言他人所不能言，写他人所不能写"的独立创造精神，一直是我追求的目标。这些在我所写的《吴组缃〈时代小说〉序》及一篇未发表的悼念文章中都有所论及。

唯独林庚先生，我个人和他接触并不多，也从不写像写王先生、吴先生那样的文章，却不断地鼓励我的年轻朋友与学生去接近他——我曾经建议郭小聪写研究林先生诗歌理论的学术论文；介绍我的学生谢茂松去拍摄有关林先生的录像片；我的最年轻的学生张慧文则在我的指导下，作过关于"林庚与北京城"的研究，她写的读书笔记至今

有承担的学术

我还保留着。我总是这样对他们说，不了解林庚，你们对北大及中文系的精神传统与学术传统的理解就是片面的，作为北大中文系的学生，你们会感到终生遗憾。而学生们一旦直接、间接地接触了林先生，就会毫无例外地为先生的风采与智慧所倾倒，在我面前讲个不停，而我总是默默地听着，发出会心的微笑……

我愿意就这样在一定的距离之外，"远望"林庚先生。这里其实是存在着一种颇为微妙的心理的：我自知自己在精神上与林庚先生的亲近，早就在心中将他圣洁化了，或许保持这样一种欣赏、赞叹而不过于密切的关系，从而获得一种自然而松弛的感觉，是更美好的。

那里有一方心灵的净土。

我赞叹的是林庚先生身上诗人与学者的统一，我欣赏的是林庚先生将诗学术化与将学术诗化所达到的人生境界、诗歌境界与学术境界。林先生有深厚的学术功底，他的《天问》研究就足以显示他的考证的功力。但更让我动心的，却是他的学术研究中表现出的感悟力、直觉判断力与想象力。我曾经半开玩笑地说过，学术研究也可以分为"现实主义"与"浪漫主义"两大流派，林庚先生就是"浪漫主义学派"的代表。我曾经饶有兴趣地注意到王瑶先生写的《评林庚著〈中国文学史〉》(收《王瑶文集》第2卷)中的批评意见：在王先生看来，"这一部《中国文学史》不仅是著作，同时也可以说是创作"，"贯彻在这本书的整个精神和观点，可以说是'诗'的，而不是'史'的"，其主要理由就是全书出于"沟通新旧文学的愿望"，贯穿了"反映着五四那时代"的"生机的"历史观，"作者用他的观点处理了全部文学史，或者说用文学史来注释了他自己的文艺观"。因此王先生举了许多例子批评作者"由自己的主观左右着材料的去取"。这大概就是过去通常所说的"六经注我"与"我注六经"之争吧；用今天人们习惯的语言来说，就是所谓"主观"与"客观"之争。如果去掉学术批评与论争中必然有的"主观"色彩，"客观"地看两位先生的文学史观、研究方法和实践，作为学生辈，我是分明地感到先生们的研究既有相通的方面，更有明显的不同，而又各具特色，各有魅力，又多少有些不足，正可以相互补充。因此，如何最大限度地学习、吸收两位先生的长处，又警惕可能存在的偏颇，就成为我在学术研究中经常考虑的问题。但吸取什么，怎样吸取，又与个人的精神气质直接相关；我因此而折服于王先生治学中的历史感，同时又对林先生的诗化学术有着情不自禁的向往。

而最让我醉心，并深刻地影响了我的教学工作与学术研究的，是林庚先生最后一次讲课所提出的文学观与学术观。大概是1985年，当时的系主任严家炎老师让我参与全系性的"学术讲坛"的组织工作，其中一个重要任务就是约请已经退休的林庚先生做演讲。林先生非常重视这次重上讲堂的机会，足足准备了一个月，反复斟酌讲稿，讲题都换了好几次。上课时，先生衣着整洁大方，神采奕奕，一站在那里，就把学生镇住了。先生开口就问："什么是诗？"然后，随口举出几首唐诗，逐字逐句赏析，先生讲得有声有色，学生听得如痴如醉。而后先生才缓缓点出这堂课的主旨："诗的本质就是发现；诗人要永远像婴儿一样，睁大了好奇的眼睛，去看周围的世界，去发现世界的新的美。"此语一出，所有的学生顿有所悟，全都陷入了沉思。而先生一回到家里，就病倒了。我才明白，这是林庚先生的"天鹅绝唱"，他把自己一生写诗、治学、做人的经验，生命的追求，都凝结在这句话里了。也正是林先生的这句话，照亮了我的人生道路与治学之路。

有承担的学术

以后，我几乎每一次向研究生、大学生和中学生讲课，都要反复地申说林先生的这一观点："这里所说的'婴儿状态'，就是要保持婴儿那样第一次看世界的新奇感，用初次的眼光和心态去观察、倾听、阅读、思考，从而产生不断有新发现的渴望与冲动"；这里的关键词是"好奇"与"发现"："只有有了对未知世界的好奇，才会产生学习、探索的热情和冲动，这正是一切创造性的学习、研究与劳动的原动力"；"发现"则"包含了文学艺术、学术研究、科学、教育与学习，以至人生的秘密与真谛"。我还这样对年轻人说："如果你每天都这样像婴儿一样重新看一切，你就会有古人所说的'苟日新，日日新，又日新'的感觉，也就是进入了生命的新生状态。长期保持下去，也就有了一颗人们所说的赤子之心。人类最具有创造性的大科学家、文学家、艺术家、诗人、学者，其实都是一些赤子，永远的赤子。北大'大'在哪里？就因为有一批'大学者'。这些学者'大'在哪里？就因为他们始终保持'小孩子'般的纯真、无邪、好奇心与新鲜感，因而具有无穷的创造力，这就是沈从文所说的'星斗其文，赤子其人'。"（《与南师附中同学谈心》）这些话在不同层次的青年学生——从中学生到研究生——中都引起了强烈的反响；其实我所做的，不过是在向年轻一代宣扬林庚先生的精神与思想，林庚先生的基本创作经验和治学经验。

而这正显示了林庚先生对我们中文系，对北大，以至对当下中国文学界、学术界、教育界的意义。在某种程度上，这是一个逐渐消失，因而弥足珍贵的传统。最近，我在一篇为巴金先生百岁诞辰而写的文章里这样写道："无论如何，巴金老人仍然和我们生活在这个世界上，这个事实确实能够给人以温暖"，"因为这个越来越险恶、越来越令人难以把握的世界，太缺少像他这样的人了。——这样的好人，这样可爱的人，这样有信仰的、真诚的、单纯的人"。因为"经不起各种磨难，我们心中的'上帝'已经死了，我们不再有信仰，也不再真诚和单纯，我们的心早就被灰尘与油腻蒙蔽了"。——这也是我此刻对林庚先生的感情：幸而还有他，不然，我们就太可怜、太可悲了。

每当我陷入浮躁，陷入沮丧、颓废、绝望时，想起了燕南园那间小屋里的那盏灯，我的心就会平静下来，充盈起来，有了温馨与安宁，有了奋进的力量。

是的，那里有一方心灵的净土。

　　　　　　　　　　　　有承担的学术

一个"人"的标尺

——从小说创作看贾植芳先生

二十世纪九十年代初在做四十年代小说研究的时候，就读过《贾植芳小说选》，当时即受到了很大的震撼，并且决定要将其写入计划中的《四十年代小说史》里。但这部小说史迟迟不能问世，心里总觉得欠了贾先生（以及其他未能得到正确评价的四十年代作家）一笔债，是作为文学史研究者的一种失职。最近，偶然翻点藏书中四十年代的小说，这本《贾植芳小说选》赫然在目，心又为之一震，觉得无论如何也得写点什么了。

（一）在文学创作起点上与鲁迅的相遇

而我此时的研究兴趣却首先在文本之外的"故事"：它的写作，发表，出版，结集……过程中的作者与作品的生命故事。于是，我注意到了贾先生在"编后记"里对背景材料的介绍，这篇《从小说创作看贾植芳先生》也就从这里写起。

收入《贾植芳小说选》的第一篇《人的悲哀》是1937年4月发表于冯雪峰、茅盾、胡风联署，而由胡风实际主持的《工作与学习丛刊》第四辑《黎明》上的。据贾先生回忆，他当时还是一个不满二十岁的青年学生，在日本一个大学挂着学籍，是因为在东京神保町的内山书店看到《丛刊》的头两本：头本题为《二三事》，以鲁迅的遗文《关于太炎先生二三事》为书名，第二本题为《原野》，以艾青所翻译的法国诗人凡尔哈伦的长诗《原野》为名，从这样的"刊物的作者阵容和编辑风格上认识到它是高举鲁迅先生的战斗文学旗帜前进的严肃的文学刊物"，这才决定将1936年秋冬刚写出的小说投给《丛刊》。[1]

应该说，青年贾植芳对《丛刊》的性质、编辑意图的判断是相当准确的；因为我们从胡风的回忆中知道，编《工作与学习丛刊》是冯雪峰交给他的任务，目的是要在鲁迅去世之后，通过这个刊物，"和鲁迅的老朋友以及他晚年接近的青年取得联系，在思想上和创作上学习并发扬鲁迅精神"。而在胡风的理解里，"鲁迅精神是全民族、全体劳动人民的精神财富，继承并发扬鲁迅精神只能放在劳动人民的斗争实践上面，也就是，把希望放在和劳动人民的生活和斗争结合着，能反映劳动人民的生活真实和斗争意志的作者，尤其是成长中的青年作者身上"。[2]因此，胡风在编《丛刊》时，除了按照冯雪峰的意图，发表了一批鲁迅的老朋友（如许寿裳、李霁野）与他周围的年轻人（如曹白、力扬）的文章与美术作品，同时以更大的篇幅发表初露头角的新作者的作品（如艾青、端木蕻良的诗与小说），注意从业余作者中发现文学新人。

贾植芳的《人的悲哀》就是这样被他从自然来稿中选拔出来的。在这一辑的"编校后记"里，他以抑制不住的喜悦这样写道："《人的悲哀》是一篇外稿，也许读起来略嫌沉闷吧，但这正是用沉闷的坚卓

---

1 《编后记》，《贾植芳小说选》，第264页，江苏人民出版社，1983年版。

2 胡风：《〈工作与学习丛刊〉始末》，《胡风全集》第7卷，第231—232页，湖北人民出版社，1999年版。

　　　　　　　　　　　　　　　有承担的学术

的笔触所表现的沉闷的人生。没有繁复的故事，但却充溢着画的色调和诗的情愫，给我们看到了动乱崩溃的社会的一图。"[1]

这里，我们所看到的是编者与作者之间的"心有灵犀一点通"，也可以说是一次历史的相遇：当冯雪峰、胡风在鲁迅去世以后试图继续高举鲁迅的文学旗帜时，青年贾植芳自愿、主动地站到了这面旗帜下，从此走上了极不平凡的人生与文学的不归路。

这条道路几乎从一开始就注定是坎坷不平的。据胡风说，当初采取以书代刊的"丛刊"形式，就是考虑到"登记出杂志一定得不到国民党的批准"；[2] 但第二辑《原野》出版后不久还是被国民党禁止了。而在两三天以后，同一机关又有公事到代售的书店，说在报上看见有《原野》的广告，不晓得内容反动与否，着缴呈若干本云云。这就是说，"禁止了还不晓得内容反动与否，或者说，还不晓得内容反动与否就禁止了"。面对这样荒唐的检查制度，胡风立即著文加以揭露，指出："'统制思想'政策是'民可使由之，不可使知之'的'愚民政策'的继续，这个政策胜利的时候就是中国的'沙漠化'的完成。"[3]但胡风的抗议，却引来了更严厉的管制：《丛刊》第四辑（也就是发表贾植芳小说的这一辑）原题为《街景》，是用美国共产党刊物《新群众》上的一幅石版画命名的，但排成后就得到书店的通知，说前三本都被禁止了，这一本虽已排成，仍不能出，只好拆版。因此，在很长时间内，胡风都以为这一期刊物（自然也包括贾植芳的作品，连同他自己的评价）已被扼杀在摇篮里，不见天日了。但四十八年后的

---

1 胡风：《〈工作与学习丛刊〉编校后记及其他》，《胡风全集》第5卷，第251页。

2 胡风：《〈工作与学习丛刊〉始末》，《胡风全集》第7卷，第231页。

3 胡风：《反"沙漠化"的愿望》，《胡风全集》第2卷，第491—492页。

1985年，上海书店要影印《工作与学习丛刊》时，才发现后来不知是谁（估计是书店）还是将第四辑印出了，但改换了封面，辑刊题目也改为《黎明》，于是，贾先生的《人的悲哀》也就死里逃生，侥幸问世。这真可以称为"书的悲喜剧"了。[1]

今天我们重读《人的悲哀》，很容易就注意到作品中反复出现的是鲁迅式的意象："门前的街沿上，一只稀见的身材高大的羊，态度轩昂地领着一群仪容大相悬殊的小羊走着。"[2]——这也是鲁迅在《一点比喻》里描写过的隐喻性场景；"我转过身，像一匹受伤的兽，愤怒得燃烧得不顾那些睡客，脚步沉重地踏着楼梯，跑上楼去。"——仿佛鲁迅的《孤独者》里的那匹"受伤的狼"的"惨伤里夹杂着愤怒和悲哀"的那声嗥叫，重又响起。而小说最后的点题之笔："我的敌人已不是先前可怖的侦探，而是现在自己的怯懦，因为我有了一个避难所，人是惯于苟安的……""我应该走一条（自己的）路……"；还有那笼罩全篇的恐惧与绝望，以及被"历史的沙土埋得重重的，透不过气来的感觉"，"我似乎躺在荒原里或者闹市，许多可怕的东西，渐渐成形，猛兽般向我袭来，监房的血泪和铁镣，寒冷和阴森，咒骂和啜泣……"：这些也都是鲁迅式的。[3]

今天的读者更为注目的，或许就是作品中处处显现的小说主人公

1 《〈工作与学习丛刊〉始末》，《胡风全集》第7卷，第232页。

2 江苏人民出版社1983年版的《贾植芳小说选》还特地为这一场面描写绘制了一幅插图，可参看。

3 鲁迅在他的作品中不止一次地写到他的这种被掩埋的窒息感。如"沉重的沙……沙漠在这里，恐怖的……"（《热风·为"俄国歌剧团"》）；"……许多青年的血，层层郁积起来，将我埋得不能呼吸，我只能用这样的笔墨，写几句文章，算是从泥土中挖一个小孔，自己延口残喘……"（《为了忘却的记念》）。

对外部世界的感觉与联想的奇峻,像"我恐惧地望着四周,人们的态度一如乌云退后的太空,明快而闲适,闲适得简直有点残忍";"连阳光也显得灰沉,像喝过砒霜后难看的面孔,死滞在这里";"空气像一根新的绳子";"当他脚步踏上楼板的第一声,全楼响起一片空前的震动,像是弱小者的绝望的呐喊";"他趁势把两手伸得高高的,支起脚尖,凄凉地打了一个大哈欠,嘴城门般的张圆,然后放下脚跟,嘴又猛地紧闭,两手随着死了般的摔下来";"我就上了楼,背后是一群奇异的眼睛,像送葬行列后的眼睛,饱含着惊奇和悲哀":这些文字都具有一种震撼力,给人以新奇感,尤其是那种"痛苦而神经质"的感受世界的方式,也都是鲁迅式的。

我们在这里一再提到"鲁迅式",意在说明,贾植芳在他的第一篇小说里所表现出来的这些思维、心理、情感与表达方式,或许有直接模仿鲁迅的痕迹(这是一个初学写作的鲁迅的崇拜者所难以避免的),但更根本与更重要的是,他有着类似鲁迅的生活感受与生命体验,也就是说,他是通过自身内在的生命欲求与鲁迅相遇、逼近、拥抱的。胡风感觉到并竭力赞扬的他的这篇小说中的"沉闷的坚卓的笔触""画的色调和诗的情愫"正是这样的相遇、逼近与拥抱的外在表现。

(二)在抗战烽火中对鲁迅启蒙主义文学传统的坚持和发扬

如果说《人的悲哀》还是一个最初的尝试,到写于1942年的《人生赋》与《剩余价值论》就相当成熟了;我当年准备写入《四十年代小说史》的,主要就是这两篇作品。

我在研究四十年代小说时,一直在苦苦地追寻普通人在战争中的真实感觉；但我所读到的许多作品，都将这种真实的感觉过滤与净化了，这里的原因自然非常复杂，需要另作深入的讨论研究。这里只能说说当年研究过程中的感受：我先是在路翎的《财主底儿女们》与张爱玲的《烬余录》里捕捉到了这种"战争感觉"，有一种研究者的莫名兴奋；然后就读到了贾植芳的《人生赋》里的两段文字，我是真正地被震撼了，以至十年后的今天、此刻，仍然感到余震的力量——

> 就在那有名的轰炸之夜，我的医室所在的那一条僻街，一瞬化为灰烬！当我痴痴地站立在困扰的街心，简直像在梦中；在这激烈的轰炸下，我就有时像《空城计》里攻城未遂的司马懿，怀疑自己是否还活在世上。……我亲眼看见，开得圆圆的我的医室的窗子，像一张吃惊张大的嘴，先是硝烟，后来是火头，——是的，是火，一层卷着一层，穷凶极恶争先恐后逃难似的从窗口奔出，卷向屋檐，卷向四周的墙壁，有的更伸着长的下溅的火舌拖向近处歪斜的电杆，和闪亮的紊乱的电线，还有更远的被火光照耀着的半透明的天空，……我听到木材毕毕剥剥的爆裂声，轰然的倒塌声，……我又似乎听到我的医室里药瓶的爆裂声，似乎那一个卷形的火头里边，飞跃着破碎的玻璃瓶块，……药的浓烈气味，……不久，我经营了近年的医室，就在一阵硝烟和混乱中完结了。……我沿着嘉陵江向市外走着，我感到茫然，疲惫，愤怒，那么压人欲倒的感情，……身边混乱的人群默默走着，像一群影子。……

还有战争中的饥饿感所引发的种种幻觉，生命感受——

> 我是被我生活过的生活忘掉了，遗弃了，……空着肚子，在这个完全陌生的城市的弯曲的街道上巡行着，昏昏沉沉，老听到肚子呜呜地叫，坚强的膝盖也在抖动，意外的疲倦。……我好像是一个没有味觉的动物，……歪歪斜斜地走着，疲惫而寂寞，像受过重刑的人，……我感到一种茫然，像浮在海上，这样有时惊觉有时麻木地生活着，是一个都市的可怜儿了。……没有什么更改和变迁，想都想疲倦了。有时我真茫然不知我是否有过过去，我现在是什么。……[1]

这"一瞬化为灰烬"的毁灭感，以及人的被遗弃、被悬浮、被空洞化的感觉，是极容易产生战争虚无主义的。而这正是人的生命选择、人生走向的一个关节点；我曾经在一篇文章里讨论过，四十年代的许多知识分子为摆脱这样的虚无感，被一种寻找归宿的生命欲求所驱使，走向战争乌托邦主义，在制造种种新的神话中陷入了新的陷阱。[2]

而贾植芳在他的小说中，则揭示了另一部分知识分子的另一种同样是悲剧性的选择：他们由战争虚无感走向颓废主义与市侩主义。他的主人公在"像决了口的黄河"那样大哭了一场之后，"大概是疲劳和刺激过度吧"，就开始了"另一副景色"的新生活："吃吃喝喝，玩玩乐乐。天塌下来压死大家，或者我多有几个铜板，逃难还来得及。"于是就有了这一番自嘲式的叙说："渐渐我和大家的生活合了拍子，也不觉什么了，……在上海的激愤，和在重庆的忧郁，被称为孩子气

1　贾植芳：《人生赋》，《贾植芳小说选》，第50—51页、48—49页。
2　参看拙文：《"流亡者文学"的心理指归》，《精神的炼狱——中国现代文学从"五四"到抗战的历程》，广西教育出版社，1996年版。

人的标尺

119

的玩意儿，慢慢也都忘掉了，就连那一点看书看报的习惯……这时也早丢掉了。……我开始健全地生活着。我想人生的具体内容，第一是钱，第二是钱，第三是钱，钱的朋友是女人，钱和女人，其实是一个目标，因为女人是钱的一部分。"就在这样的人生哲学的支配下，他快快乐乐地（他甚至这样明确地宣称："我要追求人生的快乐，却不是幸福"）选择了"伪组织"式的生命存在方式——这本是卖身于侵略者的汉奸的统称，而这里却是指一切都是"人生的暂时结合"：他终于陷入了人生的另一个陷阱。

于是，就有了这样一句沉重的点题："战争残酷地改变一切！"战争的"残酷"不仅在于残酷地毁灭人赖以生存的物质生活，更伤害、毒害了人的精神，有的甚至达到了毁灭的程度：这才是真正令人恐惧的。而这样的一种更内在的残酷，并不是任何人都有勇气正视的；而贾植芳却毫不掩饰地把它如实写出，尽管在小说的结尾，叙述者（或一定程度上的作者自己）在讲完故事以后，"更深深地感到近乎麻痹的疲惫"。[1]

在另一篇小说《剩余价值论》里，贾植芳又讲了一个"最不痛快的事"：一次"无意义的邂逅"。"我在西北山地旅行里遇了劫，以偷吃沿途的瓜果为生来到这个黄土高原上的小镇上"，"我在街中人群里走着，肩膀突然被人拍了一下，惊愕地回过头，我愣住了。——拍我的肩膀的是这样一个被衰老征服了的年轻人！"于是，就有了这样可谓惊心动魄的一幕——

"啊，子固！"我醒来似的喊着，"是你，总有七八年不见

---

[1] 贾植芳：《人生赋》，《贾植芳小说选》，第51—53页、56页。

了。"他凄然地笑着，藏在浓黑胡须里的纹折一条一条很残酷地裂开来，两只眼睛低垂着，像被长长的睫毛遮掩了，……但只一闪，那一双阴凄的眼就吃惊般地盯着我，竟藏着毒药，闪着奇异的光，死死地盯着我……他好像在空屋中发现了一条蛇似的呆哑。我可有点烦躁了，这是一种什么寂寞呀！我心里说；就想摆脱这个奇异的相遇。

所以说这是惊心动魄的，是因为"我"还有另一个记忆："那高大而挺直的身躯，蓬乱而尖硬的头发，和那无论什么境地里永远浮在苍白面颊上的坚定的微笑，发自坦然心坎里的健康而硬朗的笑声，温良坚决的眼神……那一切仿佛便是希望的化身"，"尤其是那微笑，真可说是典型的笑，好像一首诗，一个启示，一个信仰，秋夜高空的星，峻岭幽谷中的溪流……"而现在，眼前这"阴凄""藏着毒药"似的眼神，这"呆哑"的神情，把这一切美好的记忆全部摧毁了。——这一切，是怎样发生的呢？

"我"和"子固"再一次在北方滨海城市的浴场里见面时，他已经有了一双"可称为富人的眼睛"，而且有了一个"娟"，"我"因此听到了"久违的子固的粗朗的笑声，但却是无节制和色情的"。

"我"没有遵约再去见他，逃走了，却在路上从一个女政工员的转述中，听到了他的心声——

我愿意一个人远离人群坐在荒原里，山头或水边，但坐长久了，太使我痛苦。真的，我在这些地方，好像常听到一种呼唤的声音。这声音像在热情地有力地召唤着我，像是一种复活的诱惑，听着这声音我就惶惑战栗起来，不知所措，就像回到前些年，……我早忘了想起就使我痛苦的那些年。但是结果呢？是更多的痛苦添在我的心上，我没有法子。我疲倦了。自己把自己毁了。……这回战争真是一种了不得的力量！[1]

这又是一个战争改变人的命运，戕害人的心灵，摧毁人的价值的悲剧——小说以"剩余价值论"为题，是内蕴着一种深刻的痛苦的。而小说结尾时所发出的追问"人受过刺激就不能像人的生活吗？……什么是人的生活呢？"就更是大有深意，提升到人性本身、人的生存本身，具有某种超越的意味了。

1983年作家何满子在为《贾植芳小说选》所写的"小引"里说："读着这篇小说，使人不禁想到鲁迅的《在酒楼上》和《孤独者》给予作者的影响。"[2]这恐怕是所有读者的共同感受：这篇《剩余价值论》与鲁迅的《在酒楼上》《孤独者》，也许还有《过客》之间，是存在着一种联系的。

而我想强调的是，这种联系，不仅表现在外在的结构、描写等表现形式上，更是表现在内在的文学追求上，即是要写"灵魂的深"，写"病态社会"里人的精神病态，以"引起疗救的注意"；这样的文学"是对现代中国人的灵魂的伟大拷问，它逼着读者和它的人物，连同作家自己一起来正视人性的卑劣，承受精神的种种苦刑，在灵魂的搅动中发生精神变化，而最终指向的是绝望的反抗，是对于社会，对人自身，对自己的一个反抗，这个文学的'地狱'里有着血淋淋的真

---

1 贾植芳：《剩余价值论》，《贾植芳小说选》，第58—60页、64页。
2 何满子：《小引》，《贾植芳小说选》，第3页。

122   有承担的学术

实"。[1]——贾植芳的小说也正是这样的"有着血淋淋的真实"的文学的"地狱"。可以说，到写出《人生赋》与《剩余价值论》时，贾植芳才真正地进入了鲁迅所开创的文学传统。

贾植芳在四十年代以自己的艺术实践自觉地继承与发扬鲁迅文学传统，是有着特别的意义，并且是冒着风险的。因为当时占据主流地位的文学思潮，如胡风所说，是"只准许歌颂胜利，只准许歌颂中国文化又古又好，中国人民又自由又幸福，只准许对于敌人的弱点和没有出路加以嗤笑，聊快一时的人心"的，如果要坚持鲁迅的启蒙主义的批判传统，揭示中国人的精神病态，至少是不合时宜的。胡风因此对人们提出的"如果鲁迅现在还活着"的问题，作出了十分冷峻的回答："恐怕有人要把他当作汉奸看待的。"[2] 如果鲁迅本人也不能幸免，更何况要自觉继承他的传统的后人了。胡风在四十年代承接鲁迅"改造国民性"的思想，提出的"精神奴役的创伤"的命题，以及他所坚持的对现实生活与文学中的市侩主义的批判，都被视为异端而遭到围剿，这当然不是偶然的。在这样的背景下，贾植芳还要写《人生赋》《剩余价值论》这样的揭露战争中的精神创伤、鞭挞市侩主义的文学作品，显然是不识时务，而且要承担后果。这就注定了他不但要被国民党政府追捕，而且也难逃"自己人"的追捕，直至被关进敌人与"自己人"的监狱：这是他的人生与文学选择所带来的宿命。

1　请参看拙作：《与鲁迅相遇》第四讲"'为人生'的文学"，第122页，生活·读书·新知三联书店，2002年版。

2　胡风：《如果现在他还活着——纪念鲁迅先生逝世五周年》，《胡风全集》第2卷，第673页、670页，湖北人民出版社，1999年版。有意思的是，到二十世纪五十年代，以及二十一世纪初，都一再提出"如果鲁迅还活着"的问题；而且直到2004年还有人（而且好像是年轻人）在网上写文章给鲁迅横加"汉奸"的罪名。

（三）永远的"历史乐观主义者"

贾植芳抗战时期的小说还有《嘉寄尘先生和他的周围》《我乡》两篇，这是他的"沉闷的坚卓的笔触"（胡风）中难得流露出的亮色。这又使我们想起了鲁迅，他说他在自己的作品中，也是要"删削些黑暗，装点些欢容，使作品比较的显出若干亮色"的，但他同时说明，这是为了"与前驱者取得同一的步调"。[1] 他还说过，这也是因为"不愿将自己以为苦的寂寞，再来传染给也如我那年青时候似的正做着好梦的青年"[2]，他对那些"亮色"实在是并无把握，甚至是怀疑的。而贾植芳，或许还有胡风，却是骨子里的乐观主义者，直到1983年编《贾植芳小说选》，已经是大难逃生，贾先生仍在"编后记"里坚称："光明永远在我的前面……我永远是一个历史的乐观主义者。"这或许正是鲁迅的学生与鲁迅的不同之处吧，而且这当然不是年龄的差异所致。

不过这是另一个需要专门讨论的话题；我这里想说的是，贾植芳小说中的亮色，来自他的另一种战争体认，这是他即使在《剩余价值论》这样的为战争的内在残酷性所笼罩的作品里也要在开头加以强调的："战争使人们惊觉般地懂得生命的真谛，像信仰生命一样的信仰着战争胜利"，"实在，战争使人们变得坚强和可爱"。[3]这里所表达的是对人性与人的生命本身的某种信心。这或许正是这两篇小说至今还感动着我（或许还有今天的某些读者）的原因。

---

1 鲁迅：《〈自选集〉自序》，《鲁迅全集》第4卷，第456页、455页，人民文学出版社，1981年版。

2 鲁迅：《〈呐喊〉自序》，《鲁迅全集》第1卷，第419—420页。

3 贾植芳：《剩余价值论》，《贾植芳小说选》，第57页。

我在研究四十年代小说时，也一直在寻找支撑着这场战争的内在精神，以及这种精神的瞬间显现，从而照亮了一个时代的历史细节。我后来在一位美国医生写的见闻录里发现了这样的细节，并因此而欣喜若狂：在战火纷飞之中，一个农人依旧执犁耕田；战火平息后，周围的一切全被毁灭，只有这执犁的农人依旧存在。我把它称作"瞬间永恒"，写入我的四十年代研究论文中。[1] 而这次重读贾先生的《我乡》，又突然发现了这样的照亮时代的文学细节，眼睛为之一亮——

> 我挽着母亲正走到山腰，一支机枪的射击弹忽然向我们的方向猛烈扑来。我发现我们已经成为目标，流弹就在近处匍匐不绝地响着。……母亲急呼着，要在前面的妹妹嫂子侄子们"快跑"，同时她摆脱我的手，"你快跑，不要管我！"地边喘边嚷着；父亲大声说："这孩子，怎么不听话！你远走你们的，不用管我们。"母亲更着力地推着我，气喘地拼着生命之力喊着："留着你们年轻有用，你们快跑你们的，不用管我们。"愤怒地催促着。……我单独地走出一段路，回头看见在阳光里蹒跚前进的双亲默然地相互挽扶着的姿态，……像忘了似的停止了个人的行进……

这"阳光里蹒跚前进的双亲默然地相互挽扶的姿态"也同样是一个"瞬间永恒"，它蕴含着极其丰富的历史内容，同时又具有极其鲜明、生动的历史具体性与文学形象性。贾植芳能够把它敏锐地捕捉到、描写出来，当然不是偶然；他在小说的结尾这样写道："故乡，战

---

[1] 参看拙作：《"流亡者文学"的心理指归》与《我这十年研究》，《精神的炼狱——中国现代文学从"五四"到抗战的历程》，第143—144页、17页。

乱的故乡，是赋予我们以人生和战斗之勇气的。它是这样的一个新的人生之港湾。"[1]他的生命之根、文学之根，是深扎在"故乡"——生养他的这块土地、父母、乡亲，中国的普通老百姓中的。他的绝望中的乐观，也就产生于此。

（四）"人类史前时期的风俗画"

《贾植芳小说选》中的《理想主义者》《更下》《草黄色的影子》《一幅古画》写于 1946 年至 1947 年间，是另一个时代的作品。还是先说作品背后的故事。依然是贾先生自己的回忆："《草黄色的影子》和《一幅古画》两篇，都发表于 1947 年的上海《时代日报》。后一篇交稿后，我已坐在蒋介石的中统局监牢里了，关心我的报馆里工作的同志们，为了大家省事，发表时给我署了个 Y.L. 的名字，前后登了九天。1948 年冬天我出狱后，友人的妻子小方同志才把她精心剪贴装订成册，暗暗地保存了经年的本子交给我，直到今天，我还感觉到那种给我勇气和力量的友情的温暖。可叹我的命运多舛，收录在这里的印文，都是我女儿从图书馆收藏的旧报纸上一个字一个字抄回来的。这两篇文章前后经过两个女性的手，才一次一次地被我保存下来，这仿佛又是一个不幸的巧合，同时也使我深刻地认识了历史前进的艰巨性，那种如恩格斯所说的'历史的惰力'之可怕和可恶。"——这故事本身自会让我们感慨，而贾先生在叙述这段历史时，特意关注与强调"经过两个女性的手"这一点，或许是更让我们感动的。

我所关注的是，1983 年贾先生将这几篇小说选编入集时，对其

---

[1] 贾植芳：《我乡》，《贾植芳小说选》，第73页、78页。

所作的两个命名："人形动物的崩溃的精神世界的谵画"，"人类史前时期的风俗画"。[1] 而我又发现，这里所提出的两个关键概念，都不是贾先生的自创，而来自胡风的一篇文章的题目：《人类前史的谵画——〈企鹅岛〉》。也就是说，贾植芳先生是将胡风 1936 年对法国作家法朗士的寓言体小说《企鹅岛》所作的评价，移植来说明自己写于四十年代末的小说，这本身就是意味深长的：它引起了进一步探讨的兴趣。

先来看看胡风对《企鹅岛》的评论："作者所要做的正是对于'成为社会基础的种种道德'的否定，对于所谓'上流社会'的无情的暴露。最伟大的哲学家说过，真正的人类历史的开始，须在一次彻底的大解放以后，这本书就是人类史前时期的谵画。"胡风又继续追问，法朗士所要否定的是什么样的道德原则？他指出，这样的道德原则在"拜金环境里孕育并产生出来的企鹅国"（这显然是作者所生活的资本主义社会的一个隐喻）里，是占支配地位的，其核心自然是维护资本的利益，如宣称"只有征服者的权利是唯一使人尊敬的权利"，"公共利益的要求是：不要多取于钱多的人，那么富人便不会有以前那么富，而穷人将比以前更穷，因为穷人靠着富人的财产生活；所以富人的财产是神圣的"；"没有工业的民族是不必进行战争的；可是一个从事企业的民族便非采用征服的政策不可。我们的战争的数目是跟着我们生产力的发达必然地增加着的"，等等，这实际上是将赤裸裸的资本剥削披上道德的圣衣，以欺骗被剥削的民众。胡风因此高度评价法朗士作品里的"文化批判"："在作者的笔下，遮掩真相的历史的假面被撕成了片片。"

但他同时又批评法朗士"对于人类的'未来'的展望"陷入了

1《编后记》，《贾植芳小说选》，第 264—265 页。

"循环的历史观"，未免过于悲观。因为在 1936 年的胡风看来，"这样的无法解决都会和乡村的矛盾，穷与富的矛盾的绝望，已经给现在的新世界的事实打碎了"。而他所说的"新世界的事实"指的是当时苏联的建设成就，在所谓"红色三十年代"里，苏联的共产主义试验是给全世界（不只是中国）的许多善良的激进知识分子以某种希望的。胡风因此预言："新的人正要把世界改造成一个大的花园，预备揭开真正人类历史的第一页。"[1]

于是，我们终于懂得，胡风将法朗士对资本主义的批判看作"人类前史的谴画"，是包含着对社会主义与共产主义的新社会的一种期待与信心的，而在当时的历史条件下，又是将这样的希望寄托在"第一个社会主义国家"苏联身上的：这都显示了我们所说的胡风的历史乐观主义。

那么，贾植芳为什么要将自己四十年代末的小说也称为"人类史前时期的风俗画"与"谴画"呢？在我看来，这是有两个方面的意义的。首先是贾植芳自觉地意识到，他所要担负的任务与法朗士的内在一致性，即胡风所概括的"对于'成为社会基础的种种道德'的否定，对于所谓'上流社会'的无情暴露"（顺便说一句，这同样也是鲁迅的文学传统），用他的话来说，就是要用自己的笔为"那个死去的社会和时代"（也就是人类史前社会和时代）作最后的"诅咒""诀别"和"清算"。[2]贾植芳就是在这样的历史使命感的驱使下，对成为四十年代末的国统区社会基础（他将其称为"黑暗"的"统治基础"）的种种道德原则，进行了无情地揭露与批判。

---

[1] 胡风：《人类前史的谴画——〈企鹅岛〉》，《胡风全集》第2卷，第274—276页、480—481页。

[2]《编后记》，《贾植芳小说选》，第263—264页。

胡风当年就说过："谍画家的本领是凸显地勾出骨骼上的特征，那就是夸张地说出作者的认识要点。"[1]贾植芳的写作策略是让这些行将就木的历史小丑，自己用极度夸张的语言，寡廉鲜耻地自我暴露："这个时代的精神，你先得把握到，那就是百分之百的今天主义，所谓无近虑就有远忧。明天的事，谁也顾不了，管不了；今天就是一切，一切属于今天。……我们要用一切努力来建树自己的今天，有了钱，就什么也有了。钱就是一切。……站到实际的岸上来，像人的活人。……宁肯痛痛快快活一分钟，不别别扭扭地活一百年，这就是今天主义的哲学"（《更下》）；"中国的事就是这么一回事：只要有权有势，谁拿到手里是谁的，而且不论你是怎么拿来的，人家都尊重你，这就是中国的道理。……什么事业，革命，都是他妈的狗屁！谁信那个！谁干那个！"（《草黄色的影子》）；"我能和没知识的人在一块儿吗？我看你老兄还有点梦想精神，……罗曼谛克的思想早过去了"，"我不信世界上再有什么比面包更伟大可爱了。不过，当我发现在这样的社会中枉费力气地追求到面包，而不能愉快地啃你自己的面包，那真不如到美国去，那里好得多了"（《理想主义者》）。在这些扬扬自得的夸耀背后，读者分明感觉到作者锐利的批判的目光，而且如一位批评家所说，已经不再有对《人生赋》《剩余价值论》的主人公那样的悲悯，而"只有倒胃口的憎厌和切齿的鞭挞了"[2]。在这幅"人类前史的谍画"的每一个笔画背后，都响彻着一个声音：该结束了，这人的丑陋与堕落的历史！

　　而且当时的贾植芳是充满信心的。因为他在自己的亲身经历中，

---

1 胡风：《人类前史的谍画——〈企鹅岛〉》，《胡风全集》第2卷，第474页。
2 何满子：《小引》，《贾植芳小说选》，第3页。

发现了另一种人、另一种生命、另一种人生哲学的存在，其实他自己就是其中的一个成员，这就是他在《在亚尔培路二号》（在1949年单独印册的时候曾题为《人的证据》）与《人的斗争》《血的记忆》里所写到的监狱里的革命者。——顺便说一句，贾植芳对自己作品的命名是有一个精心的设计的：从开篇的《人的悲哀》到四十年代中期的《剩余价值论》（实际是"人的价值论"），到四十年代末的《人的证据》《人的斗争》，他关注、描写的中心始终是"人"，是对"什么是人"的追问。现在他在这些自觉地"保卫自己的人格的尊严和价值"，同时又为人的解放而自愿牺牲自己的生命的革命者身上，看到了真正的人性的光芒，或许这些"可爱可敬、可歌可泣的人们"就是胡风当年所说的"新人"，他们是有力量来结束这个人的丑陋与堕落的"人类前史"的：四十年代末的贾植芳对此似乎并无怀疑。因此，这些小说（贾植芳曾说明，这些"小说"其实是"类似于报告文学的体式"，是应该作为"历史生活的实录"来看待的[1]）的主人公（包括作者自己在内），都意识到自己似乎是"面对着绝处"，但其实更是处在"生命的转弯处"，而且是"正在痛苦的中国之命运的最大的一个转弯处"。这些"黎明前的黑暗中呼吸困难的人们"，赖以支撑自己，能够"超越恐怖"的"精神存在"，是关于"新中国"的想象，那是照亮监狱的神圣之光。[2]

---

1 《编后记》，《贾植芳小说选》，第263页、265页。

2 《在亚尔培路二号——一个人和他的记忆》，《贾植芳小说选》，第163页、168页、226页、161页、162页、216页、225页。小说还写了这样一个细节：中秋节的晚上，大家聚拢在一起想象未来，甚至有这样的约定："五年以内，中国终该是一个好中国了吧？所以我想，今晚我们在场的难友，不妨同意一下，五年以后的今天晚上八点钟，只要是我们在场的人，都各自去外滩公园相聚，最好带着自己的老婆孩子，我们像今天这样欢聚一堂……"

这就有力地说明，当贾植芳在创作他的"人类史前时期的风俗画"与"谑画"的时候，是怀着对"新中国"的巨大期待与信任的，他坚信日益逼近、即将诞生的新中国，将结束这一切人的丑陋与堕落，开始人的新生，并因此而最终结束人类的史前时期，揭开人类历史新的一页。这也正是贾植芳的历史乐观主义。

（五）一个"人"的标尺

但如前所说，贾植芳将这些小说正式命名为"人类史前时期的风俗画""谑画"，是在1983年他编《贾植芳小说选》时。而这又有什么意义呢？

于是，我们注意到，在这本四五十年代小说选里，最后却选入了一篇写于1979年的《歌声》。小说写的是1975年"由于长期的意外遭遇"被这个城市"当作一个陌生人"的"我"，在城市的小街口，与1948年的难友奇异地相遇。在交谈中得知，这位在国民党特务的严刑拷打下坚贞不屈的硬汉子，前些年被戴上"叛徒"的帽子又受尽了折磨。两位当年的"同监犯"在感慨"唉，人生！唉，历史啊！……"以后，又相互激励："要活得像一个人！"——小说再一次响起了贾植芳式的"人"的主旋律，并以这样一段议论结束："……历史的回忆，往往给人以新的力量和勇敢，把人从迷惘中解放出来，重新认识到生活的责任、自己的价值和存在的意义，它是一眼永远不会枯竭的井泉。"[1]

---

[1] 贾植芳：《歌声》，《贾植芳小说选》，第255页、256页、259页、262页，江苏人民出版社，1983年版。

从 1948 年到 1975 年，这确实是一段令人感慨的历史："人类史前史"并没有如当年这些狱中的受难者、革命者期待的那样从此完全结束，而是以新的形式延续下来，并给他们带来了新的磨难。但更重要的是，贾植芳和他那一代人，并没有被对他们来说本是过于沉重与残酷的"历史的回忆"所压倒，在劫后余生中依然顽强地追求人的价值、责任与存在的意义。他如此郑重地将自己的小说命名为"人类史前时期的风俗画""谑画"，即是要表明自己的两个不变：对"人类史前时期"的种种人的丑恶、堕落，及其人生哲学、道德原则的批判立场不变，对"结束人类史前时期，开始真正的人的历史"的理想与期待不变。而且在重编《贾植芳小说选》的 1983 年，中国刚刚经历了一次思想解放运动，似乎给人们带来了新的希望。贾植芳重申"我永远是一个历史的乐观主义者"也就似乎有了某种现实的依据。

从二十世纪八十年代初的重编，到二十一世纪初我们今天的重读，历史又过去了二十年。而我们从这些写于"人类史前时期"的四十年代的小说中，读到了现实性时，却感到了惊异、难堪与震撼。

也许我们今天更应该思考的是，应该如何看待胡风、贾植芳那一代人"永远结束人类史前史，开始真正的人类历史"的理想与追求。这个理想与追求其实也是属于鲁迅的。鲁迅曾经说过，"中国人向来就没有争到过'人'的价值"，中国的历史也就永远走不出"想做奴隶而不得的时代"与"暂时做稳了奴隶的时代"的循环，他因此而期待"中国历史上从未有过的第三样的时代"，并认为"创造"这样的中国历史的新时代应是"现在的青年的使命"。[1] 胡风与贾植芳在讨论"结束人类史前时期"理想时，大概也会想到鲁迅的"第三样时代"

---

[1] 鲁迅：《灯下漫笔》，《鲁迅全集》第 1 卷《坟》，第 212 页、213 页，人民文学出版社，1981 年版。

的理想。

经过一个世纪的奋斗与曲折，我们在感到这样的理想的召唤"依然有力"的同时，也越来越认识到这样的理想与追求的"乌托邦"性，也就是说，这是一个存在于彼岸的价值理想目标，此岸世界应该，而且可以逐渐趋近于它，却不可能完全到达，得到纯粹的实现。从另一方面说，此岸现实世界里，人的真、善、美与人的假、恶、丑，人的向上与堕落，总是彼此相生相搏的；在健全的社会里，前者得到不断的发扬、扩大，后者则受到抑制并呈不断缩小趋势，当出现了相反的趋势时，这个社会就出现了问题。

贾植芳这一代人始终坚持批判的"人类的史前时期"其实就是一个假、恶、丑占据了主导地位的社会，他们的批判因此取得了一种合理性与正义性；而他们所追求的"真正的人的历史"则是一个彼岸的理想。人的真实努力与奋斗，可以使真、善、美与假、恶、丑之间的消长、起伏朝良性方向发展，却不能在现实世界完全消灭假、恶、丑，实现社会的所谓纯洁化与完美化；相反，却要警惕在追求"纯粹、完美"的旗帜下，让假、恶、丑得到恶性的发展：这是在中国曾经发生过的、二十世纪的最大悲剧，是不应该忘记的。

但我们能不能因为不能完全消灭假、恶、丑，甚至在一定时期假、恶、丑在社会生活中还占据主导地位，而走向认同与屈从于现实的市侩主义呢？当年"子固"（前述《剩余价值论》的主人公）身上所发生的"由理想主义（理想主义在某种程度上就是乌托邦主义）走向市侩主义"的悲喜剧难道也是一种必然吗？这也涉及同一篇小说中所提到的要不要倾听前面"呼唤的声音"的问题，子固就是拒绝倾听这"呼唤的声音"而走向堕落的，但他听到这声音时，还能感到"惶惑"以至"战栗",说明人的良知还未完全泯灭。这个问题,也是鲁迅在《过客》里提出来的。在他看来,无论现实如何黑暗,必须倾听"前面的声音",努力往前走,向上走,这是生命的绝对命令。人之为人,就不能没有精神的、理想的追求,也包括对彼岸乌托邦世界的向往与追求。

贾植芳先生正是以他的小说创作与九十年不间歇的人生奋斗,给我们树立了一个"人"的标尺:永远不放弃对人的丑恶与堕落的批判,永远不放弃对真、善、美的人性理想的追求。今天重读《贾植芳小说选》,最吸引我们的,也正是这样的穿透纸背的人性魅力与人格力量。

附记

早就听说上海的朋友要为贾植芳先生庆祝九十大寿,贾先生也是我心仪的前辈学者,而研究先生四十年代的小说更是我长达十年之久的一个心愿,现在终于写出,并以此为先生祝寿。在前几天为巴金先生百年诞辰所写的一篇文章里,我这样写道:"巴金老人仍和我们一起生活在这个世界上,这个事实确实能给人以温暖。这个越来越险恶、越来越让人难以把握的世界,太缺少像他这样的人了。"这其实也是我对贾先生这样的越经磨难而越显纯真的老人的感情。老人们对我的意义还在于迫使我思考人生选择、价值与存在意义等根本问题,这篇文章其实也是这类逼问的产物,就为这,我也应该向贾先生表示我的最大敬意和谢意。

2004年10月27—28日、30日—11月1日上午写毕

读钱谷融先生

我一直想写钱谷融先生，不仅是因为钱先生是我所敬仰，接触不多、却特别感到亲近的前辈学者；最主要的原因是，钱谷融先生是现代文学研究领域里独特的，而又产生了重要影响的巨大存在，不研究他，讲现代文学学科研究传统，就讲不清楚，至少是不全面的。因此，我的现代文学"学人研究"，钱谷融先生理所当然地要占有一个重要位置，是不可或缺的篇章。但真要研究起来，又遇到资料不足的困难，我已经没有精力上图书馆查找，只能靠自己的藏书。钱先生近年的著作记得都曾蒙寄赠，但又都散落在杂乱无章的书堆里，翻箱倒柜只找出一本《闲斋书简》，却让我读得如痴如醉，浮想联翩。于是欣然命笔：当然算不上严格的研究，只是读先生《书简》而读其人、其学。

在讨论现代文学研究传统时，我曾多次引用樊骏先生的一个论述："以五四新文化运动为起点，于二三十年代逐步出现一个新型的文化学术群体"，他们"把自己在文化学术领域的专业工作，视为推动社会进步、民族解放的组成部分"，自觉地以学术研究"作为自己服务于国家民族的主要手段；在学术观点和政治倾向上，是进步的、革命的，往往兼有学者和战士的双重身份"，因而他们的学术有着"更多的政治色彩和意识形态方面的自觉性"。而"奠基于四五十年代之交，在五六十年代迅速成为一门显学的中国现代文学，从整体上说，分明具有这个群体的显著特征"，"参与这门学科奠基的学者，如李何林、唐弢、田仲济（当然还有王瑶、贾植芳先生。——引者注）等人，无论从走上学术道路的经历，还是体现在研究成果中的学术风格来看，也都属于这个群体"。¹而钱谷融先生显然不属于这个群体，他有着别一样的选择，他别开一个研究蹊径，因而展现出别一道风景。

钱谷融先生说："我素不讳言我是一个为艺术而艺术派。"²在谈到自己的学术渊源时，他也这样直言："四十年代我服膺唯美主义"³，"我学生时代受的是自由主义教育，最敬慕高人逸士的光风霁月的襟怀"，并且具体指明"以现、当代中国人而论，除鲁迅外，周作人和朱光潜的影响是相当大的"⁴。——这显然是现代文学与研究的另一个传统。

有意思的是钱先生对"为艺术而艺术派"的理解："搞文学的人（其实不管你搞哪一行）都该有点为艺术而艺术的精神"，"即应该对所干的那行有真正的爱好"，⁵"舍得为它贡献自己的一切，乃至生命"⁶。他因此而认同研究者将他归为"欢喜型"学者；他说："'欢喜型'就是'为艺术而艺术型'，是指专凭自己的性情、爱好而读书工作的那一类人。"⁷而在他看来，"只注重'欢喜'二字，这是唯高人和真人才

---

1 樊骏：《论文学史家王瑶》，《中国现代文学论集》，第58—59页，人民文学出版社，2006年版。可参看收入本书的《樊骏参与建构的中国现代文学研究传统》一文的有关论述。

2 钱谷融：《致唐韧（2001年12月26日）》，《闲斋书简》，第346页，华东师范大学出版社，2004年版。

3 钱谷融：《致王元化（1997年5月3日）》，《闲斋书简》，第471页。

4 钱谷融：《致高恒文（某年4月29日）》，《闲斋书简》，第618页。

5 钱谷融：《致殷丽玉（1999年7月7日）》、《致唐韧（2001年12月26日）》，《闲斋书简》，第517页、346页。

6 钱谷融：《致朱竞（2001年6月15日）》，《闲斋书简》，第594页。

7 钱谷融：《致扬扬（2002年8月4日）》，《闲斋书简》，第566页。

能到达的境界”，是自己“虽不能至，心向往之”的。[1]——这里反复强调的是，文学艺术和学术研究的内在自足性，它自身就足以产生生命的愉悦与意义，足以成为“情志所寄，心灵所托”[2]，而无须在外在方面（例如政治作用、社会效应、商业效益等等）去寻找意义与满足。所谓“为艺术而艺术”“为学术而学术”，就是以艺术和学术为生命的自足存在，并将自我生命投置其中，甚至不惜为之奉献一切，艺术和学术就是目的，只能为艺术和学术而写，“切不要为旁的目的而写”[3]。

在我看来，这样的将学术与自我生命融为一体的存在方式，以及由此产生的“无论处在什么样的境地里，都能保持从容自在，悠游沉浸于自己的所好之中”[4]的生命状态，和忠实于学术，为学术而献身的精神，都是钱谷融先生其人、其学最有魅力、最具启发性之处，我也是“虽不能至，心向往之”的。

因此，我在读《书简》，进而阅读钱谷融先生时，最为关注的，自然是融为一体的两个侧面，即其“人”与其“学”。而且我欣喜地发现，钱先生在“为人”与“治学”两方面，都自有其“道”：这是一位真正的“有道之人”。

（一）为人之道

钱谷融先生这样说：“我一向很重视人品，平日总是要求自己的

---

1 钱谷融：《致尤今（2001年4月25日）》，《闲斋书简》，第361页。

2 钱谷融：《致扬扬（2002年10月23日）》，《闲斋书简》，第567页。

3 钱谷融：《致鲁枢元（1979年12月16日）》，《闲斋书简》，第27页。

4 钱谷融：《致胡家才（1995年9月14日）》，《闲斋书简》，第338页。

学生必须是一个正直的人，一个真诚的人。"[1] 在钱先生心目中，人比之文与学，是更基本的，人立才能弘文言学，而且立人应该渗透于学文、论学的全过程之中。

他自己就是这样。《书简》里的每一页、每一行背后，都有人，处处闪现先生的人格魅力；他是以身说法，告诉收信人（大多数都是他的学生）该如何做人。我一边读《书简》一边回味：先生是怎样一个人？他究竟在哪些方面吸引了我和莘莘学子？

爱美之人的赤子之心

我首先注意到的是先生的自我描述："我爱美，遇到美丽灵秀的事物，就会马上清醒起来。所以我好游山玩水，倒不是特别钟情山水，而实在是因为我们这个人间，美丽的人和事未免太少了些"，[2] "我无能而又懒惰，却留恋风景，爱好一切美丽的事物。《世说新语》载谢安曾有'眼往属万形，万形来入眼否'的疑问。而我则是个专等'万形来入眼'的懒汉。但求晒而怜之"[3]，"但有爱美之心，为了美（艺术的、人生的），可以付出自己宝贵的心力"[4]。

很难想象，这些话是从一位耄耋老人的笔尖汩汩流出；历经磨难，还如此完整地保留了爱美之心，这都令人感动。我也因此明白：为什么在《书简》里，只要谈到女性、孩子和大自然，钱先生的文字，就特别动情，格外有灵性：在他心目中，这都是宇宙、人间最美的生命；

---

1 钱谷融：《致陈炳熙（1989年10月2日）》，《闲斋书简》，第255页。
2 钱谷融：《致梅笑棣（2002年8月15日）》，《闲斋书简》，第449页。
3 钱谷融：《致尤今（2001年4月25日）》，《闲斋书简》，第361页。
4 钱谷融：《致万燕（1999年2月17日）》，《闲斋书简》，第389页。

而他自己，也正是徜徉其间，同样美丽而纯净的赤子。因此，当美学家鲁枢元评论说："钱谷融先生一生评人论文始终坚持的标准，概而言之，也就是这个天真诚挚的赤子之心"，"究其底里，是因为评论者本人就拥有一片赤子之心"，[1]情不自禁地连赞"深得我心"[2]，就一点也不奇怪了。

更值得注意的，是鲁枢元的如下分析："赤子之心"恰恰是奠定了钱谷融先生学术地位的《论"文学是人学"》一文的核心概念，这是一种"颇具自然色彩的人性论"，强调"人道与天道、艺术与自然"的渗透；钱谷融先生不仅作理论的倡导，更是"身体力行，一以贯之"，这样的理论与生命实践，在人和自然关系遭到破坏的今天，更显示出其活力，并"将注定是常青的"[3]：鲁枢元确实不愧为钱谷融先生的"知音"。

有情有礼真君子

当读到钱先生书信中情不自禁的倾诉，我真的被感动了，眼睛也湿润了——

> 你知道，我也是一个感情十分脆弱的人，你的温厚，你的诚挚，你对我的深情厚谊，使我激动不已，简直有点难以负荷。

1 鲁枢元：《"文学是人学"的再探讨——在生态文艺学的语境中》，收《闲斋书简》，第131页。

2 钱谷融：《致鲁枢元（2000年3月9日）》，《闲斋书简》，第124页。

3 鲁枢元：《"文学是人学"的再探讨——在生态文艺学的语境中》，收《闲斋书简》，第130页、134页。

甚至想立刻赶到潍坊来，与你相会，面倾积愫。或者请你来上海，在我这里小住，把酒畅谈。但稍一冷静，就觉得这些都太不现实。天寒路远，彼此都不是毫无牵挂的人，怎么能说来就来，要走就走呢？还是待来年春秋佳日，有方便的机会时再说吧。[1]

你是在用你的全身心在拥抱我、理解我，你真是我的知己。我一面读着，一面有一种难以遏制的冲动，想立刻赶到平顶山来，立刻与你把晤，同你一同欢笑，一同哭泣。[2]

我是个冲动型的，肤浅而易受感动。[3]

我已是七十多岁的老人了，感情脆弱，甚至显得很幼稚，这也是无可奈何的事！[4]

我今年八十三岁了，想不到心灵还是这样脆弱易感。[5]

但就是这老人的"冲动""肤浅""易受感动""脆弱""幼稚"，触动了我们心灵最柔软的部分，让我们羡慕不已，更让我们羞愧不已！

这样的真情，人间稀有，我们早已失落了！

钱先生说："我一直忙，不是为名为利，而是为情"[6]。——"为情"而忙，"为情"活着：这是怎样的人生，这是怎样的生命境界！足以羞煞我们这些终日奔走于名利场，还扬扬自得者！

1 钱谷融：《致陈炳熙（1993年12月21日）》，《闲斋书简》，第277—278页。

2 钱谷融：《致胡家才（1993年10月10日）》，《闲斋书简》，第336页。

3 钱谷融：《致陈炳熙（1992年9月21日）》，《闲斋书简》，第262页。

4 钱谷融：《致尤今（1993年4月16日）》，《闲斋书简》，第354页。

5 钱谷融：《致尤今（2001年5月27日）》，《闲斋书简》，第362页。

6 钱谷融：《致鲁枢元（1989年3月8日）》，《闲斋书简》，第87页。

有承担的学术

让我感动不已，也感慨不已的，还有这个细节：《书简》反复出现一个词"失礼"。一位女士受朋友之托带来礼物，钱先生忘记了她的"尊姓大名"，觉得"颇为失礼"，连忙写信请求原谅。[1] 因为到外地开会，让来访的朋友扑了空，又没有及时回信，钱先生感到"失礼之至"，又写信致歉。[2] 给一位在会议上刚认识的朋友寄赠书，因为是按照会议的通讯录写的，把姓写错，深感失礼，赶紧写信表示"万分抱歉"。[3] 约请老朋友参加学生答辩，没有得到回应，因对方的失礼而大怒，去信严厉谴责，在老友诚恳"检讨"以后，不但"前气全消"，而且"转觉无限惶愧"，反过来为自己的失礼而请求"饶恕则个"了。[4] 等等，等等。钱先生如此行事，完全出于自然；而我读来却顿生惭愧：因为我也遇到过类似的事情，却从不觉得失礼，更不用说道歉了。这就是差距：钱谷融先生那一代人，尊重他人，彬彬有礼，已经融入生命，成为习惯与本能，而我们呢，早已经不知"礼"为何物了。

难怪钱先生要发出感叹："举世滔滔"，"君子"难得了。[5]

"散淡"的深意

钱先生将他的散文集命名为《散淡人生》，自是对他的人生之路、为人之道的一个概括，因此他说"其中确藏着我自己"[6]。而在我看来，

---

1 钱谷融：《致张景超（2001年2月27日）》，《闲斋书简》，第21页。

2 钱谷融：《致鲁枢元（1985年4月9日）》，《闲斋书简》，第59页。

3 钱谷融：《致何楚雄（1981年12月8日）》，《闲斋书简》，第165页。

4 钱谷融：《致吴宏聪（1987年5月28日）》，《闲斋书简》，第194页。

5 钱谷融：《致郑家建（2002年1月30日）》，《闲斋书简》，第493页。

6 钱谷融：《致尤今（2001年5月27日）》，《闲斋书简》，第362页。

这"散淡"二字，是大有深意的。

于是，就注意到钱先生的这句话："只有真正做个散淡人，才能还你自由身。"[1]——他之所以以"散淡"自处，是要追求生命的"自由"。

而在现实社会、人生中，人却受到种种束缚，有着种种障蔽，需要冲破与解除。在这个意义上，"散淡"即是钱先生的破障解蔽之举。

首先是应对政治的压迫。钱先生坦言："我就是既无能而又懒惰的人。但我的懒惰，也不是天生的，起初只是为了逃避批判，为了寡过自保，才把懒惰作为一种处世方式，正像为了止痛而求助于鸦片，不想却因此而嗜毒成瘾，贻害终身。"[2]——这话说得非常沉重，背后是一部血淋淋的历史、心灵史。钱先生说他因此而"很受庄子'以天下为沉浊，不可与庄语'的影响，一切都只是敷衍、应对而已"[3]。以退避而求自保，这让我们想起了鲁迅、王瑶都讨论过的魏晋文人的选择：这里确实是存在着一个精神传统的谱系的。

钱先生在谈到自己"懒入骨髓"时，还说了一句话："我还算豁达，淡于名利，与人无争，因此也少有无谓的烦恼。"[4]这也是看透人生之言：世间多少文人、学者为名缰利锁所缚，不能挣脱；而许多人更是沉迷其中，不想自拔，这是最可怕、可悲的。在钱先生看来，这都是庸人自扰：人本应该是"听命于心去过活"，[5]在"优游沉浸于自己

---

1 钱谷融：《致马旷源（2000年4月13日）》，《闲斋书简》，第468页。
2 钱谷融：《致陈炳熙（1998年7月17日）》，《闲斋书简》，第308页。
3 钱谷融：《致张景超（2000年3月14日）》，《闲斋书简》，第19页。
4 钱谷融：《致陈炳熙（1993年12月21日）》，《闲斋书简》，第278页。
5 见收入《闲斋书简》的尤今2002年1月8日来信，这同时是道出了钱先生的心曲的。

的所好"之中，"体味和享受孔颜乐处"，寻求生命的愉悦和意义的。[1]所谓"淡泊自守"[2]就是守住这人的本性、本色，切不可为名利熏心失性。

与追名逐利相连的，还有急功近利：这也是束人之网。钱先生因此而一再劝诫年轻人："做学问、做人，都不争一时、一事"，[3]"学问之事，是急不得的，就像做人一样"[4]，"务其远者、大者，不要为流俗之见所左右"[5]，"遇事望沉着从容一些，'一切都将成为过去！'"[6]。这不仅要有远大的胸襟，"风物长宜放眼量"的眼光，更要尊重事物与人性的自然发展，"一切听其自然"，绝不强其所难，[7]"但求任情适性"，也绝不为难自己。[8]

钱先生对"任情适性"还有一解。在给学生的信里，他在强调"志当存高远，为学须踏实，而做人则须正直诚恳"之后，特地告诫："但不能有道学气，无须一脸孔正经，无关宏旨处不妨随和些，一切任情适性可也。"[9]在另一封信里，钱先生还谈到"人为了生存，断难绝对不作妥协、迁就之举"，当然也"要有个限度"。[10]这里谈"随和""妥协""迁就"，其实就是承认人的本性有软弱的一面，强调人

1　钱谷融：《致胡家才（1995年9月14日）》，《闲斋书简》，第340页。

2　钱谷融：《致陈炳熙（1992年4月27日）》，《闲斋书简》，第262页。

3　钱谷融：《致张景超（1980年某月15日）》，《闲斋书简》，第6页。

4　钱谷融：《致郑家建（2001年8月31日）》，《闲斋书简》，第491页。

5　钱谷融：《致郑家建（2001年5月9日）》，《闲斋书简》，第489页。

6　钱谷融：《致马旷源（1998年6月30日）》，《闲斋书简》，第464页。

7　钱谷融：《致鲁枢元（1984年4月10日）》，《闲斋书简》，第50页。

8　钱谷融：《致陈炳熙（1999年1月20日）》，《闲斋书简》，第311页。

9　钱谷融：《致郑家建（2003年11月9日）》，《闲斋书简》，第498页。

10　钱谷融：《致马旷源（1997年4月13日）》，《闲斋书简》，第461页。

人的标尺

与人关系中的"人情味"，都是"任情适性"；而道学家的尖刻、苛求、正经，恰恰是对人的天性、本色的扭曲，而失性违本，即为失自由。

钱先生对学生还有一个告诫："一切只要用平常心来对待，按常情常理来待人接物，你就自然不管面临怎样的局面，都能处之坦然。"值得注意的是，钱先生特别强调要以平常心看待自己，不要"自视太高"。[1] 这涉及一个更大的问题：人不能正确地认识、估量自己，不正视自己人性的弱点，不承认自我的局限，这也是一种遮蔽，而这样的自蔽不容易自觉，也就更需警惕。钱先生是有自知之明的，他的清明理性首先是对着自己的。他一再说"我素庸陋"[2]，自己"实在既无能又懒惰"[3]，文章写得少，也不能完全归于"时代的严酷"[4]。正是这些坦诚直言，让我们看清：钱先生不但没有战士型学者通常有的英雄气，也没有为艺术而艺术、为学术而学术的学者难免的才子气，尽管有很高的才情，却很少炫才逞能，这是极为难得的。钱先生因此提出了"谦恭自处"[5]"收敛克己"[6]的为人处世原则，并且时刻警惕人们把自己放到火上烤，不断呼吁、请求："务望'手下留情'，切勿把我所不配承受的桂冠戴到我的头上。"[7]——这既是一种清醒，更是一种明智，钱先生最看重的，是自己思想与行动的自由，而不是那些浮名虚位：他绝不愿为名声、地位所累。

1 钱谷融：《致袁庆丰（1997年4月16日）》，《闲斋书简》，第401页、402页。

2 钱谷融：《致马旷源（1998年3月23日）》，《闲斋书简》，第463页。

3 钱谷融：《致陈炳熙（1992年4月27日）》，《闲斋书简》，第261页。

4 钱谷融：《致程千帆（1995年9月13日）》，《闲斋书简》，第419页。

5 钱谷融：《致鲁枢元（1984年8月22日）》，《闲斋书简》，第52页。

6 钱谷融：《致袁庆丰（1996年10月9日）》，《闲斋书简》，第406页。

7 钱谷融：《致张景超（1980年2月24日）》，《闲斋书简》，第5页。

但也不能把钱先生的"克己"绝对化，其实他是更放纵自己的。这背后也自有他的人生理想与哲学。他对人说："你当然知道我的人生态度和做人原则，不主张自苦，要活得潇洒些"[1]，"我一向认为，既然活着就义无反顾，必须好好打发自己拥有的岁月，只要不损害别人，就应尽量使自己的生活过得愉快些。享受生命，既是我们的权利，也是我们的天职"[2]。他是不主张在学术和工作上过于投入，过于认真、严肃、拼命，生活和工作节奏过于紧张的，他对朋友说："做人应该认真，但也要懂得偷懒，要尽量多留一些时间供自己自由驱遣，供心灵休闲之用。"[3]他强调"要保持一颗'闲心'"，他一心向往"闲适"：既是生活理想，也是学术追求。理由也很简单："有闲心，才能思考，才能保住自我的本真"[4]。自由思考，保持本真：这才是他为人为学的根本。

但钱谷融先生从来不把自己的选择绝对化，更不愿强加于人：这也是他的生命自由观的应有之义。他公开宣布：一生"最重自由，所以也决不强要别人如何如何"[5]。一位朋友来信说到自己遭忌受害，愤愤不平；钱先生回信说："我若遇到此等事，也许会逆来顺受，漠然置之"，那是我"惮于斗争之故"，"并非认为理该如此也"，并表示"只要你自己认为当做，做了自己能心安，我决不会反对，必然尊重你的选择"。信的最后，一面祝愿这位朋友"勇猛精进，做自己当做之

---

1 钱谷融：《致万燕（1999年2月17日）》，《闲斋书简》，第389页。

2 钱谷融：《致鲁枢元（1998年10月21日）》，《闲斋书简》，第120页。

3 钱谷融：《致汤梅笑（2002年3月3日）》，《闲斋书简》，第448页。

4 钱谷融：《致刘洪涛（2000年12月26日）》，《闲斋书简》，第583页。

5 钱谷融：《致高恒文（某年4月29日）》，《闲斋书简》，第619页。

事"，一面又提醒其要"矜平躁释，心境永保平和"。[1]这里对自我选择和不同于己的选择的长、短都有清醒的体认，不承认任何一种选择具有"理该如此"的绝对性和唯一性，而是希望在做出某种选择时，能适当吸取另一种选择的长处作为补充：这样的选择观，既尊重每一个人的选择自由和自主权利，又完全突破了"非此即彼"的二元对立模式，是极具启发性的。

因此，钱先生在讲到自己的人生选择、为人之道时，既充满自信，又不断进行自我质疑和反省。他提醒朋友注意："淡泊"固然足可"欣赏"，但容易趋向"消极"而"伤气"，"还是乐观一些好"。[2]他对学生说："你可以看出我的灰色人生观是如何的根深蒂固。我一生之所以如此既无能，又懒惰，碌碌无为，也就毫不足怪了。自然，我决不希望你学我的样，你也端乎不应该像我的。"[3]

而且钱先生也绝不回避自己的选择，在现实生活中所遭遇的困境。他在给挚友的信中坦然承认："我一生追求闲适，但总是很难得到"，"我们还是太天真了"。[4]"我一生最向往悠闲自在，但这种生活却从未得到过。先是一直在挨批，新时期以来是各种会议，各种来访者，各种来信，让你应接不暇。"难能可贵的是，钱先生并不把一切归于社会的原因，更正视自己的内在矛盾：同时又是一个"喜欢热闹的人"[5]，"假使真的空闲、清静了，又难免会有种种失落感，感到寂寞、

1 钱谷融：《致马旷源（1998年3月23日）》，《闲斋书简》，第463页。

2 钱谷融：《致炳熙、玉芬（1996年6月2日）》，《闲斋书简》，第302页。

3 钱谷融：《致万燕（1999年1月12日）》，《闲斋书简》，第388页。

4 钱谷融：《致鲁枢元（1991年1月16日）》，《闲斋书简》，第106页。

5 钱谷融：《致陈永志（2001年7月21日）》，《闲斋书简》，第578页。

无聊的。人就是这样一种动物，我也没有什么好抱怨的"[1]。尽管钱先生总体而言，是一个乐天派，自称是"对人类依旧抱有信心的人"[2]，但他也绝不掩饰自己内心的悲凉。在和朋友谈及表述自己文学观的《对人的信心，对诗意的追求》一文时，他突然说道：这"仅仅是信心和追求而已，眼前所看到的只是白茫茫的一片。与鲁迅同样有'悲凉之物，遍布华林'的哀愁"[3]。

钱先生的悲凉，正是来自他对中国现实的关心与观察、体验。这就必须谈到钱先生的另一面——

"内热未尽"

钱谷融先生在给一位朋友的信中写道："你貌似冲淡，而内热未尽，这是你烦恼的根源。虽由年事尚轻，亦缘修养未到。"[4]并做了这样的具体分析："你聪明散淡，应该可以活得洒脱些；但你文人气息太重，又难免不合时宜。看来，你的一生，将永远在这两种境地之间徘徊。"[5]我们当然不能简单地把这看作钱先生的夫子自道，他的修养自然比这位年轻朋友到家，如前所说，他已经基本上做到了"散淡人生"；但我们还是可以把信中的这些话视为一个提醒：钱先生也依然有"内热未尽"和"文人气息"这一面，我们既不必将其夸大，但也不可忽视。

---

1 钱谷融：《致陈炳熙（1994年10月10日）》，《闲斋书简》，第295页、296页。

2 钱谷融：《致尤今（1993年4月16日）》，《闲斋书简》，第354页。

3 钱谷融：《致鲁枢元（2000年3月9日）》，《闲斋书简》，第126页。

4 钱谷融：《致马旷源（2000年4月23日）》，《闲斋书简》，第468页。

5 钱谷融：《致马旷源（1998年3月23日）》，《闲斋书简》，第463页。

我理解，钱先生说的"文人气息"，主要是指传统士大夫所坚守的为人做事的基本原则，而且是和现代独立知识分子的基本品格相一致的。钱谷融先生对此也有过明确地表述："人的一生，最重要的是要无愧于做一个人"[1]，"人，应该是生活的主人，当然更应该是自己的主人"[2]，"一个知识分子，处在当今之世，难得的是要能保持独立的人格和具有自由的思想"[3]。"作为中国的知识分子，他所代表的，当然首先是中国人的良知。他立足于中国的土壤上，首先追求的，也是中国人的幸福与进步。凡是以自己的一生，不懈地贡献于这种追求的人，都是我所敬重的。鲁迅、胡适、陈寅恪，我都敬重。"[4] 他也一再表示，自己是"伟大的鲁迅的同胞和后辈"，是"世世代代生息在可爱的中华大地上的一分子"，[5]"只要于国家社会有益，我是绝不推辞的"[6]。——这些，都构成了钱谷融先生作为"人"，作为"文人"（知识分子）的底线与底气。

因此，钱谷融先生不主动参与政治，但依然关心政治；他一般不对现实黑暗作正面抗争，但他对社会、体制的弊端，心知肚明，自有独立见解；他主要从善的方面看人，对待人，但对人心的黑暗，国民性的弱点，却有清醒的认识；他从不卷入论争，在文坛学界的风风雨雨里，保持着相对平静的心态，但他心中自有是非，对"唯恐天下无

1 钱谷融：《致春煜、廷婉（1997年2月17日）》，《闲斋书简》，第161页。

2 钱谷融：《致扬扬（2002年12月3日）》，《闲斋书简》，第567—568页。

3 钱谷融：《致胡家才（1995年9月14日）》，《闲斋书简》，第340页。

4 钱谷融：《致朱竞（2001年6月15日）》，《闲斋书简》，第593页。

5 钱谷融：《致吴天才（1993年1月16日）》，《闲斋书简》，第375页。

6 钱谷融：《致曾利文（1997年2月17日）》，《闲斋书简》，第453页。

有承担的学术

事"，喜欢兴风作浪者始终保持警惕；[1] 他从不作大声呐喊，但却默默承担着自己的社会责任。钱谷融先生说，他喜欢听人"纵论人间世相和文学天堂"[2]，他尽管醉心于"文学天堂"，通过文学而进入超越现实的真、善、美的理想境界；但并没有忘记"人间"现实，对"世相"百态，并不乏清醒的体察。

钱谷融先生确实不是"学者兼战士型"的知识分子，他们之间在和现实社会、政治的关系与人生道路、学术道路的选择上存在的差异是明显的，无须否认和遮蔽；但他们也确实又有内在的相通，有时候甚至是殊途同归，这也是应该注意和肯定的。钱谷融先生和田仲济先生一见如故，对王瑶先生也有很深的理解，[3] 这都不是偶然的。

（二）治学之道

读《闲斋书简》，印象最为深刻之点，是他的学术研究是为文学之光所照亮的，由此形成了一个概念：钱谷融先生是一位"文学型的学者"。这就是说，他所看重、关注的，是学术研究（尤其是文学研究）和文学创作本性上的一致性，他是用文学的眼光来看待和从事学术研究的，他的文学观，同时也是他的学术观：如果说，"文学是人学"是他文学观的核心；那么，在他看来，"学术也是人学"，这也是他的治学之道的基点。由此而展开的，是四个方面的命题。

1　钱谷融：《致鲁枢元（1984年1月17日）》，《闲斋书简》，第48页。

2　钱谷融：《致唐韧（2001年12月26日）》，《闲斋书简》，第346页。

3　参看钱谷融：《哭王瑶先生》，收《王瑶先生纪念集》，天津人民出版社，1999年版。

学术的功能：提高人的精神和心灵世界

钱谷融先生在给美学家鲁枢元的一封信里，慨然宣布："我对一切企图使文学现象科学化的努力都持怀疑态度。"[1]

此话说在 1989 年，也正是"方法热"风靡学术界，将文学研究"科学化"，实际是"技术化"的倾向正在冒头的时候，钱谷融先生就提出了他的质疑和挑战，这不能不说是超前的。

收信人鲁枢元后来在《"文学是人学"的再探讨》一文里，对此作出了一个解说与发挥：在他看来，这样的质疑和挑战，早在钱谷融先生 1957 年所写的《论"文学是人学"》里就已经提出："从这篇文章的总体倾向上看，作者对于现代生活中占主导地位的崇尚'本质'、迷信'规律'、推重'概念'的理性主义专断深表怀疑，对于把文学作品中的'人物'以及现实生活中的'人'当作工具的手段看待的工具理性尤为反感。也许是出自作者酷爱自然和自由的天性，使他对现代工业社会的思维模式表现出'先天式'的反叛。"[2]

钱谷融先生对鲁枢元的这一阐释，作了如下回应："这也可以说是对我的意见的正确概括，但概括就有了净化，有了提高。不过，我还是可以承认的"；但"进一步总结说：'这就是说，作者在潜意识中已经表达出他对现代社会思维模式的反叛，在其出发点上已经站在了反思"现代性"的立场上。'这我可能就顶多只有一种模糊的倾向，而并无明确的意识了"。那么，钱谷融先生基本上是认可了鲁枢元的

---

1 钱谷融：《致鲁枢元（1998年10月8日）》，《闲斋书简》，第89页。
2 鲁枢元：《"文学是人学"的再探讨——在生态文艺学的语境中》，收《闲斋书简》，第128页。

分析的；而且，在回应里，钱先生还特意指出："我是有些迷信的，因为有许多神秘的，未知的领域，我觉得科学和人类的理性，对之还是无能为力的。"[1] 那么，钱谷融先生是始终保持了对宇宙生命、文学艺术，以至学术的某些神秘感的。他对科学理性主义的怀疑也是根源于他自己对生命与艺术、学术的直觉、感悟的。

我们感兴趣的，是当钱谷融先生对"崇尚'本质'，迷信'规律'，推重'概念'的理性主义专断"表示怀疑时，他就实际上向学术研究，包括文学研究、现代文学史研究中占主导地位的学术观提出了挑战：长期以来，我们一直是以揭示"本质"，发现"规律"，总结"经验"为学术研究、文学研究、文学史研究的最高职责与追求，并且以发现了的本质、规律、经验来影响现实，作为学术研究的主要作用与功能的。在钱谷融先生看来，这都是以抽象的本质、规律遮蔽了文学、学术中的"人"、人的"心灵"，及其感性特征（感情、审美等），是将文学、学术工具化，是根本违背了文学与学术的本性的。

钱谷融先生和他的后继者所要做的，就是要恢复文学与学术的"人学"本性：文学"是一门由人写人，同时又感染人、同化人的艺术"，"写人的目的就是让人们自己从作家描写刻画的人物形象身上'了解自己'，从而激励自己、丰富自己、完善自己"；[2] 文学研究、文学史研究从根本上说，是"研究人"的，其最大功能，也应该是通过对作家描写刻画的人物形象和文学世界的分析，提升读者对"人"、人的"精神"的认识、体悟，并达到审美的境界。也就是说，学术研

---

1 钱谷融：《致鲁枢元（2000年3月9日）》，《闲斋书简》，第123—124页。

2 鲁枢元：《"文学是人学"再探讨——在生态文艺学的语境中》，收《闲斋书简》，第127页。

究，特别是文学研究、文学史研究其基本职责与功能，和文学艺术有着根本的一致：都"应该致力于提高人们的精神和心灵境界"[1]。钱谷融先生或许并不否认文学史研究有为现实提供历史借鉴的功能，但他显然认为这样的提升人的精神的功能是更为根本、更接近文学研究和文学史研究的本性的。

其实，钱先生自己的研究，就提供了一个范例。他的曹禺研究让我们感动与迷恋，以至具有了某种独立的永远的魅力，就是因为它是作用于人的"心灵"的，引导我们去"探求变异复杂的人性"，"从灵魂的最深处，从内心最隐蔽的角落"去体察人、感悟人、探索人，"用诗的眼光看待生活"，以"一种特殊的敏感，特殊的爱"去欣赏、品味语言的美……[2] 他的曹禺研究，不仅引导我们理解、欣赏曹禺的剧作，更是提升了我们对"人"，也包括"自己"的体认、领悟，提升了我们的审美眼光、情趣和能力，提升了我们的精神境界，从而在一定程度上改变了我们自己。——这才是学术的"无用之大用"。

学术研究也是人的生命现象

在前引鲁枢元文章里，他特别重视钱谷融先生在《艺术·人·真诚》里对歌德观点的一个发挥：强调"真正的艺术作品和真正的大自然的作品一样，都是有生命的"，因而把文学艺术现象也看作"生命

---

1 钱谷融：《致鲁枢元（1992年8月12日）》，《闲斋书简》，第111页。

2 参看曹树钧：《钱谷融先生对曹禺研究的独特贡献》，载《中国现代文学研究丛刊》2008年第5期。

现象"。[1]我理解，这也是钱谷融先生对学术、对文学研究的一种体认，因此，他不但如前文所说，强调学术研究能够赋予研究者的生命以愉悦与意义，而且主张"治学做人，都全身心投入"[2]，"用至纯至真的心灵，乃至整个跃动着的生命"去做学术工作；[3]在写给学生的信中，更提出"要把自己的心摆进去"，"既要能入乎其内，又要能出乎其外"的要求。[4]所谓"入乎其内"，就是要"把自己的心摆进去"，将自我的生命，文学作品中人物的生命，以及人物的创造者作家的生命，相互纠缠、融合、撞击，这才会有理解的同情，这是一个以赤子之心拥抱自己的研究对象的过程，需要全身心的，而且是充满感情的投入，而不能绝对冷静与客观。——钱谷融先生就曾批评一位研究者"冷静，不动声色得过了头"[5]。而所谓"出乎其外"，就是在有了理解的同情以后，还要跳出来，正视作为历史当事人的作家所不可能了解的后果，站在新的历史高度，进行审视，以达到更深入、深刻的理解，达到一种"理论的深度"，这自然是理性思考的结果，但也依然需要感性的渗透。[6]

可以看出，钱谷融先生非常重视文学研究、文学史研究的感性特点，在他看来，这是由文学的本性决定的。他曾和朋友专门讨论过文学中"思想和感情"的关系，指出"世上只有不带感情的思想，却没

1 鲁枢元：《"文学是人学"的再探讨——在生态文艺学的语境中》，收《闲斋书简》，第134页、133页。

2 钱谷融：《致张景超（1997年5月8日）》，《闲斋书简》，第18页。

3 钱谷融：《致朱竞（2003年11月6日）》，《闲斋书简》，第594页。

4 钱谷融：《致万燕（1999年2月17日）》，《闲斋书简》，第389页。

5 钱谷融：《致许辉（1992年12月17日）》，《闲斋书简》，第371页。

6 钱谷融：《致郑家建（1998年5月22日）》，《闲斋书简》，第479页。

有不包含些微思想意识的感情。像我们过去那样奉'思想'为神明，视感情为妖魔的做法，是荒谬而可笑的"，"一切伟大的作品，都是既有浓烈的感情，又有深刻的思想的"。¹在钱谷融这里，这同时也是对文学研究的要求，如果研究的结果，只剩下"深刻的思想"（实际情况常常或是被拔高的"思想"，或是被肢解的"思想"），而将"浓烈的感情"完全过滤，没有任何"文学味"，那就失去文学研究的本性了。钱谷融先生曾表示："对文学作品，我最看重的是其中所蕴含的感情的品味与其深度和浓度。"²这是他衡文的标准，他对文学研究大概也有这样的期待：学术研究也应该有"品味"，有思想和情感的"深度和浓度"，因为这背后不仅有人物、作者的生命，更有研究者活的生命，"人品"与"学品"是统一、胶合的。

在钱谷融先生看来，学术研究是一种特别有意味的生命运动，其最有魅力之处，就在于它的"个性化"。因此，他一再表示："我对集体编写始终持保留态度"³，并且告诫年轻的研究者，一定要写"个人专著"，"不要为'教材'这个框框所束缚，不要企图写成一本严谨的、规范的、各方面都可以接受的僵死的东西"。⁴这里包含三个重要提醒。其一，文学研究，从来是个人性的精神活动、生命运动，是最不能"集体化"的。其二，学术研究应该讲究"严谨、规范"，这是一个基本要求，钱谷融先生就曾严厉批评一位研究生的论文"多揣测之辞，难以征信"⁵，并且告诫学生："白纸黑字，不能马虎，一定不能

---

1 钱谷融：《致鲁枢元（1981年1月25日）》，《闲斋书简》，第33页、32页。

2 钱谷融：《致尤今（1992年11月4日）》，《闲斋书简》，第349页。

3 钱谷融：《致鲁枢元（1985年8月15日）》，《闲斋书简》，第66页。

4 钱谷融：《致鲁枢元（1985年8月13日）》，《闲斋书简》，第64页。

5 钱谷融：《致韩星婴（1999年7月7日）》，《闲斋书简》，第521页。

出错。"[1]但如果把这样的基本要求绝对化，变成主要的，甚至是唯一的标准，那就会导致谬误，反而遮蔽了学术研究的本性："发现"才是学术研究的生命线，而且是个人的独立的"发现"，因此，"说自己的话"，这才是学术研究的绝对要求。[2]其三，个人的独立的学术研究，是不可能"各方面都可以接受"的，"学术上总是会有不同意见的"，[3]而且学术研究只有在不同意见的争论中，才能得到健康的发展，这也就是学术自由的意义所在。因此，如果以"各方面都可以接受"为追求，那就必然导致学术的僵化与平庸化，这背后同样是生命（学术的生命与学者的生命）的僵化与平庸化：这更是学术研究之大忌。

在钱谷融先生看来，学术研究最能吸引研究者之处，在于它是一个最能够激发研究者的创造力的生命运动。因此，"创新"也是学术研究的绝对要求。用钱谷融先生的话来说，就是"今天总不能只是重复过去已经说过的意见，总得能结合新的经验，从新的角度说出一些新的东西来"[4]。

这里，讲学术研究的个性化、创造性，其实也都是在强调学术研究中，研究者的个体生命的主体性。——当然，这样的主体性，同时也是受着研究对象的制约的。因此，钱谷融先生也反对以主观的"先入之见"脱离对象任意发挥的"求之过深"。[5]

---

1 钱谷融：《致万燕（1993年3月7日）》，《闲斋书简》，第391页。

2 钱谷融：《致张景超（2000年3月14日）》，《闲斋书简》，第19页。

3 钱谷融：《致鲁枢元（1983年12月10日）》，《闲斋书简》，第44页。

4 钱谷融：《致鲁枢元（1983年12月10日）》，《闲斋书简》，第47页。

5 钱谷融：《致唐韧（1992年1月2日）》，《闲斋书简》，第344页。

学术研究的"人情味"

作为"人学"的学术研究，不仅要重视研究者的人的主体性，而且还要处理好作为研究对象的人与作家的关系问题。对此，钱谷融先生提出了一个重要原则——

> 既不为贤者讳，可又绝不过于苛求，还是出之于谅解与同情。要做到这一点，实在不容易，不但要有清明的理智，更要有博大仁爱的胸怀。[1]

在另一封书信里，钱先生又提出了"缘情度理，态度宽厚"，切忌"过苛"的原则。[2]

这里集中了钱谷融先生一生治学的经验，有着深刻的学理，值得认真琢磨。

我体会，其中包含了两个方面的意思，其背后都蕴含着钱谷融先生的人性观。

首先是"不为贤者讳"。这自然是有针对性的，这正是中国学术研究，包括文学研究、现代文学史研究的一个致命问题：总是受到意识形态的限制而多所忌讳，设置了许多人为的禁区。而有些研究者则是研究愈深，对研究对象感情愈深，也就自觉不自觉地"为贤者讳"。

更有甚者，把个人的学术地位和其研究对象的地位连在一起，着意拔高研究对象，而回避其不足。这样的对历史的遮蔽，首先违背了

---

1 钱谷融：《致张景超（2000年3月14日）》，《闲斋书简》，第20页。

2 钱谷融：《致鲁枢元（1981年1月25日）》，《闲斋书简》，第33页。

学术研究必须"面对一切历史事实，揭示历史真相"的科学性原则，违背了钱谷融先生一直强调的学术"良知"，在他看来："如有顾虑，干脆就不必写文章。"[1]这里还有一个学术思维的问题：我们总是习惯于用绝对肯定或绝对否定的二元对立的思维来对待研究对象，而缺少面对学术对象复杂性的愿望和处理复杂性的能力。而从我们这里讨论的研究者与研究对象的关系的角度看，这样的"为贤者讳"，实际上就是研究者对研究对象持"仰视"的态度，这就根本上违背了人与人、研究者与研究对象之间的"平等"原则，而这一点，正是钱谷融先生所要坚守而绝不能让步的。

　　研究者对研究对象，既不能"仰视"，其实也是不能"俯视"的；于是，又有了第二个方面的"苛求"的问题。这也是中国学术研究，包括文学研究、现代文学史研究的一个痼疾，用钱谷融先生的话来说，就是我们有太多的"诛心之论"。[2]这样的"苛求""诛心"，一方面是缺乏历史感，不能还原到具体的历史情境中去考察研究对象的得失，因而也从根本上违背了学术研究的科学性与客观性。同时也是缺乏对研究对象的尊重与同情，而将研究者自己置于道德的、政治的、艺术的"制高点"，进行审判式的"研究"。而钱谷融先生所要坚守的人道主义的绝对原则，则是要"坚持'把人当作人'。这对自己而言是要维护自己人格的独立自主；对他人而言，则是值得人尊敬、同情"。[3]因此，钱谷融先生在这里呼吁学术研究对研究对象要"有谅解与同情"，要"态度宽厚"，有"博大仁爱的胸怀"，实际上就提出了

1　钱谷融：《致鲁枢元（1981年6月19日）》，《闲斋书简》，第35页。

2　钱谷融：《致唐韧（1992年1月2日）》，《闲斋书简》，第344页。

3　鲁枢元：《"文学是人学"的再探讨——在生态文艺学的语境中》，收《闲斋书简》，第128页。

一个"学术研究也应该有人情味"的问题，呼唤"具有人道主义精神的学术"。钱先生有一句话说得我心热身暖："温润二字好。"[1] 我们的学术所缺少的，正是这样的"温润"之气，而充满了戾气。在今天"铜臭味"越来越浓，学术研究越来越技术化，人文精神失落的学界，这样的呼吁，或许是更具有现实的迫切性的。

学术研究中的文字之美、生命之美

下面这句话也是集中了钱谷融先生的治学经验和他对文学研究的最重要的要求的——

> 才情横溢，文采斐然，这才是真正能与文学相配的关于文学的文章。[2]

这里的关键，自然是"真正能与文学相配"这个短语。在钱谷融先生看来，"文学"之于"人"是有特殊要求的：文学的创作者，固然必须是"才""情""文"三者兼备；文学的研究者，也必须"才""情""文"三者兼备，否则，就"不相配"，就不叫"文学研究"。

钱谷融先生重视"情"是可以理解的。在他看来，文学是一个感情的艺术，唯有研究者拥有丰沛的情感，并且能够包容各种复杂的感情，才能真正进入文学世界，达到生命的体验和感悟。

钱谷融先生对"文"的看重，则应特别注意。这不仅表明钱先生

---

1 钱谷融：《致汤梅笑（某年某月27日）》，《闲斋书简》，第444页。
2 钱谷融：《致鲁枢元（1985年8月13日）》，《闲斋书简》，第64页。

对"文学根本上是一种语言艺术"这一特质的深刻理解，而且显示了学术表达和形式在他的文学研究观里的特殊地位，他谆谆教导学生："为了求得形式的完美，就应舍得花功夫。"[1] 也就是说，在钱先生看来，对文学的理解和感悟，只是为文学研究奠定了基础；文字的表达和形式，在某种程度上，是更为重要的。他孜孜以求的，不仅是完美的内容，更是完美的形式：这是一位真正的完美主义者。他执着追求着：美的思想、美的感情、美的文字，由此构成了文学之美、学术之美，归根结底，是生命之美：这是一位彻底的爱美之人。

没有谁比钱谷融先生更重"才"的了。这是根植于他对文学与文学研究这类精神劳动的特质的深刻理解和把握的。他深知，文学和文学研究或许有着特别严格的高标准，对创造性，对灵感、直觉……也有着特殊的要求。我们在钱谷融先生身上，可以感觉到一种贵族气质，这在他对文学和文学研究的精美的执着追求上，是表现得格外突出与鲜明的。——当然，对文学和文学研究，完全可以有、事实上也存在，和钱谷融先生不同的另一种理解和要求。

钱谷融先生对"才""情""文"的追求，集中体现在他对学生的培养上。谈钱先生，而不谈他对人才的培养，是绝对不行的。钱先生曾明确表示，"爱惜人才，为天地多留一些灵秀之气"[2] 是他做人行事的基本出发点。钱先生疏于写作，却用大量时间来写信，接待学生和来访者，原因即在于此。他甚至说："我一生碌碌，毫无建树，性又懒散，除了教过的学生中颇不乏一时之俊彦外，自己实在没有什么可

---

1 钱谷融：《致万燕(1999年2月17日)》，《闲斋书简》，第389页。
2 钱谷融：《致万燕(1999年2月17日)》，《闲斋书简》，第389页。

以流传的东西。"¹"没有什么可以流传"自然不符合实际，但先生确实是将自己的生命意义寄托在学生身上的。

钱先生对人才的选择标准，自然是以"才""情""文"为主。钱先生在一封信里，谈到一位考生，考试的答卷"完全不合理论文章的规范"，基础也不甚好，但"文字写得很美，很有灵性，显然是很有才情的。人才难得，我也就破格录取了"。²这大概不是孤例。学术界早就传说，钱先生招考研究生，总是要求考生写一篇文章，文字功夫如何，对最后的录取，往往是起决定作用的。

我饶有兴味地对钱先生如何培养学生作了一番考察，我发现，在研究素质的培养上，钱先生一直抓住两条：一是用"心"去"细"读。所谓用"心"，就是前文所说的"把自己的心摆进去"，"既入乎其内，又出乎其外"；所谓"细"读，就是以"闲暇"之心，对作品文字及言外之意、"情味、境界"等，细细"体味"，特别要注重"婉曲细腻处"的体味，以达到真正的理解的同情。其二，要用精当的文字，将这些体味到的情味、境界表达出来。可以看出，钱先生对学生文字表达有严格的要求，一再强调要做到"得心应手地驾驭文字，使之在表情达意上毫无窒碍"，以为这是学术研究的"基本功"，必须严格训练；在此基础上又要求文字表达的进一步"修炼"，同时要防止走上"雕琢"之路，而小心保护原有的灵气或野气。——既要"修炼"，又要保持原气，这是个"两难"。钱先生说，这就只有"效法庄子的'处于才与不才之间'"了。³其实，这倒是道出了学术训练、人才培养的

---

1 钱谷融：《致陈炳熙（1996年10月25日）》，《闲斋书简》，第304页。

2 钱谷融：《致万燕（1996年4月10日）》，《闲斋书简》，第386页。

3 钱谷融：《致万燕（1999年2月17日，1999年1月16日，2002年10月5日）》，《闲斋书简》，第389页、387页、395页。

有承担的学术

内在矛盾及其艺术的。

当然，更为重要的，也是钱谷融先生最下功夫的，还是对学生"为人"的精心培育。我们这里无法展开，或许还可以作专文来讨论。可以说，钱谷融先生的"为人之道"与"治学之道"正是在对学生的培养这里，得到了统一、完美的表现。对于钱谷融先生，这一个个个性完全不同的学生，都是需要他去爱护、尊重和欣赏的具体的"人"。——不仅是爱护人，尊重人，还要学会欣赏人，这是钱先生的人性观的极有特色、最让人感动的部分。[1]他的任务，就是发现、培育他们内在的"人"的美质，启发、引导、帮助他们扬善抑恶，积极向上，努力走向真、善、美的"人"的境界。——这也是一种"人学"。

2010年5月18—25日

---

[1] 这样的对人的欣赏是贯穿于钱先生的全部书信的。随便举一个例子，就是1992年12月25日写给尤今的那封信，见《闲斋书简》，第350—351页，可参看。

辑三

传统的构建

樊骏参与建构的中国现代文学研究传统

（一）樊骏对于我们这个学科的意义

我在一次关于"八十年代现代文学研究"的访谈里，曾经对年轻一代的研究者说过这样一番话："你们要研究八九十年代的中国现代文学，樊骏是一个关键人物，他的现代文学研究的学术思想，他所做的组织工作，特别是他对我们这一代的重视、培养和影响，是不可忽视，应该认真研究的。"[1] 这里，我还想补充一句：樊骏对于我们学科，还不只是这些具体的贡献，或许还有着更大的启示意义。

读樊骏的著作，最引人注目的，是他把自己的主要精力集中在"学科评论"与"学科史"的研究上；而恰恰是这一点，是很难为人们所理解的。如严家炎先生所说，樊骏对于老舍研究是作出了"深刻而独到的贡献"的；[2] 以老舍研究中所显示出的高远的学术眼光和深厚的学术功底，樊骏如果集中精力进行作家、作品与文学史研究，定会取得巨大的成就，这是学术界所公认和期待的。但樊骏却并不注重个人的学术发展，而更关注整个学科的发展，在"学科的总体建设方面

---

1 钱理群、杨庆祥：《"二十世纪中国文学"和80年代的现代文学研究》，《中文文艺论文年度文摘（2009年度）》，吉林人民出版社，2010年版。

2 严家炎：《序言》，《中国现代文学论集》，第2页，人民文学出版社，2006年版。

下了很大的功夫"，以此作为他的学术的主攻方向。[1] 而如樊骏自己所说，这样的选择，开始也有偶然因素；但越到后来，就越自觉，并激发出"责任感"，成为"一种内在的动力"，"随时留意和反复思考这门学科正在发生的变化，而自己也终于不知不觉地进入了这一角色"，[2] 而甘当学科发展的铺路石。

这样的责任感和内在动力，在我看来，就是一种对学术、学科的使命感、承担意识——很少有人像樊骏这样忠于中国现代文学这门学科，把整个生命投置其中的。

而这样的使命感和承担意识，又是建立在充分的理性认识基础上的。樊骏对学科的研究对象——中国现代文学，有着这样的体认："现代中国这段历史丰富复杂的内涵，在中外古今的文学历史中都是极为少见的"，"在三千年的文学历史的长河中，很少有如此深深地扎根现实土壤，又如此牢牢地植根于时代生活，与之水火交融为一体的"，而我们"对于这门学科所肩负的艰巨任务和需要探讨的学术课题之繁杂等，都估计不足"。[3] 因此，在樊骏看来，这样一个研究对象，是能够最大限度地满足自己对于文学和对于现实、时代生活的双重迷恋的，而这样的双重迷恋正是樊骏这一代研究者的最大特点，我们在下文会有详尽讨论；同时，其空前丰富而复杂的内涵，以及研究、把握的难度，又是最具有挑战性的，是最能激发自己的想象力和创造活力的。也就是说，樊骏是在现代文学学科的研究中，找到了实现自我生命价值的最佳路径和最厚实的载体，于是，他就很自然地将自我生命

1 严家炎：《序言》，《中国现代文学论集》，第1页。

2 樊骏：《前言》，《论中国现代文学研究》，第4页，上海文艺出版社，1992年版。

3 樊骏：《〈中国现代文学研究丛刊〉：又一个十年》，第468页；《很有学术价值的探索》，《中国现代文学论集》，第224页。

　　　　　　　　　　　　　　　有承担的学术

的发展和现代文学的学科发展融为一体了。

这里还有着他对于学术研究的独特理解和把握。在樊骏看来，学术工作是"凝聚几代人的集体智慧的社会化的精神劳动"。他所看重的，不仅是学术研究的个体性，还有社会性的方面。也就是说，在学术内部，也存在着社会的分工。除了个体的某个方面的深入研究之外，也还需要有学者着眼于学科的长远发展，作整体性的思考与把握，进行"研究的研究"，即"从总体上剖析整个学科（或者其中的某个方面某个专题）的来龙去脉，总结前人的经验教训，提出继续探讨的方向和任务"，这样的学科战略发展研究，就能够使"人们对于进行中的研究工作，以至于整个学科的建设处于清醒、自觉的状态"。[1]

对"总结前人的经验教训"的学科发展史的研究的重视背后，也隐含着樊骏对学科理论建设的高度重视。樊骏说过，他对学科建设的基本思路，就是两条：一是史料，二是理论。[2] 史料问题我们在下文会有详尽讨论，这里要说的是樊骏对"普遍加强研究者的理论素养，提高学科理论水平"的迫切性与重要性的阐述："可以毫不夸张地说，我们的每一步前进、每一个突破，都面临着理论准备的考验。任何超越与深入，都离不开理论的指引与支撑。理论又是最终成果之归结所在，构成学科的核心。而且，衡量一门学科的学术水平、学术质量的高低，归根结底，取决于它在自己的领域里究竟从理论上解决了多少全局性的课题，得出多少具有重大理论价值的结论，有多少能够被广泛应用，经得起历史检验，值得为其他学科参考的理论建树。"樊骏同时一再提醒现代文学研究界的同行：对理论问题的忽视，造成了

---

1 樊骏：《〈中国现代文学研究丛刊〉：十年》，《中国现代文学论集》，第425页。
2 樊骏：《前言》，《论中国现代文学研究》，第8页。

传统的构建

"自觉的文学史观"的缺失，正是这门学科根本性、制约性的弱点。[1]
而在樊骏看来，学科的理论建设，自觉的文学史观的形成，固然需要
最广泛地借鉴外国的与传统的理论资源，但最根本的，还是要从自己
的文学史实践出发，从历史经验、教训的总结、抽象概括里，提升出
对自身文学现象具有解释力与批判力，既具有中国特色，同时又具有
某种普遍性的文学史理论与观念。

在我看来，以上两个方面——对学科发展的全局性、战略性关怀
与思考，对学科理论建设的高度重视与自觉性，构成了樊骏学术研究
最鲜明的特色，也成为樊骏对我们这个学科最独特的贡献：这是一位
具有战略关怀与眼光的学科建设的战略家，一位最具有理论修养、自
觉与兴趣，因而最具有理论家品格的学者。在这两方面，他都是无可
替代的。他也因此在促使学科发展能够处于"清醒、自觉的状态"这
方面发挥了无可替代的作用。这一点，在樊骏由于身体的原因，逐渐
淡出现代文学研究界以后，人们看的是越来越清楚了。我在好几次研
究生的答辩会上都提出了今天的现代文学研究存在的"精细有余，大
气不足，格局太小"的问题，其中一个重要原因，就是全局性、战略
性眼光、关怀与思考的缺失，理论修养的不足，对理论建设的忽视。
而这样的缺失与不足、忽视，就很容易形成学术研究的盲目与不清醒
状态，在这背后，又隐含着学科使命感、承担意识的淡薄：这都构成
了当下现代文学研究的根本性问题。因此，我们实在需要呼唤"樊骏
式学者"的出现：这是关系现代文学学科长远发展的全局性的大事。

严家炎先生在为樊骏的《中国现代文学论集》写的"序言"里，

---

[1] 樊骏：《我们的学科：已经不再年轻，正在走向成熟》，《中国现代文学论
集》，第509页、514—515页、504页。

有承担的学术

把"在树立良好学风方面所做的贡献"作为樊骏的重要学术"建树"，这大概是八九十年代学者的一个共识。严家炎先生并且具体指出："樊骏先生是位律己极严的人，这种人生态度体现在治学上，就是学风的刻苦、严谨、原创、精益求精、决不马虎苟且"，"通常人们所谓的那点'名''利'之心，好像都与他无缘"，"他唯一关心和讲求的是学术质量"，[1]这是更能引起接触过樊骏的学术界同人的共鸣，并且会引发出许多温馨的或难堪的，总之是难忘的回忆的。可以说，我们每一个人都不同程度上，在治学道路和学风上受到樊骏先生的影响。在樊骏《中国现代文学论集》座谈会上，有一位中年学者将樊骏称作现代文学研究界的"学术警察"，乍听起来有些费解，其实是道出了我们共同的感受的：樊骏自身的研究，就提供了一个"治学严谨"的高水准，高境界，无论对自己，还是对他人，凡是学风上的问题，他都"决不马虎苟且"；因此，他的存在本身，就会起到一个规训、警诫、制约的作用。我自己就有过这样的经验：在写文章，特别是发表文章之前，有时候就会想，如果樊骏看到这篇文章会有什么反应，仿佛面对樊骏严峻的学术审视，行文就不能不更加谨慎，不由自主地要一再推敲，特别是避免发生学风不严谨的、低级却又致命的错误。能不能在"樊老师"面前过关，就自觉不自觉地成为我们自我规诫的一个标准。

关于樊骏的"决不马虎苟且"，这里不妨再举一个例子。在《中国现代文学论集》里收有一篇关于《中国新文学史编纂史》的评论文章。如樊骏所说，这是一部自觉地追求"尊重历史客体，注重实证的学术品格与治学特色"的著作，作者在"尽可能直接掌握原始材

---

[1] 严家炎：《序言》，《中国现代文学论集》，第4页、5页。

料"上下了很大功夫，也取得了可观的成就，樊骏都给予了很高的评价。但樊骏依然抓住了作者在史料上的个别"明显的缺漏"，以及个别地方缺乏实证，仅根据推理就草率作出结论的失误，并且坦率直言："诸如此类的美中不足，提醒人们要将好的编写原则贯彻于全书的始终，实非易事。——既然是要以材料力求详尽、方法遵循实证为著述的鹄的，更需要对所研究的对象进行全面的扫描，每有所论也要做到言必有据、据必切实，各个环节都不能稍有疏漏。不然，仍旧难免出现失误，留下遗憾。"这里所提出的"每有所论，言必有据，据必切实，个个环节都不能稍有疏漏"的原则，既是严格的，却又是学术研究的常识、底线，学术界人人都知道，但像樊骏这样处处、时时坚守，不允许有半点马虎苟且的，却又实在少见。而当樊骏发现这本《编纂史》的作者，在面对文学史编写工作中的缺陷、不足，常出于人情、人事关系的世俗考虑，采取回避态度，加以缩小淡化时，就提出了更为严厉的批评："史家的职责在于尽可能完整地、准确地将它们，包括蕴含其中的经验教训，作为来自历史的信息，传递给后人。而我们的史家反而缺少足够的勇气正视已经成为历史的这一切，给后人提供必要的警示和启迪，这不能不说是编写原则上的失策。"樊骏由此而提出："如果说史书的描述评判最为全面深入、客观公正，首先不就要求史家真正做到无所顾忌、畅所欲言吗？如果说历史无情，史家和史书同样应该是无情的！"[1] 在樊骏看来，在坚守秉笔直书（无所顾忌、畅所欲言）的史家风范、品格，客观、公正而无情的史笔传统问题上，是不容任何让步，更是不能有任何马虎苟且的。

---

1 樊骏：《黄修己的〈中国新文学史编纂史〉》，《中国现代文学论集》，第165页、167页、185页、190页、187页、191页。

有承担的学术

值得注意的是，樊骏的批评尺度如此严格——用他自己的话来说，就是"无情"，却又使人心悦诚服。这不仅是因为他是充分说理的，更因为他态度的无私，他同样坚守的是一个史家的立场：批评、探讨的"重点已经不是追究哪个个人一时的是非得失，而重在求索所以如此的历史因素，和总结其中的历史的经验教训"。比如他对《编纂史》作者回避历史事实的批评，就不是追究作者的责任，而是深入、客观地探讨了其背后的"学术观念上的原因"。[1] 这不仅使他的批评具有了历史的深度、高度和普遍意义，而且具有说服力：这是真正的"学术批评"。或许也正因为真正关注的是学术本身，他也就没有许多批评者通常会有的居高临下的扬扬自得、幸灾乐祸之态，他甚至同时把自己也摆了进去，在对《编纂史》作者的批评中，他就坦诚承认自己在人情、人事关系问题上，"也往往未能完全免俗，因此事前为难，事后愧疚"[2]：他对他人的严格首先是建立在更加严格的律己之上的，而且是绝对从学术出发的。这就是严家炎先生所强调的，樊骏所"唯一关心和讲究的是学术质量"。

还要强调的是，樊骏学术上的严格又是和他学术上的宽容相反相成的。今天的研究者如果读到他的《我们的学科：已经不再年轻，正在走向成熟》，看到他对比他年轻的学者的评价，是不能不为之感动并生发出许多感慨的。他是那样满怀喜悦，如数家珍般地一一分析他们的学术长处、风格和贡献，既极其精当、有分寸，又充满了期待，其中对两位女性研究者"特有的细腻与敏感，文字也都写得很美"更

---

1 樊骏：《黄修己的〈中国新文学史编纂史〉》，《中国现代文学论集》，第191页。
2 樊骏：《黄修己的〈中国新文学史编纂史〉》，《中国现代文学论集》，第190—191页。

是赞叹不已：其着眼点也不仅在这些青年学者个人的成就，更是由此显示的学科发展的"正在走向成熟"。作为一个年长者，樊骏当然清楚这些学术新手的弱点，在另外的场合或私下里他也会有严厉的批评和严格的要求。他更清楚自己个人的学术追求、观念、观点和年轻一代的区别，甚至分歧，但把这些青年学者作为一个群体来考察他们对学科发展的贡献与意义时，他都把这些心中有数的弱点，以至分歧，有意忽略了。这同样也是一个真正的史家的眼光与立场。我们说樊骏的学术战略关怀与眼光，其中也包括了他对学术人才的随时关注与自觉发现和扶持。在这方面，他也表现出极好的学术敏感与学术判断力。可以毫不夸大地说，我们那一代每一个有特色、有追求的学者，没有一个不曾在樊骏的关照之下，在他那里得到不同程度的鼓励和批评、提醒，他为年轻一代学术发展的空间的开拓，是不遗余力，而又从不张扬、不求回报的。因为他的唯一目的只是促进学科的发展。这里确实不存任何私心，没有任何个人学术地位、影响的考虑：这也正是他和学界的各代人（包括我们这些当时的年轻人）都保持平等关系的最基本的原因。在樊骏那里，是真正做到了"学术面前人人平等"的。因此，他的严格，绝不是以自己的学术追求、观念、观点为标准，当然更不会强加于人；相反，他的特点，正在于最善于从每一个年轻学者自己的追求，包括和他不同的追求中，发现其学术发展的新的可能性和可能隐含的问题，然后给予充分的鼓励和及时的提醒，以便使每一个学者都能按照自己的学术个性在扬长避短中获得健康的发展。因此，他对于每一个年轻学者的关照，是既严格而又温馨的，他对于我们每一个人，既是严师，更是诤友。他在学风、学术质量、水准上的要求，是极其严格的；但在学术追求、发展道路、观念、观点上，

　　　　　　　　　　　　　　有承担的学术

又是极其宽容的，在这两个方面，我们都深受其益。

我在这里一再谈到樊骏的没有私心，这或许是他的最重要、最根本的品格。这也正是严家炎先生所强调的，"通常人们所谓的那点'名''利'之心，好像都与他无缘"。我要强调的是，这不仅是在当下这个商业社会里极为难得的人的品格，更是一种"一切出于学术公心"的学术品格，在越来越成为名利场的当下学术界，同样极其难得和可贵。因此，在樊骏那里，是自有一股学术的"正气"在的。我有一篇文章，说我在林庚先生那里，发现了"心灵的净土"；那么，在樊骏这里，同样也存在着一块心灵的净土，学术的净土。这也是樊骏对于我们这个学科的重要意义的一个更为内在的方面。

樊骏正是以他严谨、严格，决不马虎苟且，而又宽容的学术风范，以他的学术公心和正气，赢得了学术界的普遍尊重，可以说，现代文学研究界的第三代、第四代学人，对于樊骏是始终心存敬畏的。由此产生的学术威望和榜样的力量，是真正能够起到制约学术的失范与腐败、净化学术的作用的，这也是前文所说的"学术警察"的作用，但它是超越权力（行政权力与学术权力）的，也是更为有效的。这是促进学术健康发展的不可或缺的精神力量与精神资源。但也是今天的中国学术界，也包括现代文学研究界所匮缺的。公心不在，正气不彰，一切苟且马虎，这正是当下学术危机的一个重要表征。在这个意义上，呼唤"樊骏式的学者"，也同样具有迫切性。这也是我们今天重读樊骏的著作，最为感慨之处。

（二）樊骏所参与建构的现代文学研究的精神传统

所谓"参与建构"，包括两个方面的含义，一是樊骏对这一传统作出了最为全面、深刻的阐释，二是他自己的身体力行，他自身就成为这一传统的一个时代的代表性学者。而所谓"现代文学研究传统"，也有两个侧面：精神传统与学术传统。

我们讲现代文学研究的精神传统，某种程度上也是讨论创建、发展这门学科的两代学者（以王瑶、唐弢、李何林、贾植芳、钱谷融、田仲济、陈瘦竹为代表的第一代学人，他们都是樊骏学术史研究的对象；以樊骏、严家炎等为代表的第二代学人）的精神传统。因此，我们的讨论也无妨从对这两代学人的精神特点的探讨入手。在我看来，这又包含了三个层面的问题。

其一是这两代人的精神资源。于是，我注意到了一个细节：翻开《中国现代文学论集》第一篇论文《论文学史家王瑶》第一页，樊骏在描述王瑶等前辈创建现代文学这门学科的精神力量时，首先引用的就是马克思关于"科学的入口处"就是"地狱的入口处"这句话。这是一个重要提示：正是马克思主义构成了这两代学人最重要、最基本的思想资源、理论资源和学术资源。而樊骏在这方面更是有着高度的自觉，他的论著中反复引述的，都是马克思主义的经典论断，作为他立论的基础，这绝不是偶然的。更值得注意的是，樊骏是在八九十年代，人们迫不及待地向西方吸取非马克思主义的资源，而有意无意地忽略、淡化，以至否定马克思主义的学术氛围下，坚守马克思主义的理论基础的。而他的坚守，又完全不同于同时存在的将马克思主义宗教化的国家意识形态，而对马克思主义采取了开放的、发展的、科学

有承担的学术

的态度。在这两方面都是十分难得，极其可贵的。

有意思的是，在引述马克思以后，樊骏又紧接着提到王瑶这一代人对"普罗米修斯"和"浮士德"精神的继承；[1] 而在同一篇文章里，提到的精神前驱，还有但丁，以及中国的屈原、鲁迅。[2] 樊骏所勾勒出的，是两个精神谱系：一是西方传统中的"普罗米修斯—但丁—浮士德—马克思"，一是中国、东方传统中的"屈原—鲁迅"。在樊骏看来，中国现代文学研究的开创者，都是这存在着内在联系的两大精神谱系，在现代中国学术界的自觉的继承人。而樊骏本人，对继承这两大精神谱系，或许是有着更大的自觉性的。

其二，由此决定的，是这两代学人对学术的理解，也即他们的"学术观"。樊骏说得十分直白：学术研究是一个"科学"工作，而"科学"的本质，就是对"真理"的"寻求""发现"和"保卫"。[3]——这看起来几乎是一个常识，但如果把它放在历史与现实的学术背景下来考察，就显出了其不寻常的意义：学术是追求"真理"的"科学"，就不是"政治工具"，不是"谋稻粱和名利的手段"，不是"游戏"，不是"自我表现和个人趣味的满足"，这样也就自然和政治工具化、商业化、娱乐化、趣味化、纯个人化的学术研究区别开来，而后面这几个方面的研究，始终是历史与现实中国学术研究的主流（当然不同时期有不同重点）。因此，坚持这样的以追求真理为鹄的的科学研究（我们前面说到的樊骏的"无私""学术公心"，都是源于这样的以追求真理为唯一目的的学术观），不仅在王瑶那个时代，而且在当下中

1　樊骏：《论文学史家王瑶》，《中国现代文学论集》，第3页。

2　樊骏：《论文学史家王瑶》，《中国现代文学论集》，第4页。

3　樊骏：《论文学史家王瑶》，《中国现代文学论集》，第3页。

国，都是具有极大批判性与反叛性的。而这样的批判性的、因此也是本质上的科学性的学术，正是我们始终匮缺，因而特别值得珍视，需要一再呼唤的。

其三，由此而产生了"为科学而献身"的精神。这正是樊骏在总结现代文学研究传统时所反复强调的："马克思曾把'科学的入口处'比作'地狱的入口处'，来形容寻求、发现、捍卫科学真理的艰苦，提醒人们要有为之付出代价、作出牺牲的精神准备。这绝不是危言耸听"，"古今中外的学术史上都出现过普罗米修斯式的、浮士德式的为科学事业而受难，却仍然锲而不舍、以身殉之的学者。所以无妨把这看作科学发展中的普遍现象"。樊骏在这里把马克思、普罗米修斯、浮士德的精神传统概括为"为科学而献身"的精神，而且把学术工作看作一个需要献身的事业，这都是意味深长的。而在樊骏看来，中国现代文学研究这门学科由于它对现实生活的密切参与，以及本质上的批判性（我们在下文会作详尽分析），就决定了它难以逃脱的"厄运"，"它的发展往往成了一场场灾难"，因此，就特别需要献身精神。|

而樊骏也确实在这门学科的开创者那里，一再发现了这样的献身精神。这是他眼中的王瑶先生："跋涉在这条举步维艰、动辄得咎的道路上"，"如但丁所描绘的和马克思所借用、发挥的那样，做到了'拒绝一切犹豫'，没有'任何怯懦'"，"他确实像鲁迅描述自己受到不应有的伤害时所做的那样，'总如野兽一样，受了伤，就回头钻入草莽，舐掉血迹，至多也不过呻吟几声'，然后继续迈步上路；表现出屈原所抒发过的'虽九死其犹未悔'的献身精神"。而他的最后"病倒在学术讲台以至不治"，也是表现了"对于学术事业的专致与赤忱，彻底

| 樊骏：《论文学史家王瑶》，《中国现代文学论集》，第3页。

　　　　　　　　　　　　有承担的学术

的献身精神"的。[1] 樊骏也同样在唐弢先生身上发现了为学术而"奋不顾身"的精神，并且有这样的理解："他始终把这（学术研究）作为自己坚定的人生追求和莫大的生活乐趣，从中找到了充实的生活内容，也以此来实现最大的人生价值。在这个问题上，他是完全自觉的，因此也是极端执着的"，真正做到了"锲而不舍"。[2] 在讨论《陈瘦竹对于中国现代文学学科建设的贡献》时，樊骏所强调的，也是陈瘦竹先生所留下的精神遗产，并且把它概括为"追求真理的学术勇气和执着精神"，"献身学术的神圣感情和自觉的责任感"，"坚韧"的生命力量。[3]

细心的读者或许会在我们的引述里，发现樊骏在描述前辈的学术精神时，除我们已经注意到的"献身精神"之外，还反复提到"专致""执着""坚韧""锲而不舍"这样一些概念。这也是一个极其重要的精神传统，或许这也是最具有现代文学研究这门学科特点的：因为这样的"锲而不舍"精神是直接源于鲁迅的韧性精神传统的，而且是由学科发展道路的空前曲折与艰难的历史条件所决定的。如樊骏所说，这是"在沉重的岁月里，从沉重的跋涉中，留下的一份沉重的学术遗产"；在这样的"沉重"的历史里，升华而出的，是一种"与这些沉重相适应的严肃理智的沉思"和"冷静科学"的态度，并且最后积淀为一种坚韧、执着的锲而不舍的精神力量。[4]

樊骏在谈到现代文学研究中的"献身精神""韧性精神"传统时，特地指出这是一种"神圣感情"。这一点，也很值得注意：他要强调

---

1 樊骏：《论文学史家王瑶》，《中国现代文学论集》，第4页、5页。
2 樊骏：《唐弢的现代文学研究》，《中国现代文学论集》，第125页。
3 樊骏：《陈瘦竹对于中国现代文学学科建设的贡献》，《中国现代文学论集》，第155页、162页。
4 樊骏：《论文学史家王瑶》，《中国现代文学论集》，第5页。

传统的构建

的是学术研究的"神圣性"，以及内在的"精神性"。我们在前面讨论的以追求真理为鹄的的学术观，所内蕴的其实也是学术的神圣性和精神性。学术研究之所以值得为之献身，并付出执着努力，就是因为它能够最大限度地满足人之为人的精神需求，把人的生命升华到神圣的境界。这是学术研究区别于其他职业的真正魅力所在，是学术研究永不枯竭的动力所在，也是学术研究能够给人带来快乐与幸福感的真正源泉。在我看来，许多学者学术动力的不足，学术研究越来越失去对年轻一代的吸引力，这样的神圣性与精神性的弱化，应该是一个重要原因。

当然，这样的学术观今天很可能会受到质疑，因为我们正生活在一个消解理想，消解精神，也消解神圣的时代。因此，今天的中国学术界，需不需要献身精神与韧性精神，大概都成了问题。不过，在樊骏这样的学者看来，恰恰是在这个一切物质化的时代，更需要呼唤精神。他曾经这样谈到"进入九十年代以后"的现代文学研究的外在学术环境和状态："市场经济的运作毫不留情地把学术研究，尤其是其中的人文学科挤到了社会生活的边缘，在普遍的社会心理中这类学术事业更是越来越受到冷落"；面对这样的现实，樊骏特地撰文赞扬和呼吁"没有彷徨，没有伤感，在寂寞中依然焕发着献身学术而一往无前的炽热精神"。[1] 而到了新世纪以后包括现代文学研究在内的学术研究，又面临着体制化的危险，在巨大的诱惑面前，淡泊名利，坚守为学术献身的精神，就更有了特殊的意义。而要真正坚守学术，就非得有韧性精神不可。

---

[1] 樊骏:《〈中国现代文学研究丛刊〉：又一个十年》，《中国现代文学论集》，第438页。

（三）樊骏所参与创建的现代文学研究的学术传统

仔细阅读樊骏的论著，就可以发现，他对于现代文学学科的学术传统，是给予了更多关注，更为充分的论述的。而且他也有明确的概括："把从实际出发、尊重历史和以今天的认识水平对历史进行新的审视结合起来，历史感和现实感并重，实现历史主义和当代性的统一，才是做好研究工作的基本要求和发展中国现代文学这门学科的必由之路。"[1]

在樊骏看来，"当代性、历史感以及两者的结合，可能是史学理论中最有思想深度和哲学意义、最为复杂微妙，因此也最有争议的理论命题"[2]。而且这似乎是一个古老的命题："在中外古今的史学史上，由于在这个问题上认识和实践的差异，还形成了不同的史学派别。在我国，历来有重考据和重义理之分，'我注六经'与'六经注我'之别，就大致与此有关。鲁迅在一篇杂文中曾经将史家分为'考史家'与'史论家'两类，区别也主要在于此。在西方，所谓客观主义的'事件的历史'与所谓主观主义的'概念的历史'，更是直接反映出这种差异。把史书写成史料的长编，和认为一切历史都是当代史，则是各自的极端。"[3] 而樊骏在八九十年代把这一古老的命题激活，一方面，这正是八九十年代现代文学研究本身所提出的时代课题，另一方面，也是他对现代文学研究学科历史经验的总结，其中也包括了他自己对现代文学和现代文学研究这门学科的理解与把握，内含着一种文学史

---

1 樊骏：《论中国现代文学研究的当代性》，《中国现代文学论集》，第301页。
2 樊骏：《前言》，《论中国现代文学研究》，第14页。
3 樊骏：《论文学史家王瑶》，《中国现代文学论集》，第39页。

观。也就是说，樊骏的讨论，是以中国现代文学和文学史研究的丰富事实与经验作为基础的；因此，他首先要着力把握的，作为他的讨论的基础的，是现代文学研究这门学科在发展过程中形成的历史特点。

于是，我们注意到樊骏所写的《马克思主义与中国现代文学研究》一文。他指出："对于五四以来的新文学进行比较系统的历史考察，开始于二十年代末期到三十年代初期，正当进步的文艺界、学术界出现学习和运用马克思主义理论的高潮之际。当时，不仅革命作家在马克思主义的指引下，提倡无产阶级革命文学；在社会科学的众多学术领域里，也纷纷建立起马克思主义的新哲学、新史学、新经济学、新教育学……形成一个声势浩大的马克思主义的新文化运动。萌发于这个时期的中国现代文学研究，从一开始就鲜明地显示出这样的时代特征和发展规律。"[1] 这是一个符合实际的描述，同时也是一个重要提醒：中国现代文学研究从一开始，就受到了马克思主义理论的深刻影响。这个学科的几位创建人：李何林、王瑶、唐弢、田仲济、贾植芳等，他们的论著都不约而同地以马克思主义为理论基础，这恐怕不是偶然的。

这里，最重要的，就是马克思主义的历史唯物主义和辩证唯物主义。樊骏在考察王瑶先生的文学史观时，特地提到他在 1947 年所写的一篇文学史的书评。书评批评这部文学史"完全由作者的主观左右着材料的去取"，"用历史来说明作者的主观观点"，"有许多与史实不太符合的地方"，全书的"精神和观点都是'诗'的而不是'史'的"；同时批评该书"对史的关联的不重视"，"历史和时代的影子都显得非常淡漠"，进而提出："文学史的努力方向，一定必须与历史

---

1 樊骏：《马克思主义与中国现代文学研究》，《中国现代文学论集》，第50页。

有承担的学术

发展的实际过程相符合，须与各时代的社会生活和思想文化相联系，许多问题才可能获得客观满意的解决。"[1] 樊骏据此而概括说："可见他（王瑶）在四十年代后半期，已经形成了尊重客观史实的史学主张与强调实证、注重叙事描述的治史方法"，并且认为这样的"把文学史研究理解为文艺科学和历史科学的结合又更突出'史'的性质的主张"，"偏重于联系'社会生活和思想文化'解释历史的思路"，强调"文学作为精神现象和艺术创作，必然受到客观环境和人们社会实践的制约的观点"，"都属于唯物主义的文学观和文学史观"，而且显然成为王瑶先生在五十年代初所写的被视为现代文学研究学科奠基之作的《中国新文学史稿》的理论基础。[2]

樊骏同时注意到，王瑶先生在八十年代又重新强调"文学史既是文艺科学，也是一门历史科学"，并且重申马克思主义关于要把问题"置于一定的历史范围内加以考察"的历史主义原则，明确提出了"研究问题要有历史感"的命题；[3] 而樊骏自己也一再指出，"缺少历史科学的训练"，"历史眼光""历史高度""自觉的史学意识"以及"严格的历史品格"的不足，构成了现代文学研究这门学科根本性、制约性的缺陷。这自然是有其针对性的，可以说是对现代文学发展历史中的经验教训的一个总结。如樊骏所说，在五六十年代的政治条件下，现代文学研究曾经为政治实用主义所支配，在理论上也有过"以论带

---

1 王瑶：《评林庚著〈中国文学史〉》。转引自樊骏：《论文学史家王瑶》，《中国现代文学论集》，第10页、11页。

2 樊骏：《论文学史家王瑶》，《中国现代文学论集》，第10页、12页

3 樊骏：《论文学史家王瑶》，《中国现代文学论集》，第14页、38页。

史"的失误，结果就导致了"涂饰歪曲历史的倾向"。[1] 在改革开放初期的"拨乱反正"中，以至以后八九十年代，一些研究者对现代文学历史和作家作品的评价，又从一个极端走向另一个极端，出现了新的历史的遮蔽。在樊骏看来，看似两个极端的评价和研究，却存在着文学史观和方法的共同点：都是以自己的主观立场、观点来裁剪历史，违反了马克思主义的历史唯物主义基本原则和实事求是的学风。[2] 王瑶先生则认为，根本的问题是"不能把所论述的作家或问题与当时的时代条件紧密联系起来"，"这样势必背离历史的客观实际，既难以准确地理解所研究的对象，更无法作出科学的评价"，于是，这才有"研究问题要有历史感"命题的提出，[3] 而且有了樊骏关于"研究的历史感"的一系列论述。

樊骏首先指出，所谓"历史感"，就是"把具体的历史研究对象放在当时的各种历史条件和整个历史范围内进行分析评价"，"从历史形态所包含的内容里去认识对象"，以实现马克思主义经典作家所要求的"严格的历史性"。[4] 承不承认文学和文学研究的历史性，这是反映了不同的文学观与文学史观的。樊骏在一篇文章里指出，"将文学

---

1 樊骏：《我们的学科：已经不再年轻，正在走向成熟》，《中国现代文学论集》，第505页。

2 参看樊骏：《现代文学的历史道路和现代文学的历史评价》，收《论中国现代文学研究》。樊骏在这篇文章里，批评一些研究者"给徐志摩、沈从文、戴望舒、钱锺书等作家戴上种种辉煌的桂冠"，"对于以鲁迅为代表的革命作家、三十年代的左翼文学和四十年代文学的工农兵方向却评价不高，颇多指责"，这是从另一个方向对历史的遮蔽。

3 王瑶的意见出自《研究问题要有历史感——在〈文艺报〉座谈会上的发言》，原载《文艺报》1983年第8期。转引自樊骏：《论文学史家王瑶》，《中国现代文学论集》，第37—38页。

4 樊骏：《论文学史家王瑶》，《中国现代文学论集》，第38页。

当作一种单纯的人类思想感情的产物，一种十分抽象、不易捉摸的东西，一种仅供人享受娱乐的奢侈品"，那就必然要"有意无意地无视或者割断文学与社会现实的联系"，当然也就更不会承认和重视社会现实和一定的历史条件的联系。[1] 而马克思主义历史唯物主义的文学、文学史观，恰恰要强调："人的本质并不是单个人所固有的抽象物。在其现实性上，它是一切社会关系的总和"；[2] 因此，"对于任何社会性的事物，包括文学这样的社会意识形态在内，都不能仅仅从其自身，而需要通过'一切社会关系的总和'来审视它、评价它进而揭示它的'本质'"。[3]

樊骏还注意到马克思的如下论述："历史是这样创造的：最终的结果总是从许多单个的意志的相互冲突中产生出来的，而其中每一个意志，又是由于许多特殊的生活条件，才成为它所成为的那样。这样就有无数互相交错的力量，有无数个力的平行四边形，而由此就产生出一个总的结果，即历史事变。"[4] 在樊骏看来，现代文学研究进入九十年代以来，越来越关注现代文学与现代报刊、出版、现代市场、现代教育、现代学术、现代宗教、现代地域文化等诸多关系的研究，不仅表现了文学观念的深化："不再把文学仅仅视为作家个人的艺术构思

---

1 樊骏：《关于开创中国现代文学研究新局面的几点想法》，《论中国现代文学研究》，第128—129页。

2 马克思：《关于费尔巴哈的提纲》。转引自樊骏：《〈中国现代文学研究丛刊〉：又一个十年》，第467页。

3 樊骏：《〈中国现代文学研究丛刊〉：又一个十年》，《中国现代文学论集》，第467页。

4 马克思：《致约·布洛赫（1890年9月21日—22日）》。转引自樊骏：《我们的学科：已经不再年轻，正在走向成熟》，《中国现代文学论集》，第506—507页。

的结晶，而是包含了不同的社会人群以不同劳动方式（如编辑、出版、印刷、发行、传播等）共同参与的成果；不只是单一的精神生产和观念的产物，同时又是与多种物质生产和社会力量组合在一起的系统运作过程"，"特别突出了文学作为商品的属性"；而且更是标示着研究方法的新深入和新发展：研究者越来越自觉地将研究对象"置于当年具体的历史情境之中，并从广泛的社会联系中多侧面地审视评价这段文学的历史"，从导致历史结果的"互相交错的力量"、"各式各样的物质、精神因素的牵制"的"力的平行四边形"的具体考察里去把握与描述文学发展的历史，这都是证明了建立在历史唯物主义基础上的马克思主义的社会学研究、文化学研究方法的生命力与巨大潜力的。[1]

其次，樊骏指出，所谓"历史感"，还要求"把尽可能多的材料融为一体，使自己能够设身处地地去认识研究对象，以便进入前人的'规定情境'，深入到当年的环境和氛围中，把握历史"，"尽可能准确地认识和完整地把握历史的原貌"，"尽可能符合历史的原始形态"。[2]这同时也就要求研究者"不仅要全面系统掌握史料，还需要从总体上、在内在层次上把握历史的动向、时代氛围、文坛风尚"，"文人的生活习尚和他们的文学风貌的联系"，"尽可能对于这段历史具有身历其境的真切、透彻的理解"。[3]——这不仅是出于历史唯物主义的要求，更是对现代文学研究创建者那一代人的历史经验的总结。这样

1　樊骏：《〈中国现代文学研究丛刊〉：又一个十年》，第455—456页、466—467页；《我们的学科：已经不再年轻，正在走向成熟》，《中国现代文学论集》，第507页。

2　樊骏：《论文学史家王瑶》，《中国现代文学论集》，第36页、38页、39页。

3　樊骏：《唐弢的现代文学研究》，第74页；《论文学史家王瑶》，《中国现代文学论集》，第37页。

的经验，在王瑶那里，就是直接来源于鲁迅的"知人论世"的原则。[1]
樊骏则把唐弢的经验总结为历史的"现场感"："早在六十年代初，他
指导研究生，不主张他们阅读事后编辑出版的作家文集、选集、全集，
坚持要求他们从翻阅当年发表这些作品的报刊和初版本入手；目的就
在于将他们引入当年的社会的、文学的环境中、氛围中，阅读作品，
认识历史，以便于他们能够'设身处地地熟悉对象'，进入与作家'共
同的情怀和感受'的境界，即形成一种身历其境的现场感。"[2]而且对
唐弢来说，这样的对"现场感"的自觉追求，不仅贯穿于他的研究过
程中，而且成为他的文学史叙述方式，这也就是唐弢一再强调的："我
比较喜欢用事实或者形象说明问题。"[3]这就形成了唐弢的文学史论述
的特殊风格。樊骏作了如下描述："他更多地借助于翔实详尽的材料，
使他笔下的历史（从具体的历史问题到这段文学历史的整体），不是
抽象模糊而是具体清晰的，不是遥远隔膜而是贴近亲切的，不是单薄
而是厚实的，不是平面而是立体的，不是相互分隔而是融为一体的；
形象地说，它们'原汁原味'地以当时的丰富性、复杂性和生动性，
再现在人们面前。"[4]应该说，这样的强调揭示"历史的生动性、丰富
性、复杂性"与"具体性"的文学史观念，"接近历史原生形态"的
"现场感"的研究方法，以及重视历史"细节""形象"的展现的叙述
方式，已经对当代现代文学研究产生了很大影响，而且也是具有发展

---

1 参看王瑶：《"五四"时期对中国传统文学的价值重估》，《从鲁迅所开的一张书
  单说起》。转引自樊骏：《论文学史家王瑶》，《中国现代文学论集》，第37页。
2 樊骏：《唐弢的现代文学研究》，《中国现代文学论集》，第75页。
3 唐弢：《中国现代文学史的编写问题》。转引自樊骏：《唐弢的现代文学研
  究》，《中国现代文学论集》，第91页。
4 樊骏：《唐弢的现代文学研究》，《中国现代文学论集》，第89页。

传统的构建

潜力的。[1]

其三，樊骏指出，"历史感"要求研究者在力图"进入"历史规定情境的同时，还要"远离"自己的研究对象，也就是说，既要"设身处地"，还要"拉开两者之间的内在距离"，"包括思想观念在内的精神、心态上"的"距离"。[2]这里似乎包含了三个方面的含义。首先是客观存在的"时间距离"。文学史研究本质上就是一个"事后"的考察，其研究的可能性就在于"经过时间的沉淀，事件的真相和本质、原因和后果，才能比较充分地显示出来，为人们所逐步认识"。如果说历史的当事人是在当时的具体历史条件下，作出自己的历史选择的，他不可能完全知道事件的全貌，更不能预知其选择的历史后果；而研究者却是在真相大白、后果显现的情况下，进入历史过程的，他的任务就是要揭示全部真相和后果。因此，文学史研究的历史性，不仅表现在对历史当事人的选择，要有"理解的同情"；同时，也要"正视历史后果"，包括当事人无法预知的负面后果。他所要面对的，是全部事实，绝不能因为对历史当事人的"理解的同情"，而有任何遮蔽。这就提出了另一个要求，就是研究者绝不能"受到一时一地的利害关系的约束，或者个人好恶的影响"，因此，必须和研究对象保持"心理、情感的距离"，才能做到历史学者需要的绝对"客观""冷静和理性"。樊骏指出："个人的好恶或许可以不失为选家和批评家的一个尺度，却不宜成为历史家立论的依据，至少要服从于历史发展的

---

1 参看樊骏：《很有学术价值的探讨》，《中国现代文学论集》，第222页、223页。

2 樊骏：《黄修己的〈中国新文学史编纂史〉》，《中国现代文学论集》，第189页、190页。

有承担的学术

整体客观史实，统一于历史的理性"，[1] 前面说到的樊骏强调的史家的"无情"就是指这样的"历史的理性"。而这样的距离，同时又是一种"精神的距离"，这也是樊骏特别看重的，就是作为后来者的研究者，完全可以"站在不同于当年的新的时代制高点上"，"联系前后演变的全过程作出评价"，达到新的"历史高度"。[2]

人们不难发现，樊骏在前述对"历史感"的阐释中，始终贯穿着对"占有全部史料"的要求；在他看来，这是历史感必然提出的要求，而且也是在研究实践中落实历史感的关键环节。这是我们在一开始就提到的，樊骏对现代文学学科发展的战略性思考与谋划中，始终有两个要点："理论建设"之外，就是"史料建设"。他为此用了两年时间写了近八万字的长文《关于中国现代文学史料工作的总体考察》。如严家炎先生所说，这是"现代文学史料学这门分支学科的里程碑式的著作"，而且"实在可以规定为现当代文学研究生的必读篇目和新文学史料学课程的必读教材"。[3] 这实际上也是樊骏对现代文学研究传统的总结的一个重要方面。

对樊骏来说，重视史料首先是马克思主义历史唯物主义的一个绝对要求，他因此一再引述恩格斯在《卡尔·马克思〈政治经济学批判〉》里的一个经典论断："即使只是在一个单独的历史实例上发挥唯物主义的观点，也是一项要求多年冷静钻研的科学工作，因为很明显，在这里只说空话是无济于事的，只有靠大量的、批判地审查过的、充

---

1 樊骏：《关于开创中国现代文学研究新局面的几点想法》，《论中国现代文学研究》，第110页、111页。

2 樊骏：《黄修己的〈中国新文学史编纂史〉》，《中国现代文学论集》，第190页。

3 严家炎：《序言》，《中国现代文学论集》，第2页。

分地掌握了的历史资料，才能解决这样的任务。"¹但樊骏更为着力的，还是学科创建人的历史经验。他因此注意到王瑶先生始终"把尊重客观的历史事实，广泛收集、科学鉴别史料，进行描述归纳的实证研究，放在首位"，"视广义的考证为史家的基本功、史学的基础"。即使在五十年代对胡适的大批判中，"传统的考据工作的科学性及其学术价值受到前所未有的质疑"时，王瑶先生也依然指出"有助于研究工作的进展的考据文章，绝对不能加以反对"，依然将考据"视为修史的前提"，樊骏说，这在当时，可以说是"少数的例外"，是十分难得的。²樊骏还把唐弢先生的治学经验，概括为"从搜集、整理文学史料入手"；这就是唐弢先生所说的他的一个"基本观点"："无论从事哪项研究，都要先做一点资料工作，亲自动手整理辑录。"³樊骏还这样描述唐弢先生从事的《鲁迅全集》的校对和辑佚工作：这是一个"详察（鲁迅）先生的行文，默体先生的用心"的过程，最后就"浸沉于伟大的心灵"，成了"和鲁迅先生的对话"。⁴——在我看来，其实这正道破了史料工作的真正意义和价值。我曾经说过："把史料的发掘与整理看作一项多少有些枯燥乏味的技术性的工作，这是一个天大的误解。史料本身是一个个活生生的生命存在在历史上留下的印记。因此，所谓'辑佚'，就是对遗失的生命（文字的生命及文字创造者的生命）的一种寻找和激活，使其和今人相遇与对话；而文献学所要处

---

1 转引自樊骏：《关于中国现代文学史料工作的总体考察》，《中国现代文学论集》，第328页。

2 樊骏：《论文学史家王瑶》，《中国现代文学论集》，第34页、35页，

3 唐弢：《〈鲁迅全集〉序》。转引自樊骏：《唐弢的现代文学研究》，《中国现代文学论集》，第81页。

4 樊骏：《唐弢的现代文学研究》，《中国现代文学论集》，第80页。

理的版本、目录、校勘等整理工作的对象，实际上是历史上人的一种书写活动与生命存在方式，以及一个时代的文化、文学生产与流通的体制和运作方式。"[1]

樊骏如此强调前辈学人开创的重视史料工作的传统，自然是有针对性的：这背后是现代文学研究的一个惨痛的历史教训。如樊骏所说，不仅曾经有过毁灭文物和史料的"外在的破坏"，更有着"内在的创伤"："一方面是长期与史料工作原有的基础和传统失去了联系，一方面又迟迟未能确立新的史料工作原则和方法，现代文学研究者相当普遍地缺少这方面的必要准备、修养和实践"，或将史料工作视为"可有可无"，或"理解为十分简单轻易，谁都能胜任的杂务和兼差"，其结果就导致史料工作必有的"客观性与科学性"的丧失，史料文字的缺漏、删节、改动，到了惨不忍睹的地步。樊骏对此可谓痛心疾首，遂发出沉痛之言："不尊重史料，就是不尊重历史；改动史料，就是歪曲历史的第一步。"[2] 这是击中我们这门学科的致命弱点的，至今也没有失去其意义。[3]

樊骏当然没有、也不可能将史料的重要性绝对化，他指出："尊重历史客体，重视实证工作，把这置于编写史书的首要位置，并不意

---

1 参看钱理群：《史料的"独立准备"及其他》，《追寻生存之根——我的退思录》，第246页，广西师范大学出版社，2005年版。

2 樊骏：《关于中国现代文学史料工作的总体考察》，《中国现代文学论集》，第310页、311页。

3 在2003年召开的"中国现代文学的文献问题座谈会"上，就谈到史料的"粗制滥造与整理的混乱。有些文集、全集的遗漏（篇目遗漏与成句成段的遗漏）、误收、误排、大面积的删节改动……已经到了令人瞠目结舌的地步"，遂有"今人乱出文集全集而现代典籍亡，因为他们删改原文，且错误百出"。参看钱理群：《史料的"独立准备"及其他》，《追寻生存之根——我的退思录》，第242页、243页。

味着否认、贬低认识主体的作用，更不是把史家的工作局限于史料的搜集，把历史著作等同于史料的堆砌。"他并且引述胡适的话，强调"整理史料固然重要，解释史料也极为重要，中国只有史料——无数史料——而无有历史，正因为史家缺乏解释的能力"，并且作了这样的发挥："史料和史识都不能偏废，史家的职责在于处理好这两者的融合与统一。"[1]他还这样总结王瑶先生的经验："王瑶重视史料工作，但他认为就整体而言，'写一部历史性的著作，史识也许更重于史料'。"[2]樊骏据此而提出了"立足于实证又高于实证"的原则。[3]在我看来，这是可以视为对王瑶、唐弢那一代现代文学学科创建人研究方法和经验的一个高度概括的。

而要做到"高于实证"，发挥"认识主体的作用"，这就涉及了文学史研究的另外一个重要方面："现实感"的问题。这个问题是王瑶先生首先提出的："无论研究作家作品或其他问题，都应该注意它既然是一种历史的现象，就必然需要一种历史感。与此同时，作为历史的研究，也需要与现实生活保持密切的联系，研究工作同样需要具有现实感"，"我们的工作必须使它既有历史感，又有现实感，并且把二者很好地结合起来"。[4]樊骏对此作了如下阐述："历史感要求对于历史客体作如实的反映，现实感突出了史家自身的主体意识的发扬"，"就

---

1 樊骏：《黄修己的〈中国新文学史编纂史〉》，《中国现代文学论集》，第170页，胡适的话见《胡适的日记（1921年8月13日）》，也转引自樊骏此文。

2 见1948年3月4日朱自清致王瑶信。转引自樊骏：《论文学史家王瑶》，《中国现代文学论集》，第24页。

3 樊骏：《黄修己的〈中国新文学史编纂史〉》，《中国现代文学论集》，第175页。

4 王瑶：《谈关于话剧作品的研究工作》。转引自樊骏：《论文学史家王瑶》，《中国现代文学论集》，第39页。

历史哲学而言，历史感要求史家真正进入到历史中去（不仅是若干具体的事例，还有与其相关的一切），使自己的认识尽可能符合历史的原始形态；现实感要求史家从历史中跳出来，不是以历史当年的水平，更不是像历史的当事人那样述说往事，而是用今天的精神和眼光反顾和评估历史"，这都是"从不同的角度对史家提出的不同要求，目的却都是为了更好地认识历史；所以，又是可以统一也是应该统一的"。[1]

这里提到了"用今天的精神和眼光反顾和评价历史"，樊骏因此提出了一个"现代文学研究的当代性"的命题，对前辈学者提出的"现实感"问题，作出了自己的理解与发挥，并且专门写了《论中国现代文学研究的当代性》的长文。这篇文章和我们前面一再提及的《关于中国现代文学史料工作的总体考察》一起，集中反映了樊骏的文学史观，因此，特别值得重视。

樊骏明确地指出，他所提出的"当代性"的命题，其"理论依据"是历史唯物主义关于"认识的时代性"的理论。[2]如恩格斯所说："我们只能在我们时代的条件下进行认识，而且这些条件达到什么程度，我们便认识到什么程度。"[3]而马克思又指出，历史研究的最大特点，就在于它"总是采取同实际发展相反的道路。这种思索是从事后开始的，就是说是从发展过程的完成结果开始的"。[4]这就是说，历史的实际发展进程和对于历史的认识与研究之间，有着一个时间差，因

---

1 樊骏：《论文学史家王瑶》，《中国现代文学论集》，第39页、40页。

2 樊骏：《论中国现代文学研究的当代性》，《中国现代文学论集》，第295页。

3 恩格斯：《自然辩证法》。转引自樊骏：《论中国现代文学研究的当代性》，《中国现代文学论集》，第294页。

4 马克思：《资本论》第Ⅰ卷。转引自樊骏：《我们的学科：已经不再年轻，正在走向成熟》，《中国现代文学论集》，第506页。

而存在着两个不同的时代。历史的研究，固然需要关注历史实际运动和其历史时代的关系，于是就有了"历史性"所提出的"进入历史情境"的要求；但同时，人们对历史的认识与研究，又必然受到研究者自身所生活的时代即当代社会生活实践的影响与制约，简单来说，研究者是站在"当代"看（认识和研究）"历史"的。因此，"不同时代的人，通过不同的社会实践对于已经凝固、不再变化的历史，可以有新的发现、新的理解和新的评价。唯其如此，历史研究才有永不凝固的活力，也才具有现实的品格"，如恩格斯所说，"新的事实迫使人们对以往的全部历史做一番新的研究"。[1] 这就是说，正是"当代性"的现实品格，历史研究与当代社会实践的密切联系，赋予历史研究得以不断进行、不断有新的发现的可能性。而且，"对于同样的历史的认识能否有新的进展，取决于研究者是否把自己的研究工作同现实的社会实践、新的社会历史条件结合起来，即从不同于前人的新的历史高度上赋予自己的研究成果以新的时代精神"。[2] 因此，在樊骏这里，对"当代性"的强调，其实是内含着"历史研究的时代精神"的要求的。他最为赞赏的，就是马克思的这句话："任何真正的哲学都是自己时代精神的精华。"[3]

历史研究的现实性、当代性命题的另一个理论基础，是历史唯物主义关于主客体关系的理论。如樊骏所说，"关键在于确定和区分历

---

[1] 樊骏：《关于近一百多年中国文学历史的编写工作》，《中国现代文学论集》，第214页。恩格斯的话出自《社会主义从空想到科学的发展》，也转引自樊骏此文。

[2] 樊骏：《关于开创中国现代文学研究新局面的几点想法》，《论中国现代文学研究》，第123页。

[3] 马克思：《第179号〈科伦日报〉社论》。转引自樊骏：《论中国现代文学研究的当代性》，《中国现代文学论集》，第301页。

史客体和主体各自的作用，即在承认客观规律的决定性作用的前提下，不能忽略历史主体（在文学史上主要是作家）的能动作用"，"不仅有历史决定他们的一面，也有他们选择历史（即充当不同的历史角色）的一面，每个人都以自己的选择，参与了历史的创造。这才是历史的全部内容"。这样的原则，也同样适用于历史的研究，研究当然要从已经发生、客观存在的历史事实出发，受其制约，但研究者也并非完全被动地叙述历史事实，而必要"按照自己的认识、标准、理论原则"，对历史发展作出自己的解释，总结历史的经验和教训。如果"抹杀了史家的主体意识在历史研究中的作用，最终就是从根本上勾销了史学理论、文学史观的任何意义，以及整个历史研究的存在价值"。¹ 樊骏因此从主客体关系的角度，对前辈"立足于实证又高于实证"的经验作出了这样的理论阐释：必须坚持"在肯定客体的第一性前提下发挥主体能动作用"的原则，所谓"立足实证"，就是强调"阐释"必须"建立在实证基础上"，"而不是远离历史实际，纯粹出于史家主观的先验的东西"；所谓"高于实证"，就是强调研究者站在自己时代的高度，通过创造性的"阐释"，而对历史有新的"发现"。² 这实际上就是历史性与当代性的统一。

樊骏提出"当代性"的命题，不仅有历史唯物主义理论的支撑，更是建立在他对现代文学研究历史与传统的研究，以及他对现代文学和现代文学史学科历史特点的把握基础上的。这是他最为看重，并且一再强调的："五四文学革命在中国文学史上所引起的历史性变革，

---

1 樊骏：《我们的学科：已经不再年轻，正在走向成熟》，《中国现代文学论集》，第507页、508页、509页。

2 樊骏：《黄修己的〈中国新文学史编纂史〉》，《中国现代文学论集》，第175页、171页。

集中地表现在大大加强了文学和现实生活，与人民群众的结合，密切并且深化了文学与进步的社会思潮、社会活动的联系"。[1] 而不可否认的是现代文学的发展"与中国现代政治革命的难分难解的关系"，[2] 现代文学最大的特点和优长之处，就在于"在三千年的文学历史长河中，很少有如此深深地扎根在现实土壤，又如此牢牢地植根于时代生活，与之水乳交融为一体的"。[3] 可以说，正是现代文学的这些特质，决定了对它的研究与描述绝不可能为史而史，而只能从文学与时代、现实、政治、人民、社会进步的密切而又复杂的历史联系中去把握它。也就是说，现代文学研究的历史性与当代性是由现代文学自身的特质所决定的。

因此，它的研究者也就必然地怀有强烈的现实感与当代意识。——不仅是对研究对象的时代的现实关怀，更是对自己生活的时代的现实关怀和参与热情。这正是樊骏对现代文学史学科特点的又一个重要发现与概括。他指出，"以五四新文化运动为起点，于二三十年代"，中国学术界"逐步出现一个新型的文化学术群体"，他们把"自己在文化学术领域的专业工作，视为推动社会进步、民族解放的组成部分"，他们有着"更多的政治色彩和意识形态方面的自觉性"，"往往兼有学者与战士的双重身份"；而在樊骏看来，"奠基于四五十年代之交，在五六十年代迅速成为一门显学的中国现代文学研究，从整体上说，分明具有这个群体的显著特征"，"参与这门学科奠基的学者"，如李何林、唐弢、王瑶、田仲济等，"无论从走上学术道路的经

1　樊骏：《现代文学的历史道路和现代作家的历史评价》，《论中国现代文学研究》，第64页。

2　樊骏：《黄修己的〈中国新文学史编纂史〉》，《中国现代文学论集》，第179页。

3　樊骏：《很有学术价值的探讨》，《中国现代文学论集》，第224页。

历，还是体现在研究成果中的学术风格来看，也都属于这一群体"。樊骏说，"这些，都是历史的选择，即由所处的'世'决定的"。[1]——这是一个极为重要的揭示，它提醒我们注意，老一辈学人开创的现代文学研究的传统，主要的不是纯学术的传统，而是一个"学者兼战士"的传统。这里所说的"战士"，我理解应该是鲁迅所说的"精神界战士"，有点类似于今天所说的"公共知识分子"。所谓"学者兼战士"，就是用学术的方式参与现实思想文化建设，维护公共利益，促进社会进步。其实我们一开始就谈到的"以寻求、发现、保卫真理为鹄的"的学术观，为科学和真理献身的精神，就是这样的"学者兼精神界战士"所必然具有的学术思想与精神品格。而且必然在学术上表现出和"为学术而学术"的学者不同的学术特点，治学方法；在樊骏这里，是用"现实感""当代性"来概括与表述的。

按樊骏的分析，大概有以下几个方面。首先，他们学术研究的热情，是来自于对现实生活的热切关怀，并从中"获得前进动力"；[2] 他们研究的动机与目的，就是要"以自己的研究成果回答现实提出的新问题"，[3] 在某种意义上，这样的历史研究，实际构成了"当代文化的一部分"。[4] 因此，他们从不回避自己"强烈的参与意识与社会功利观念"，这大概就是最为"醉心学院派的研究者所不取"的。[5] 其次，他们"在确定选题和研究角度时，往往自觉或不自觉地由现实的需要触

---

1 樊骏：《论文学史家王瑶》，《中国现代文学论集》，第58页、59页。

2 樊骏：《论文学史家王瑶》，《中国现代文学论集》，第40页。

3 樊骏：《关于中国现代文学研究的考察与思索》，《论中国现代文学研究》，第37页。

4 樊骏：《论中国现代文学研究的当代性》，《中国现代文学论集》，第179页。

5 樊骏：《论文学史家王瑶》，《中国现代文学论集》，第43页。

发引起"，[1] 努力"从历史和现实的联系中找到共同点、接触点"。[2] 也就是说，研究的引发点，是产生于现实的问题意识；但要真正进入学术研究，却要善于将"现实问题"转化为"学术问题"，并用学术的方式来回答。这里的关键，就是能不能在历史与现实内在的，而不是外在的联系中，"找到共同点、接触点"，这本身就是一个对现实与历史深入研究的过程，是对研究者的学术功力、眼光的最大挑战与考验，也是学术研究的魅力所在。其三，要真正做到这一点，还有一个关键，就是是否能够"和新的时代相结合"，从自己所生活的时代的先进思潮、活生生的现实生活中汲取精神资源和滋养，以便"站在新的历史高度，结合新的社会现实和文学现实，对于文学历史作出新的探讨和评价"，这样的研究才称得上"是这个时代才有的社会思考与文学思考"。[3] 其四，这样的研究，也绝不可能"对于历史采取冷漠的客观主义的态度"，而必然"有明确的是非爱憎"，并充满了"与人类在创造历史过程中所进行的壮烈斗争，所作出的巨大牺牲和所取得的辉煌胜利相称的庄严崇高的激情"，这和作为历史学者必须有的"冷静和理性"是相反相成的。[4]

最后，如王瑶先生所一再强调的，这样的研究，也就必然要承担"让历史告诉未来"的社会职责，即"为现实提供历史经验"，"对现实发生借鉴作用"。樊骏指出，这是对中国"以史为鉴"的史学传统

1　樊骏：《论文学史家王瑶》，《中国现代文学论集》，第39页。

2　樊骏：《关于开创中国现代文学研究新局面的几点想法》，《论中国现代文学研究》，第127页。

3　樊骏：《论中国现代文学研究的当代性》，《中国现代文学论集》，第293页。

4　樊骏：《关于开创中国现代文学研究新局面的几点想法》，《论中国现代文学研究》，第109页、110页。

和儒家"经世致用"理想的治史原则的一个继承与发展。[1]

　　当然，对这样的传统，包括樊骏所提出的"当代性"的命题，是存在着争议的。樊骏对此也作出了他的回应。他认为，关键是要处理好两个问题："既要防止为历史研究而历史研究的纯学术倾向，又要避免机械配合现实运动、图解政治的简单化的反科学反历史的倾向。"樊骏表示，他能够理解"由于过去有过屡犯实用主义错误的沉痛教训，大家对此记忆犹新，深恶痛绝。如何避免后一倾向也就成为普遍关心的问题"；他也不否认，"强调科学研究的当代性、时代精神，包含着实用的、功利的目的；处理得不好的话，有时的确容易导致实用主义的错误"；但樊骏所要强调的，却是"其中并无必然的联系或者因果关系"，或许正因为曾经有过及可能发生失误，就更应该"从理论和实践上都采取积极的态度"。在樊骏看来，"从根本上来说，唯有具备充分的当代性和现实感，才能使历史研究永葆青春，不断前进"，这是他始终要坚守的学术观念和立场。[2]

　　作为一个严格的学者，樊骏对前辈学者开创的学术传统，也进行了严格的审视与反思。于是，他注意到了王瑶先生在去世前四个月，为亲自编选的《中国现代文学史论集》写的"后记"里的这一段话："经常注视历史的人容易形成一种习惯，即把事物或现象都看作某一过程的组成部分；……往往容易把极重要的事物也只当作历史发展过程中出现的一种现象：这是否有所蔽呢？"在樊骏看来，这表明王瑶先生"对自己的观点和方法提出了质疑"。樊骏并且谈了他的理

1 樊骏：《论文学史家王瑶》，《中国现代文学论集》，第42页。
2 樊骏：《关于开创中国现代文学研究新局面的几点想法》，《论中国现代文学研究》，第125页、126页。

传统的构建

解，认为需要反思的主要有两点：一是"把时代对于文学、史学等的作用、影响绝对化了以后"，"可能忽视它们自身发展的规律和特征"，"忽略了从其他方面对它们进行剖析"，从而导致"有所蔽"；二是"过多的出于意识形态的考虑，为了特定的现实需要而'让历史告诉未来'，对于历史的审视和评价，也难免自觉不自觉地有这样那样的选择和倾斜，影响考察的全面性和客观性，使'有所蔽'的弊病更加突出"。而樊骏更要强调的是，"只有在超越原先的思想高度上，才会提出这样的不满和质疑"，王瑶先生的"自我质疑"正是"显示出他不懈的探索精神，以科学的理性审视事物包括自己的学者风貌"，也是"他留给我们的学术遗产"。这同时表明，在樊骏那里，学术传统并非凝固，而是流动、开放和发展的；任何传统都是有所得也有所失，有所显也有所蔽，在获得某种价值的同时，也存在着某些陷阱，因而是可以讨论与质疑的。或许像王瑶先生这样，以科学理性的精神审视自身，不断进行"反思和自问"，并因此永不停止学术思想、观念、方法的探索，这才是樊骏参与建构的我们这个学科最重要的精神传统与学术传统。[1]

这也许就是学术发展的辩证法：当我们以科学理性的态度审视传统，包括我们这里讨论的樊骏参与建构的现代文学研究传统，不再将其绝对化、唯一化以后，它的真实价值、现实的启示意义才能够得到真正的彰显。这里强调其现实的启示意义，也是有针对性的。樊骏早已注意到，从八十年代开始，就出现了学院派的学术倾向，对"学者兼战士"的学术传统提出了挑战。[2]如一位研究者所说，学院派学术

---

1 樊骏：《论文学史家王瑶》，《中国现代文学论集》，第61页、62页、63页。

2 樊骏：《论文学史家王瑶》，《中国现代文学论集》，第43页。

的发展，显然是和"研究生学位制度在八十年代初期的确立"，出现了"当代中国首批职业化的学术人"这样的学术体制与学术队伍的变化直接相关的。[1] 到了九十年代，就有了对学院派学术的更为自觉的倡导。发展到二十一世纪，学院派学术就占据了学术界，包括现代文学研究界的主导地位，而"学者兼战士"的学术传统则遭到更进一步的质疑，"学者兼战士"的学术事实上处于边缘化的地位。这样的学术格局的变化，固然是与九十年代以来，学术越来越体制化，学者越来越职业化的状态直接相关，同时也是管理者对更具批判性的"学者兼战士"的学术的不断打压和对学院派学术的容忍、接纳、引导与收编的结果。这同时就出现了学院派学术的危机：越来越技术化，内在的精神性被掏空，越来越失去了和时代、现实生活的联系，因而失去了不断创造的动力和活力，结果就导致了学术的精致化与平庸化、低俗化和泡沫化的两极发展。

某种程度上，樊骏是最早感到这样的危机的。早在八十年代中期所写的一篇文章里，他就提醒年轻的学者对西方学院派学术在肯定其合理性，并从中汲取滋养的同时，还要保持清醒，要看到其已经存在或可能存在的陷阱，予以必要的警惕，以保持自身学术上的独立性。樊骏指出，西方学院派学术存在着三大问题。其一，他们"大多徘徊在社会解放、人类进步的时代洪流之外，躲进宁静的书斋，冥思苦想地创立同样宁静的、缺少时代气息的学术体系。他们并不是没有真知灼见，但几乎都有意无意地无视或者割断文学与社会现实的联系，将文学当作一种单纯的人类思想感情的产物，一种十分抽象、不易捉摸

---

[1] 参看贺桂梅：《"新启蒙"知识档案：80年代中国文化研究》，第321页，北京大学出版社，2010年版。

的东西，一种仅供人享受娱乐的奢侈品、装饰品。这就在什么是文学问题上，陷入了唯心主义"。其二，"他们提出一种主张一套理论以后，又总喜欢用绝对化的、形而上学的方法，将一切现象都生拉硬扯地纳入其中，以形成一个完整的体系相标榜。因此出现很多主观武断的解释，连一些原来不错的见解也受到损害"。其三，"他们又往往满足于罗列一些现象，虽然有关的分析可能很细致、详尽、周密，却就到此为止"，"不再进一步揭示其中的本质和规律，寻找发生发展的原因，以及其他更为内在深刻的东西"。樊骏站在马克思主义立场上对西方学院派学术的质疑，或许也有可以讨论的地方，但如果我们联系以后中国现代文学研究发展的实际来看，就不难感到，他的许多批评是击中要害，并且是有预见性的。因此，今天重温他当年的警告，就不能不有一种触目惊心之感：一旦脱离了与时代、现实生活的血肉联系，"历史研究也将随同所研究的历史一起失去生气和现实感以至生命，最终失去存在的意义"。[1]

面对这样的存在危机，樊骏参与开创的现代文学研究传统在今天就显示出特殊的启示意义。这当然不是说，要重新用前辈"学者兼战士"的学术道路来否认、取代学院派的学术，具体的学术道路、学术观点、方法必须是、也必然是多元化与个性化的；我们更应该看重的是内在的学术精神，比如我们前面提到的"以追求、探索、保卫真理为鹄的"的科学观、学术观，对现实生活的关怀与热情，对学术和时代、社会的使命感、承担意识，以及为学术和真理的献身精神、韧性精神，或许是具有更大的普遍性的。因此，有学者提出，"'学院'作

---

[1] 樊骏：《关于开创中国现代文学研究新局面的几点想法》，《论中国现代文学研究》，第128—129页、123页。

　　　　　　　　　　　　有承担的学术

为一个知识生产的空间的同时，也可以成为思想批判的空间"，因此，也就存在着将"学者兼战士"学术传统的某些基本方面融入学院派的学术里，使学院学者同时成为"知识生产与社会参与的主体"的可能性。[1] 在我看来，这里的关键，还是学者自身是一个什么样的"人"。鲁迅说得很好："根本的问题是在作者可是一个'革命人'，倘是的，则无论写的是什么事件，用的是什么材料，即都是'革命文学'。从喷泉里出来的都是水，从血管里出来的都是血。"[2] 樊骏在八十年代也曾引述恩格斯在《〈自然辩证法〉导言》里的话，提出"我们"要做什么样的"人"的问题：是"处在时代运动中，在实际斗争中生活着和活动着，站在这一方面或那一方面进行斗争"，因而获得"成为完人的那种性格上的完整和坚强"；还是躲在"书斋"里，成为"唯恐烧着自己指头的小心翼翼的庸人"。樊骏说："我们诚然不一定成得了'巨人'，但又岂能甘心成为恩格斯所嘲笑的那种躲在书斋里的'庸人'呢！"[3] 这同样也是发人深省的。

（四）"这一代人的疏忽，下一辈人的任务"

樊骏在总结唐弢先生的学术经验时，特别提到唐先生的一句话：我们在学术上留下的空白与遗憾，是"我们这一代人的疏忽，下一辈

---

1 参看贺桂梅：《"新启蒙"知识档案：80年代中国文化研究》，第329页。

2 鲁迅：《革命文学》，《鲁迅全集》第3卷，第568页，人民文学出版社，2005年版。

3 樊骏：《关于开创中国现代文学研究新局面的几点想法》，《论中国现代文学研究》，第126页。

人的任务"。[1]这大概也是樊骏自己的心里话，因为在他看来，一切学术工作，所有的学人，都避免不了历史的局限，都会把自己的"疏忽"留给后代，并成为"下一辈人的任务"。——他自己也不例外。

于是，在讨论了樊骏的贡献以后，我们还需要讨论"樊骏的局限"，及其留下的历史教训与历史任务。我以为主要有两点。

樊骏在八十年代曾经提出一个战略口号：现代文学研究要实现"与新的时代的结合"。[2]这自然是由他的强调学术研究的现实感与当代性的观念出发的；问题是如何认识自己所处的"时代"及时代使命、时代精神。樊骏也有明确表述："今天的中国，正处于实现社会主义现代化的伟大变革之中，这样的客观实践决定了这个时代和我们所说的当代性，必然也只能具有社会主义的、无产阶级的属性，而绝不是别的什么阶级内涵。"[3]这是一个典型的八十年代的"现代化叙述"，其实是有许多遮蔽的。在还处于历史发展过程中的樊骏著文时是看不清楚的，他这样叙说，我们也不应有过多的责难。但随着时间的推移，历史发展的内在矛盾及其后果逐渐显露出来。我们今天就看得很清楚，八十年代某些人所呼唤的"现代化"并不具有樊骏所理解的"社会主义的、无产阶级的属性"，而恰恰是以未加反思的"西方现代化"模式为目标，到九十年代以后逐渐形成一些利益集团，"权贵资本"就是一个必然结果。应该说，这样的后果，是樊骏，以及包括我自己在内的对"现代性"缺乏反思的天真、善良的人们所没有预计到的。这样的对八十年代"时代"主题认识的偏差，在事实上使樊

---

1 樊骏：《唐弢的现代文学研究》，《中国现代文学论集》，第152页。
2 樊骏：《论中国现代文学研究的当代性》，《中国现代文学论集》，第270页。
3 樊骏：《论中国现代文学研究的当代性》，《中国现代文学论集》，第259页。

骏，以及我们，不能真正把握自己所生活的时代的本质、复杂性，对历史发展的曲折性缺乏足够的思想准备。尽管这样的认识上的失误、偏差，是可以理解的；但对樊骏这样的强调文学、历史研究当代性的学者，关心学术发展战略的学者，却又不能不说是具有严重意义的。于是，我们注意到，樊骏对我们这门学科历史发展中的曲折、教训，包括精神内伤，确有切身、深刻的把握与揭示。但他对学科当代发展的环境、危机，不是没有察觉，总体来说，还是缺乏更深刻的把握与揭示，当然也缺少了更有力的应对。樊骏曾自责自己对学科建设所提出的战略性设想"有些空泛"，[1] 其实对学科在当代的发展的复杂性认识不足，是一个更内在的原因。这可能是一种苛求，但对樊骏这样苛求自己的学者来说，也许还是一种遗憾。

而且，这背后或许还存在着更深层次的问题。我们已经说过，樊骏是主张学者要拥抱自己的时代，并且从时代的新潮流中汲取精神力量与智慧的。我们在前面的讨论中，已经充分地肯定了其合理性和价值；但我们现在又要反过来思考其可能存在的问题。樊骏对八十年代时代主题、精神认识的某些偏差，其根本的原因，就在于仅有高度认同，却缺乏反思。这里提供的思想的教训与启示是：我们不仅要"拥抱"自己的时代，又要保持必要的"距离"；在"顺应和坚持"时代潮流的同时，还应有必要的"批判和质疑"，也就是要将"科学的理性精神"贯彻到底。——这是包括樊骏在内的我们这一代的"疏忽"，但愿新一代学者能够在一个新的高度，把"历史研究、学者与时代的关系"的思考推向一个新的水平，在理论和实践上都得到更合理的解决：这也是学术发展到今天所提出的历史"任务"。

---

1 樊骏：《前言》，《论中国现代文学研究》，第19页。

其实，樊骏对自己学术的局限性和不足，是比任何人都看得更清楚，有着更自觉的反省的：这位对学术要求十分严格的学者，对自己是格外严格的。他在为《论中国现代文学研究》一书所写的"前言"里，特别谈到他对出版自己的学术著作"心中总有些踌躇"，原因是他"不甚满意；越到后来，这种感觉越是明确强烈"：这样的对自己的不满，是真实的，因而也特别让人感动，特别具有启发性。

樊骏特别谈到自己的困惑："我的文学观念和研究方法，在五六十年代已经基本形成。进入新时期以来，出于渴望学科能够有大的发展，对于学术上的新的探索，一直持欢迎支持的态度；但对于日渐繁多的新观念、新方法，有时感到陌生、隔膜以至于困惑；内心深处，又缺少努力了解它们、切实掌握它们的愿望和勇气。"他于是谈到自己"知识结构上的缺陷，给探讨学科建设发展，尤其是创新开拓的工作，直接带来了障碍和困难"，自己"为之苦恼，引以自责"。[1]

在我看来，这样的知识结构的缺陷与由之带来的困惑是历史性的。王瑶先生早就对包括樊骏在内的主要成长于二十世纪五十年代的第二代学者有过这样的评价："他们有一定的马列主义的修养，有政治敏感，接受新事物比较快；但由于历史原因，知识面比较窄，业务基础尚欠深广，外语和古代文化知识较差。"[2]这里，实际上揭示了现代文学研究的一个基本矛盾。"中国现代文学始终是在古今、中外关系中获得发展的，这就要求它的研究者必须具有学贯古今、中西的学

---

1 樊骏：《前言》，《论中国现代文学研究》，第18页、29页。
2 王瑶：《研究问题要有历史感》，《王瑶全集》第8卷，第16—17页，河北教育出版社，1991年版。

养"，¹特别是到了改革开放的年代，全球化的时代，对所有的学术研究都提出了必须具有古今、中外的学术视野、学养的要求，本来就有着这样的传统的中国现代文学研究就更是如此。应该说，学科开创人那一代学者，都是具有这样的学养的，在某种程度上，可以说，"学贯古今中外"也是中国现代文学研究的一个传统。但这样的传统，从第二代开始，就被中断了。在1949年以后由于特定的历史原因，我们国家执行了相对封闭的文化政策，到1957年反右运动以后，更发展为"批判封、资、修"的极"左"路线，到"文化大革命"更达到了极端，几乎拒绝了民族的、人类的一切文化遗产。在这样的文化背景下，成长起来的第二、三、四代学者，总体上都存在着知识结构上的巨大缺陷。这样的学科发展所提出的学贯古今中外的客观要求，与几代学者自身知识结构的缺陷，两者之间形成了巨大的矛盾，成为制约中国现代文学研究学科发展的长远的、根本性的因素。应该说，樊骏是完全自觉地意识到这一结构性的矛盾的，他的苦恼、困惑，以至自责，都源于此。

我们更要注意的是，他的"扬长避短"的应对策略。他并不因此气馁，而是以积极的态度，充分发挥自己"有一定的马列主义修养"和丰富的历史经验的长处。我们从前述他对西方学院派学术的既吸取又批判的审视里，不难发现他马克思主义历史唯物主义的信念、自信和开放态度，这就使得他在八九十年代极为复杂的学术环境里，始终保持清醒，既不保守，也不盲目跟风，这又反过来，使他在新时期的现代文学研究中依然发挥了独特的、不可替代的作用。但另一方面，

---

¹ 参看钱理群：《学术研究的清醒与坚守》，《那里有一方心灵的净土》，第10页，中国文联出版社，2008年版。

他更清楚于自己之"短"，即知识结构的局限，注定他只能起到"历史中间物"的有限作用，他说他没有掌握新潮知识的"愿望和勇气"，其实是他知道要真正学习新知识，就必须达到真知、深知，并使其"成为自己的学识结构的有机组成部分"，这就绝非一日之功，与其皮毛地学得一点，变成"外在的装饰"，不如就老老实实地留下历史的遗憾。¹但他又为自己因此不能对时代提出的新的学术课题作出回应而感到愧疚，并不断自责。这里所表现出的樊骏式的困惑、苦恼，是有着丰富的历史内容的。

因此，我们完全可以理解，当他"在年轻一代学者，尤其是前几年培养的博士生"（年龄大概比他小了二三十岁）中，发现了"具有较为完备的学识结构的新型学者"时，他所作出的强烈反应。他期待并预言这样的"新型学者"的出现，会给"整个学科建设以多方面的深远影响"，"无论对学者个人还是学科总体，这都是走向成熟，孕育着更大发展的重要标志"。²樊骏这样的高度评价与期待，并非完全没有理由，因为正是这年轻一代学者，适应学科发展到八九十年代所提出的新要求，及时地调整了自己的知识结构，并试图对时代所提出的学术、思想、文化课题，甚至国际、国内的政治、社会问题作出自己的回应，这是樊骏这一代，也包括我自己这一代，所不能做到的。在他们身上，既继承了老一代学者开创的关注时代、社会重大问题的传统，又有了新的知识结构，因而有能力在一定程度上做出回应，尽管也有些勉为其难：这是最能吸引因自身的无力而自责的樊骏这样的学

---

1 樊骏：《我们的学科：已经不再年轻，正在走向成熟》，《中国现代文学论集》，第497页、498页。

2 樊骏：《我们的学科：已经不再年轻，正在走向成熟》，《中国现代文学论集》，第498页、500页。

　　　　　　　　　　　　　　有承担的学术

者的，他们也因此对樊骏后的学术界，以至社会产生很大影响，获得了相当高的学术地位。但是，或许正是这样的影响与地位，却遮蔽了这些学者自身的问题，这也是樊骏因期待过殷而没有看清的问题：他们的知识结构的调整，并没有达到樊骏所期待的"深知"与"真知"，并且使新知识"成为自己的学识结构的有机组成部分"的造诣与境界。总体而言，还是属于"补课"的性质，再加上某种程度的急功近利，其中的生硬搬演、曲解、误读，是难免的，远没有"成熟"。这就意味着，我们这里讨论的学贯古今中外的学术发展的客观要求，和学者知识结构上的不足，这一基本矛盾，在这一代学者身上，有很大的缓解，却远没有解决。而且这也不是这一代学者的问题，在以后陆续出现的更年轻的学者，因为成长在一个更加体制化、商业化，更为浮躁的社会、学术环境里，也依然存在"知识面过于狭窄，且不肯在打基础上下功夫"的问题；[1] 当然，他们中的杰出者，在知识结构上正日趋合理，无论对"西学"，还是"中学"，其基础都可能胜过现在已经成为中年学者的那一代人，但真正做到同时学贯古今、中外的恐怕也并不多见。而且，由于他们成长于学院体制，深受学院派的影响，在知识上或有某种优势，却也存在缺乏社会关怀和承担意识，将学术技术化、精致化，因而内在精神与生命活力不足的危险。因此，就整体而言，包括樊骏在内的前辈学者的"疏忽"所留下的"任务"，即完善知识结构，学贯古今中外，以更好地回应时代所提出的问题，还需要现代文学研究界，以至整个中国学术界几代学者的持续努力，真是任重而道远。

---

[1] 参看钱理群：《学术研究的清醒与坚守》，《那里有一方心灵的净土》，第10页，中国文联出版社，2008年。

传统的构建

现在活跃在学界的几代学者，不仅是中年一代，也包括年轻一代，在学养、学风上存在缺陷，有着各自不同的问题，都是自然的，是一定的历史条件所造成，因而是可以理解，甚至是应该给予历史的同情的；问题在于自身对自己的缺陷与不足，是否有清醒的认识，正视的勇气。正是在这个意义上，樊骏的自我清醒，包括他对自己的永不满意，他的踌躇，紧张，苦恼，困惑，愧疚与自责，在今天都具有极大的警示意义。我们在讨论的一开始就提到樊骏对我们这个学科的最大意义，就是他以自己高瞻远瞩而又严格的要求，使我们的学术处于清醒自觉状态；现在，我们要补充说，樊骏又以对自我的严格要求和不断反思自省，促使后来的学者自身的清醒与自觉。而他对学术、对自己的严格，又源于我们一再说到的他的无私：一切出于学术公心，除学术之外，全无个人地位与权力的任何考虑。无私即无畏，有公心即清醒与自觉：这或许是樊骏对我们的最大启示。

附记

本文的基础是 2006 年在樊骏先生的《中国现代文学论集》出版学术讨论会上的一个发言。当时觉得所讨论的问题重大，没有说清楚，需要再作研究，就没有及时整理成文。不料一搁就是四年，我为此一直心怀不安。去年有一个在台湾讲学的机会，本以为可以清静一点，借此偿还文债，于是将发言稿和有关材料都带了去，却不料依旧忙碌，未写一字，把材料原封不动地带回。又拖了四个月，这才下定决心，集中一段时间，将樊骏先生的著作重读一遍。因为又有了四年时间的距离，所要面对的问题更加复杂，思绪也更加纷繁，还是说不清楚，甚至不知从何说起，又实在不能再拖，只能勉强成文，而留下许多遗憾。

2010年4月27日—5月7日

严家炎主编《二十世纪中国文学史》
对当下现代文学研究的启示

将近一个星期，我都在读这三大册书，有一种深深的感动和满足，我意识到现代文学史的写作似乎到了一个收获的季节。去年，我们刚刚讨论过吴福辉先生的《中国现代文学发展史》（插图本）；一年后，我们又来讨论严家炎先生主编的这套《二十世纪中国文学史》。我曾说吴著是近年文学史研究中的"集大成"之作，"又有新的开拓"；我想对严家炎先生主编的这三大册书也作如是评价。但两书又各有特色，各有所长，从不同方面来集大成，作新开拓。两书表面上的区别是明显的：一为个人写作，一为集体写作；一是研究性专著，一既是教科书，又是研究性专著。吴著比较多地显示了这些年文化研究观念、方法引入后现代文学研究的新眼光、新认识；它的特点是"将现代文学的发展置于同时期的现代政治、教育、出版、学术思想发展的复杂关系网络及由此形成的文学体制中，同时突出了文学创作主体的作家，以及文学接受者读者的复杂关系与接受途径，因此构成一个立体的、网状的文学史图景"。[1]同样可以看出，此书也有文化研究的视野，讨论每一部作品，都详细介绍其发表、出版情况和读者、批评界的反应，也很重视版本的考释。讲抗战时期的历史剧，就详尽讨论了

---

1 钱理群：《是集大成，又是新的开拓——读吴福辉〈中国现代文学发展史〉（插图本）》，《文艺争鸣》2010年第13期，第102—105页。

有承担的学术

其和同时期历史研究的关系。但此书的重点，却是作家、作品的研究，是这方面成果的集大成。引人注目的，还有两书风格的不同。吴著在书的结构，作者叙述态度、语言上，都有自觉的新的追求，具有明显的先锋性；而严先生主编的三卷本，则显得比较传统，结构虽有变化，只设章、节二级，类似专题讲座，但大的结构还是教科书的写法，没有太大的变化。但在坚守传统中又自觉追求创新，可以说是"守正出新"。"先锋""守正出新"，这大概也是反映了作者、主编者其人其文的特点的。

我今天要讲的，就是"守正出新"对当下现代文学研究的启示。我想讲五个问题。

此书是一部"以作家、作品为主体的文学史"。

这应该是主编严家炎先生的一贯的文学史观念和主张。他在1992年写的《关于中国现代文学史研究的若干问题》一文里，就提出"文学史应该就是文学史"，"文学史顾名思义应该讲的是文学作品演变的历史"。他因此反对将并非文学而属于政治思想、意识形态的论争及文章写入文学史。[1]看来，这部《二十世纪中国文学史》是贯彻了主编的这一文学史观念的。它就有了一种重要的启示意义。我曾在一篇文章里，谈到"现在的文学史写作，越来越花哨了，却把最基本的东西忽略了：忘记了文学史的大厦，主要是靠作家，特别是大作家支撑的；而作家的主要价值体现，就是他的作品文本。离开了作家和作品文本这两个基本要素，就谈不上文学史。在我看来，这是常识。也许在一些人看来，这是一种过时的、保守主义的文学史观，那么，

---

1 严家炎：《关于中国现代文学史研究的若干问题》，文收《世纪的足音》，第264页、265页，作家出版社，1996年版。

我就甘愿坚守这样的回到常识的、返璞归真的文学史观念"。[1]因此，在评价吴福辉的《文学史》时，我也曾表示过这样的"遗憾"："就总体而言，本书长于对文学外部的描述，对文学内部的分析、叙述，则有不足。这样的内、外的区分或许也有问题，但本书对各文体的内在发展线索，对文学语言发展的内在线索，以及文学风格发展的内在线索，未能作更精细的梳理，却也是一个缺憾。"[2]而吴著的不足，正是此书的长处。

许多人，特别是年轻学者不愿意在作家作品研究上下功夫，其中一个"理由"就是这个领域的研究，特别是大作家的作品研究，已经比较充分，难以出新。这可能是一个误解。在我看来，包括鲁迅在内的大作家的研究，正处在一个"新的开始"阶段。大作家之所以"大"，就是他的作品含量大，其潜在思想、艺术可供不断挖掘。而已有的研究都不免受到时代和研究者自身知识结构的限制，后来的研究者完全可以作出新的开掘，有新的发现和阐释。

此书的最突出的成就，就是对作家作品，特别是大作家、经典作品的研究和阐释，达到了新的高度和深度。细分起来，又有四种方式。其一是作出新的概括。如将鲁迅的《故事新编》界定为"表现主义的小说"（上册第六章）；对艾青的两个总体新定位：一是和杜甫笔下的"唐代中国形象"，涅克拉索夫的"近代俄罗斯形象"，惠特曼的"近代美国形象"一样，艾青塑造了"诗的现代中国形象"，二是和法国阿拉贡、英国奥登一样，是"左翼现代主义诗人"（中册第

---

1 钱理群：《"以作家和作品为主体的文学史"写作的尝试——写在前面》，《海南师范大学学报（社会科学版）》2007年第6期，第1—2页。

2 钱理群：《是集大成，又是新的开拓——读吴福辉〈中国现代文学发展史〉（插图本）》。

　　　　　　　　　　　　　　　　　　有承担的学术

十六章）。这些新概括可能会引起争议，但确实很有新意，有助于认识的深化。其二是在已有的观照下，作更深入的分析。如此书对茅盾小说的结构艺术、叙事范型的剖析，就相当独到细致，极富启发性（上册第十章）。其三是从一个新的角度切入，有新的开拓。如对老舍与沈从文的研究，都注意到他们和五四新文学传统之间的缝隙、不和谐之处，甚至称之为新文学的"异端"，由此生发出去，就有了新的发现和概括。研究者注意到胡适与鲁迅都对老舍评价不高，进而指出："老舍的民间文化趣味和轻松的表达方式与新文学作家有明显的距离"，"审美取向、生活取向并不一致"，"老舍本人也与精英知识分子保持距离"，自觉地迎合新兴的文化消费市场：老舍或许就在这样的差异中获得了自己的特色和独特价值。研究者还特别注意到老舍"市民的国家主义"立场："在他看来，国家安定富强、秩序，都是第一位的。因为只有这样，市民才有好日子过。"这就能够较好地解释老舍抗战时期的积极表现，和他在 1949 年以后对共产党领导的新国家的拥护态度，为老舍研究打开了新的思路（上册第十一章）。对沈从文的观照，也集中在他不同于五四启蒙立场的"乡下人"立场和他对五四"改造国民性"主题的质疑，从而认为沈从文创作的特点与贡献，在于"揭示出被启蒙主义遮蔽的民间世界的真相"，创造出"与启蒙文学所描绘的完全不同的充满生气和野性的生活图景"（中册第十二章）。这样的分析都是别开生面的。其四是和现有的研究热潮保持距离，作冷静的独立思考，而作出更为复杂的评价。这突出地表现在对张爱玲的论述上。这些年持续不断的"张爱玲热"其实是遮蔽了许多更清醒的声音的。我注意到被许多人认为深受张爱玲影响的王安忆，就谈到张爱玲"放过了人生更广阔及深厚的蕴含"，"很容易地，又回落到了低俗无聊之中"。[1]此书的分析，或许更具有学理性。研究者抓住了张爱玲生活的"乱世"的时代特点，及其自身的"末世"之感，比较准确地概括了张爱玲作品的主题："传写末世人性之变和乱世的人性之常"，揭示了她作品所特有的"既反传奇，又不无传奇性"的叙事，由此而充分肯定其创作所达到的"过人的心性深度"和"富于韵味的文学语言"；同时又指出这样的选择可能付出的"风格不高"的代价，以及张爱玲耽溺于传奇趣味而缺乏反省节制，结果导致了人性观、人生观的下滑，美学趣味的偏执，提出了一套"但求个人安稳于现世，不妨苟全于乱世"的"乱世生存哲学与生存美学"，"一位才女的传奇终于只有一个好的开头，而未能有一个好的收场"（中册第二十章）。这样的复杂化的剖析和评价，既比较切合作家创作实际，又认真总结了其中的历史经验教训，更具有警世的作用。——此书以上研究成果，都显示了在作家作品研究深度上努力出新的趋向，在这方面不断开拓的天地是很广阔的。

此书研究的另一个趋向，就是恢复文学本性的自觉努力，对文学本体、文学形式和文学审美的关注。这其实也正是当下现代文学研究的一个问题，即越来越远离文学，不像"文学研究"了。当然，这些年我们对"文学"的理解，确实发生了很大变化，认识到文学，尤其是现代文学，不只是指文本，而且包含了文本的生产与流通，作者主体精神的渗入，以及读者的接受，这就是文化研究得到普遍认可的原因；但这并不能导致对文本的忽略，文学的一些基本点，例如文学的审美性，更是不能否认与忽略的。我曾写过《文学本体与本性的呼唤》的文章，写于2000年，至今已经有十一年，坚守文学本体研究

---

1 王安忆：《世俗的张爱玲》，《雪莲》2017年第8期，第34—37页。

的人越来越少了。或许正因为如此，我读此书，最感兴趣的，就是在吴福辉那里没有充分展开的文学内部因素发展线索的细致而精当的梳理和分析。此书对小说、诗歌、散文文体的流变，文学创作方法（现实主义、浪漫主义、现代主义）发展的流变，文学风格发展的流变，都有一以贯之的关注与描述，其中尤为精彩的，是对从鲁迅、废名、茅盾、吴组缃、李劼人到沈从文、老舍、沙汀、路翎、钱锺书、师陀、萧红、张爱玲对小说模式的创造的贡献的梳理与概括，让人有耳目一新之感。"知性散文"概念的提出，也颇具启发性。相形之下，戏剧文体的发展线索不够明晰，对文学语言的发展未能给予更充分的关注，这都留下了遗憾，也就有了进一步开拓的余地。

以上所说，以作家作品研究为中心，注重文学本体的研究，这其实都是文学史研究的本分、本职，这些年有所忽视，此书的示范，就具有回到原点的意义。

这里，还涉及文学教育的问题。这也是这些年的怪事：学生对于现代文学可以侃侃而谈，但却没有好好读作品。我曾经对中学语文教育下过一个"定义"："语文课就是爱读书、写作的老师，带领着学生读书、写作，从中感受快乐和生命的意义"；在我看来，大学的文学教育的本意、基本任务，也就是引导学生认认真真地读文学作品。最近读到陈平原先生的《作为学科的文学史》，他也在那里呼唤大学文学教育中"那压在重重叠叠的'学问'底下的'温情''诗意'和'想象力'"。这是切中时弊的：当下大学文学教育中的知识化、技术化的倾向，文学教育本应有的人文精神的培育、性情的熏陶、想象力的激发……功能的弱化以至丧失，确实令人担忧。此书作为教科书，或许在引导学生读文学原著上可以起一个示范作用。——顺便说一点，

传统的构建

我读此书的叙述，在感受其知性分析力量的同时，也处处感到一种或浓或淡的诗意，这才是"文学的"叙述，却是许多文学教科书所忽略的，此书在这方面，也有示范的意义。

此书的"守正"特点的另一个重要方面，是对现代文学史研究中的许多重大问题的"中庸"立场，还原历史的复杂性、丰富性的自觉努力。

现代文学本身的发展，以及文学史的叙述，都会遇到一系列的不能回避的问题。如新文学与通俗文学，左翼文学和自由主义文学，现实主义文学与现代主义文学的历史地位、评价，及其背后的雅与俗，古与今，中与外，个人与社会……的关系，归根结底，就是对文学现代性的认识问题。而在很长时间里，支配着我们的历史进程和历史叙事的，都是非此即彼，非正确即错误的二元对立的思维。就以文学史的叙述而言，我们曾有过等级制的历史叙述，视新文学、左翼文学、现实主义文学为正统，而将通俗文学、自由主义文学、现代主义文学视为非正统、非主流，甚至逆流、反动、反革命。后来拨乱反正，又反过来，视自由主义文学为"真正的文学""纯文学"；把现代主义等同于文学现代性；也有人鼓吹唯有通俗文学才是中国本土的文学，而新文学不过是舶来品；旧体诗才是诗，新诗不是诗；与现实保持距离的、闲适的文学才是"正宗"，介入现实政治斗争的文学都是"公式化、概念化"的"非文学"等，革命文学、左翼文学、解放区的工农兵文学的合理性、合法性都受到了质疑。这些年，鲁迅不断受到挑战，甚至有人扬言，要把鲁迅"拉下人坛"，也是一个典型的例子。值得注意的是，近来在批判普世价值的保守主义和国家主义的热潮里，又

　　　　　　　　　　　有承担的学术

出现了贬抑主要借鉴西方文学资源的现代主义文学的苗头，好像向西方学习成了原罪，更有人尖锐批判五四启蒙主义传统，重提：改造国民性的命题是"殖民主义话语"。在强调文学的现实关怀时，似乎又出现了贬抑和现实保持距离的作家作品的倾向。凡此种种都表明，对历史评价的分歧、论争，已经成为当下中国思想、文化、学术界的一个焦点问题。作为现代文学的研究者，有责任对这些问题作出我们的回应，这也可以说是学术研究应有的现实关怀。

我们的回应当然应该是学术、科学、理性的。这里的关键，就是要从二元对立的思维中走出来，结束不是绝对肯定，就是绝对否定，在两个极端中摇摆的"钟摆现象"，回到"中点"，也可以说是回到"中庸之道"上来。这绝不是折中、调和，而是要还原历史本来具有的复杂性和丰富性。而要做到这一点，就要像严家炎先生一贯强调的，要从历史的事实出发，而且是历史的"全部事实"，而不是经过主观筛选的片段的，甚至是歪曲的事实。所有的判断与概括，都必须经过历史事实的检验；因此，一个负责任的历史学者，不但要重视有利于自己论断的事实，更要重视不利于自己原有论断的事实，从而作出某种修正。这就需要：一有努力收集，以至穷尽有关史料的功夫，二有敢于正视事实的勇气和科学态度，三有善于处理复杂问题的学术能力。在我看来，以严家炎先生为首的《二十世纪中国文学史》的研究团队，在这三方面都做得很好。因此，此书在处理许多文学论争，例如三十年代鲁迅和梁实秋关于人性论的论争，四十年代左翼和战国策派的论争时，就不再简单地做历史的判决，而是首先弄清论争双方的全部观点及其内在思想逻辑，有一个全面的客观的理解，充分揭示其内在的复杂性，又能在更广阔的历史视野下，揭示问题的实质。再如此书对五四时期新文学对黑幕小说的批判的叙述，首先对"黑幕小说"出现的背景、实际创作情况作了详尽的考察；不仅注意到新文学阵营方面批判的依据和主要观点，同时又不回避新发现的史实：最早以来批判的，是被认为属于鸳鸯蝴蝶派的包天笑。由此作出的历史描述与分析，就充分地复杂化了。

而正是这样的复杂化的叙事，就能更好地揭示现代文学发展的真实状况。此书用了大量史实，描述了现代文学发展的历史进程：最初相互对立的两派，怎样在论争中相互吸取、补充，最后达到了历史的"综合"。三十年代的左翼现实主义的诗歌与现代主义诗歌，原本是相互对立的，而且这样的对立推到极端，都出现了一种"虚骄之气"：左翼方面的"幼稚的呐喊"和现代主义诗歌中的"庸俗的艺术至上主义"。但到了四十年代，在历史现实的推动下，左翼现实主义和现代主义思潮都克服了自身的虚骄，自觉向对方吸取，而达到了良性的互动。正是在这样的互动与综合中，才出现了艾青和冯至两个现代诗歌的高峰，以及穆旦等一批"注重综合思维"的现代主义诗歌的"新生代"。如此书所分析，这背后其实是有一个对"诗的现代性"的新体认的：由二三十年代象征派、现代派简单地以"纯粹"相标榜，以"摩登"为现代，到承认对现实的关怀与承担也是"诗的现代性"的题中应有之义，这都标志着对诗歌，以至整个文学现代性观念综合中的成熟（中册第十五章、十六章）。事实上，新文学与通俗文学之间，也存在着这样的发展，由最初的对立，到逐渐相互吸取：在通俗文学方面，出现了张恨水这样的自觉吸取新文学营养的大家（中册第十二章），而在曹禺、茅盾这样的新文学重镇的作品里，也同样可以发现许多通俗文学的因素。

　　　　　　　　　　　　有承担的学术

此书不仅"守正"，更有"出新"，而且有自觉的追求。

严先生在"后记"里，说此书的最大特点是"具有比较丰厚的原创性"，本书的作者"不肯走现成的捷径，依然从发掘、占有相关的原始材料做起，在汲取前人和当代学人研究成果的同时，勤奋地奉献出自己的诚实劳动"。这里有两点很值得注意。其一是追求学术"原创性"。所谓"出新"，不是追逐时髦，大发吸引眼球的新奇之论，那是有哗众取宠之意，而无实事求是之心。此书提到了一味追求新鲜刺激的将"现代"时尚化的"摩登主义"，是追求现代性的现代文学容易落入的陷阱（中册第十五章）；在我看来，这也是现代文学研究的一个陷阱。因此，严家炎先生通过此书的示范性写作，倡导学术研究的"原创性"，不仅是对那些陈陈相因，剪刀加糨糊的模仿、变相抄袭之作的当头棒喝，而且也是对以时髦为创新的"摩登病"的一个针砭、警示。其二，如何追求原创性？此书的经验是，要实实在在地"从发掘、占有相关原始材料做起"。这也是自有针对性的：因为很长时间，许多人都是以新理论包装旧材料为原创性的。

此书因史料的新发掘而达到新认识，是随处可见的。这里仅举二例。首先当然是最引人注目，也是严先生最为看重的陈季同及其所创作的《黄衫客传奇》的发现。陈季同文学观念中的"世界文学"的概念，以及他的具有鲜明现代性的作品产生于法国，并用法文写作，这都显示出中国现代文学在其历史的孕育时期，就有着与世界文学沟通的自觉意识。这当然只是"文学地壳变动"的"预兆"，很难说就是现代文学的开端，但对我们理解现代文学的发生，还是有重大的意义的。

此书第十五章对抗战时期诗歌中的"反抒情诗派"与"新古典主

义诗潮"的发掘、梳理和概括，也具有重要的史的意义。尤其是"新古典主义诗潮"以南京高校为中心，那里曾经是五四时期学衡派的重镇，其代表诗人都是黄侃、吴梅的学生，一方面和其前辈一样，重视中国本土诗歌传统，但又不局限于此，自觉吸取外来现代主义诗歌经验，追求"古典的优雅美与现代新感觉的融合"，是为"新古典主义"。这样，老一辈的新与旧、中与外的对立，到学生辈这里，就发展成新与旧、中与外的互动、融合，这本身也是显示了我们在前文所说的现代文学发展的历史轨迹的。

此书原定五年完成，实际用了八年。这里固然有集体写作难免发生的拖延时间的因素，但确实有"八年磨一书"的意义。这使我联想起前不久《废名集》获奖的事，那是"十年编一书"，都是具有某种象征性的。如果再联系到严家炎先生早在二十世纪六十年代就参与了唐弢先生主编的《中国现代文学史》的写作，八十年代初，又积极主持该书的修订工作，成为副主编；而这本严先生主编的《二十世纪中国文学史》，和唐弢本显然有一个承接的关系。那么，严家炎先生为中国现代文学史的研究与写作，已经"磨"了五十年。这背后所显示的学术"沉潜精神"和"韧性精神"，是一笔宝贵的精神财富。

如果联系当下学术界的浮躁之风，就更能显示此书的榜样意义。记得好几年前，刘纳先生在金华召开的一次学术会议上，曾发出过"写自己想写的东西""写慢点"的呼吁。前者是强调坚守学术的独立自主性，后者则强调克服学术的浮躁心态，不写粗制滥造的学术垃圾，扎扎实实提高学术质量和品位。当时我就受到了震动：我也是写得太快——当然，我也可以为自己作点辩解：我写得很快，但酝酿时间却很长。当然，写得太快、太滥，也有学术体制和评价标准的原因。从另一面说，也要防止走到极端，过于追求完美而写得太少，最后很容易变成眼高手低。写快写慢、写多写少，或许不是问题的本质，关键在我们如何看待学术，我们的学术心态、学风，以至人生态度。

这又使我想起了读本书时的一点感触。此书第十六章谈到冯至的"庄严的生活态度和创作态度"，以及他对文学、对社会的"承担"。因此，他就能够做到坚持"漫长岁月的默默积累和生死以之的严肃准备"，然后就会有一个"一举让什么都有了交代的完美瞬间"。其实我们的学术研究工作又何尝不是如此。此书的写作，同样是"漫长岁月的默默积累"，想想严家炎先生已经"严肃准备"了五十年，然后才有了这皇皇大作终于完成的这一"完美瞬间"。这本书背后的庄严的生活态度、学术态度和对学术、社会的承担，是不能不引发我们的同样庄严的思考：关于学术的意义，关于我们的学术责任，等等。

我还由此感受到一种从研究对象中汲取资源，自身的精神得以升华的快乐。我最近曾到河南和农村的老师进行交流，其中就谈到了"老师和学生在教育中一起成长"；今天出席这本书的研讨会，也想到学术研究同样应该是研究者自身生命成长的过程：或许这才是学术研究的真正魅力所在。

最后要说的，是研讨这本书，不能不谈到此书的主编严家炎先生。其实前面已谈了不少，这里想集中地谈一谈。当我读到严家炎先生在"后记"里谈到他所做的工作，除亲自撰写其中重要章节外，还负责统一修改全稿，增补二万余字，压缩一万四千余字，查对、改正了不少差错，这一切都是在年老体衰、视力严重下降的情况下完成的，我不只是深受感动，而且是大感震动。我想得很多。特别想到严家炎先生对我们学科的贡献。我们前不久刚举行过樊骏先生的追思会，我也写过文章。其实我们在讲到樊骏先生时，几乎同时也想到了严家炎先生。他们不仅彼此相知最深，而且在学科建设发展中几乎起到相同的作用。我的文章说樊骏先生"参与了现代文学研究传统的构建"，严家炎先生也是参与构建的不可或缺的奠基者之一。许多人都说樊骏是我们现代文学研究界的"学术警察"，其实严家炎先生以他的"严上加严"的态度和作风，也同样起着学术警诫的作用：在严家炎先生面前，任何人都不敢马虎。

我还想谈谈严家炎先生的学术思想，在我们学科建设上所起到的作用。我印象最深刻的，有三篇文章，对现代研究界影响也最大。

我在《我们所走过的道路》一文里，谈到八十年代初学科重建时，有几篇指导性的文章，一篇是王瑶先生的《关于中国现代文学研究工作的随想》，确立了学科"既是文艺科学，又是历史科学"的"质的规定性"；乐黛云先生的《了解世界文学研究发展状况，提高现代文学研究水平》，打开了学科发展与世界联系的通道；而严家炎先生的《从历史实际出发，还事物本来面目》（后收《求实集》，北京大学出版社，1983年版），则完成了学科"历史品格"的重建。严先生在文章里，用大量的事实，说明"随意修改历史，隐瞒事实真相的不科学、反科学的做法"，已经产生了历史科学本身的信用危机。因此，大声疾呼要"敢于说真话，敢于如实反映历史"，强调"只有真正实事求是，现代文学史才有可能成为一门真正的科学"，"只有从历史实际出发，弄清基本史实，尊重基本史实，把认识统一到作品和史料的基础上，这样总结出来的经验和规律，才比较牢靠，比较扎实，也才

　　　　　　　　　　　　　　有承担的学术

有助于我们较好地转变学风"。这里所说的"以接触原始材料作为研究起点，强调从史实出发，坚持实事求是的原则和学风"，不仅是严家炎先生此后几十年一以贯之的基本学术思想、作风，而且也是许多学术前辈共同倡导与身体力行的，深刻地影响了现代文学研究界，形成了一个传统。严家炎先生正是这一传统最有力的开创者和坚守者之一。

严家炎先生第二篇影响深远的文章是《走出百慕大三角区——谈二十世纪文艺批评的一点教训》，此文写于 1988 年 12 月，收《世纪的足音》(作家出版社，1996 年版)。我们知道，一旦进入百慕大地区，轮船会沉没，飞机也会失事；严先生认为，五四以来，中国的文艺批评，学术研究，也有这样的危险区，他称为"异元批评"，又称"跨元批评"："在不同质、不同'元'的文学作品之间，硬要用某'元'做固定不变的标准去评判，从而否定一批可能相当出色的作品的存在价值。"比如用现实主义标准衡量现代主义、浪漫主义的作品，反过来用现代主义标准衡量现实主义、浪漫主义作品，等等。严先生针对这样的认识误区，作出了一个重要判断："二十世纪文学的一个根本特征，就是多元并存。"话虽一句，却确立了严家炎先生的基本学术观点，学术立场、态度和方法，即以揭示现代文学"多元并存"的历史复杂性和丰富性为己任，以开阔的视野，宽容的态度，看待现代文学的不同追求的作家与流派，并以多元的、变动发展的标准去衡量不同质、不同"元"的文学作品。严家炎先生的这一"多元并存"的文学史观念和方法论，对学科的发展起了很大的推动作用，成为文学流派研究和通俗文学研究的理论依据和基础。他自己也是这两个领域重要的开拓者。他对茅盾、吴组缃、沙汀等的"社会剖析的现实主义"，路翎等的"体验的现实主义"的概括、命名，被广泛接受，几成定论。他对新感觉派和金庸的研究，都具有开创性的意义。而他对鲁迅创作方法多元性的揭示，"复调小说"的概括，也都是鲁迅研究的重要收获。这里所说的小说流派研究、金庸研究、鲁迅研究，再加上对丁玲的研究，就构成了严家炎先生在现代文学研究的具体领域的四大贡献。当然，严家炎先生的主要贡献，还是他五十年一贯的对现代文学史的研究与写作，以及对整个学科的推动。

还要特别指出的是，严家炎先生的这些研究，在学术界也有过不同意见，曾经引发过一些争论，其中影响最大的，就是关于金庸的论争，关于七月派小说的论争。在论争中，严家炎先生坚持用事实说话，据理力争，其基本立场就是要维护文学的多元并存和文学研究、批评的多元性。在这样的原则问题上，严先生是态度鲜明、坚定，绝不含糊的，这和他在学术上的宽容是相辅相成的，在学术界也产生了很大影响。

在关于五四新文学的评价的论争中，严家炎先生发表了《不怕颠覆，只怕误读》一文（载《中国现代文学研究丛刊》1997 年第 1 期），文章不长，却有重要的意义。严先生认为，"反对五四新文化运动和文学革命的意见，自来就有。新儒学、后现代之类的颠覆，也不必多虑。值得注意的，我以为倒是对五四的误读。把五四新文化运动说成是'欧洲中心论的产物'；责备五四新文化运动'全盘反传统'，造成中国文化传统的断裂，都是不符合史实的误读。对五四反对派的意见，也要防止和警惕误读，并非一讲五四毛病就是'颠覆'"。他的态度是："我们赞美五四，继承五四，又超越五四。""不怕颠覆"，表现了严先生的开阔心态，在他看来，历史与现实的一切，当然也包括五四，都是可以批评的；"只怕误读"，是他一贯的从事实出发的态度，对建立在误读基础上的批评，是要论争、辩驳的，其所依据的，依然是事实。因此，严先生近年研究工作的一个重要方面，是对五四新文化运动的一些引起争议的重大问题的重新考释，写了一些很有分量的文章。

而"继承五四，超越五四"，则为现代文学研究者在面临新的挑战时，所应有的态度，提出了一个原则：一方面，要坚守学科的基本立场，维护和继承五四新文化传统；另一方面，又不要将其凝固化，不回避所存在的问题，要有新的发展和超越，这样就可以使学科的发展，保持一种开放的态势。在我看来，严家炎先生所提出的这一"既坚守，又开放"的原则，对现代文学学科的健康发展，是具有长远的指导意义的。应该说，严家炎先生的三大学术思想：坚持从史料出发的实事求是的原则与学风；多元共生的文学史观和方法论；继承、坚守五四，又超越五四的基本立场，在他主编的这套《二十世纪中国文学史》里，是得到认真的贯彻和体现的。这构成了此书内在的学术思想与精神，是其底气所在。

在结束这篇文章时，我又想起了严家炎先生的一个评价，他说，我们现代文学这门学科，发展路子比较正，学风也比较正。这大概是包括我在内的现代文学研究者，对这学科、学界总有一种依恋心态的原因所在吧。这样的学术正气，是由学科开创者的第一代学人，王瑶、唐弢、李何林、贾植芳、田仲济、陈瘦竹、钱谷融……诸位先生奠定的，又经过以严家炎、樊骏先生为代表的第二代学人的培植与坚守，已经形成一个传统。现在，我们在此书的主要撰稿者，事实上已经是本学科的骨干和带头人的中年学人这里，又看到了这样的学术"正路"、学术"正气"的新的坚守、继承与发展，这是我读这套《二十世纪中国文学史》最为感动和满足之处，我从中看到了学科发展的希望。因此，也要向此书的主编和所有的撰稿者表示最大的敬意。

2011年5月22—26日读书，27日写提纲，28日讲，29—30日整理成文

有承担的学术

"如一箭之入大海"

——王得后《鲁迅研究笔记》评点

立人：鲁迅思想的出发点，归宿和中心

收入本辑的第一篇文章《致力于改造中国人及其社会的伟大思想家》，写于 1981 年 7 月，是为纪念 1981 年 9 月 25 日鲁迅诞生一百周年召开的学术讨论会提交的论文。这一次学术讨论会在新时期（改革开放时期）鲁迅研究历史上具有里程碑的意义：它开启了独立自主的创造性的鲁迅研究的新格局。得后的这篇论文在会上一发表，即给人以耳目一新的印象，但公开响应者并不多。当时的鲁迅研究权威陈涌连续在两篇文章里，指出得后的"鲁迅立人思想论"是对他理解的马克思主义阶级论的挑战；而他的批判似乎也无人响应。这样的鲁迅说的"如一箭之入大海"式的无力与寂寞，就几乎成了得后独立、独特的鲁迅研究的命运。但无论如何，得后这篇《致力于改造中国人及其社会的伟大思想家》，还是成了他的鲁迅研究的代表作。

尽管得后解释说，他没有把文章中的主旨"立人思想"写进文题，是因为当时思想禁锢依然很多，必须"避免刺激我们中国的'阶级论者'"（《写在〈鲁迅教我〉后面》，文收《垂死挣扎集》）；但"致力于改造中国人及其社会的伟大思想家"这一命题的提出本身，就是一种创新，明确提出鲁迅思想的独特之处，就在于它是"关于现代中

国人的哲学"，是"关于现代中国人及其社会如何改造的思想体系"：这显然包含了对鲁迅的一个全新理解与概括。如得后所说，许多人都把鲁迅归于"为人生派"，其实并不准确；鲁迅更注重于"改良"与"改造"。这正是"作为一个思想家的鲁迅的一个本质特点，即是他的实践性"，"他毕生执着于现在，脚踏实地，从事一点一滴的切实改良这人生的工作，他永无止境地革新的要求和努力，他奋不顾身地反抗一切黑暗、战取光明的斗争"，这样的集"解释世界"与"改变世界"于一身的"精神界战士"的品格正是鲁迅区别于书斋的思想者，格外有魅力之处。更具鲁迅特色的，是他对"人的改造"与"社会改造"关系的认识与把握：他明确把"人"放在"社会"前面，显然大有深意；但他同时拒绝离开社会改造，把人的改造变成纯粹个人的修养，也就具有了鲜明的"变革时代"的特性。应该说，这样一个"人—社会—改造"的思想与实践格局，对正处于思想解放的时代大潮，迫切要求寻找新的出路的我们这一代是有特殊吸引力的。这样，得后对鲁迅思想的这一新的概括与揭示，就具有了一种学术研究的目的论与方法论的意义。我自己就是由此得到启发，决心用学术研究的方式，通过对鲁迅思想的研究与讲述，投身于八十年代"改造中国人与社会"的改革开放的历史潮流之中。我在第一部研究鲁迅的专著《心灵的探寻》首页就明确提出："谨献给正在致力于中国人和中国社会改造的青年朋友"，这样的"把自己的人生选择与学术选择，做人与治学融为一体"的选择，自然来自鲁迅的影响，但也确实受到了得后研究的启发：这是我对得后研究的价值的一次亲身的体认[1]。有意思的是，得后在其所写《钱理群〈心灵的探寻〉读后》（收《鲁迅与中国文化

---

[1] 参看钱理群：《我的中国人与社会改造与实践》，收《八十自述》。

有承担的学术

精神》）也给予了充分的理解与肯定；其实，这也是我们共同的追求。在八十年代，具有这样的社会责任感与历史使命感，自觉追求学术研究与改造人和社会的实践相结合的鲁迅研究者，人数不多，却自有人在，彼此相濡以沫，却从不拉帮结派，虽形不成什么力量，更谈不上构成什么传统，却永远让人怀想。

再回到《致力于改造中国人及其社会的伟大思想家》一文的主旨上来：得后一直强调，他阅读、辑录鲁迅作品一开始，就有一个想法："首先要梳理清楚他有什么？是什么？是怎样的？为什么是这样而不是别样的？特别是要问一个'为什么？'"到八十年代，要研究鲁迅思想了，"心里一直有个疑问：都说鲁迅是伟大的思想家，可鲁迅有什么思想呢？"当时鲁迅研究界的主流，都认为"鲁迅只有别人的思想"，"早年有朋友说他是'托（尔斯泰）尼（采）思想'，后期又是马克思主义的思想。那不就没有独立的鲁迅思想了吗？""更有人认为鲁迅根本没有什么系统的思想可言，鲁迅根本就不是什么思想家"。得后"决定冒险"，"提出我的读鲁迅的心得"，对"属于独立的鲁迅自己的思想体系"作出自己的概括和回答，提出了"立人是鲁迅思想的出发点，归宿和中心"这一命题（《写在〈鲁迅教我〉后面》）。

得后的这一研究思路，正是反映了八十年代鲁迅研究的时代需要。得后特意提到王富仁在八十年代初提出"回到鲁迅那里去"的口号，那是代表了我们这一代鲁迅研究者的共同追求的。我在《心灵的探寻》的"引言"里也这样明确表示，"用任何一种曾经影响过鲁迅的思想来概括这崭新的思想，都是片面的，我们只能如实地把它叫作'鲁迅思想'"，我也根据对鲁迅作品里的"单位观念和单位意象"的梳理与研究，提出了"于一切眼中看见无所有""于天上看见深渊""于无所希望中得救"等一系列鲁迅式的命题。这都可以看作是这一代学人中的一部分人开掘鲁迅独立的思想体系的努力。

得后在这方面是高度自觉的，这也与他的学术研究的方法和道路的独特选择直接相关。得后在准备写他的《关于鲁迅对"人"的探索》(《致力于改造中国人及其社会的伟大思想家》一文的原拟题)时和王瑶先生有过一个研究方法与写法的讨论。王先生说，这类文章有两种写法，一种是"梳辫子"，以如实全面梳理作者的原文原意为追求；另一种是"以自己所要阐述的论点作为框架"，更强调研究者的理解与发挥。得后毫不犹豫地表示，"我走着梳辫子的路"(《王瑶先生》)。他一再强调，自己所写的只是读鲁迅作品的"笔记"，还处于"'述而不作'的阶段"(《〈两地书〉研究》乙编"几句说明")。他也据此坚持要将本书命名为《鲁迅研究笔记》。不能简单地把得后的这些申说视为谦辞，这里确实有他的方法论："我的方法是只读鲁迅，通读鲁迅。在通读中发现问题，根据问题再从通读中收集相关的议论，梳理它们之间的关系，是相互补充，是进一步发挥，还是相互抵牾，乃至相反？相反，是相成还别立一说？然后归纳成为心得。我深知我还远没有读通鲁迅；不懂的地方也还多。不懂就是不懂，我存疑；但决不断章取义，用摘句搭建'一家之言'，强说鲁迅'有什么'和'是什么'以及'为什么'。我更知道，我充其量只是一个讲述鲁迅的人"(《〈鲁迅教我〉题记》)。他反复强调，对鲁迅的"发现"，"只能从鲁迅的文本和他的作为中求索"，"要从三百万字鲁迅著作中搜索、汇集鲁迅对于某一问题的看法；在什么时间，什么地方，针对什么，说了什么，怎么说的，进而分析为什么这么说，才可望'逼近鲁迅'，达到'尽可能'懂得鲁迅的原意"；而且要注意它的"多面"的，

"多层次的结构"与"系统","需要由表及里，层层深入，这决定于眼力和识见"；还"必须把鲁迅同一意义所使用的不同的词、概念搜索汇集起来加以分析和归纳"（《对于鲁迅的发现和解读——和钱理群学兄讨论》）。得后在鲁迅博物馆所做的最具有开创性的工作，就是在1987年与北京计算机三厂合作制作的"《鲁迅全集》微机检索系统"，为鲁迅研究提供了检索的便利。得后也认为，这是他的一个主要成绩。

正因为得后下足了这样的笨功夫、死功夫、硬功夫，他对鲁迅"立人思想"的发现与梳理，就真正做到了全面、深入、客观、实在、可信可靠。他的《致力于改造中国人及其社会的伟大思想家》，不但揭示了"'立人'的思想贯彻于鲁迅一生的始终"，"'立人'的思想遍及鲁迅论述的各个方面"，有说服力地论证了"立人"确实是"鲁迅思想的出发点和归宿"；同时又全面梳理了"鲁迅对如何'立人'的认识和实践"，"鲁迅思想的独特性"，真可谓高屋建瓴的提纲挈领之作。而他的《鲁迅思想中的人性问题》则对"鲁迅关于人的思想的基本组成"与"基本观点"的"人性，人道和人道主义"问题，进行了深入的讨论，既显示了鲁迅"立人"思想的深度，也是对八十年代人道主义思潮的一个及时的回应。而具有总结意义的《〈鲁迅教我〉题记》，将鲁迅的"立人思想"概括为二十条，"每一条都有鲁迅的原话作证据，都是可以复按的"：得后实际上是在鲁迅"原话"基础上提供了一个"鲁迅立人思想的体系"。可惜得后自己并没有将这二十条全面展开论述，这本是可以写成一本"大书"的，确实是一大遗憾或不足。不知道得后对他总结的这二十条，还有什么没有完全写出来的深入的思考？这或许对后人的继续研究，会有所启发。

王瑶先生当年在和得后讨论鲁迅"立人"思想研究方法时，还提出"做学问"的三种境界、水准："最高成就，是得出定论"；"其次是自圆其说，不一定正确，不一定深刻，不一定人家同意，自己提出和人家不同的见解，说圆了，也不错"；"最没有用的是人云亦云，东拼西凑，没有自己的东西。这种文章写了等于没有写，不应该写的"。（《王瑶先生》）。以此评价得后的"鲁迅立人思想"研究，应该说，它已经成为"定论"。如孙郁的评论所说，得后关于鲁迅"立人"思想的文章，"近四十年间，一直被学界引用"，"我们现在讨论鲁迅思想的原色，都在引用他的看法"，"他在鲁迅研究转型期的笔墨，带有独思者的勇敢"（《在鲁迅的词风里》）。

"一个看透了大众的灵魂的人的灵魂"——《〈两地书〉研究》

得后在研究鲁迅"立人"思想的同时，又对鲁迅"其人"作了深入细致的研究："人"始终是得后学术研究的中心、出发点和归宿。

这也是历史提供的机会：1976 年得后调入鲁迅研究室，参加的第一个工作，就是编辑《鲁迅手稿全集》（书信），因此而读到了鲁迅与景宋（许广平）通信的手稿。第一次接触到这些带有血肉气息的文字，得后有了惊喜的发现。如孙郁所说，"私人语境里的鲁迅，与公共语境里的鲁迅"是不一样的，得后因此"摸到了鲁迅内心最为幽微的部分"（《在鲁迅的词风里》）。得后后来对此有一个理论的说明。他指出，"实际上人们谈论的鲁迅形象，都是人们各自心中的鲁迅，都是人们头脑中所反映的鲁迅"，"只有表现在语言中，表现在文字中的鲁迅具有现实性的品格"。得后强调，"客观的鲁迅形象，是我们认识

有承担的学术

的客体，研究的对象，是我们心中的鲁迅形象的真伪美丑、深浅的试金石"和"唯一标准"；而这样的"客观的鲁迅形象，是由一定的具体环境（社会的大环境和身边的小环境）中的行为（行动）和言论即作品（包括书信、日记等全部文字）构成的，同时全部行为和言论都伴随着个人的心理特征（心理因素和心理过程）"，因此，客观的鲁迅形象也就具有"固有的复杂性和某种隐蔽性"，"又包含着异乎寻常的丰富、复杂乃至某些矛盾的内容"（《鲁迅形象的主观色彩》，收《鲁迅与中国文化精神》）。现在对鲁迅与许广平私人通信《两地书》的研究，就提供了体察客观的鲁迅形象最隐蔽，也是最复杂、丰富的方面的一个最佳切入口，如得后所说，私人书信中有着"更多的细致的心理活动的表现"（《〈两地书〉研究·序言》）。

于是，得后在对"鲁迅和景宋的通信与《两地书》"作认真细致的校读的基础上，又给自己提出了一个研究课题："一个看透了大众灵魂的人的灵魂，是怎样的呢？"这不仅是一个饶有兴味的问题，更是鲁迅研究的重要课题；但关注者始终不多，得后四十年前就抓住了。

他的方法，还是鲁迅式的"从基本的人性出发"。得后说，"人类只能群居才得以生存，一切困境，由此滋生，由此蔓延"。而人的群居，又有三大最基本的形态和关系。首先"深深牵动人心"的是"男女关系"："因为这是最自然的关系，最基本的关系，又因为这是当事人极想排他的私事，而他人又偏偏极关注，极感兴趣，极想干涉，倘在社会发展变革的关头，就更加是这样。也因此，这是了解一个人和观察一个社会的基本窗口，是人类文明程度的基本标尺。"（《〈两地书〉研究·重印后记》）再一个"不以人的意志为转移的关系"就是家族关系："在承前启后的家族系列中，人是上下两代中的一员"；得后因此认为，"在中国文化历史背景中，探索一下在母亲与儿子之间的鲁迅，也是发人深思的"（《〈两地书〉研究》乙编"在母亲和儿子之间"）。不可忽视的，还有人的"社会关系"：得后说，"我们研究鲁迅本人，也正是研究麇集在他一身的各种社会关系，以及鲁迅在这种关系中的言论行动，他的气质、品性、心理和思想感情反映着一种怎样性质的社会关系，他所破坏的是什么社会关系，他所力图建设的又是什么关系"（《〈两地书〉研究》乙编"在母亲和儿子之间"）。应该说，得后的《〈两地书〉研究》，正是从处于这三大关系中的鲁迅入手，"更丰富更深刻更细致入微地"揭示了鲁迅更为隐蔽，在其公开言说和行为中难以窥见的"个性和心理特征"，这是极为难得的；得后说，"鲁迅的杂文本来就是那么以平等的态度和读者谈心交心，辛辣而犀利的笔锋中凝聚着真情；而《两地书》及其原信，更是信笔写来，感情洋溢，一颗赤子之心，跃然纸上"（《〈两地书〉研究·序言》）。得后还透露，在此书重印时，他曾有意加写"兄弟，兄弟""朋友，老的和少的"两章；但"想来想去，别有心绪"，最后"不了了之"（《〈两地书〉研究·重印后记》）。这又是一个永远的遗憾。不知道得后对这计划中的两章，有什么具体想法，那会是很有意思的。在我看来，这样一部"处在人的基本关系中的鲁迅的心灵史"，得后只是开了一个头，是大有文章可做的。不知道得后在校勘《两地书》时，对鲁迅删去、没有公开发表的重要思想，还有什么发现与思考？——这又是一个远没有完成的研究。比如说，鲁迅与许广平的关系，就远远比我们在《两地书》里所看到的，要复杂、微妙得多；如果把它放在更大更长远的历史背景下（包括鲁迅身后的历史）来考察，就有更丰富的时代内容与意义。不知得后对这些有什么新的思考？

有承担的学术

鲁迅与孔子的根本分歧

孙郁认为，得后的鲁迅研究，八十年代的思考和那个时代的"思想启蒙"的联系是明显的；但到了九十年代，以至新世纪，他的写作就构成了"与社会思潮对话"的景观（《在鲁迅的词风里》）。这是有道理的。

在我看来，这完全是形势所逼。这就是我在一次演讲里所说的，"在九十年代的中国文坛学界，轮番走过各式各样的'主义'的鼓吹者，而且几乎是毫无例外地要以'批判鲁迅'为自己开路"："风行一时的新保守主义反对激进主义，把'五四'视为导致'文化大革命'的罪恶源头，鲁迅的启蒙主义变成专制主义的同义语"；"悄然兴起的国学风里，民族主义者，还有新儒学、新国学的大师们，鼓吹新的中国中心论，自然以鲁迅为断裂传统的罪魁祸首。在某些人的眼里，鲁迅甚至免不了汉奸之嫌"；"号称后起之秀的具有中国特色的后现代主义者，视理性为罪恶，以知识为权力的同盟，用世俗消解理想，告别鲁迅便是必然的结论"；"用后殖民主义的眼光看鲁迅那一代人，他们的改造国民性的思想，鲁迅对阿 Q 的批判，不过是西方霸权主义的文化扩张的附和"；"自由主义鼓吹'宽容'，炫耀'绅士'风度，对'不宽容'的'心胸狭隘'的鲁迅，自然不能宽容，他被宣判为极权统治的合谋"；"还有自称'新时代'的作家，也迫不及待地要'搬开'鲁迅这块'老石头'，以'开创文学的新纪元'"：这样，鲁迅"运交华盖，突然变得不合时宜"，而"这样的情况，在二十一世纪初仍在继续"。这样，"在当代中国，研究鲁迅，传播鲁迅思想与文学，就具有某种'文化反抗，文化坚守'的意味"（《"鲁迅"的"现在价值"——2005年7月在"中韩鲁迅研究对话"会上的讲话》)。

在九十年代和新世纪的鲁迅研究中，得后正是这样的"文化反抗，文化坚守"者。得后最为关注的，是"燕园兴起的国学热"对鲁迅的否定和挑战。他在写于2010年的《鲁迅与孔子》"自序"中讲到"我为什么编写这本书"时，毫不含糊地回应说："那个预言21世纪是我中华文化的世纪的长者不是明确坦承'中国文化之定义，具于《白虎通》三纲六纪之说'吗？既然'三纲'是中华文化的'定义'，我期待今天的国学家不要'王顾左右而言他'，而直截了当地解释这'三纲'的内涵、意义、作用，对谁有利，为什么今天还是治国的宝典，国家的'软实力'？为什么世界各国将会信奉孔子，并改弦易辙实行孔子和他的之徒的'三纲'？"如此针锋相对，旗帜鲜明，这是需要勇气的；这样不寻常的胆识，来自得后的一个不寻常的判断：以孔子的"三纲"治国并推广于世界，还是坚持鲁迅的"立人以立国"的思想，关系着中国以至世界未来的发展方向。而以后的历史发展证明了得后这一判断的超前性。在历史发展的紧要关头，得后在鲁迅研究上的文化坚守，也就具有了特殊的意义。

更为难得与可贵的是，得后又把这样的对文化以至国家、世界发展方向的大关怀，落实于学术研究上，他所要做的，不只是"宣言"式的反击，更是学术的回应。而在当时的鲁迅研究界，包括我自己在内的许多人，即使达到与得后类似的认识，由于学术修养、准备的不足，也难于进行正面的学术论辩。当我因此而处于极度的困惑与内疚时，突然读到得后的学术著作《鲁迅与孔子》，确实有一种说不出的惊喜和欣慰感：鲁迅研究界终于有人做出了科学的、理性的回应。

得后能够这样做，不仅因为他的传统文化修养远高于我辈，更得

有承担的学术

力于他学术上的苦干、硬干、实干精神。他宣称，"我要把资料一一呈现在读者面前，请读者自己阅读原资料，自己思索，自己判断"，"我要请读者看看鲁迅对于人生的根本问题到底说了什么？孔子又说了什么？有比较才能鉴别。'比较是医治受骗的好方子'（鲁迅《随便翻翻》）"。《鲁迅与孔子》同样延续了他对鲁迅"立人"思想的研究方法，抓住人性和人与人关系的五大基本问题："生死""温饱""父（母）子（女）·血统""妇女问题""发展"，一一梳理鲁迅与孔子的思考与基本观点，提出"问题"，进行"解读"，并作"比较"，其用力之细、之全、之深，确实不多见。这样，他的研究与讨论，也独具说服力，并给读者的独立思考、判断留下很大的空间。这也是他的目的所在：他期待读者，特别是"已经从中学、从大学、从研究生毕业的青年朋友"，在谋生的余暇，也翻翻书中提供的原始资料。为此，他特地写了《鲁迅所引用与加点评的〈论语〉》，"请出四位大家的《论语》译文"（按：指杨伯峻《论语译注》，钱穆《论语新解》，李泽厚《论语今读》，以及实际由教授执笔的北京大学哲学系1970级工农兵学员《论语批注》），和二十一世纪初的"明星教授"所讲的《论语》"比较比较"，"冷静地想一想：在当今之世，什么是可以信奉的？什么对于我们自己的生存和成长有益有利？"（《〈鲁迅与孔子〉自序》）。

在这样的扎实资料的梳理基础上，得后作出的分析也因此特别具有启发性。尽管不一定是"定论"，但确实是"一家之言"，在已经成为"新时代"的"新主流"的"国学热"中，作为不合时宜的"另类"声音，能够引发人的独立思考：这正是得后所追求的。

在得后看来，孔子和鲁迅都是中国难得的"伟大"的汉族思想家。他引述鲁迅的话："孔丘先生确是伟大，生在巫鬼势力如此旺盛

传统的构建

的时代，偏不肯随俗谈谈鬼神"(《再论雷峰塔的倒掉》)，强调"孔子也是一个为人生的思想家"，因此，"鲁迅与孔子，在为人生这一点，有一些共同的思考，鲁迅认同孔子的一些观点，是必然的"(《鲁迅与孔子的根本分歧》)。得后也因此肯定"孔子是一个有理想的人，'知其不可为而为之'的人，'学而不厌，诲人不倦'的人"，"对于人生诸问题得出了一些原则，可供后人借鉴，有可资借鉴的宝贵的思想在"。得后提醒人们注意，孔子的思想"传承了两千多年，历遭攻击而不衰败，不断分化而保持根本特质，显示出惊人的生命力"。无视中国政治、思想史上的这一基本事实，对孔子思想不加分析地简单否定，绝不是科学的态度。在得后看来，孔子之所以在中国传承两千多年，至今影响不衰，"主要在孔子抓住了人类社会稳定的三个根本问题，即男女问题、父子问题、君臣问题，为此提出了他的处置方法"，而这三大问题也是鲁迅思想所要处理的关键性问题。这样，也就有了将鲁迅思想与孔子思想进行比较研究的可能、特殊意义和价值(《〈鲁迅与孔子〉自序》)。

得后同时强调，"对孔子的批评，无论他生前和死后都纷至沓来，源源不断，层出不穷，使'尊孔'与'非孔'成为中国思想界的一大风景线"。得后因此对孔子同时代的思想家老子、墨子、孟子、庄子、荀子、韩非子——关于孔子思想的评价，作了简要的梳理与述评，其中不乏创见，颇具启发性；意在说明，在春秋战国时代，"舆论并不一律"，"孔子，诸子中一家之言而已矣"，而此后"两千多年来，'非孔'与'尊孔'，儒家正统思想与异端思想的论争绵绵不绝"(《鲁迅为什么"绝望于孔夫子和他的之徒"》)。

把鲁迅与孔子的思想分歧，置于这样的中国思想史、政治史的背景下，就不难看出，这不过是正常的论争，绝不是独尊者所说的"大逆不道"；而得后更要强调的是，"鲁迅与孔子分歧多于认同，而且分歧是重大的，根本的"（《鲁迅与孔子的根本分歧》）。在得后看来，问题正在于孔子思想是一个维护既定秩序——既定的人生秩序、文化秩序和社会秩序的思想体系。而他要维护的既定秩序的核心，就是被称为孔子思想的"本义"的"三纲"，即所谓"君为臣纲，父为子纲，夫为妻纲"。在人和人类社会的基本三大关系：君臣关系、父子关系、男女关系中，后者必须绝对服从于前者，"不得有异议，不得有异动"，这样才会有"社会稳定"："稳定"的统治正是孔子和他的信徒，他的利用者、实际支配者的真正追求。得后因此认为，孔子思想是"为强者设计的方案，为权势者设计的方案"，"弱者一方是被压迫、被钳制、被束缚的一方，是被迫的人生依附，失去了独立的人格、独立的思想的一方"，其所继承的是"动物的法则、森林的法则，'弱肉强食'的法则"。"在两千多年前，在人类的童年、文明社会的'初级阶段'，是势所必至的"；但到了十九、二十、二十一世纪的现代社会还要大力推行，就成了大问题（《〈鲁迅与孔子〉自序》）。

问题首先在于孔子对人（人性）的认识，对人的生命的意义和价值的认知。他无视人的生物性生命的意义，"直接要人的生命价值的道德性"，即所谓"'道'性"。这样，他也就"必然抹杀人的普遍的生存权利，必然歧视、蔑视不合乎自己认同的'道'的人的生命，必然心中暗藏着杀机，一有机会就会滥杀无辜"。现实生活中，那些"为了一己的私利，'拉大旗作为虎皮，包着自己，去吓唬别人；小不如意，就倚势（！）定人罪名，而且重得可怕的横暴者'（鲁迅：《答徐懋庸并关于抗日统一战线问题》）"，是真正懂得孔子的：他的"仁政"

与"暴政"是互为表里的（《鲁迅与孔子思想的根本分歧》）。

孔子对人与人关系的认识也是如此。作为一个智者，"他看到实际生活中人的差异：天赋的差异，性别的差异，地位的差异，职业的差异，财富的差异，道德的差异，等等"；"但他采取'少数主义'"："对上，他寄希望于'圣人'；对下，他采取培养'君子'的路线"，"对于大多数他要求服从"。孔子讲得最多的就是"君子与小人"。在具体论述中，也不乏"合理的内核"，但他的基本立足点，显然在"君子"。孔子出身微贱，他的人生志向与人生道路的选择，就是"学而优则仕"，从政做官，"依靠诸侯的政治权力，实行他的'德政'，赐民以'仁爱'，再造一个'东周'"，"孔子的希望在圣人、仁人，而基点在君子"（《鲁迅与孔子思想的根本分歧》）。这样，在孔子这里，争取和维护政治权力与利益，就具有了决定性的意义，构成了他的思想体系的核心。鲁迅断言，"孔夫子曾经计划过出色的治国的方法，但那都是为治民众者，即权势者设想的方法，为民众本身的，却一点没有"。

但孔子的影响力却不可低估。不仅他的"为权势者设想"的基本立场，决定了他为历来的统治者所青睐，以至"两千多年来成为我国的'正统思想'—'主流思想'—'统治思想'"，直到已经是"现代—后现代"的"新世纪"、"新时代"的二十一世纪，还不断焕发出新的"惊人的生命力"；而且，就像鲁迅说的那样，凡是"想做权势者的圣人"，那些知识分子精英，也都无一不对孔子称羡不已，可以说"新国学"的鼓吹者，都或多或少，自觉、不自觉的有一个"做当代孔夫子"即"国师"的美梦——即使当不了"国师"，做个"智囊"也很有诱惑力：这本来就是中国儒家知识分子的传统。

　　　　　　　　　　　　　　　有承担的学术

更不可忽视，也是得后最为忧虑的，是孔子思想对普通民众，特别是青年思想的渗透、控制，以至形成了"中国特色的国民性"，得后称之为"汉民族国民性"。他如此倾其全力地研究和讨论"鲁迅思想和孔子思想的根本分歧"，其内在动因，就是要用鲁迅思想来对抗孔子思想对中国国民性的影响和引领，把鲁迅所开创的"改造国民性"的工作延续下去。得后在书中的论述中，一再引述鲁迅对渗透了孔子思想中国国民性的批判性论述，将其凸显出来，大有深意，也是我读得后这本书，最受震撼之处——

"中国国民性的堕落，我觉得并不是因为顾家，他们也未尝为'家'设想。最大的病根，是眼光不远，加以'卑怯'与'贪婪'。但这是历久养成的，一时不容易去掉。我对于攻打这些病根的工作，倘有可能，现在还不想放手，但即使有效，也恐很迟，我自己看不见了。"（《两地书·一〇》）

"使奴才主持家政，哪里会有好样子。最初的革命是排满，容易做到的。其次的改革是要国民改革自己的坏根性，于是就不肯了。所以此后最要紧的是改革国民性，否则，无论是专制，是共和，是什么什么，招牌虽换，货色照旧，全不行的。但说到这类的改革，便是真叫作'无从措手'。不但此也，现在虽只想将'政象'稍稍改善，尚且非常之难。"（《两地书·八》）

"约翰弥尔说，专制使人们变成冷嘲。我们却天下太平，连冷嘲也没有。我想，暴君的专制使人们变成冷嘲，愚民的专制使人们变成死相。"（《忽然想到（五至六）》）"约翰穆勒说：专制使人们变成冷嘲。而他竟不知道共和使人们变成沉默。"（《小杂感》）

"一个活人，当然是总想活下去的，就是真正老牌的奴隶，也还在打熬着要活下去。然而自己明知道是奴隶，打熬着，而且不平着，挣扎着，一面'意图'挣脱以至实行挣脱的，即使暂时失败，还是套上了镣铐罢，他却不过是单单的奴隶。如果从奴隶生活中寻出'美'来，赞叹，抚摸，陶醉，那可简直是万劫不复的奴才了，他使自己和别人永远安住于这生活。"（《漫与》）

"倘使对于黑暗的主力，不置一辞，不发一矢，而但向'弱者'唠叨不已，则纵使他如何义形于色，我也不能不说——我真也忍不住了——他其实乃是杀人者的帮凶而已。"（《论秦理斋夫人事》）

"中国人倘有权力，看见别人奈何他不得，或者有'多数'作他护符的时候，多是凶残横恣，宛然一个暴君，做事并不中庸；待到满口'中庸'时，乃是势力已失，早非'中庸'不可的时候了。一到全败，则又有'命运'来做话柄，纵为奴隶，也处之泰然，但又无往而不合于圣道。这些现象，实在可以使中国人败亡，无论有没有外敌。要救正这些，也只好先行发露各种劣点，撕下那好看的假面具来。"（《通讯》）

"我们极容易变成奴隶，而且变了以后，还万分欢喜。""但实际上，中国人向来就没有争到过'人'的价格，至多不过是奴隶，到现在还如此。然而下于奴隶的时候，却是数见不鲜的。""任凭你爱排场的学者们怎样铺张，修史时候设些什么'汉族发祥时代''汉族发达时代''汉族中兴时代'的好题目，好意诚是可感的，但措辞太绕弯子了。有更其直截了当的说法在这里——一，想做奴隶而不得的时代；二，暂时做稳了奴隶的时代。这一种循环，也就是先儒之所谓'一乱一治'；那些作乱人物，从后日的'臣民'看来，是给'主人'辟路的，所以说：'为圣天子驱除云尔'。"（《灯下漫笔》）鲁迅文章最后一句话是："创造这中国历史上未曾有过的第三样的时代，则是现在的青年的使命！"

将鲁迅的这些写于二十世纪二三十年代的论述，放在"当时—眼下—未来"的历史时空下，思前想后，我们能说什么呢？或许得后还有话要说？

鲁迅文学与左翼文学的异同论

鲁迅与左翼的关系，是九十年代以至新世纪，鲁迅研究所遇到的时代提出的第二个挑战性问题。这里也有一个过程：九十年代初，保守主义、自由主义思潮居主导地位，左翼明显被冷落；但到了九十年代中、后期，随着国内各种社会矛盾的激化，社会思潮开始"左倾"，出现了反对中国资本主义化的"新左派"与自由主义的论战。在以后的发展中，又涌现出了各种类型的"左派"，除了"老左"之外，还有具有明显国家主义倾向的所谓"爱国左派"，就连"新左派"也越来越热衷于鼓吹"中华中心主义"。正是在这样的背景下，鲁迅与左翼的关系，就引起了社会和思想界、学术界的关注。本来，鲁迅，特别是鲁迅晚年与马克思主义和中国革命的关联，本身就是中国政治思想史、中国知识分子精神史以及鲁迅研究史上的重要课题，而且一直有不同意见的争论；现在，在新的历史语境下，就成了一个涉及中国历史、现实与未来发展的重大时代话题。得后以他特有的敏感和历史责任感，于 2005 年写出了这篇力作：《鲁迅文学与左翼文学异同论》，及时作出了学术回应。

得后态度还是谨慎的，他着眼于专业的研究与讨论；坚持以鲁迅的"立人思想"为立论的出发点和根基；坚守以既非绝对肯定、也非绝对否定的复杂态度，面对一切事实。

他的讨论，从鲁迅立人思想的"三块基石"入手。本来，八十年代初得后和王瑶先生讨论关于鲁迅"立人思想"的研究时，王瑶先生就提醒说，"研究鲁迅思想，必须以近代中外思想潮流为背景"（《王瑶先生》）；"三块基石"要回答的正是鲁迅"立人思想"与世界思想潮流的历史渊源，实际是其理论基础的问题。得后经过对鲁迅相关文本和时代中外思想潮流的认真梳理，明确指出，"鲁迅认同达尔文生物进化论"，"把生物的人作为'立人'思想的逻辑起点，进化论也成为他'立人'思想的理论基石之一"；鲁迅又"详细考察了世界发展的轨迹，特别是路德宗教改革以来文化——文明发展的状况，认为文化的发展必然出现偏执的现象，选择十九世纪末尼佉（今通译尼采），勖宾霍尔（今通译叔本华），斯契纳尔（今通译克尔凯郭尔），显理伊勃生（今通译亨利克·易卜生）等的'非物质''重个人'的思想，作为自己的思想的又一个理论基石"；到了晚年，鲁迅又"有所选择地吸纳了马克思的基本观点"，他"对于'人'的理解就在原先的生物的，社会的，地域的，种族（民族，国家）的之中，增加了马克思的'阶级'的成分或说因素"，又受到了普列汉诺夫将"社会、种族、阶级的功利主义底见解，引入艺术里"，强调"美为人而存在"的文艺思想的影响，这构成了鲁迅立人思想的"第三块基石"。"三块基石"论的提出，显然是对鲁迅立人思想认识的一个深化；鲁迅立人思想也就成了一个开放的，不断发展的思想体系。得后强调："鲁迅是带着这样的对于马克思主义特别是普列汉诺夫的文艺理论的理解，步入中国的左翼文艺阵营"的（以上讨论均见《鲁迅文学与左翼文学异同论》）。这样，得后也就从鲁迅"立人思想"的发展的角度，对历来存在争论的"鲁迅受马克思主义的影响"和"参加左翼文艺阵营"的问题，做出了自己的独特理解与学理分析。其中最引人注目的，是得后强调和突出了鲁迅对马克思主义，特别是马克思主义文艺理论的理解，主要是依据普列汉诺夫的《艺术论》；而在三十年代一般人的眼中，普列汉诺夫是反列宁、斯大林的布尔什维克主义的孟什维克的领军人物：这也正是鲁迅受马克思主义的影响的不同寻常之处。现在，被得后敏锐地抓住了。

但得后更为关注，也格外用力研究的，是鲁迅"步入左翼文学阵营前后的种种内部矛盾与争斗"，以揭示鲁迅文学与左翼文学，鲁迅与三十年代的大多数左翼知识分子之间的分歧即"同中之异"，而这背后显然存在鲁迅与逐渐成为中国发展的支配性力量的中国马克思主义和中国革命的关系这样一些更深层次的问题。

得后首先讨论的是，对人性与阶级性关系的认识分歧。得后指出，在自称中国的马克思主义者的太阳社、创造社的左翼作家的理解里，"人只有'阶级性'，没有人性，讲'人性'就是（资产阶级）'人性论'"；而鲁迅则针锋相对地提出，按照马克思理论，人的性格感情等，都受支配于经济，这些就一定"都带着阶级性"；"但是'都带'，而非'只有'"（《文学的阶级性》）。这真是一语点出要害：所谓"只有阶级性"就是根本否认人的自然本性，将人的社会本性极度狭窄化，这也就否定了人天生的生存权、温饱权和发展权，这都是鲁迅立人思想的基本要素。得后严正指出，"这种惟'阶级性'论，不仅摧毁了我们中国人的人性，使原有的'民族根性'恶性膨胀，并且将人性中的'诚与爱'摧毁殆尽"。更为严重，也更具实质性的是，究竟是谁来确定人的"阶级性"的性质是"资产阶级"的，或者"无产阶级"的？其结果就是，"中国的马克思主义者，只要占有权势的地位，就可以宣布自己是'无产阶级'的"，而把一切异己者打成"阶级异己分子"，而自己一旦"失去权势"也"立马变成阶级异己分子"。可以说，正是这样的"惟阶级论"、反人性论，成为权力至上的暴力统治的理论基础。

鲁迅还要追问的是，"革命"的目的、手段是什么？我们究竟追求怎样的"革命"？他一针见血地指出，太阳社、创造社的革命家，"将革命使一般人理解为非常可怕的事，摆着一种极左倾的凶恶的面貌，好似革命一到，一切非革命者都得死，令人对革命只抱着恐怖"。鲁迅针锋相对地提出，"其实革命是并非教人死而是教人活的"（《上海文艺之一瞥》）。这一思想立刻被得后抓住；他强调，这是"鲁迅独特而卓越的思想，也是切中中国革命的要害的思想"。可惜从来不被中国的革命者和左翼知识分子所接受，也长期被中国的鲁迅研究者所忽略，现在在得后的笔下得以凸显，这本身就有一种意义与价值。

鲁迅与左翼作家的论争，一个或许更带根本性的问题，是如何理解和处理"文学与政治的关系"，其背后还有一个"文学与政党政治的关系"。这个问题始终困扰着中国的作家与知识分子，但却很少有人敢于直面。得后早在进行《两地书》研究时，就注意到鲁迅与许广平之间的一次私下讨论。当时的许广平，也是一个有着革命倾向的进步青年，有人邀请她加入一个属于"党（国民党）的范围"的团体，她有些犹豫不决，就来信征求鲁迅的意见。鲁迅回答说："这种团体，一定有范围，尚服从公决的。所以只要自己决定，如要思想自由，特立独行，便不相宜。如能牺牲自己的若干意见，是可以。"（得后抄录自原信，不见《两地书》，参看《〈两地书〉研究》）在大革命失败后的 1927 年，鲁迅做了一个演讲，延续这个思考，讨论"文艺与政治的歧途"。得后认为，这提出了"一个深刻的命题，有着丰富复杂的内涵"。得后最为看重和强调的是，鲁迅"对革命胜利后取得政权的政治家从根本上持怀疑态度，不信任的态度"。在鲁迅看来，"政治是要维持现状，自然和不安于现状的文艺处于不同的方向"。即使在革命过程中，为了改变现状、夺取胜利的需要，"文艺家的话，政治革命家原是赞同过；直到革命成功，政治家把以前反对那些人用的老法子重新采用起来，在文艺家仍不免不满意，又非被排轧出去不可，或是割掉他的头"。政治家的本性就是"不喜欢人家反抗他的意见，最不喜欢人家要想，要开口"；但"以革命文学自命的，一定不是革命文学，世间那有满意现状的革命文学？除了吃麻醉药！"在得后看来，这正是"鲁迅文学与左翼文学"的根本区别与分歧所在："鲁迅文学"永远"不安于现状"，永远"要想，要开口"，为政治家、权力的执掌者所不容；而"左翼文学"则是服从于政治和政治家的需要，为夺取权力与维护权力服务的。得后说他的"结论"是：左翼文学迟早要"终结"，而鲁迅文学则"期待发展"，具有永久的生命力。

得后 2005 年这一开创性的探讨，也没有充分地展开。得后的研究总是着眼于提出新问题，却从不做更多的发挥与讨论。这或许是他的特点，也可以说是一种缺憾，其中自有一种说不出的苦衷：受到知识结构和视野的限制，很难展开来充分讨论，又不愿做没有把握的"发挥"，就只好"戛然而止"了。但不管怎样，能发现与提出问题，就具有启发性，有心人自会继续探讨。我自己就是在他的影响下，开始了相关的研究，并于 2009 年在台湾"与鲁迅重新见面"论坛，做了一个"'左翼鲁迅'传统"的报告（文收《鲁迅与当代中国》一书）。讲话一开头就提到得后的这篇《鲁迅文学与左翼文学异同论》，指出"左翼鲁迅传统"问题就是在王得后的启发下提出的；当然，也有我自己的理解、研究和发挥。以后，在回顾这段研究历史时，我总结说，"当代鲁迅研究者中对我影响最大的，就是得后"，他所提出的"中国人及中国社会的改造""立人是鲁迅思想的核心"的命题，以及他对"左翼鲁迅"的思考，都成为我的鲁迅研究的重要出发点；而"这样的研究者之间的相互影响与呼应"（《我的中国人及社会改造的思想与实践》），就构成了八十年代的一种学术氛围。与此相关的，是我们之间的不同意见的磋商与交锋，对彼此研究之不足，毫无顾忌地提出批评和讨论。前文引述的得后对我的研究主体性过强，喜欢作宏大结论，对客观史实的谨慎、全面梳理不足的缺憾的批评，即是一例。这其实是包含了得后对"过分发挥"的担忧。对这样的商榷和批评，我们都视为自然、正常的学术关系；这样的"不存任何私心，没有任何个人学术地位、利益的考虑，一心追求学术的独立、自由和创新，真正做到'学术面前人人平等'"的相对"纯粹"的学术境界，确实难得难遇：在这个意义上，得后，我，我们的朋友，真还是幸运的（见《王信走了，那样的"纯粹的人"不会再有了》）。

回到讨论的主题上来：在我看来，得后他在八十年代所写的《鲁迅思想的否定性特色》一文就已经包含了相关的思考。他强调，鲁迅以"立人"为中心的关于"改造中国人及其社会"的思想体系，"根本性质是否定性的"，"它在总体上是对旧社会和旧文明的批判性的否定，而不是关于未来世界，未来人与人的关系准则应该如何的、永恒不变的教条"。在鲁迅看来，"在进化的链子上，一切都是中间物"，

"人生，宇宙的最后究竟怎样呢，现在还没有人答复。也许永久，也许灭亡，但我们不能因为'也许灭亡'就不做"。这就意味着，在鲁迅这里，永远"执着于现在"，批判现实的一切黑暗；而绝不寄希望于"未来的黄金世界"，在他看来，即使到了"黄金世界"，也依然有黑暗，需要批判。得后说，"这是鲁迅思想的彻底处，也是它的深刻处"。得后据此而概括说，"鲁迅是一位对中国传统文明，对旧中国现存的一切，对他自己都自觉地无情地进行批判，予以否定的思想家"，"最难能可贵的是'自觉'和'无情'"：这其实也正是"左翼鲁迅"的基本特质。

2015 年和 2016 年，得后连续写出了关于"鲁迅左翼思想"的两篇文章，开始了对"鲁迅左翼"的系统思考与研究。在《鲁迅与成仿吾们的分际——鲁迅左翼思想的特质之一》里，得后明确指出，鲁迅左翼思想的一个重要特质，就是以达尔文进化论为自然科学根底，"承认人性存在的事实，追求理想的人性；珍惜生命，坚持人道精神"；而与"批判达尔文生物进化论，否定人性，否定人道主义，崇尚牺牲"的左联左翼明确区分开来。《在暴力和暴力革命的年代——关于鲁迅左翼思想的一点思考》里，得后要讨论的是，"血与火的现实，摆在鲁迅面前的一个尖锐问题：面对民众受辱的局面（不论是外来的侵略，还是内部的专制暴力），是否认同、支持并实施暴力反抗？"得后按照他的研究基本方法和习惯，将鲁迅的相关论述作了全面梳理，然后展开了多方面、多层次的探讨。首先面对的是一个基本事实：从辛亥革命，到国民党北伐，到共产党革命，鲁迅都是支持者、参与者，"鲁迅主张'报复'，反对'宽容'，赞成或参加抵抗与暴力革命"；得后详尽分析了五个方面的原因："强烈的自尊、不甘受辱的个性"，"责任心"，"事实的教训"，受到了进化论的影响，相信"为了解除将来的一切苦，应该战斗"，最后在马克思主义的阶级斗争思想的影响下，提出"人受压迫了，为什么不斗争？"等等。得后同时分析说，"鲁迅赞同、支持暴力革命的思想带有一种被迫性：由于觉醒到，自己处于奴隶地位，身受欺凌与压迫，不愿逆来顺受，忍气吞声而苟活"。因此鲁迅在赞同"为了社会改革，需要战斗"的同时，又要求"严格限制战斗中的伤亡，严格区分改革者的暴力与寇盗、奴才的暴行"。鲁迅也因此说，"战斗不算好事情，我们也不能责成人人都是战士"。而得后则强调，"鲁迅思想深层结构是从自己着手，解放自己阶层的人；而不是对他人的斗争"，那是迫不得已的"反抗""抗争"和"复仇"。得后认为，鲁迅最为关注与担忧的问题是，"夺取政权之后的政治作为，是以暴易暴，改朝不换代，依旧继续秦朝专制制度；还是既改朝又换代，消弭暴力，不再实施暴力统治，建设一个'人国'"：这才是鲁迅的真正追求。分析到这里，似乎已经把鲁迅对暴力反抗态度的复杂性说清楚了；但得后并不满足，又注意到鲁迅另一个层面的态度："凡做领导的人，一须勇猛，而我看事情太仔细，即多疑虑；二须不惜牺牲，我最不愿别人牺牲。"得后指出，"这也可以说是鲁迅的弱点，软肋；但也是觉醒的知识者的宿命"。得后的讨论并不以完满解释为结束，反而留下一个难解之题："当社会利益、价值观和道德观，进入'和平'与'战争'，暴力与暴力革命之中考量，永远是一个纠结不已的悖论：人类，生存于暴力时代的人类，怎样面对暴力呢？"——在我看来，得后关于"在暴力与暴力革命年代"的鲁迅左翼思想的思考与研究，充分展现了他关注与善于处理复杂问题的研究特色，同时也预示着他下一步的鲁迅研究，特别是鲁迅左翼思想研究，将会有新的开拓与发展。据说得后已经有了好几篇文章的底稿，但却因为身体的原因，戛然而止：这真是一个永远的遗憾。

它留下了许多问题。我在《关于鲁迅的两封通信》（收《鲁迅与当代中国》）里特意提到，我和得后私下交谈时，谈到"对鲁迅有一些说法，还有不太理解的地方"。比如鲁迅在《关于知识阶级》里，提出"知识与强有力是冲突的，不能并立"，"思想和生存还有冲突"；在《〈思想·山水·人物〉题记》里，还谈到他同意海涅的观点："自由与平等不能并求，也不能并得"，"人们只得先求其一"。理解鲁迅的这些看法，将有助于我们更加复杂化地看待鲁迅与中国革命的关系。鲁迅对国际共产主义运动和海涅式的"堂吉诃德式的知识分子"的关系，对苏联建国后的"文艺政策"，都有过关注与研究，这都有待开掘与研究。鲁迅呼吁"永远的革命者"，他在《小杂感》里，谈到"曾经阔气的要复古，正在阔气的要维持现状，未曾阔气的要革新"，还把既有的革命历史概括为："革命的被杀于反革命的，反革命的被杀于革命的，不革命的或当作革命的而被杀于反革命的，或当作反革命的而被杀于革命的，或并不当作什么而被杀于革命的或反革命的"，"革命，革革命，革革革命，革革——"鲁迅在《答徐懋庸并关于抗日统一战线问题》所提出的"奴隶总管"的概念，后来又提出"革命工头"的概念，以及由此引发的对革命胜利"以后"的隐忧，都具有超前的深广的历史意涵。深信得后都有过关注与思考，或许就是他想写而未及写出的研究和讨论课题，得后能把你的相关思考略说一二吗？

接着继续讲

得后在《致力于改造中国人及其社会的伟大思想家》里即强调，鲁迅的思想是"以实践为基础"的，认为"鲁迅是以其独特的思想认识人生并从事改良这人生的实践型的思想家"。得后也以此要求自己的研究具有某种实践性的品格，以"改造中国人和社会"为指归。他也因此积极倡导"鲁迅研究的新路向"："从鲁迅出发，阐释鲁迅，然后按照鲁迅的思想和思路，思考我自己和我同时代的人的生存、温饱和发展的问题，提出新的思想"。这里内含着三个方面的重要追求：一是坚持以鲁迅立人思想的核心"人的生存、温饱、发展"的基本诉求与权利，为思考和实践的方向和基础；二是按照鲁迅思想的原理原则"接着继续讲"（《从鲁迅出发，回到人类生存、温饱和发展的抗争——为1993"鲁迅研究的新路向"研讨会而作》）；三是"发展鲁迅思想"，这是"全面改革的时代需要，也有实现这一时代要求的可能性"（《发展鲁迅思想，繁荣杂文创作》）。这大概也是八九十年代鲁迅研究界我们这一批人的共同追求，我就给自己定了一个"讲鲁迅，接着往下讲，接着往下做"的要求：那时候我们确实对鲁迅研究在内的中国学术研究充满了期待与信心，并且也是认真去做的。从前文所介绍的得后九十年代和新世纪对"鲁迅与孔子""鲁迅与左翼"的重大课题的研究，就不难看出，不仅课题的选择是自觉地和"时代思潮"进行对话，而且在具体的论述中，都显然融入了对鲁迅相关命题的时代新思考、新发展。

而得后还自有特点，就是他对鲁迅式的杂文写作的倡导和实践。在得后看来，鲁迅思想的实践性，主要是通过他的杂文写作来实现的，

有承担的学术

"鲁迅思想最主要载体就是杂文"。他因此郑重提出，"发掘鲁迅思想，固然有赖于对鲁迅思想的研究，论证和阐发，也可以通过学术论文、学术著作来达到，但最有力的莫过于杂文创作，特别是鲁迅式的杂文创作了"。他因此倡导，"第一流的鲁迅研究者，（应该）是最好的鲁迅式杂文的创作者"，"这是把研究和实践结合起来的理想方式"（《发展鲁迅思想，繁荣杂文创作》）。

但杂文写作是需要相应的学术素养与才情的；像我这样的研究者即使有意尝试也是力不从心。这样，得后的呼吁，尽管大家都觉得有道理，却很少有人具体实践。于是，就出现了一个独特的学术景观：九十年代为数不多的集鲁迅研究与鲁迅式的杂文创作者于一身的学者中，得后即是其中一位。

据得后自己回忆，他是在 1981 年参加纪念鲁迅诞辰一百周年全国学术讨论会时，起意要写鲁迅式的杂文的，但真正落笔是"在七八年之后"，应该是八十年代末（《人海语丝·题记》）。并且很快就"认识了许多位我崇敬和佩服的杂文家和漫画家"，集合成一个群体，也是九十年代和新世纪初杂文界的一道景观（《写在〈垂死挣扎集〉后面》）。得后自己先后出版了《垂死挣扎集》《人海语丝》《世纪末杂言》《我哪里去了》《刀客有道》《今我来思》等杂文集。我注意到得后的学术论文集《鲁迅教我》里，还特意附录了他的杂文（《鲁迅为什么憎恶李逵》《国民性是根本的政绩》已收入）：看来，他是把自己的论文写作与杂文写作视为一体的。

而得后所要做的，无非是"接着鲁迅往下说"：1926 年鲁迅写《记"发薪"》关注公务员的"索薪"，得后在 2003 年写《从"索薪会"到"走投无路"》，对农民工要索取老板拖欠他们的血汗钱得不到法律支持"走投无路"而大声"惊呼";三十年代鲁迅写《推》《"推"的余谈》《踢》《爬和撞》《冲》,借街头小景揭示社会和国民性问题,九十年代末得后写《挤》,为鲁迅所说"中国人原是喜欢'抢先'的人民"的本性不变而感慨不已。得后对鲁迅关注的中国人的语言问题特别有兴趣,因而写《奴隶语言和奴才语言》,在鲁迅相关论述基础上,对新时代普遍化了的奴隶语言和奴才语言的新形态,作了鞭辟入里的新分析。而在《国民性是根本的政绩》里,强调"历久养成的"国民性,正是"历代统治者的政绩"。因此"国民性的改造,根本也还要实行新政","官性"(政治思想、体制)不改,就谈不上"国民性"改造,"不捅破这层纸","皇帝和大臣有'愚民政策';百姓们也自有其'愚君政策'",大家都在"做戏"而已:这都是用鲁迅的思想、眼光点破现实的问题。《生存不是苟活》里,得后对鲁迅"为青年设计,回答青年提问郑重劝导的第一要义"做了认真的解读,其实也是得后对当代青年的"郑重劝导",文章最后一句:"'意图生存,而太卑怯,结果就得死亡',这是真的,很值得警惕",这背后的焦虑已经溢于言表。

但得后仍是清醒的:他在写了近十年杂文,到 1999 年所写《世纪末杂言》"题记"里即表示:"我有一种预感:杂文大概将在 21 世纪从我国消失。"在中国,像得后所说的"讲究是非,爱憎分明"而且"话里有话"的杂文,"决不插科打诨,也决不帮忙帮凶"的杂文家,确实很难长期存活。而写鲁迅式的杂文,"讲鲁迅,接着鲁迅往下讲,接着鲁迅往下做",还要"发展鲁迅思想",更是难上加难。——但是,我们毕竟努力过了,挣扎过了,尽管是得后所说的"垂死挣扎"(他就是以此命名自己的杂文集的)。

　　　　　　　　　　　有承担的学术

总评

得后将他的两部主要的鲁迅研究著作《鲁迅教我》和《鲁迅与孔子》都献给李何林先生，自然大有深意。这不仅是要对李先生把自己引入鲁迅研究界表示感谢，更是对他的鲁迅研究表达敬意。得后在《鲁迅研究一个重要方面军领军的代表——纪念李何林先生诞生一百周年》一文里，将李先生"鲁迅研究的学术遗产"概括为三个方面：其一"终身信奉鲁迅思想，把它作为自己革命一生的指南"，"并希望推己及人，因而力主向青年普及鲁迅，宣讲鲁迅"；其二"不唯上，不阿世，不讲情面，不为流行的时尚观点所左右，心怀坚定的鲁迅信仰，表现出难能可贵的特操"；其三"对于鲁迅作品，运用逐字逐段的'串讲'的方式，细心地严谨地领会鲁迅的思想"，"证实与证伪"，"开启了今日'细读''精读'鲁迅的传统"。应该说，李何林先生领军的这一鲁迅研究的"重要方面军"在八九十年代的历史条件下，是有了新的发展的。得后和王富仁都是重要成员，我自己也愿意忝列其中。当然，我们也并不完全认同李何林先生的观点，如得后所说，"李先生既留给我们宝贵的遗产，也留给了我们时代性的教训"，需要有新的发展。我们要继承、发扬的是最关键的两条：一是以鲁迅思想作为基本信念，以研究和传播鲁迅思想为自己的历史责任；二是坚持鲁迅研究者应有"特操"，"不唯上，不阿世，不讲情面，不为流行的时尚观点所左右"。在我们看来，鲁迅是一位在现当代中国少有的具有原创性的思想家，以他的思想为基本信念，是一个自然的选择。鲁迅是"五四"启蒙传统的最重要的代表，在八十年代的新启蒙运动中，研究与传播鲁迅思想正是时代的需要与必然；而鲁迅思想又超越了启蒙主义，在后启蒙时代也依然能够不断给我们以新的启示。这绝不是将鲁迅"神化"；得后、富仁和我都坚定地认为，现在的问题，恰恰是对鲁迅思想的丰富性、复杂性、原创性、前瞻性，他对中国与世界的现实与未来的作用和影响，估计与认识远远不足，一切都还仅仅是开始。何况今天，还远远不是"敞开来谈鲁迅"的时候。得后在回忆深知、真知鲁迅，鲁迅的朋友和研究者杨霁云先生的文章里，特意提到杨先生的一个判断："改造中国人，改造中国社会，确是鲁迅终身的信念。但社会势力坚于原子核，至今收效如何，有目共睹。到诞辰四百年的时候，倘能稍有成效乎？""立人，目的在改造人及社会，不是短时期所能见效。要代代战斗下去"：这都是难得的清醒之言。杨先生还说，"'文人的铁，就是文章'，但这文章是在'制艺''策论'以外的。尤须注意，此'铁'往往与'镣''牢'相连，研究与传播鲁迅思想是需要付出代价的：这绝不是危言耸听（《在霁云师门外》）。

在深知这一切以后，当有人问得后："如果有来世，你愿意生在哪个国家？"得后回答说："中国"。"如果有来世，你愿意做什么工作？"得后回答说："研究鲁迅"。得后并不回避他对中国国民性（得后称之为"汉民族的特质"）的悲观与绝望；但他依然相信："一个养育了鲁迅的中国，他一定会愈来愈多的认识鲁迅，信服鲁迅，接受鲁迅"，必将走向"立人"而"立国"之路，"像鲁迅那样屹立于世界各民族之林"（《垂死挣扎集·写在前面》）。不能简单地把这看作是一个乌托邦式的梦想，这背后有着对鲁迅立人思想的坚定信念。

从这样长远历史的大视野来看我们这一代的研究，既不难看出其价值：毕竟有了一个新的开始；但更显示出其局限性。得后说，"鲁迅是一个作家，可我没有艺术感。鲁迅是个思想家，可我没有理论思维。

鲁迅是个翻译家，我是外文文盲。鲁迅'几乎读过十三经'，我不懂文言文。鲁迅是个革命家，我只能逆来顺受"，"我自信我对鲁迅有所领悟，但我自知我不能读得很好，达到满意的程度"。他所说的都是老实话，说出的正是包括我在内的中国知识分子的根本性弱点。我们根底不厚，先天不足，全靠后天的勤奋，才取得一点有限的成果，"有缺憾的价值"。唯一可以自慰的，是得后说的，在改革开放的时代，我们有了觉醒，"没有成为鲁迅深恶痛绝的'理想奴才'，'万劫不复的奴才'"（《垂死挣扎集·写在前面》）。于是，就有了得后对自己的总体评价，在我看来，也适用于对包括我在内的这一群人的研究的评价："成绩这样单薄，肤浅"，影响也有限，但"也许并不平庸"（《鲁迅教我·题记》）。

2021年5月17日—6月1日写，6月23日改定

传统的构建

刘增杰和河南大学文学院学术团队与传统

我在 2008 年接受访谈时，曾经提到八十年代现代文学的"研究地图"：它以第一代学者（或第二代学者）为核心，形成了若干研究中心。首先是北京、上海中心，然后是地方中心，我列举出来的，有南京、苏州、山东、广东、陕西、河南、四川、武汉、甘肃、东北等，"每一个中心，都集中了老、中、青三代学人，而且彼此配合得都非常好，任何新的思想、观念的提出，都会得到积极的响应，也包括不同意见的讨论"。在我看来，"八九十年代现代文学界这样一个相对自由、宽松、团结的良好的学术环境"，是现代文学学科发展比较健全的一个重要原因。[1] 我描述的这一"研究地图"得到了许多同行的认同，但也有不同意见。一位研究当代文学的，相当著名的学者，就当面怒斥我："你这完全是胡说八道！哪里有那么多中心，只有两个中心：北京与上海！"我由此看到的，是中国知识分子相当普遍的"中心心态"：对外，是"中华中心主义"；对香港、台湾，是"中原中心心态"；对地方，则是"京城中心心态"。其实这都是偏见，只是反映了论者自身学术视野、胸襟的狭窄，并不符合学术界的实际，也不利于学术的健全发展。

---

[1] 钱理群：《"二十世纪中国文学"和80年代的现代文学研究——答来访者问》，收《中国现代文学史论》，第294页，广西师范大学出版社，2011年版。

有承担的学术

"研究地图"是一个学术史的研究课题，我们讨论"河大学术传统"，这也是一个重要背景。这里只能简单说说我的一些初步想法。在我看来，八十年代"研究地图"中的多中心的出现，本身就是八十年代思想解放、学术解放的产物，也是五十年代以来人才长期压抑终于获得释放的结果。每一个中心，大都以第一代学者为核心。他们是二十、三十、四十年代的中国现代学术的代表性学者，有深厚的学术素养，较高的学术威望与影响，是自然形成的学科"举旗帜"的人物。但他们的学术地位长期不被承认，只有到了八十年代，才获得最后的施展机会。许多第一代学者也因此有了一次学术爆发期。在这方面，任访秋先生也是一个典型。

　　通常被忽略，其实在学术中心形成中，起了关键作用的，还有第二代的学者。他们是五十年代新中国培养的学者，在五六十年代即已开始了自己的学术和教学生涯。王瑶先生说他们"有一定的马列主义的修养，有政治敏感，接受新事物比较快；但由于历史原因，知识面比较窄，业务基础尚欠深广，外语和古代知识较差"。[1]但他们也接受了马克思主义和革命传统的正面影响，大都有极强的学术使命感和为学术献身的精神，在总结了历史教训以后，对学术研究的科学性、历史感，实事求是的精神，都有自觉的追求。正是在这些学术研究的基本点上，他们和自己的老师——第一代学者，有了历史的承接；对自己的学生——第三、四、五代学者，也有了更为直接的影响。这样，在现代文学研究，以至整个中国现代学术史上，第二代学者就起到了承上启下的作用，他们是过渡的一代，更鲜明地体现了"历史中间

1　王瑶：《研究问题要有历史感》，《王瑶全集》第8卷，第16—17页，河北教育出版社，1991年版。

物"的特色。在我看来，刘增杰、刘思谦先生，都是第二代学人的杰出代表。在河南研究中心的形成与发展中，如果说任访秋先生是一面旗帜；那么，二刘就是起着关键作用的组织者、带头人。

在八九十年代，第二代学人正当盛年，他们活跃于学术界，发挥着两个方面的重要作用。首先是他们自身的学术贡献。在我看来，也有两个层面。一方面，他们根据自己的学术兴趣与学术积累，成为学科研究某一领域的开拓者。如严家炎先生之于文学流派研究，樊骏、吴小美先生之于老舍研究，叶子铭先生之于茅盾研究，范伯群先生之于通俗文学研究，孙玉石先生之于新诗研究、鲁迅研究，支克坚、刘增杰先生之于文学思潮研究，刘增杰先生之于解放区文学研究，等等。另一方面，他们又充分发挥自己这一代的优势，在两个方面发挥了无可替代的作用。一是在现代文学研究界普遍缺乏理论准备与修养的情况下，他们在经过深刻的历史反思的基础上，坚持马克思主义的历史唯物主义和辩证唯物主义的立场、观点和方法，对现代文学研究与学科的发展，作出了开创性的研究和总结。严家炎、樊骏和支克坚先生是其中最突出的代表。严家炎先生对学科发展的全局思考，樊骏先生对现代文学研究传统的总结与建构，支克坚先生对思潮史的个案研究，都在学科发展中起到了引领作用，其影响是更为深远的。[1] 其二，第二代学者在总结现代文学研究所走过的曲折道路的历史教训（在某种程度上也是他们自身的学术教训）时，常常归结为一点，即对学术基础的史料工作的轻视导致学术研究的客观性、科学性、历史感的缺

---

[1] 参看钱理群：《严家炎主编〈二十世纪中国文学史〉对当下现代文学研究的启示》《樊骏参与建构的中国现代文学研究传统》《用个性化的方式响应时代对这一代学者的要求——支克坚学术思想和贡献初议》，均收《中国现代文学史论》。

　　　　　　　　　　　　有承担的学术

失，遂发出痛心疾首的沉重之言："不尊重史料，就是不尊重历史；改动史料，就是歪曲历史的第一步。"[1]因此，第二代学人成为"现代文学史料学"的主要倡导人和推动者，就不是偶然的。刘增杰先生在他的《中国现代文学史料学》中列举了当代"史料研究家"，从严家炎、樊骏，到马良春、朱金顺、孙玉石，都是第二代学者，就是一个明证。而刘增杰先生自己也是其中的有力推动者：他对"建立中国现代文学研究、文献研究的新原则、新方法、新规范、新传统"方面，有着更高的自觉；他从八十年代即开始向学生介绍史料学基础知识，一面进行建立现代史料学的理论与历史资料的准备，一面着力于史料学研究人才的培养。二三十年努力，终于集成了《中国现代文学史料学》一书，并且在河南大学文学院的团队里，已经培养出了解志熙、沈卫威为代表的中年一代的史料研究专家，刘涛、郝魁锋等新一代的史料研究者，当我读到他们的新著时，是感到格外欣慰的。此外，还有《师陀全集》及《续编（补佚篇）》《于赓虞诗文辑存》《徐玉诺诗文辑存》这样的史料辑佚、整理工作的扎实成果由河南大学出版社出版。可以说，重视史料工作、现代史料学研究，已经成为我们讨论的"河南大学学术传统"的有机组成部分。

当然，最应该大书特书的，是第二代学者对于学术后备军的精心培育，对学术新人的无私扶持。这是最能体现第二代学者的"历史中间物"特色的，他们真正像鲁迅所召唤的那样，"自己背着因袭的重担，肩住了黑暗的闸门，放他们（青年人）到宽阔光明的地方去"。[2]

---

1 樊骏：《关于中国现代文学史料工作的总体考察》，收樊骏《中国现代文学论集》，第310页、311页，人民文学出版社，2006年版。

2 鲁迅：《我们现在怎样做父亲》，收《鲁迅全集》第1卷，第145页，人民文学出版社，2005年版。

这是他们这一代人的一个共同品质；我想，几乎每一个第二代学者的学生，在这方面，都会有无数充满温馨的动人回忆。在学术研究越来越体制化、商业化，形成学术霸权的当今的学术格局里，这样的传统几成绝迹。在这样的背景下，刘增杰先生对河南大学文学院学术团队的培育，就显出了特殊的意义。刘增杰先生的特点，不仅是第二代学人中在培养接班人，为青年学者开路方面，最下力的一位（另一位是北京师范大学的杨占升先生），而且是持续时间最长的。我们前面讲到的八十年代地方学术中心，有的在后来的发展中，逐渐失去了凝聚力，和对全国学术界的影响，其中一个重要原因，就是随着第二代的退休，没有了领军人物。在这方面，河南大学文学院占据了特殊的优势，因此至今也是全国现代文学界、学术界，一支具有不可忽视的学术实力和自己的特色的学术群体，这是难能可贵的。

　　刘增杰先生在建立团队方面的工作和贡献，与会的朋友比我更有发言权。我只想谈我的一点观察。我发现，刘增杰先生对河南大学学术队伍的建设，除学科自身的发展外，还有一个"地方文化、学术建设"的深远考虑。我读刘先生主编的《精神中原——20世纪河南文学》，有一种莫名的感动。引发情思的，首先是刘先生描述中的"中原人特有的生命力"[1]，"中原文化人不安宁的灵魂"，"做事虔诚，在木讷的外表下，有着一种永不满足的渴求，奋斗不息的毅力"[2]。刘增杰先生还谈到黄河对他的灵魂的洗涤，使他懂得"什么叫作大气、包

---

1 刘增杰：《致孙广举（孙荪）》，《精神中原——20世纪河南文学》，第633页，河南大学出版社，2002年版。

2 刘增杰：《致鲁枢元》，刘增杰、王文金主编《精神中原——20世纪河南文学》，第632页。

容"[1]。我由此联想起任访秋先生和刘增杰先生，他们的学术工作里就体现着这样的"中原文化人精神"，或许这也是"河南大学学术传统"的内在底蕴所在。让我深思的，还有刘增杰先生关于如何重建"精神中原"的思考。我最有感触的有三个关键词。一是"自尊"[2]，刘先生谈到河南人有一种"不服气"的心态，他们不能忍受"某些投来的轻视中原人的目光"，要用行动证明："中原人也行"，在我看来，这就是一种"文化自信"。但"他们也并不护短"，[3]于是，又有了第二个关键词："自省"。刘增杰先生在他的许多文章里，都反复追问：是什么"潜在因素"制约着河南文学、学术取得更大成就？[4]他因此一再谈及"中原人不思进取的陋习"，"它的痼疾之顽固、顽强、根深蒂固"，因而饱受"爱恨交织的痛苦的熬煎"和持续的焦虑。但还是刘先生说得好："认识自己是自救的开始"[5]，唯有经过文化自省，才能达到真正的文化自觉。有了文化自觉与自信，还需要有"学术韧性"。刘增杰正是在河南大学文学院的开创者冯友兰先生那里，发现了这样的"百折不回"的执着精神，他说："承继冯先生的这种学术韧性，河南的后生小子还有什么事情不能做到的呢？"[6]——这些论述对我们今天讨论

---

1 刘增杰：《黄河风（代后记）》，《精神中原——20世纪河南文学》，第649页。

2 见刘增杰：《〈中国现代文学史料学〉后记》，《中国现代文学史料学》，第294页，中西书局，2012年版。刘先生谈的是史料学研究中他自己的心态，但我认为这或许具有更普遍的意义。

3 刘增杰：《致鲁枢元》，《精神中原——20世纪河南文学》，第635页。

4 刘增杰：《中原文化圈与20世纪河南文学》，《精神中原——20世纪河南文学》，第12页。

5 见刘增杰：《致鲁枢元》，《致孙广举（孙荪）》，《精神中原——20世纪河南文学》，第635页、633页、634页。

6 刘增杰：《虚词务去，个性必张》，《精神中原——20世纪河南文学》，第598页。

如何继承、发扬河南大学学术传统，应该说是极具启发性的。

当然，我们不必回避在今天继承、发扬前人开创的学术传统的艰巨性。我以为，困难并不在于学术条件——应该说，今天的学术发展的物质条件远远超过了过去任何时代，而长期制约着地方文化、学术发展的研究资料的匮缺，随着网络的发达和广泛运用，已经大大缓解；现在，我们所面临的最大困境，在于外在与内在精神的匮乏。这一点，在内地，或许是更为严重的，根据我对贵州地方文化、学术的了解——我想，河南也一样，在地方上，要坚守对学术、精神的追求，是极其困难的：地方学者完全生活在一个精神的孤岛上，要拒绝社会与学术体制内的种种诱惑，保持内心的平静，是极难极难的。眼见许多看好的学者，都落入了消费社会和体制的陷阱里，我常常感到莫名的悲哀。但同时，我也总是发现，还是有人在寂寞中默默坚守。我在贵州就有这样一批朋友，以至我们还可以在一起按照自己的理想与信念作一些学术工作。我相信，河南也是如此。尤其是几十年来，大家聚合在任访秋先生的旗帜下，在刘增杰、刘思谦先生带领下，作了这么多的学术工作，有了这么一支具有生命力的队伍，这就为今后继承与发扬前人开创的河南大学学术传统，提供了基本的保证。我对此还是寄以期待的。我在京城一个人整天坐在电脑前不断敲打文字，也时有寂寞之感，往往就要怀想远方的和我一样寂寞的朋友，这大概就是相濡以沫，相忘于江湖。这一次又获得了和中原大地的朋友，以笔交谈的机会，这是我要衷心感谢会议的主持者，特别是刘增杰先生的。

2013年9月9—13日急就

用个性化方式响应时代对这一代学者的要求

——支克坚先生学术思想和贡献初议

听到支克坚先生远行的消息，我在感到痛惜的同时，更感到内疚：我欠了支先生一笔文债。早在几年前，我就应解志熙之约，准备写一篇评论支先生的力作《周扬论》的文章，支先生也知道我要写这篇文章，似乎有所期待。我当然感到了这样的期待的分量，因此，总想把先生的全部论著都研究一遍再作文，这样反而把时间耽搁了，迟迟不能动笔，以致成了永远的遗憾。而且，我到现在也没有读完先生的全部著作，只能根据手头有的先生最近几年发表的几篇文章，谈谈我对他的学术思想与贡献的印象，以表示我的追怀之情。希望以后还有机会再作更为从容和充分的学术的讨论：我坚信，支克坚先生的研究，是要进入中国现代文学研究的学术史的。

我之所以一直想做支先生的学术思想与贡献的研究，首先是支先生学品和人品对我的吸引，同时也是因为我把他看作现代文学研究的第二代学者的突出代表和典型，这是我这些年陆续在做的"现代文学研究学术发展史"研究的一个重要组成部分。在我看来，学术界对第二代学者的关注和评价远远不够，这是会妨碍我们对现代文学学科发展史和历史传统的认识和把握的。我在接受一位在学的博士生的访谈时，曾特地谈到"八十年代现代文学的研究地图"问题。我说："它以第一代学者为核心，形成了若干研究中心。首先是北京、上海，北京以李何林、王瑶、唐弢三大巨头为核心，以社科院文学研究所、北大、北师大为三大中心；上海以贾植芳、钱谷融为核心，有华东师大和复旦大学两大中心。然后是：南京（以陈瘦竹为核心，南京大学为中心）、山东（以田仲济、孙昌熙、薛绥之为核心，山东大学、山东师范大学、聊城师范大学为中心）、广东（以吴宏聪、陈则光为核心，中山大学为中心）、陕西（以单演义为核心，陕西师范大学为中心）、四川（以华忱之为核心，四川大学为中心）、河南（以任访秋为核心，河南大学为中心）、福建（以俞元桂为核心，福建师范大学为中心）。此外，还有几个以第二代学者为核心的集中点，如武汉（以陆耀东、黄曼君为核心，武汉大学、华中师范大学为中心）、甘肃（以支克坚、吴小美为核心，兰州大学为中心）、东北（以孙中田为核心，吉林大学、辽宁大学为中心）、江苏（以范伯群、曾华鹏为核心，苏州大学、扬州师范大学为中心）。每一个中心，都集中了老、中、青三代学人，而且彼此配合得都非常好，任何新的思想、观念的提出，都会得到积极的响应，也包括不同意见的争论。"在八十年代中国现代文学研究学科能够得到迅猛而健全的发展，这是一个重要原因和条件。从这幅"研究地图"上，就不难看出包括支克坚先生在内的第二代学人的突出地位，他们或者自成研究核心，或者在第一代核心学者周围发挥独特作用，如北京文研所的樊骏、马良春、卓如、吴子敏，北大的严家炎、乐黛云、孙玉石，北师大的杨占升，南京大学的叶子铭、许志英、董健，河南大学的刘增杰等，都以学术研究和组织工作，以及对新一代学者的扶植、培养中的出色表现为学科的发展，作出了贡献。

较早谈到第二代学者的特点的，是王瑶先生。他在《研究问题要有历史感》一文（收《润华集》，《王瑶全集》第 8 卷）中说："现代文学这门课一向认为是政治性很强的课程，所以教员也多半是'双肩挑'干部。他们既是政治干部，又是专业教师。他们都是历次政治运动的领导者或积极参加者，埋头走'白专'道路的人极少。他们身上有许多优点，有一定的马列主义修养，有政治敏感，接受新事物比较快；但由于历史原因，他们的知识面比较窄，业务基础尚欠深广，外语和古代文化知识较差。"当然，正如王瑶先生自己所说，"这是就一般情况说的"，具体到第二代学者中的个人，是有很大差异的，并不都如王瑶先生所言。但王瑶先生的几点概括，也很值得注意，并且和我们下面的讨论很有关系。一是第二代学者大都有"马列主义的修养"，这是他们的理论根底，是和以后几代学人相区别的。其次，他们都是革命传统培育出来的，而且是历史的参与者，革命的正面影响和负面教训在他们身上都有深刻的印记，而且在很长时间内是纠缠在一起的，这可能成为他们的历史包袱，但如果转化得好，又会成为他们特有的精神财富。其三，他们对新事物的敏感，使他们有可能随着时代的进步，不断吸取新的思想资源，纠正、调整和发展自己；但他们中也会有些人因一味趋新而失去了自己。事实上，对他们所经历、参与的革命，他们的革命经验，也包括对革命文化、文学的研究经验，是存在着三种态度的。一种是拒绝做任何反思，任何时候都以"政治正确"自居，并对提出质疑者大加讨伐，就成了旧的政治与文学权力和秩序的维护者；一种是全盘否定，趋从自己其实并不甚了然的最新思潮，或许会引人注目于一时，其实是无根底而难持久的；而另一种，就如支克坚先生所主张，并身体力行的，就是采取科学的、分析的态度，"在坚决地、义无反顾地打破由历史造成的局限的同时，也须认真总结其中的科学的、有益的东西，并使其有助于学科在今天，能够真正像樊骏所说，经过自己的途径，用自己的方式，'提高人们认识世界、改造世界的能力和修养'"（《我们的学科需要这样的志士仁人——读樊骏著〈中国现代文学论集〉》）。

值得注意的是，支克坚先生认为，"这项工作只能由第二代学者来做"，这是他们的历史责任。这就说到了本文讨论的重心，也是支先生在同一篇文章中所提出的一个命题："以非常'个性化'的方式，响应时代对这一代学者的要求。"应该说，时刻感受到"时代"对自己"这一代"的"要求"的压力，并积极予以"响应"，这本身就是第二代学者的一个重要的基本的历史、学术品格。它的本质，就是我近年不断谈到的"承担意识"，或者叫"使命感"，它包含了三个层面，即对自我的承担，对学术的承担，以及对时代、历史、国家、民族，以至人类的承担。而这样的承担，绝不是抽象的，而是具体的，绝不是停留于口头的宣言，而是内化为日常学术工作，以至日常生活的实践，形成实践伦理与习惯的。这样的承担意识、使命感，是构成了现代文学研究的传统的，它显然来自第一代，经过第二代的传承，又显然深刻地影响了我们这些第三代学人。但在今天，对新的研究者却越来越陌生。这也是有深刻的时代和社会原因的，需要另做讨论。

还值得注意的是，支克坚先生在这里所强调的，对时代要求的响应，必须是"以非常'个性化'的方式"。这本身就是对历史经验、教训的一个总结。在第二代学者成长的年代，是从根本上否认学术个性化的，这些年学界似乎又走到另一个极端，文学与文学研究成为纯粹个人的事情。如何认识学术研究的个人性与社会性的关系，就成为这一代学人首先必须解决的，并会不断面对的理论与实践问题。支先生在他最后公开发表的论文《论革命文学的理论遗产》（载《鲁迅研

　　　　　　　　　　　有承担的学术

究月刊》2008 年第 1 期）里对此作出了很好的总结："个人性质的精神活动中，体现着社会的性质"，"须知不赞成以文艺为个人的事业不等于就可以否定文艺作为精神活动的个人的性质；反过来，以文艺为个人的事业，不等于你那个精神活动就没有社会性质"，这个原则当然也适合于文学研究。因此，支克坚先生所提出的"用个性化方式响应时代对这一代学者的要求"的命题，就是建立在这样的学术研究的个人性质与社会性质的辩证统一的认识基础上的，是有着深厚的历史内涵的。

我感兴趣，并要追问的是，支克坚先生本人，是以怎样的"个性化"方式去回应时代对自己的召唤与要求的，他因此在第二代学者中取得了怎样的特殊地位，作出了怎样独特的贡献。我于是注意到，他的这一命题是在评价樊骏先生的代表作《中国现代文学论集》时提出的，这大概不是偶然的。在我看来，在第二代学人中，樊骏先生和支克坚先生都是以理论素养、兴趣和能力见长的，因此，他们的著述都显示了较高的理论品格和理论含量。而理论性不强，恰恰是我们这个学科的一个重要弱点。虽然近二十年来我们学界也不断掀起理论热与方法热，但除个别学者确有理论建树外，读许多学者的理论论述和研究著作常有食洋不化或空泛不实的感觉，像樊骏先生和支克坚先生这样把他们所坚守的马克思主义的历史唯物论和中国现代文学及其研究的实际结合得如此之好，理论品格与历史品格相统一的，却并不多见。因此，我常常将他们二位的著作放在一起，以为是构成了中国现代文学研究的独特风景的。

当然，他们之间似乎也有所分工。如支克坚先生所指出的，樊骏先生更注重现代文学的学科建设，在全面、系统总结第一代前辈学者的学术道路、历史经验和对学科发展现状的及时总结上，下了很大功夫，因而对整个学科的发展，具有更大的影响。这除了樊骏先生本人的素质、兴趣以外，也和他所处的学术中心位置直接相关。支克坚先生则始终在西北边陲，默默地发挥着他的影响。但他仍是胸有全局的，因此，他对樊骏的许多现代文学研究的战略思想是独具慧心，并有自己的创造性发挥的。本文一再引述的《我们的学科需要这样的志士仁人》，是我所看到的迄今为止，对樊骏先生的学术思想的阐述得最为到位的一篇力作。这里仅说一点。支克坚先生十分重视与强调樊骏先生关于现代文学学科发展的两个基本思想：一是要实现"中国现代文学学科的一个根本性变化，将原本从属于政治、为政治服务的学科，变成独立的、真正具有学术性质的学科"，并完成"从单纯的文学批评向综合的历史研究的转化"；同时，又要坚持"和新的时代相结合"。支克坚先生说，这是他们第二代学者的一个"共识"，其实也是他们共同的努力方向和共同贡献。在我看来，这也是支克坚先生的现代文学研究所要坚持的两个基本点：一是坚持科学性和现代文学学科的"历史研究"性质，一是坚持"和新时代结合"，为今天的文学和学术发展提供历史和理论资源。

而支克坚先生的关注，是更为具体的：在这样的学科转变过程中，像自己这一代学者究竟能够发挥怎样的作用？于是，就有了这样的定位："看起来，在中国现代文学研究这门学科中，打旗子，引领风骚，不是第二代学者的事情"，这一代人应该和可能做的，是"起到某种桥梁的作用。"——这确实有些类似于鲁迅所说的"历史中间物"。支先生具体描述说："它就是一座站在新的历史高度上，运用社会学和历史唯物主义的观点和方法，或者说社会的历史的观点和方法，从新民主主义的文学史观，通向现代化文学史观的桥梁。"这一论述，在我看来，可能存在着将所谓"现代化文学史观"理想化之嫌，未必完全符合支先生的认识；但我更看重的是他所提出的问题。我们知道，第二代学者曾深受新民主主义文学史观／社会学和历史唯物主义观点和方法的影响，并一度发展到完全否认所谓"旧民主主义文学"，以及庸俗社会学的极端，对由此造成的研究局限性，支克坚先生曾做过许多深刻、中肯的反思。而现在，支先生所提出的问题是，经过了这样的彻底的批判以后，能不能从中剥离出合理的因素。在他看来，我们不能将孩子和脏水一起泼掉，"真正科学的态度，正确的做法，不是简单地否定和抛弃它们，而是恢复它们的本来面目，原有的品格"。我想，他的这一思想，至今仍不失其启示意义。

如果说樊骏先生个人的主要研究领域是老舍小说的研究；那么，支克坚的学术贡献，主要是现代思潮史的研究，而他的主要关注点，又集中于对"革命文学和自由主义文学两种思潮"的研究，他的代表作《周扬论》《冯雪峰论》，都是这方面研究的主要成果。而他后期发表的论文主要由《论革命文学的理论遗产》和《中国自由主义文学在昨天和今天》（载《中国现代文学研究丛刊》2003 年第 1 期），可见他的关注是一以贯之的。这是以他的一个基本学术判断为基础的：五四民主主义传统有两条路，一条转向社会主义，一条转向自由主义，它们都继承了五四传统，却有了不同的发展方向。革命文学和自由主义文学，两种文学和思潮及其相互补充与冲突，构成了新文学发展的基本内容和根本问题。因此，在他看来，"弄清革命文学和自由主义文学比较的实质，是我们认识中国现代诸多文学和文化现象的钥匙"。

我注意到，支先生对这两大文学与思潮的研究有两个特点。首先有明确的当代指向。因此，他的问题意识是："革命文学运动，包括社会主义文学运动，究竟给我们留下了怎样的理论遗产？进入新时期，它还有将会继续起作用的东西吗？其意义是积极的，还是消极的？"中国的自由主义文学在"今天"的发展和命运究竟如何，可能存在哪些陷阱？另外，他更重视的，是理论经验的总结。记得解志熙在充分地肯定了支先生反思的深刻性及所表现出的"现实主义的历史态度"的同时，又对这样的反思所蕴含的"理想主义的历史设想"有所担忧（参看《深刻的历史反思和矛盾的反思思维》，载《中国现代文学研究丛刊》2002 年第 1、2 期）。志熙的担心可能有他的道理，不过，在我的理解里，支克坚先生对曾经存在的在诸如"文艺与政治关系"这些问题认识上的局限的反思，并非是要以今天的认识或自己的理想来苛求历史的当事人，而是着眼于理论思维经验的总结，而这样的总括的意义又是指向当代的，因为在他看来，像"文艺和政治的关系"这一系列的理论与实践命题不仅是历史的，也是现实存在，需要继续探讨的。也就是说，对支克坚这样的有着理论兴趣的学者，他们并不满足于做一个历史的叙述者，他们不仅要像解志熙说的那样，讲清楚"历史现象的实际到底是什么样的？"和"为什么历史恰恰是这样的？"（在这两方面，支先生的研究，都是做得很出色的），还要求自己从理论上对历史作出"有深度的总结"，其目的是要"经过自己的途径，用自己的方式，'提高人们认识世界、改造世界的能力和修养'"，以此参与当代思想文化建设（《我们的学科需要这样的志士仁人》）。

这样的总结，对他们自身的意义也是不可忽视的。支克坚先生正是以此为自己在现实的思想、文化、文学生活中的立场、态度，找到了历史的依据，因此，他对历史的反思，不仅包含了对自我曾经有过的历史迷误的反省，更有对某些基本文学和研究立场、观点经过反思后的坚守。我从支先生最后几篇文章中，就看到了他的四大坚守：坚守"现代文学和社会变革的密切联系"的文学传统，坚守"历史唯物主义的文学观、历史观"，坚守"社会的历史的分析"的研究方法，坚守"历史感与现实感相结合"的学术研究传统。在提出这样的坚守的同时，支克坚先生又提醒自己与后人：坚守绝不意味着"再把自己封闭起来，应当科学地吸取人类认识客观世界，包括认识历史和社会的一切成果，人类认识人的精神活动的规律，包括认识文艺的规律的一切成果"（《论革命文学的理论遗产》）；坚守什么，是一种个人的选择，它既是区别于其他选择，又是以尊重不同于己的选择为前提的，因此，"最重要的，就是不再搞'定于一'，不再指望吃掉别一方，当然也不追求双方融合。它乃是一种思考、一种探索，关于社会、关于历史、关于文艺的思考与探索"（《中国自由主义文学在昨天和今天》）。在我看来，这些都可以视为支克坚这位在现代文学研究领域坚守到最后的老学者、老战士，留给我们的遗言和一个永远的探索者、思考者的形象。我们将永远怀念他，历史也不会忘记他。

2009年5月8—10日

漫说孙玉石先生的学术、人生境界

　　出席"庆贺孙玉石教授八十华诞暨孙玉石教授学术思想讨论会"，我想起了二十世纪六十年代，也就是我们年轻时候，都很熟悉的电影《舞台姐妹》里的一句话："认认真真演戏，清清白白做人。"这句话也可以作为孙玉石先生一生的概括："认认真真治学，清清白白做人。"这看似普通的两句话，其实极难做到。认真写一两篇文章不难，但要一辈子始终认真做学问，写每一篇文章都认真，这就是一个很高的学术境界。做人，特别是我们这一代经历了这么多的政治动荡，面对如此多的诱惑，始终守住自己，清清白白，实在难得。认真，清白，就是不苟且，把治学和做人统一起来，做到时时、处处、事事不苟且，就给后来人树立了一个基本的标杆。我们这个会议，还有一个总主题：讨论"现代文学研究的传统"。在我看来，这就是一个最重要、最基本的传统。

　　今天有这么多的北大的、外校的、北京的、外地的，老、中、青三代学人，还有在校的本科生、研究生聚集在这里，这本身就表明了孙玉石先生的影响与魅力。孙玉石先生确实是二十世纪八十年代以来的三十年中中国现代文学研究学术史上绕不过去的重量级学者，是我们通常所说的"第二代学人"的代表性人物。在我看来，孙玉石

　　　　　　　　　　　　　有承担的学术

先生的学术贡献，主要有三个方面。一是鲁迅研究。孙先生的《〈野草〉研究》无疑是这一研究领域的开拓之作；而他的《现实的与哲学的——鲁迅〈野草〉重释》则更具有方法论的启示意义。二是新诗研究。1985年出版的《中国初期象征派诗歌研究》，以打破禁区的学术胆识与深厚的学术功底而在当时的学术界产生了重要的影响。他的《中国现代诗歌诗潮史论》更是开启了诗歌流派研究的先河，他对"重建中国现代解诗学"的倡导与实践，则对诗歌研究的学术化起到了重要的推动作用。还要提到的是，孙玉石先生在现代文学研究界的几代学人中，在古代文学修养方面是占有一定优势的；因此，他在考察现代文学，特别是现代诗歌时，就较早地注意到其与中国古代传统的关系，《新诗：现代与传统的对话——兼释20世纪30年代的"晚唐诗热"》等，就是这方面的力作。其三，孙玉石先生对建立现代史料学也倾注了极大的心血，和樊骏、马良春与刘增杰诸位先生一起，起到了奠基者的作用。1978年，他在《每周评论》上发现署名"庚言"的四篇鲁迅佚文，1980年，他和方锡德先生对《寸铁》等四篇鲁迅佚文的发现与考证，这在当时是轰动了整个学术界的。他的写于1990年的《史料建设与理论研究科学化问题随想》是较早的现代史料学的理论阐释。以后他对发掘报刊上的原始史料，进入具体历史情境的理论倡导与身体力行，更是产生了广泛的影响。在具体领域的学术贡献之外，孙玉石先生作为"第二代学人"的代表，在现代文学学科发展上，起到了承上启下的作用，而且具有自己的鲜明特色。如他的弟子所总结，他将王瑶先生的历史性眼光与方法和林庚先生的审美眼光与方法有机地结合起来，追求"历史的、审美的、文化的"三位一体，他的严谨的史学风范、温润的美学品格，是极具吸引力和示范作用的。此外，孙玉石先生对国际学术交流的积极参与，特别是他和日本学界所建立的深厚友谊，也已经超出了学术范围，成为中日两国知识分子之间的，不为政治所支配的"心的交流"所能达到的深度的一个象征，这或许是具有更加重要的意义的。

以上关于孙玉石先生的学术贡献的讨论，只是提出了问题，还有待学术史上的更深入的研究。今天我最想和诸位分享的，是孙玉石先生这些具体学术成就背后，所显示出的他的学术与人生境界，这或许是更为根本的。在我看来，这样的学术与人生境界，到了孙先生的晚年，就愈加成熟。我对此有三个方面的观察与感悟。

首先要说的是，今年我为了修订《现代文学三十年》的诗歌部分，参阅了许多新诗研究的新成果，受益不少。而其中最让我感动，甚至震动的，是孙玉石先生亲自编撰的《中国新诗总系》第 2 卷（1927—1937）。按说编这类选本，孙先生应该是驾轻就熟的，根据他原有的研究成果归整归整就可以了，但他不，要一切从头做起：对每本诗集都要查对最初版本，对发表这些诗歌作品的原始文学杂志、报纸文艺副刊都要广泛搜读、翻阅。为此，他翻阅了这时期出版或后来发行的涉及这一时期诗作的诗集近 430 部，文学刊物或报纸副刊近 200 种，对原始文本与后来进入选集、文集时的作者的修改和差异，都一一查对。尤其让我感到惊奇的是，孙先生还用心发掘了许多新诗人、新诗作。最后入选 137 位诗人，349 篇诗作，其中有的是诗界不曾注意的年轻诗人，或人们不曾注意的著名诗人的诗作。孙先生说，他为之花费的工夫，"远在收入该卷诗选文本身的百倍乃至千倍之上"。他的目的就是要"尽可能给读者一份历史的原貌，多少增添一点书的学术性与科学性"。这是怎样的学术追求与精神！恐怕用"认真"二字也难以概括，而且这都是在他晚年多病的情况下做到的。孙先生说他"因为长时间看网上民国期刊、诗集，下载、打印甚多，坐的时间过久，眼睛模糊加重，左边股部也疼痛厉害，不敢坐下"。这是最让我感佩不已的：我的晚年写作已经是够努力的了，但还是做不到像孙先生这样到图书馆去一一查对原始资料，更没有那样的艺术敏感去发现新作家、新作品。我更感兴趣的，是这背后的学术境界。孙先生说，他这样下功夫，"得到的是那种特有的历史烟尘的感受，那种阅读作品原真状态的体验，特别是发现新的优秀作品，发现新的未被历史研究光顾到的重要佚诗时那种意外的惊喜和激动"。请注意，孙先生强调的是：感受、体验与惊喜。这是真正的文学研究的境界、学术研究的境界。也就是说，诗歌研究、学术研究，对于孙玉石先生来说，是一种生命的需要，他从中获得了生命的快乐和意义。这就是学术研究的自足性：它不需要到学术之外去寻求乐趣与价值。孙先生之所以倾其全力、不辞辛劳地、认认真真地从事于学术研究，就是因为他乐于如此。这样献身学术，又享受学术，学术就成了一种信仰，也就进入了生命和学术的自由创造的状态。学术研究也就不再神秘和神圣，成了日常生活的有机组成，成为最普通的事情了。既自由，又平凡，这大概就接近学术研究的真谛了。孙先生在晚年达到了这样的境界，是令人称羡的，同时也是极具启示意义的。

我要说的第二个方面是，近年来，我有机会多次和孙玉石先生一起参加学术座谈会，他有两次发言，我都很受震撼，始终不忘。一次是孙玉石和谢冕、洪子诚诸位先生在1958年编写的《新诗发展概况》一书重版，出版社组织座谈。这种场合，大家通常会说些好话，很容易变成"光荣历史"的回忆。但孙先生的发言，一开始就表示，他要

"通过历史的反顾，自揭一点至今尚未被自视的'光荣'历史背后的伤疤，也向那些由于我们这个群体当时的浅薄、鲁莽与盛气凌人，给其心灵带来永远无法抚平的伤痛的自己尊敬的老师前辈学者，表达自己的反思、内疚与忏悔"。另一次是去年纪念王瑶先生诞辰一百周年学术讨论会上孙先生的发言。本来，作为王瑶先生的大弟子，王瑶先生最亲近、也最为看重的学生，孙先生是有许多话可说的，但他什么都没有说，只谈自己在"文革"初期，在压力下，也参与了对老师的"揭发"，为此而深感负疚，要借此机会，公开表示忏悔。这两次发言都引发了我长久的深思，并对孙先生油然而生敬意：他越到晚年，越是功成名就，越是有强烈的自我反省精神。以此总结自己一生，就达到一种清醒：清醒于自己做到了什么，能做什么，更清醒于自己没有做到什么，不能做什么；清醒于自己的成绩，更清醒于自己的局限与不足；清醒于自己的贡献，更清醒于自己有过什么过失，并将一切公之于众。这样的清醒与坦诚，也是一种境界：人贵有自知之明，更贵有知耻之心，这才是真正的自尊与自信。这样，孙玉石先生就不仅对做人、治学不苟且，对自己也不苟且。这真的很难，也真的特别可贵。

这样的坦诚与坦率，还表明，孙先生直到晚年，都保持了一颗赤子之心。这就要说到我对孙先生的第三个印象：他一辈子研究诗，自己也始终是个诗人。为准备这次讲话，我重新翻阅了《孙玉石文集》，特别注意到他的那本诗和散文集《山·海·云》。我建议，大家要了解孙玉石先生的为人、学问，最好都读读这本书。书中第一首诗《露珠集》，我就很眼熟：它最初发表在北大校园诗刊《红楼》1957年第4期上，我当时读本科二年级，就读过这首诗："我爱听也爱唱美丽的歌曲，从前我却久久地吹着别人的芦笛。是时候了，现在我已经长大，我该把自己的号角含在嘴里……"这也是当时我的心情，因此就记住了这首诗，也记住了诗的作者：孙玉石先生在我的第一印象里，是一位"校园诗人"。他从写诗到研究诗，是一个自然的过程，但他也始终没有放弃写诗。集子里最后一首抄录于 2010 年；在此之前有一首题目是《两只燕子家庭的迁徙史——小区纪实》，小区路边理发馆屋檐下的鸟窝里的燕子家庭，引发了孙先生的浓厚兴趣，他细细观察，品味，产生无限遐想……我从中看到的，是孙先生始终有一双诗人的眼睛，更有一颗诗人的心，其核心是对于生命的爱恋和眷顾。孙先生还有一首七十自寿诗："平生最惧是喧哗"，"只愿一生清如水，茫茫心事寄烟霞"。那么，他最向往的，是生命的宁静与纯净。这也是晚年孙玉石先生所达到的生命境界，而这样的诗心，始终不变的赤子之心，也是孙先生的学术境界，同样也能引发我们无限的遐想。

2015 年 11 月 12 日起草，11 月 14 日讲，11 月 15 日补充整理

读洪子诚先生二题

（一）读洪子诚《中国当代文学史》后

读了洪子诚先生的这本《中国当代文学史》，感到很兴奋。我的第一感觉是，"当代文学"终于有了"史"了。——这确实是一部标志性的著作。

对于当代文学能不能写史，一直是有争论的。老一辈的文学史家都是主张把"文学评论"与"文学史"区分开来的。他们认为当代文学可以有评论，而难以写史，因为缺少作为历史叙述必须有的距离。这样的考虑并非没有道理：缺少了时间的距离，许多文学现象内在矛盾的各个侧面都没有充分地显露，匆忙地就已经暴露的侧面去做历史的叙述与判断，就有可能遮蔽暂时还没有凸显的，甚至可能是更为深刻、内在的方面。更重要的是，当代人写当代史，固然因为有切身的体验，而触摸到另一个时代的研究者所难以把握、体味的某些神韵的东西；但正因为所要叙述与评价的对象与研究者自身的生命和命运有着如此密切的联系，也就会因主观情感的过多投入，而遮蔽了文学发展的复杂性。我们不妨回忆一下近五十年来对当代文学的认识过程。曾经有一度（尤其是"文革"期间）我们是把中国的当代文学看作中国历史，甚至是人类历史上"空前未有的文学"的。而在"文革"结束后的很长一段时间里，人们又几乎是怀着极端的反感来回顾这段历

　　　　　　　　　　　　　　有承担的学术

史，在很多人看来，十七年的文学，特别是"文革"时期的文学是一片空白，除了惨痛的历史教训之外，没有留下任何可以进入历史积淀的东西。现在，到了世纪末，我们又有了许多新的经历与体验。随着"文革"结束后这二十年文学与文化、思想的发展，当代文学历史（包括"十七年文学"与"文革"时期文学）的各个侧面的问题都逐渐得到显露，使得我们有了可以有距离地，比较客观、冷静地来看待这段历史，进行一种更加学术化的研究的可能，这时，"史"的写作条件就成熟了。而洪子诚先生近二十年来一直在当代文学史这个领域默默探索，尤其着力于人们认为无史可写的"十七年文学"与"文革"文学的研究，并且取得了一系列阶段性的研究成果，可以说他是最有准备的一位学者，因此，由他来承担已经成熟的历史课题，写出这部具有相对完整的史的体系的当代文学史，绝不是偶然的。而且，在洪著之后，我们又读到了陈思和先生主编的《中国当代文学史教程》，也在试图建立起自己的当代文学史的叙述体系。这都表明，当代文学的研究已经进入了一个"史"的建构的阶段；而且可以预期，当代文学史的研究将逐渐与当代文学评论分离，而成为"二十世纪中国文学史"研究有机的组成部分。如果这样的预期成立的话，对洪子诚先生（以及其他学者）所做的建构当代文学史的尝试，进行学理的总结与讨论，就是一件具有重要的学术意义的工作。

很多朋友都注意到，洪子诚先生的新著，是一部个人写作的当代文学史，而有别于集体写作的教科书体式。——当然，也如陈平原先生所说，这本书仍然在一定程度上承担了教科书的功能，从而构成了写作上的内在矛盾；但我的关注的重心还是其"非教科书"的方面：它所显示的洪子诚先生个人对这一段历史的一种观察、体验与理解，把握方式与视角。因此，我注意到该书的叙述中反复出现的几个关键词（概念）："体制化""一体化""规范""等级"与"权力结构"。这些概念所表达的是当代中国文学（也就是我所说的"共和国文学"）的基本生存状态与特征：这是按照国家与政治的意志和组织力量所建立起来的一种高度"一体化"的文学体制，它从文学的生产到流通都是高度计划化的，所要建立的是一种规范化的文学秩序，一种等级化的文学权力结构。记得当年我们一起规划《20世纪中国小说史》的写作时，曾经提出要努力寻找最能体现特定时期文学特征的文学典型现象；那么，这种受着共和国的政治文化、权力结构制约的文学的计划化与规范化，就是洪子诚先生所找到的、并要尽力抓住的当代文学的典型现象。在我看来，他正是以此将全书的叙述"拎"了起来，形成了一种叙述结构。全书围绕着这一核心，展开了以下几个方面的叙述：（1）这种文学体制的建构——这就是第一章所讨论的：如何通过"刊物，文学团体"将作家的文学活动，包括作家自身，实行高度的"组织化"；如何通过"文学批评和批判运动"，建立新的文学规范，制造出符合规范要求的作者与读者；如何通过"作家的整体性更迭"，建立起新的文学权力结构，并形成相应的"文化性格"。（2）所建立的文学规范与秩序——这就是第五、六、七、八、十一、十二章所讨论的"诗的体式""小说题材的分类和等级""散文的创作模式"等。（3）所建立的文学体制、规范的内在矛盾、冲突、缝隙与反叛——这就是第三、四、九、十章所讨论的"左翼文学内部的矛盾""对规范的质疑""隐失的诗人、诗派""被压抑的小说（指通俗小说）与寻求新的替代""非主流文学与最初的'异端'"等。（4）一体化、规范化文学的历史运动——它与新文化运动的关系（第一章：40年代文

　　　　　　　　　　有承担的学术

学的"转折");它的发展趋向、指归(第十三章:走向"文革文学",第十四章:重新构造经典);分裂(第十五章);大一统文学格局解体以后建立新的多元文学格局的挣扎与努力(下编:80年代以来的文学)。——这样,作者就建立了一个自足的当代文学史的研究与叙述体系。

如果以上的分析与概括大体符合该书的实际的话,我们可以看出如下特点:首先,研究者不再把历史考察与叙述的重心放在对文学作品与文学现象的价值评判、作家的历史定位上——这至今仍是许多当代文学史家与文学史著作的关注中心;也不试图去揭示所谓历史发展的"本质"与"必然规律、趋势"——这至今仍是许多当代文学史家与文学史著作的既定目标。作者给自己提出的要求是"努力将问题'放回'到'历史情境'中去审查"(见该书"前言")。或者如作者在给我的一封通信里所说,"竭力'搁置'评价,把'价值'问题暂且放在一边,而花力气考察当代文学某些概念、事实、运动、争论、文本、艺术方法产生的背景、历史依据、渊源和变异"。据作者说,这样做的目的是"增加我们'靠近''历史'的可能性"("前言")——这与陈平原提倡的"触摸历史"和我所强调的"历史的现场感",大概是类似的追求。

其次,面对这样一种规范化、计划化的文学,作者也不是着眼于价值评判,比如做严厉的批判性的审视,这也是我们在类似的当代文学研究中经常看到的。——当然,作者也并非没有自己的价值评定,那种批判的意识读者在字里行间是不难体味的;但作者的用力点显然不在这里,因为如恩格斯早已指出的那样,道德的义愤是不能代替科学的研究的,作为一位文学史家,作者的任务是要尽可能如实地揭示出作为一种文学的历史形态的各个方面。因此，该书用很大的篇幅来显示：即使是这样一种高度划一的文学，也依然存在着内在的矛盾、冲突、缝隙，而且也必然产生对规范的质疑与反叛，这就使得文学的发展依然存在着某些可能性，并非是某些人想当然那样的毫无松动的"铁板一块"，也不那么单一，依然有着自身的复杂性，甚至某种程度上的丰富性。作者更是把这种"文学的一体化"看作一个运动的过程：它有自己的渊源，有自己的发展，直至推向极端以后，走向分裂、变革；而在变革中也依然存在着"一体化"的努力。也就是说，这样的历史运动也是复杂的，并非一路直奔某个既定目标的。——我这里反复用了"复杂"这个词，是针对着那种至今仍到处可见的过于单一、明确、直线的文学史叙述，而强调洪子诚先生所做的"复杂叙述"的努力的启示意义。

而我特别感兴趣的还是在这"复杂叙述"背后的作者的对待历史的态度：既包含着对彼时彼地的历史情境的理解，又不回避历史的严峻方面。这与我一直追求的"设身处地"与"正视后果"的原则是相通的。应该说，这样的原则与态度运用于当代文学，特别是"十七年文学"与"'文革'文学"，是有相当的难度的：人们很难摆脱主观情感形成的遮蔽。因此，我特别想说一说该书对"革命样板戏"的历史叙述。作者首先改变了从政治上给"样板戏"定性的思路，而将其归为"激进文化思潮"的产物，这就使对"样板戏"的评价从政治的层面转向了学术的层面，同时又指明了"样板戏"所代表的"'文革'文学"与始终存在的、新中国成立后不断发展着的激进文化思潮的内在联系，具有了一种历史感；又通过对"样板戏"的形成的细致研究发现了"在'样板戏'的创作过程中也并不拒绝对传统艺术的吸取和

　　　　　　　　有承担的学术

利用"，进而指出"在'文革'中，激进派强调'样板戏'等创作与过去文艺（包括中国五六十年代的'社会主义文学'）的决裂，这之中包含着策略上的考虑"。"文化人在创作中的重要地位，对民间文艺形式的借重，以及从'宣传效果'上考虑的对传奇性、观赏性的追求，都使文艺革命的激进派的'纯洁性'的企求难以彻底实现"。正是包含着这样一种理解，作者对"样板戏"所作出的分析是有说服力的："在'样板戏'的不同剧目中，存在着许多差异。一些作品更典型地体现了政治观念阐释的特征（如京剧《海港》），另一些由于其创作文化来源的复杂性，使作品也呈现多层、含混的情况（如京剧《红灯记》《沙家浜》《智取威虎山》，舞剧《白毛女》《红色娘子军》）——而这正是这些剧目在政治意识形态有了很大改变的时空下，仍能保持某种'审美魅力'的原因。"但作者也并没有因此回避客观存在的"样板戏"与"文革"政治、文化的密切联系，以及由此产生的严重后果："政治权力结构与文艺生产的这种关系，在'样板戏'期间，表现得更为直接与严密。作家、艺术家那种个性化的意义生产者的角色认定和自我想象，被破坏、击碎，文艺生产完全纳入政治体制之中。"人们自然会注意到，这仍然是着眼于对文学自身发展的损害的学术的分析。这种分析是包含着批判性的价值评价的，但作者也只是"点到为止"，并不做情感的渲染与尽兴发挥，有的读者或许会有不满足感，但我认为，这恰恰可以视为"史家笔法"。这同时也显示了一种叙述风格，我想把它概括为"绵里藏针"，"在委婉里见犀利，于稳健中显锋芒"。我甚至觉得这在一定程度上也是显示了洪子诚先生的个性的。——这样的私人性的文学史著作本来也是可以，而且应该有作者的个性投影的。这或许涉及更为复杂的问题，这里也只点到为止吧。

洪子诚先生在该书的写作中，处处显示出他是一位有着严肃、认真的学术追求的学者，自觉从事着将当代文学研究学术化的工作。而在我看来，更为难能可贵的是，他一面追求着、实验着，又不断对自己的追求与实验进行质疑。我曾因此与他有过一次学术通信。我们本来也约定要进一步写文章来展开讨论。现在看来，我们都太忙，子诚先生身体也不好，我真不好意思逼他写文章。这里不妨将他的来信摘抄几段，希望能引起讨论："我感到矛盾与困惑的是，我们究竟能在多大程度上搁置评价，包括审美评价？或者说，这种'价值中立'的'读入'历史的方法，能否解决我们的全部问题？在这条路上，我们能走多远？"

　　"各种文学的存在是一回事，对这些作出选择与评价是另一回事。而我们据以评价的标准又是什么？这里有好坏、高低、粗细等等的差异吗？如果不是作为文学史，而是作为文学'史'，我们对值得写入'史'的文学的依据又是什么？如果说文学标准、审美标准是必要的话，那么，我们的标准又来自何方？在这种情况下，'历史还原'等等，便是一句空话。我们最终只能依据强烈的主观性，来作出我们的选择和判断"。另一个问题是，"当我们在不断地质询、颠覆那种被神圣化了的、本质化了的叙事时，我们也要警惕将自己的质询、叙述'本质化''神秘化'。我要提出的问题是，是不是任何的叙述都是同等的？我们是否应质疑一切叙述？关于第二次世界大战，我们的叙述与右翼分子、反犹太主义者的叙述是同等的吗？在一切的叙述都有历史的局限性的判定之下，我们是否会走向犬儒主义，走向失去道德责任与逃避必要的历史承担？另外，如果'历史真实''本质'是完全可疑的，'意义'是虚构的，那么，我们的工作的内在动力何在？

　　　　　　　　　　　　　　　　　　有承担的学术

我们究竟还在追求什么？是否有可靠的立足的根基？如果'本质'不存在，那么，'非本质'同样也没有意义。在认识到历史的'含混性'和主体的'脆弱性'之后，我们是否应该放弃希望？或者说，'希望'还有无可能？这是一连串不能不解决的问题。对这些问题我至今未能想清楚"。——而这也正是我也没有想清楚的，我们大概要继续想下去。同时，我们也还要继续做这样、那样的文学史研究与写作的试验，我们不能等一切想清楚了再去研究与写作。这是一个没有完结的不断思考与不断探索又不断质疑的过程。在这个意义上，洪子诚先生的这部《中国当代文学史》也只是他的阶段性的成果，他自己当然不会满足于此，人们对他也有着更多的期待。——但我在写着"期待"这两个字时，又颇有些犹豫：一个真正的学者是不必理会别人的所谓"期待"的，他只是按照自己的内心欲求写作，或者不写作。

1999年11月1日写毕于燕北园

（二）历史书写的化约问题与恢复复杂性、丰富性的可能性
——读洪子诚先生《材料与注释》

我读洪子诚先生这本书，特别能引起共鸣。他在自序里，讲自己"最初的想法"就让我眼前一亮——

> 尝试以材料编排为主要方式的文学史叙述的可能性，尽可能让材料本身说话，围绕某一时间、问题，提取不同人，和同一个人在不同时间、情境下的叙述，让他们形成参照、对话关系，

以展现"历史"的多面性和复杂性。

我立即想到自己正在写的一本书,采取的"文抄公"的写法,主要是抄材料,这大概也是"尽可能让材料本身说话"。其中有一篇《从文本看"文革"思维与话语》,就是抄了"文革"期间 15 个方面的原始文本(大字报、致敬、效忠信、学毛著讲用稿、日常生活文本如寝室公约、校园临别赠言、新闻报道、红卫兵和知青写的诗歌、检讨、请罪书、思想汇报、表态书、检举、告密报告、狱中书信、遗书、上书、上访信等),基本是原文照录,加上必要的背景介绍与简略评点。我的想法是,让今天的读者直接面对过去的历史,进入历史情境,自己去感受与分析其中复杂、丰富的历史内容,减少研究者的主观分析可能导致的对历史的简约化。

但这样的尝试也只有这一篇。洪子诚先生也只写了六七篇,没有再继续下去,"因为材料掌握上的限制,也因为对这一写作方式的合理、有效性产生怀疑"。这正是典型的洪子诚治学特点:他总在不断地开拓、试验,又不断地自我质疑与否定。在这方面,我比洪先生自信(也可以说是缺乏自知之明),但我是理解他的质疑的。

这也因此引发了我的思考与追问:为什么洪子诚先生(一定程度上也包括我自己)总是不满意于现有的文学史叙述与结构方式,甚至有一种"持续焦灼"(这一点洪先生尤其突出,我比他要麻木得多)?于是,就有了不断试验、寻求突破的冲动,但又总是半途而废,这又是为什么?我们究竟面对了怎样的矛盾与困惑?

于是,洪子诚先生下面一番话,就引起了我的强烈共鸣,以至震撼——

　　　　　　　　　有承担的学术

"'文革'那个时候，确实也可以看作思想、精神、语言、思维方式化约、简化的时代。在那个时间，精神的要求是将一切复杂、丰富的事物，极端性的变成一种"概要和轮廓"。这个时代的精神、语言简化呈现在两个方面。一是事物、情感、思想被最大程度清理过，事物都被区分为两极，一切"中间"的光影、色调、状态都没有存在的理由（对"中间人物"的批判在这里带有一种象征意味）。……精神、语言简化的另一方面是，一切的"本质只对勇气而不对观看开显"；事情本身的复杂、丰富全为着论述本质而被肢解与遮蔽。"简化"的运动，去除了一切与"时代"不符的观点，去除事物之间细微的差异，去除难以理清、剥离的思想、情感，去除感性的血肉，去除对人性某些弱点的宽容……而只留下教条式的，僵硬的观念、立场。并且，这种观念、立场，采用的是极端的，通常由感伤、滥情作为包装的暴力色彩的措辞方式。在那个时候，人们在这种暴力式的语言活动中，获得一种叙说"真理"的正义感和崇高感，也获得一种能够冒犯他人感受、展示自身拥有"威权"的那种权力满足。……自然，这种拥有"真理"和叙说"真理"的感受和自我满足，也会随着时间流淌而逐渐褪色、分裂，感受和语词之间会更加貌合神离，"真理"出现溃败，语词便更多转化为一种表演——这种现象，特别表现在"文革"的"后期"。

这里，对"文革"时期发展到极端，因而具有了完备形态的中国"革命文化"（洪子诚先生称为"激进政治、思想、文化"）的弊端的揭示，是触目惊心的：政治、思想的一体化（"去除一切与'时代'

不符的观念")和绝对、极端化(一切"事物都被区分为两极");精神的单一和纯化("去除事物之间细微的差异"),本质化的思维("去除难以理清、剥离的思想、情感,去除感性的血肉,去除对人性弱点的宽容")以及暴力式与表演性的话语方式,语言的粗陋、贫瘠化。而这背后是垄断"真理"的强烈欲望与"权力满足"。问题的严重性在于,这样的思想、精神、思维、语言,已经渗透于这一代人的灵魂深处,成为"集体无意识"。

我之所以感到惊心动魄,是我由此联想到我自己从事的现当代文学史的研究与写作。应该正视一个基本事实:我们的现当代文学史研究这门学科,就是适应这样的"革命文化"(激进文化)的一体化需要而产生的,上述"革命文化"(激进文化)的思想、精神、思维、语言在学科发展中打下深深烙印,起着支配性作用,是必然的;更何况我们这些研究者也都是被这样的"革命文化"熏陶、养育出来的。由此而形成了一整套在现当代文学史研究中始终占据主导地位的研究观念与模式。如"历史必然性的阐释者""历史真理的宣示者"的角色认定;"将研究者置于道德的、政治的、艺术的'制高点',进行审判式的研究"态势;"将丰富、复杂的文学现象纳入某一理念,进行有序化处理"和"等级叙述"的研究结构叙事;以及同样内含真理和权力垄断者的满足感的充满戾气的话语方式,太多的诛心之论,"事后诸葛亮"的苛责,同样缺乏"对人性弱点的宽容",这样的"没有人情味"的研究,既没有历史感,也没有文学性[1]。在我看来,这正是洪子诚先生和我自己所焦虑的"文学史研究与叙述简约化"的根本问

---

[1] 参看《我的文学史研究》,文收《一路走来——钱理群自述》,河南文艺出版社,2016年版。

　　　　　　　　　　　　　　　有承担的学术

题与原因所在。要改变这样的简约化，就必须摆脱革命文化思想、精神、思维、语言的弊端；对"革命文化"培育出来的我们这一代人，就是一次思想的彻底清理与解放。洪子诚先生和我自己，这些年所做的种种努力，包括洪先生这本书的写作，以及我和朋友们所做的"以文学广告为中心的编年史"写作的尝试，都可以看作对"革命文化"笼罩下的文学史主流模式（观念、结构、叙述方式等）的突破与挣扎，我们的目的是要改变历史叙述简约化的倾向，"展现'历史'的多面性、复杂性"（洪子诚先生语）。

问题是，我们能在多大程度上恢复历史的复杂性与丰富性？这就涉及文学史研究、叙述的一些基本矛盾、悖论。首先，文学史研究是一种"事后"的研究，历史与历史研究之间有一个"时间差"。这样的时间差，确实给研究者带来一些优势。比如，研究者因此能够掌握历史当事人当初作出选择时难以预知的后果，还可以掌握历史当事人作为个人不可能知晓的当年发生的历史事件的全貌，这都有助于对历史作出更全面、翔实的描述和相对客观的评价。在我看来，洪子诚先生能够在书中"围绕某一时间、问题，提取不同的人，和同一个人在不同时间、情境下的叙述，让它们形成参照、对话的关系"，也是仰仗着这样的事后叙述的优势。但既是"事后"，也就不可能完全回到历史现场，研究者通过努力，可以获得某些历史现场感，但也是有限的。特别是在特定历史情境下的许多具体细节，都必然被遗漏；那些微妙的心理、情感的反应，更是无法复现。这都不可避免地带来历史叙述的简约化。更为重要的是，如洪子诚先生所说，简约并"不是只有负面的意义"，尤其在革命年代，简化的观念、思想、情感，会发生巨大的动员作用；就我们所讨论的文学史研究而言，也是以一定程度上简化历史"为其价值实现的前提与代价的"。这就涉及文学史研究的一个基本悖论。我在研究王瑶先生的"典型现象"理论时，就触及过这个问题：一方面，文学史要揭示在特定时代和历史情境下的文学生命与人的生命的独特性、具体性，就必须以展现文学现象的复杂性与丰富性为自己的基本任务；另一方面，又不可能包罗一切文学现象，而必须有所筛选，同时，又要揭示文学现象的内在联系与共同特征，以形成文学发展的一定线索，从而使文学史的图景具有一定的清晰度。这样的筛选和清晰化，在一定程度上可以说是文学史叙述成立的前提，却都要以将实际发生的历史简约化为代价。王瑶先生提出"典型现象"就是为解决这样的"既要保留作为现象特征的丰富性、具体性、个别性，从而使文学史图景呈现某种模糊状态，又要进行某一程度的选择、概括，使文学史图景具有一定的清晰度"的文学史研究与写作的两难（参看钱理群《我的文学史研究》）。

当然，这样的由文学史研究自身的特点决定的简约化与洪子诚先生所揭示的革命意识形态造成的简约化是有着不同性质的：后者可以克服与突破，前者却难以避免。但至少说明了：我们的恢复历史自身的复杂性与丰富性的努力，是必要、可能的，但又是有限的。我们要做的是明知有限，却偏要做的学术试验，也可以说是"反抗绝望"吧。

2016年11月4、6日

　　　　　　　　　　　　有承担的学术

同时代人

学术生态的建设及其他

——读王富仁《"新国学"论纲》

（一）

应该说"新国学"的概念，是很容易被误读的。我自己就曾经望文生义地认为，王富仁先生提出"新国学"，就是要站在他一贯坚守的五四新文学的立场，对传统"国学"进行"新"的研究与阐释，以和"新儒家"区别开来；我是赞赏他的这一努力的，只是因为不在我的兴趣范围之内，也是自己的学力所不及，就没有给予更多的关注。而一些年轻朋友却从另一个角度提出怀疑，以为这意味着王富仁先生从原有的新文学、新文化立场有所倒退。

但这都是误解，而且是不应有的。因为只要认真读一读王富仁先生的这篇《"新国学"论纲》，这些想当然的"理解"就会不攻自破。可悲的是，我们却不愿意沉下心来读原文原著，弄清提倡者的原意，而只凭借"想当然"而妄加猜测与评论。

"新国学"：重建中国学术的整体性和独立性

《论纲》早就开宗明义："新国学""它不是一个新的学术流派和

学术团体的旗帜和口号，而是有关中国学术的观念。"[1]这就是说，王富仁提出"新国学"的概念，并不是站在某一个学术流派的立场上，而是立足于"中国学术"的全局发表意见。作为一个学人，王富仁当然有他的学术立场，如他在许多文章中所表露的，他是坚定的五四新文学派，用他在文中提出的概念，他是属于以"鲁迅、周作人为代表的社会文化派"的；而且在我看来，这一立场是不会变的，就在这篇《论纲》里，他也强调"没有五四新文化运动，就没有中国现当代学术存在的依据，也没有我们这些从事学术研究的知识分子的存在依据"。但维护五四新文化运动传统，却不是他的《论纲》的任务。他提出"新国学"，是要重建中国学术的"整体性"和"独立性"：这是他的"新国学"的两个基本概念。因此，他所谓的"国学"，"顾名思义，是一个国家、一个民族的文化和学术"，是"中华民族学术"的同义语。他给自己规定的任务，是将"国学"（"民族学术"）内部，长期被视为"势不两立"的各个派别，"联系为一个整体"，建立一个"超越性价值标准"，也就是"在一个更大的统一体中"，建立"自我和自我对立面共享的价值和意义"。王富仁说："我把参与中国社会的整体的存在与发展的中国学术整体就视为我们的'国学'。"

超越和包容："新国学"和传统"国学"的关系

这样，他的"新国学"就和传统意义上的"国学"区分开来。首先是外延的扩大。传统"国学"，始终把目光限制在"中国古代文化"

---

[1] 王富仁：《"新国学"论纲》，《"新国学"研究》第1辑，第1页，人民文学出版社，2005年版。以下引述王富仁的意见，均见此文，不再一一注明。

的范围内；而"新国学"却是强调所有"用汉语言文字写成的学术研究成果，都应当包含在我们的学术范围之中"，同时，"中华民族内部的各少数民族成员用汉语和本民族语言对本民族文化或汉语言文化进行的所有研究，理应属于'国学'的范围"。概言之，王富仁是把"国学"理解为"由民族语言和民族国家这两个因素构成的学术整体"，因此，他强调，他的"新国学"的概念，"不是规定性的，而是构成性的"，这正是"新国学"和传统"国学"的内在的质的区别。其次是内涵的区别。传统"国学"是有"先验的规定性"的：它不仅是在"'中—西'二元对立的学术框架中与'西学'相对立的一个学术概念"，而且包含着一种先验的价值评价，一种必须"战胜""取代"以至"吃掉"对方的学术冲动；而这正是"新国学"所要超越的：它要避免绝对的对立，希求建立"互动的学术体系"。因此，在王富仁的"新国学"体系里，他所说的"学院文化""社会文化""革命文化"，以及各自内部的各种派别，都是在矛盾、论争中"同存共栖"的。——正是在这个意义上，我们也可以说，王富仁的"新国学"概念，对他自己所坚守的五四新文化、社会文化立场又是有所超越的，从另一个角度说，也是一种包容。这其实也正是他的"新国学"概念和传统"国学"的关系：不是对立、取代，而是在其基础上的超越和包容。

"新国学"的方法论：体系性重构

这同时决定了他的研究方法的特点：强调全局的、宏观的把握，着重于理论概括和整体归纳。而这样的研究，在当下中国学术界也是最易遭非议，甚至是不合时宜的。其实，在八十年代，也曾有过宏观研究的热潮。王富仁先生当时就是这一学术思潮的代表人物之一。我曾在一篇题为《我们所走过的道路》的文章里指出，"宏观、综合研究的兴起"是八十年代"学科发展的内在要求"。[1]但九十年代以来，"人们批评'浮躁'，提倡'沉潜'，强调'继承'，主张下力气解决各学科的具体问题，这都是有意义和价值的"，但却走向了另一个极端，一味沉湎于具体对象的"微末的细节"，显示出一种"小家子气"。记得在九十年代末，王富仁先生就在《李怡著〈中国现代新诗与古典诗歌传统〉序》一文里提出批评，强调"总得有点理论深度，有个居高临下的气势，有个囊括一切而又能分辨出其不同等级、不同个性的框架"。我也写过一篇《我们欠缺的是什么》的短文，予以呼应，提出"我们不但要培养钱锺书这样的大学问家，也要鼓励有条件、有志气的年轻学者做'建立不同层次的思想、学术体系'的努力"，以为这是事关中国文化、学术长远发展的大局的。[2]我们的呼唤自然引不起什么反响。到了新世纪，鉴于浮躁的学风的变本加厉，我也曾呼吁要加强学术研究的文献工作，强调"史料的独立准备"的重要，但我同时指出要有"独立的理论与方法，独特的眼光，强大的思想穿透力"，以史料见长的学者与以理论见长的学者，是应该互补的。[3]但在现实中，学术界总是跳不出二元对立的思维模式，结果就是王富仁先生在他的这篇《论纲》里所说，人们依然把"史料的收集与整理"和"观念的革新与理论的概括"对立起来，扬前而抑后，人为地将有不同的学术

1　文载《中国现代文学丛刊》2004年第1期。

2　钱理群：《读文有感——我们欠缺的是什么》，《压在心上的坟》，第196—197页，四川人民出版社，1997年版。

3　钱理群：《史料的"独立准备"及其他》，《追寻生存之根》，第244页，广西师范大学出版社，2005年版。

有承担的学术

修养、追求，采取不同研究方法的学者分裂开来。我以为这也是"新国学"概念遭到误解的另一个重要原因。

在我看来，作为具体的学术观点，"新国学"自然有许多可议之处，但其所提出重建民族学术"整体性"与"独立性"，作"体系性"重构的任务，却是非常重要而及时的，其方法论的意义是不可忽视的。

（二）

在基本弄清了王富仁先生提出"新国学"概念的原意的基础上，下面我想从自己关注、思考的问题的角度，谈谈"读后感"。

王富仁在《论纲》里指出："直到现在，在中国的学者中仍然存在着对五四新文化运动的严重隔膜乃至对立情绪"；在另一处他又谈到了对"革命文化"的排斥和全盘否定。这正是我在观察当下中国思想、文化、学术思潮时，所感到忧虑的。在一篇题为《科学总结二十世纪中国经验》的文章里，我曾谈到，"中国的学者至今还没有摆脱'非此即彼，不是全盘否定，就是全盘肯定'的二元对立的模式，而这样的思维方式在处理如此复杂的二十世纪中国经验时，就几乎是无能为力的。或者更为重要的是，最近二十年，特别是九十年代以来，在中国思想界和学术界盛行着两种思潮：或者认为中国的问题是在'割裂了传统'，因而主张'回归儒家'；或者以为对西方的经验，特别是美国的经验的拒绝，是中国问题的症结所在，因而主张'走英美的路'。把目光或转向中国古代，或转向外国（而且限于西方世界），却恰恰忽略了'现代'（二十世纪）与'中国'，即使讨论现代中国学术和文学，也是偏重于亲近中国传统文化和西方文化的那一部分学者与作家。这样，真正立足于中国本土现实的变革，以解决现代中国问题为自己思考的出发点与归宿的思想家、文学家、政治家反而被排斥在视野之外。"[1] 这里所讲的也正是王富仁先生所说的对"社会文化"和"革命文化"的忽视与排斥。这自然是有着深刻的社会、政治的原因的；而王富仁在《论纲》中，则从现代思想、学术发展的内在问题的角度，作出了他的分析，我由此受到了很大的启发。

质疑"先验的规定性"

前文已经提到，在王富仁看来，中国现当代思想、文化与学术发展的根本问题是，存在一个"先验的规定性"。本来，在现当代思想、文化、学术发展过程中，出现不断的分化和裂变，产生不同的思想倾向、学术观点、不同的价值标准，以至形成不同的思想、文化、学术派别，这都是正常的，相互之间的论争也是必然的，而且是思想、文化、学术的健康发展所必需的。但当把这样的分歧、分化、论争绝对化，形成诸如"中国文化—西方文化""旧文化—新文化""统治阶级文化—被统治阶级文化"这样的二元对立的结构和模式，并蕴含着先验的、不容置疑的绝对肯定与绝对否定的价值标准，如"新文化""西方文化""被统治阶级的文化"是先进的文化，是应该打倒一切，独占一切的文化，"旧文化""中国文化""统治阶级的文化"是落后、反动的文化，是应该被打倒、取代的文化，或者相反，等等。这样，正常的文化，学术分歧、论争，就变成了"一个消灭一个"的过程。思想、文化、学术的发展以某一学派"独霸天下"，以达到思想、文化、

---

[1] 钱理群：《科学总结二十世纪中国经验》，《追寻生存之根》，第22—23页。

学术的高度"统一"为指归，这就自然产生了严重的后果。

"追求独尊"的顽症

王富仁正是从这一视角，对一个世纪以来中国思想、文化、学术的历史经验教训做了深刻的总结。他一再指出，事实上，现当代思想、文化、学术史上出现的各种流派，都有自己存在的价值，都对中国思想、文化、学术的整体发展，作出了自己的贡献，这都是没有问题的，应该充分肯定的，在这方面，《论纲》一文有不少相当精到的分析。但当这样的局部的合理性被历史当事人和后来的继承者赋予绝对的真理性，并进一步发展到要将异己者"置于死地而后快"，就出了问题。问题的严重性在于，几乎是现当代思想、文化、学术史上所出现的每一个有较大影响的派别都出现过这样的"独尊"倾向。

如《论纲》所分析，五四时期的文化保守主义，如林纾，他的问题和失败，"不在于他企图维护的是中国固有的文化传统"，这样的维护是自有其意义的；问题是他"仍然把维护本民族文化传统的希望寄托在政治统治的权力上"，并且试图通过政治权力的干预，压制、扼杀刚刚兴起的新文化运动，以维护传统文化的一统天下。在这种情况下，新文化方面的奋起反抗，以争取自己的生存权，打破思想、文化、学术的垄断，自有其正当性与合理性；但当新文化已经取得了自己的历史地位，并成为主流时，却逐渐形成了"新—旧"二元对立的学术框架，这就同样压制了对立面的发展，也遏制了自身发展的生机。

学院派的问题也不在于它对学院文化的倡导与实践，相反，他们在这方面的贡献是相当突出的；问题在于他们试图将"学院教授的文化观念和思想观念作为唯一正确的、具有指导意义的、普遍的社会文化观念在中国社会上予以提倡和宣传"，这就必然引起反方向的文化反抗。

新儒家学派的问题也同样如此，他们本来在中国现当代思想、文化、学术结构中，承担着反对西方文化霸权的职能，自有其不可忽视的作用，但当他们产生"借助政权的力量将儒家文化重新上升到国家意识形态的庙堂的幻想，儒家文化也就对更多的中国现代知识分子的自由性和独立性构成了威胁，从而也会重新激起西化派知识分子对儒家文化的批判热情"。事情就变成了这样："传统派被西化派逼到了'唯传统主义'的一极，西化派也被传统派逼到了'唯西化主义'的一极，而西化派的某些人（当然不是全部）在"他们接受西方某种思想学说之后，就以这种思想在中国的代言人自居，不仅用它标榜自己，同时还用它攻击别人。""我们会很容易地发现，它在三个不同的关系中都没有加入自己的独立思考，都没有经过自己的认真研究：对西方某种思想学说没有独立的研究，对自己没有认真的反思，对别人或别人的思想缺乏足够的理解和同情，并且干预了别人的思想自由。"

而革命文化最初是以现成社会、政治、思想、文化、学术的"异端"的姿态出现的，有一个争取生存权的艰难过程，因此，它也很容易着意地将反叛夸大为"打倒一切"，这或许还可以视为一种生存策略；但一旦革命实践取得胜利，并且将实践的胜利"仅仅归结于一种思想学说的胜利的时候，其他的思想学说就都成了有害无益的干扰因素"，于是，几乎是顺理成章地出现了"独尊"革命文化的思想、文化、学术格局。而这样的格局却造成了三个方面的严重后果：不仅非革命文化的发展受到压制，而且革命文化也因为成为国家意识形态，

　　　　　　　　　　　　　　　　有承担的学术

并且和政治权力相结合而造成了自身的异化，同时，"任何将社会实践完全地纳入到一个单一的学术研究的成果的企图，不论这个学术成果自身多么伟大，都将导致实践的失败"。

"霸气""国师"情结：中国知识分子的精神弱点

这就是我们必须面对的事实："独尊"或"追求独尊"已经成为中国现当代思想、文化、学术史的一个痼疾、顽症，一有机会，它们就会随时发作。而且，我们还必须追问：这是怎样造成的？我们应该从中吸取什么教训？

首先，我们应该反省的，是中国知识分子自身的精神弱点。记得八十年代末，我就在一篇题为《由历史引出的隐忧》的文章里，提出了中国知识分子的三大"劣根性"："一曰'酋长思想'。即唯我独尊、独'革'，不容忍异己、异端，以滥用权力、锻炼人罪为乐。好独断，喜'定于一'，不习惯、不允许多元、自由发展"；"二曰'二元论思维定式'。非此即彼，非白即黑，不是百分之百正确，就是百分之百错误，不是革命，就是反革命。把不同意见、不同选择极端化，只承认'你死我活'的绝对对立，不懂得、不接受'对立物互相渗透、补充'的观念"；"三曰'嗜杀'倾向。周作人说，不珍惜人的生命，尽量地满足他的残酷贪淫的本性，这在中国，是一个根深蒂固的遗传病，帝王将相，学者流氓，无不传染很深。"文章结尾还说了这样一句话："周作人将'知识分子'与'帝王''流氓'混为一谈，自然是对知识分子的大不敬；但我以为这正说明他对知识分子的病症看得很准——

至少是中国的知识分子。"[1] 不幸的是，现在已是二十一世纪初，也就是时隔近二十年后，这样的不容异己的"独尊"情结，这样的二元论思维，以至"嗜杀"倾向，仍然缠绕着中国的知识分子，帝王的"霸气"依旧，"流氓气"更足：这真是病入膏肓了。

应该反省的，还有中国知识分子的"导师"情结、"国师"情结。本来，思想、学术的本质、本职，就是永远探索真理，不断进行质疑；但有些中国学者却总有一种将自己的研究成果真理化的冲动，从不知自我质疑，因而习惯性地以真理的化身，真理的宣示者、垄断者自居，以训导芸芸众生、引领国家为己任。由此产生的，是将一己一派的思想、文化、学术"国家意识形态化"的冲动，希望借助政治权力，消灭异己，使自己成为"正统"，形成"法统"，进而达到思想、文化、学术的"大一统"。而这也正是政治的"大一统"所需要的。

这样，将政治权力引入文化关系，"政治主体性的越界"，就是不可避免的，在某种程度上，正是这些希望"一统天下"的知识分子所追求的。其结果，就正如王富仁所分析的，"从根本上破坏了中国知识分子之间的平等竞争关系，紊乱了中国文化内部的秩序，使中国文化的发展受到了极大的破坏性影响"。中国的这些做着"国师梦"的知识分子似乎永远不能懂得，或不愿正视，他们只是鲁迅所说的"帮忙""帮闲"，以至"帮凶"。这些依附型的知识分子，只能扮演这样的角色。

---

1 钱理群：《由历史引出的隐忧》，《压在心上的坟》，第140—141页。

　　　　　　　　　　　　　　有承担的学术

"同存共栖"

还应该指出，思想、文化、学术的"独尊"，是一把双刃剑，而且最终伤害的是自身。这是王富仁先生所总结的一个重要的历史教训："当一个学术领域或一个学术派别，不再努力了解、理解、包容对立面的合理性，并思考和回答对立面向自己提出的质疑，这个学术领域或学术派别也就没有了继续发展的动力资源。"这不仅会造成自身的僵化，而且如俗语所说，"真理往前跨一步，就会变成荒谬"，将自己的思想、学术观念绝对化，实际上就是一种自我扭曲，对自我观念有限的合理性的一种剥夺，最后导致自身的异化。

当然，对二元对立模式的批评，反对将"势不两立的敌对关系"引入思想、文化、学术关系，并不是要抹杀不同思想、文化、学术派别之间的分歧和论争。这也是《论纲》所要强调的："人类以及一个民族的学术向来是以差异的形式而存在的。没有差异，就没有学术"，而且学术的本性就是要"挑战常识，探求新知，改变人们的传统观念和认识"，因此，"学术的发展常常表现为后一代知识分子对前一代知识分子的修正、批判乃至否定"，"通过反思、反叛旧传统而建构自己的文化传统和学术传统"，这"其实是一种文化发展和学术发展的形式"。但这样的"修正、批判、否定"是一种有吸取的修正，有继承的批判，有肯定的否定，因而不同派别的思想、文化、学术的关系，"既是相互对立的，又是相互依存的"，是在民族学术的整体中"同存共栖"的。

两个原则，两个拒绝：重建思想、文化、学术的健全格局和秩序

我们现在所要做的，是建立一种健全的思想、文化、学术发展的格局和秩序。它要确立的原则有二，一是任何一种思想、文化、学术派别在拥有自己的价值的同时，也存在着自己的限度，它不是唯一、完美的，因此，自我质疑、自我批判精神是内在于其自身的；一是任何思想、文化、学术派别都需要在和异己的思想、文化、学术派别的质疑、批判、竞争中求得发展，但这绝不是相互歧视、压倒、颠覆和消灭，而是可以在论争中相互沟通，实现彼此的了解、同情和理解的，不是分裂，而是互动："有差异，有矛盾，有斗争，又共同构成这个现代文化整体的有机组成部分"，在学术整体中寻找并且获得"自己发挥作用的独立空间"，在"将矛盾着的双方联系为一个整体"中建立"超越性的价值标准"。以上两个原则，也可以归结为一点，就是"各归其位，各得其所"：每一个思想、文化、学术的派别都得到应有的评价，既不肆意夸大，也不着意贬抑，并且在一个整体中实现、获得自己的意义和价值。

而要做到这一点，就必须有两个拒绝：一是只追求自己的有缺憾的价值，拒绝任何将一己一派的思想、文化、学术观念绝对化、正统化、国家意识形态化的诱惑；二是始终坚持用自身的思想、文化、学术力量获得自己的价值和发展，而拒绝任何非学术的力量，如政治权力、商业权力对思想、文化、学术的介入。这样，才能根本保证思想、文化、学术的真正的独立性与主体性。

这就是我们在总结现当代思想、文化、学术发展史时所得出的历

有承担的学术

史经验教训。在我看来，王富仁提出"新国学"的概念，正是要促成这一健全的思想、文化、学术格局和秩序的建立。

"新国学"概念的内在现实批判性

而我更重视的，是它的现实的警示意义。因为只要看一看当下中国思想、文化、学术界的现状，就不难发现，我们依然是鲁迅所说的"健忘"的民族，知识分子也不例外，历史的经验教训对我们似乎不起作用，历史照样重演。这些年"振兴国学"之风日盛，尽管所说的"国学"还是传统意义上的国学，但如果不是炒作，而是认真地研究、传播，这是自有意义的；但有人却进一步提出"重建儒教的构想"，以实现"圣王合一""政教合一""道统政统合一"为"追求目标"（见2006年1月3日《中华读书报》报道）：这又是重温"借助政权的力量将儒家文化重新上升到国家意识形态的庙堂"的旧梦。鲁迅与胡适的关系，本来是一个不无价值的学术课题，王富仁先生在《论纲》里就有专门的讨论，他把鲁迅与胡适分别纳入"社会文化"与"学院文化"体系，在分析了他们的分歧的同时，又强调不能将这两类文化的对立"绝对化、两极化"。但在学术界和媒体某些人的热炒中，却掀起了一股"贬鲁尊胡"之风，其坚持的就是一种"先验的规定性"，他们把胡适认定为"制度建设"派，赋予"绝对正确"性，视为"唯一的方向"，而将鲁迅定为"文化决定论"者，判为最终导致"文化大革命"的"罪恶的渊薮"：这不仅是典型的非此即彼的二元对立，而且也是在走一条"一个吃掉一个"的老路。

只不过不同时期有不同的被"吃掉"（全盘否定）的对象：如果

说历史上曾发生过学院文化、传统文化被"吃掉"的悲剧，那么，"三十年河东，三十年河西"，如前文所说，现在是学院派、传统派、西化派吃香，社会文化、革命文化被"吃掉"的时候了。从形式上看，是从一个极端跳到另一个极端，而内在的思想、文化、学术专制主义的逻辑是始终没有变的：依然是追求"独尊"和消灭异己的"大一统"。

因此，中国的现实的思想、文化、学术生态，距离王富仁先生向往、倡导的具有"整体性"和"独立性"的"民族学术"的理想还很遥远：正是在这个意义上，我们说，"新国学"是一个理想主义的概念，同时又是一个含有内在的现实批判性的概念。

（三）

"新国学"：文化、学术、精神的归宿

"新国学"的理想主义，更表现在它对"精神归宿"的思考与呼吁。王富仁先生在《论纲》中，一再谈及"归宿感的危机"，强调他"之所以认为'新国学'这个学术概念对于我们是至关重要的，就是因为，只有这样一个学术观念，可以成为我们中国知识分子文化的、学术的和精神的归宿"。在我看来，这是《论纲》的点睛之笔，也是"新国学"的点题所在。

我读《论纲》，正是读到这里而怦然心动。这些年，我一直为"失根"的危机而焦虑不安。我退休后写的第一本"退思录"就命名为《追寻生存之根》，并且在一篇文章里谈到了在全球化背景下，我

们"面临'釜底抽薪'的危险：当人们，特别是年轻一代，对生养、培育自己的这块土地一无所知，对其所蕴含的深厚的文化，厮守其上的人民，在认识、情感，以至心理上产生疏离感、陌生感时，就在实际上失落了不只是物质的，更是精神的'家园'"，"这不仅可能导致民族精神的危机，更是人自身存在的危机：一旦从养育自己的泥土中拔出，人就失去了自我存在的基本依据，成为'无根'的人"，正是出于"这样的可以说是根本性的忧虑"，我提出了"认识我们脚下的土地"这样的命题。[1] 按我的理解，王富仁提出"新国学"也存在着这样的思想文化背景，这样的焦虑是全球化时代许多知识分子所共有的。只是寻求精神家园、归宿的具体途径各有不同。如果说我的目光转向地方文化、乡土文化，王富仁的视野则更为开阔：他关注的是"中华民族学术"，而且是它的"整体"。这样，他对"精神归宿"的思考，也更开阔，更具深度：正是在这一点上，他给了我许多启发。

在我看来，他的思考中，有以下三点，很值得注意。

"学术"在人类、民族生活中的地位、价值和意义

一、他把重心放在"学术"上，这是最能显示他的理想主义的。在我看来，贯穿《论纲》一文的，不仅是王富仁对"新国学"的阐释，更有他对"何为学术"的思考和独特理解。但这是需要专文来讨论的，这里仅摘录一些我以为很值得深入讨论的观点。如他这样提出问题：学术"在全人类以及一个民族的生活中扮演着一个什么样的

---

[1] 钱理群：《认识我们脚下的土地——〈贵州读本〉前言》，钱理群、戴明贤、封孝伦主编《贵州读本》，第1页，贵州教育出版社，2003年版。

角色"？他的回答是：它所起到的作用是"理性地认识世界、把握世界"，尽管这是一个"永远不可能最终达到"的目标，但在"这样一个目的意识的牵引下"，人们会去努力认识那些时时干扰民族"心灵的安宁和现实选择"的有效性事物，正是这样的基本欲望要求，推动着民族学术的发展。他又进一步指出：在鸦片战争之后，干扰中国民族心灵安宁和现实选择的，就是"一个以狰狞的面目闯入我们视野的'西方'"。这样，认识和了解西方，以"取得在现代世界生存和发展的基本能力"，就成为"中国知识分子以及整个中华民族面前的主要任务"，现当代中华民族学术就这样应运而生。因此，他强调"学术的真正价值和意义在于它是人类以及民族实现自我再生产的主要方式之一"，"一个民族的学术没有战胜一切的力量，但也有被任何力量所无法完全战胜的力量"，而民族学术的独立力量的源泉，就在于"民族的语言"，以及与之联系在一起的"民族知识体系""民族思想体系以及认知能力体系"。因而学术"从来不是纯粹个人的行为"，也"不能仅仅是一种谋生手段"，构成"学术事业的内在动力"是"对本民族社会实践关系的一种关切"，而"学术的价值和意义"又是"在对现实实践关系的超越中表现出来的"。正是这样的对民族实践的"真诚关怀"和对自我超越价值的"明确意识"，构成了从事学术事业的知识分子的"独立的人格"，也就是说，知识分子的人格是与学术"共生"的。因此，在王富仁这里，知识分子的精神归宿只能是自己民族的学术。——这里所表露出来的学术责任感、使命感，以至神圣感，是动人的，却也给人以陌生感：现在，恐怕已经很少有人这样看待学术，这样痴迷于学术，将自己的全部生命意义与价值投入其间了。这样的理想主义的学术理解和追求之不被理解，是必然的。

民族学术共同体

二、王富仁所要寻求的精神归宿，是具有"整体性"的民族学术。如他自己所说，"经过一个多世纪的分化发展，从外部形式上已经具有了完整性的中华民族学术，需要在精神上也有一个整体的感觉，有一种凝聚力"。这也是他为自己的"新国学"概念规定的任务：为中国知识分子构造一个有机融合、浑然一体的，而不是分裂的，相互沟通、互动，而不是相互敌对、消解的学术共同体，使其成为"属于我们中国知识分子群体的同存共栖的归宿地"。这样的归宿地显然具有更大的包容性，而且如王富仁所说，这是一个"变动不居的领域，不可能有一个凝固不变的、涵盖一切的、完全统一的理念化本质"，就可以有效地避免将某一种文化（如"地方文化、乡土文化"或"传统文化"）理想化，以至美化的偏颇——这是寻找精神归宿时很容易落入的陷阱，我对此是时时警惕的。

民族学术的本质："汉语家园"的建构

三、在王富仁对民族学术的理解，以及他用"新国学"命名的作为中国知识分子"归宿地"的中华民族学术里，民族语言占据了特别重要的，可以说是中心的位置，这是他的"新国学"的第一"构成性"要素。王富仁一再强调："学术，是一种语言建构"，"任何一个现代民族的学术"都是"由民族语言构成的一个相对独立的学术整体"，"在一个民族内部，要永远坚持民族语言的母语地位"，"从事文学艺术和学术研究的知识分子"，担负的是"发展民族语言的任务，通过掌握语言，运用语言不断积累知识和思想、不断产生知识和思想的任务"。因此，所要寻找的精神家园，在某种意义上，就是寻找民族语言——汉语家园，我们所说的"失根"的危机，其最突出的表现就是"母语的危机"。这一点也引起了我的强烈共鸣。其实，这些年，我之积极介入中小学语文教育改革，其中一个重要的内在动因，就是深感这样的母语危机，因此要从中小学母语教育入手。最近和一些朋友对七年前编写的《新语文读本》重做修订，我在"前言"中写道："在全球化与网络化背景下出现的'汉语的危机'，引起了许多关心中国文化和未来发展的有识之士的忧虑。我们正是由此而加深了对中小学语文教育和教育改革的认识，一是重新认识我们所进行的母语教育的意义，引导学生感受'汉语的魅力'的迫切性和重要性；二是重新认识加强学生正确、准确地运用汉语能力的训练，培育他们健康的言说方式、文明的语言习惯的迫切性和重要性。"我想，王富仁先生对中小学语文教育的关注和热情，大概也有类似的思想、文化背景。他这篇《论纲》有些论述，就包含了对母语教育的某些思考。据说，他还有写一篇关于中小学语文教育的长文的计划，相信会有更充分、更精彩的发挥。

有待展开的课题：中华民族学术和全球学术的关系

我们已经一再谈到了在我们讨论作为"中华民族学术"的"新国学"，以及相关的精神归宿的问题时，都有一个全球化的背景。《论纲》也已经谈到，当我们在自己的民族学术的整体中获得自己存在的意义和价值时，"同时也获得了在世界范围内的意义和价值，因为中国也是世界的一部分，并且还是一个很大的部分"。这就涉及王富仁试图以"新国学"命名的"中华民族学术"和全球思想、文化、学术（东方世界和西方世界）的关系。由于《论纲》所讨论的是一个民族内部的思想、文化、学术的建构问题，因此，对这一问题只是稍有涉及，而未做正面讨论和展开，这是可以理解的。但这却是一个不可忽略的问题，否则是会产生某种疑虑的。

我之所以提出这样的问题，是因为在和韩国学者讨论王富仁先生的"新国学"概念时，他们就明确表达了这样一种疑虑：在中国大谈"大国的崛起"时，王富仁先生提出"新国学"，要"重建民族学术的整体观念"，这两者之间，是否存在着某种联系？根据我对王富仁先生思想的理解，我不认为这两者之间存在着类似的逻辑，但我认为韩国学者的疑虑，是一个重要的提醒，就是我们在思考、讨论民族思想、文化、学术格局和观念的重建时，必须明确地与"大国崛起论"划清界限。因为，在我看来，"大国崛起论"尽管现在正以"最新潮流"的姿态风行一时，但其中的"中华中心主义"却必须警惕。这并非孤立现象，是伴随着中国经济的高速发展而产生的社会思潮，而且有愈演愈烈的趋势，不可小看。我一直对我们民族传统中的两大痼疾、顽症保持高度的警惕，一是前文已经说到的思想、文化、学术专制主义，另一个就是"中华中心主义"，它们是一有机会，就要重新发作的。而正如王富仁先生所说，传统的"国学"观念中，是存在着"明显的排外主义色彩"的，那么，"新国学"明确地与这样的"排外主义"划清界限，也是题中应有之义。因此，我希望王富仁先生能再写专文，集中讨论"全球化背景下的新国学"，对以"新国学"命名的"中华民族学术"和"全球学术"（东方世界和西方世界）的关系，有一个更系统、更深入的阐释。

"将苦难转化为精神资源"

——赵园《艰难的选择》导读

　　一本产生于八十年代的学术著作，得以于九十年代末重版，对于作者或许是一种慰藉，至少表明未因时间的流逝而被遗忘。而对于读者，特别是我这样的同代人，却是提供了一个"反顾当年"的机会。黄子平在1985年为该书所写的"小引"里，就已经预言，"研究者对文学中的知识分子形象加以探讨"，"（而）研究者自身也是知识分子。检查'镜子'者亦照入镜中，我们看到了双重的映像。以后又会有人来考察这一考察，多半又会映入其中。于是我们获得一种叠印的丰富性。这是一代代的知识分子执着而又真挚的自我反省积累起来的丰富性"。正是在这"作者（研究者）—研究对象—（一代又一代的）读者"连续不断的反省中，学术的生命得到了延伸与升华。因此，当我应作者所嘱为该书的再版写序时，确实怀着巨大的参与的热情；我就像是重读自己的著作一样，读完了该书，然后长长地吐了一口气……想说的话实在太多，却又不知从何说起！

　　而作者告诉我，为该书的预期读者——九十年代的年轻一代着想，似乎应该先介绍写作背景。那么，我就从二十世纪六七十年代与九十年代的时间的落差中来讲述这个发生在八十年代的学术故事吧。——这倒不失为一个较好的叙述框架与角度。

　　这是一个作者自己回忆、而让我感到震动的历史细节：在七十年代"文革"期间,"为防梦话,我曾在临睡前将小手绢衔在口中——虽然我实在并无反动思想"。作者因此问道:"未来年代的人们还能否想象我们所经验过的恐怖?还能否由这一代人的文字间,读出那恐怖岁月的阴影?"(《再致友人》)如果不能体察这一代人这种刻骨铭心的恐怖记忆,大概很难理解他们的学术。正是在经历了禁止一切独立的思考,扼杀个体生命的自由意识,以消灭知识与知识分子为目的的"思想改造",并且把外在的禁令化作了自我内心的"需求"(这才是真正令人恐怖之处),亦即知识分子自身的奴化,从而推向了绝望的极端以后,这一代人在八十年代的思想解放运动中,通过痛苦的反思,获得了一次真正的觉醒;同时又在历史提供的特殊机遇中,与直接承续了五四精神的老一辈学者相遇,不仅接受了较为严格的学术训练,而且在精神谱系上与新文化传统相联结,并进而把自我的新觉醒转化成了新的学术。于是有了对研究对象(中国现代文学及其创造者中国现代知识分子)的独立发现,同时又是真实的自我的发现与展示。我曾这样描述自己第一本学术著作《心灵的探寻》:"这是我的《狂人日记》:第一次发现'以前的三十多年全是发昏',第一次明白:数十年'时时吃人的地方','我也在其中混了多年',我也未必在无意之中没有吃过人!于是有了我的第一次'反戈一击':面对几十年形成的,几乎渗入灵魂、血肉的观念、准则、理想、信仰,第一次发问:'从来如此,便对么?'同时有了我的第一次'挣扎',第一次灵魂的呼号:'没有吃过人的孩子,或者还有?救救孩子……'"这里说的不只是我自己,或许也包括赵园在内的我的许多同代人,以及《艰难的选择》这样的一大批起步之作。而且这样地与鲁迅相类比,也并非想攀附前贤,不过是强调这一代人从以对人的奴役为主要特征的极"左"

文化束缚中解放出来，与五四那一代挣脱不把人当作人的"封建文化"的束缚是同样"艰难"与伟大的。这时间上至少间隔了两三代的两代人也因此而结下精神上的不解之"缘"。这一代人学术的最初形态与特点，都应该从这样的思想的挣扎与解放、觉醒中得到描述与说明。

比如，正是因为有了那个知识分子被视为"臭老九"，而被剥夺了存在权利的时代，这才有了这一声"认识你自己"的呐喊。这本是五四先驱对希腊哲人遥远的呼应，现在又被赵园郑重其事地当作自己著作的题词；有了以"知识分子的心灵史"作为自己的持续（甚至终生的）研究对象与课题的学术选择，并爆发出如此巨大的讲述热情：就这本《艰难的选择》而言，不仅有了"上篇""下篇"，还要将"不能或未及写入本书'正文'的缺乏连贯性的思想和印象"写成"余论"，并且宣称"打算继续写下去，直到无可再写为止"，于是又有了"附录""附录一""附录二"，以至"附录三"。自己写不够，还要朋友也"海阔天空"地"写一点"，子平兄洋洋洒洒地写了一大篇，似乎还不过瘾……这本身已经构成了一种典型的学术现象：子平当时即已意识到："仿佛不是我们选择了题目，而是题目选择了我们。我们被纠缠上了，命中注定的，要与它撕扯不开。"这在后人（比如九十年代的学人？）看来，或许是幼稚与可笑的吧；但我们这辈人却从此再也摆脱不了"无休止地反省自己"的宿命，而那毫无顾忌的热情是再也不会重复了。借用曹禺剧本中一个人物的说法，"叫你想想忍不住要哭，想想又忍不住要笑啊！"这不可重复的欲求与热情同时也是那个时代（八十年代）的读者的。只要想想这个事实就足以使后代人瞠目结舌：仅这部《艰难的选择》印刷总数即达万余册。据作者说，类似的"严肃的学术著作"还有"印至一二十万册之多"的(《十年回首》)。作者这样不知疲倦地述说,读者也这般如痴如醉地倾听,这样的知识饥渴,对知识者如此的关注,对学术著作这般的青睐,就是在五四时期也是未曾有过的。这里或许也存在着某种误解(例如有些人还分不清"文学"与"学术"),免不了幼稚之嫌,但其中的真诚与纯洁却是无可怀疑,并让人永远怀想的。

正是在这样的背景下,产生了一代学人的学术选择。一切出于这样的一种学术冲动(推动力),如赵园所说,"在我,最猛烈的渴望是认识这个世界,同时在对象世界中体验自己的生命"。因此,这样的学术必然是主体投入的(作者在一篇回忆文章里这样写道:"曾经有过一个时期,人们几乎闻'主观'而发抖,他们恨不能把自己的灵魂整个儿地藏起来。……我们现在终于有可能随随便便地谈论'主观'了",这主体意识的恢复与强化本身即是一种解放),既是"自我表达乃至宣泄的欲望"的满足,又是自我的反省与反思,因而不免是"今是而昨非"的不断质疑与否定,更是在自我(思想力、想象力与表现力)的挑战中寻求生命的扩展与升华,学术在这里不过是生命的实现方式,是对"人"(自我)的生命深度与力度的永远的追求。这样的学术同时又是"介入"式的,它的"问题意识"产生于现实,它的思考却是有距离的,更带专业性、学理性的,是更根本、也是更超越的,学术的价值正是实现于"现实性"与"超越性"的张力之中,这一代人是既向往"连带着生活的、文学的感性血肉,充溢着、喷发着人生气息的"研究境界,又"追求理论发现,追求对对象、对自我超越的姿态"的。这样的学术选择本身,即包含着对作为研究对象的"中国现代作家与中国现代文学史"的一种理解与把握方式,一种发现与叙述方式：把现代文学史视为"现代知识者的精神产品"，"作为中国现代知识分子精神历史的一种表现形态"；"试图由心灵的创造物去接近创造者的心灵，由这些心灵去亲近那整个文学时代；试图凭借历史知识、艺术理论和个人经验（包括审美经验）探寻这艺术世界的深层结构，同时由这特殊世界去'复原'那个时代的感性面貌"（参看本书上篇第三章第二节与"余论"的有关论述）。这样的"对现代文学作品的思想史的兴趣"与选择，同时也意味着对学术风格的一种选择：充满了诗的激情，同时又是冷静的反思。王晓明因此在关于本书的一篇评论中，提到了赵园的矛盾："我不怀疑赵园是想当一回冷静的研究者，可到头来她还是更像一个热烈的抒情者"；既渴望着自由地袒露自己，却由于积习，更因为经常提及的内在的恐惧，又使她提笔时不免有意无意地曲折掩映，她不满意于此，一再称之为"病态"，却又不能摆脱，这挣扎（不仅是思想的，更是文字表达的）之苦，也同样属于这一代学人。但正如王晓明所说，"也唯其如此，赵园的情感表现自有一种深沉的意味。一旦她的深埋的激情穿过各种思考与表达的障碍，迂回而出，那种独特的深厚和凝重感，那种饱满的力度，就远非一般的抒情议论所可比拟"。不可否认，以上的学术选择，也是自觉的"扬长避短"：既是一种智慧，也包含着无奈。这一代人被称为"学者"，其实是有几分尴尬的：他（她）们是在"批判封、资、修"的文化国策中成长起来的，无论于"中"（特别是古代传统）、于"外"两方面的文化修养都是先天不足的；比如说吧，在这次重读中，我就注意到，赵园的这本专著很少引述，所引的也大都是马克思的著作、鲁迅的著作、还有部分的俄国思想家、文学家的论述，这其实就是我们这一代学人的学术的"根底"（记得一位友人在读我的《心灵的探

　　　　　　　　　　有承担的学术

寻》时，也有类似的发现，曾对我当面谈过），这自然是既狭隘又可怜的。更为尴尬的是，我们有机会闯入（或者说是误入）学术界时，都已是"高龄青年"（这是一个有几分可笑，又令人心酸的称谓），全面更新知识结构已无可能，我们也试图做些弥补，却都收效甚微。于是我们只能避开纯学术的研究，发挥自己人生经验，以及内心体验都比较丰富的优势，以一个觉醒者的眼光，反戈一击，做一点历史的反省、反思的工作，用我近年爱用的说法，即是通过我们的学术研究，"将苦难转化为精神资源"，为后代人真正的学术创造提供一些基础性的事实材料与历史当事人的总结。命中注定的，这只能是过渡的一代学人。赵园说："我们参与着'积累'。我们的成绩将沉积在土层中，成为对'天才'的滋养。"这正是一种难得的清醒；她接着又反问道："这难道不是值得欣悦的？"这真诚同样令人感动。

但似乎也没有必要妄自菲薄。尽管也有人曾在这些显而易见的弱点（包括知识结构的缺陷）上大做文章，试图从根本上否认这一代学人的存在价值，但他们也都报以苦笑而置之不理，依然走自己的路。这种自信、自尊与自重是建立在这样的自觉意识上的：尽管具体的学术选择必然地存在着时代与历史的局限，但在其背后，却存在着也许是更为根本的知识分子立场的选择，而这显然是有着更为长远的意义的。在我看来，这或许可以概括为"独立、自由、批判与创造"的立场。这样的知识分子立场在中国现代本来是五四那一代人所开创的；我们通常讲"北大精神"，按我的理解，就是指蔡元培领导下的北大所建立的这样的现代中国知识分子的精神范式。问题是，以后这样的精神却逐渐失落，以致鲁迅有"五四失精神"之说。而到了五六十年代，特别是"文化大革命"时期，当知识分子成为被改造，以至被专政的对象时，这样的"独立、自由、批判与创造"的立场也就丧失殆尽。如前文所说，赵园这一代学人在中国现代学术史（以至中国现代知识分子精神史）上的地位与意义，正在于对这样的中断了的现代知识分子（精神与学术）传统的恢复与承接。因此，当赵园（及她的同代学人）宣布，"我们首先是'人'，然后才是以'学术'为业的人"，追求"人生意境与学术境界的合致"（《邂逅"学术"》）时，实际上就是在要求知识分子人格的独立与思想的自由，以及学术摆脱任何（政治的与商业的，等等）依附关系的独立与自由；而赵园这一代学人学术上的强烈的自省性，则更是鲁迅批判传统的直接继承，怀疑与否定不仅指向外部的一切奴役体制、观念，更指向自身的奴性，这正是显示了批判的彻底性的；在该书中，赵园以"寻梦人"概括中国知识分子（以及自身），表示更"关心作为创造者的知识者的心灵状态"，为中国知识分子缺乏"天马行空般的狂想，放纵的艺术想象"，中国现代文学"缺少一个真正瑰丽动人的'童心世界'"而感到遗憾，以至于沮丧，正是表明了这一代学人是怎样地期待着被长期压抑的学术的创造力的大释放，向慕着为人与治学的大人格、大境界啊！在我看来，正是这样的"独立、自由、批判，创造"的精神构成了八十年代中国学术（而中国现代文学正是八十年代中国学术的前沿）的核心与精髓，它的具体学术成果（包括本书在内），可能存在这样、那样的局限，但它为中国知识分子与中国现代学术精神范式的重建，所奠定的大格局与基础，却是弥足珍贵，并具有长远的生命力的。

到现在为止，我们都是偏于对赵园这一代学人的总体学术选择与风格的讨论，而较少涉及赵园的研究个性，而赵园又恰恰是以个性的鲜明著称于中国现代文学研究界的。但我们也要坦率地指出，《艰

　　　　　　　　有承担的学术

难的选择》并非真正体现赵园研究风格之作，尽管她的独特性已经处处显露，比如同样是对现代文学作品思想史式的关注，赵园仍处处抓住文学的形式、审美这一中介环节，显示了极好的，并且是十分独到的艺术感觉与思想穿透力；但她在写作本书时，也许是更注重与同代人整体风格的靠拢与和谐的。这本身即是一个饶有兴味的学术现象：这一代学人本来是以个性的张扬为主要追求的；但他们却又有很强的群体意识（这或许也是过渡的一代的特点？），并且首先表现出一种"代"的特征，据我的观察，这一代学人各自学术个性的明晰化与分离，恐怕要到八十年代末与九十年代初。同样有意思的是，赵园本人也十分重视她与同代学人之间深刻的精神联系，在好几篇文章中都谈到八十年代外部学术环境（特别是她具体生存于其中的现代文学研究界的学术小环境）对她的思想形成与成长的意义，她甚至说出这样的话："我相信我及我的同代人所做的，只是在'总体估量'中才有意义"（《邂逅"学术"》）。理解与运用这个判断当然要加以一定的限制，但它的提醒仍是重要的：在我们考察赵园的学术时，在瞩目于她的鲜明的学术个性的同时，不可忽略她是出现于八十年代的中国学者：这个时代培育了她，她也参与了八十年代学术精神传统的创造，而时代学术的正面与负面都深刻地影响着她的治学之道与成长之路。但赵园之为赵园，还在于她在努力认同于同代人的选择的同时，更是顽强地维护自己"这一个"的思想与学术上的独立性，以及个体生命的不可侵犯性。在一篇文章里，她谈到了在一次演讲之后，"突然怀疑自己被讲台所操纵"，"被操纵于听众的情绪"，于是，"对讲台感到了厌倦"，进而做出了反省："交流的渴望，是极其正常而不可抗拒的诱惑"，但在演讲中却不可避免地变成了"表演"；她质问自己："你为了'交流'而牺牲了真诚。这代价是否值得？"（《十年回首》）而这样的"演讲"所显示的学者的存在方式，作者与读者（听众）的关系，以及由此产生的学术思维与表达上的"演讲风"，与此相应的心态，等等，正是八十年代中国学术潮流的重要表征。赵园恰恰是在对之产生的厌倦中，更清醒地认识了真实的自我实在需要、适合什么，于是她郑重地、并且不失时机地自动地"由八十年代的氛围中脱出，与某些联系脱榫，回到更宜于我的'独处'与'自语'状态"，"回到我的性情，我本有的态度、方式"（《〈自选集〉自序》《十年回首》）。赵园的这一"脱出"发生在八十年代末与九十年代初。我自己几乎在同时也产生过这样的对"表演"的厌倦感，也有过脱出的念头（参看拙作《自说自话：我的选择》）。但我终于没有做到，这也是由我的性情所决定的。在我看来，无论是赵园的脱出，还是我的在困惑与矛盾中的坚守，都是对自我个性的追寻与坚持；因此，从表面上看，九十年代以后，我们的人生、学术之道都显示出不同的风貌，但在内在精神上却依然相通——对于这一点，我是从不怀疑的；因为所变化的仅是具体的生存方式、学术道路的选择，而根本的知识分子的立场的选择是没有，也不能变的。于是，赵园在"确认书斋之为我的'生活方式'"以后，"在日复一日的读与写中"，又"体验着自己的被制作，被写作这行为制作，被那一套'学术话语'制作，被学术方式制作"，她发现"学术已压杀了我们的有关能力——像张爱玲那样活跃的语言感觉，那样富于灵性的想象与联想"，于是终于有了赵园式的一声呼叫："这'职业化'的娴熟令我恐惧！"（《代价》）。这呼叫出现于学院派学术成为九十年代的学术潮流时，实在是意义重大的。赵园十分清楚，学术"这份职业是适合我的"，她对命运的这一安排甚至"怀着

　　　　　　　　　　有承担的学术

感激"，她恐怕永远要在书斋里生存下去，那几乎是唯一的她的去处，她不可能反对学院派的学术，但赵园之为赵园，或者说她的难得之处，正在于她"依赖书斋环境，同时知道其代价"，敢于正视与揭示学院学术的负面，所存在的学术"陷阱"，"保有了这一份自省、自审的能力（也无论这能力是否有妨生存）"（《代价》）。赵园从八十年代学术氛围中的自动脱出，对九十年代学院派学术（以至学术自身）的质疑，充分地表明了她的拒绝进入一切潮流的独立立场：她既不奢望影响潮流，更无论领导潮流，同时警惕着潮流对自我人生与学术的个人性的侵犯与压抑。她更警觉于来自自我的侵犯与压抑：她在一篇文章中谈到，自己每走进书店，想到我的书就要和那些乏人问津的书们挤在一起，先就有了一点失落之感；但她又立刻作出了反省："写到这里，又暗自惊诧于对'行情'的关心，写作学术论文时，是从不在意有几个读者的，这里岂不正有对某种角色、位置的确认？"（《〈独语〉自序》）我们自然也可以把这些看作赵园的内在矛盾与选择的艰难：既渴望又拒绝某种（社会）角色与位置；既选择了学术，又抗拒着学术的束缚；既向往非学术的写作，又清醒其必有的弊端。但我却从这挣扎的背后，看到了对维护个体人格独立与精神自由的高度自觉；这种自觉有的时候甚至成为一种不无病态的过敏：是那样小心翼翼地保护着仅属于自己的那一个小角落（赵园因此给自己创造了"窗下"的意象）的安宁与自由，而时刻惊惧于来自任何方面的干扰与侵犯，这不禁使人想到，或许那"在梦中也衔着小手绢"的恐怖记忆仍然时刻威胁着这位无论从哪方面来说都是极端敏感的学人？……

另一方面，赵园也在时刻紧张地反省着自己。因此，对于第一本试笔之作，首先作出"再思考"的正是作者本人，这是再自然也不过的了。而且就在本书出版三个月之后，读者似乎还来不及做出反应，作者就已经在疾呼"我比以往任何时候都强烈地意识到自己的'贫困'，渴望着补充，渴望着校正，渴望着更新"了。甚至不让自己有一点自我陶醉（喘息）的机会，这是典型的赵园风格。而且这检讨又是极认真的，主要有二。一是发现了自己的研究视野中的许多盲点：在反思五十、六十、七十年代被弄得混乱不清的"知识者的个性发展与社会责任""知识者与政治""知识者与人民"等的关系时，必然更关注于激进知识分子的选择，而把同时存在的自由主义知识分子的选择"轻易地绕过了"；在强调与突出中国现代知识分子与传统的"乡土中国"的那一重联系的时候，却将"异于传统文化的都市文化与都市性格"这一种研究中的"艰难"回避了；在对文学史材料的思想史的运用中，往往偏于抽取文学作品的经验内容而相对忽略了形式，等等。赵园又进一步追问产生以上研究盲点的内在原因，她发现了"为了统一性而忽略多样性，为了概念牺牲事实"这样的文学史研究思维与方法上的问题。而在我看来，这背后或许还有一个文学史观的问题，弈即历史决定论、历史进化论的影响，使得我们这些学人也许是过分热衷于将纷繁复杂的历史纳入沿着既定目标不断前进的秩序之中，从而使自己陷入了顾此失彼的尴尬境地。赵园在以后所写的《〈自选集〉自序》等文里，更是发现了自己的研究的"致命缺陷"：对于自己的研究课题以及论述"据以展开的前提缺乏反省"——在未对"知识者"的概念进行界定，"在未审查所论时期知识者所使用的'人民'这一概念、也未清理由五四到当代（也即论者使用这一概念之时）语义衍变的情况下，'关系'的历史就付诸了论述"。而在赵园看来，这一缺陷甚至带有某种不可克服性，因为自己（这一代人）"并

　　　　　　　　　　　　有承担的学术

非没有反省的愿望，而是缺乏反省能力"。或许有人会认为这未免过于悲观，但非但其真诚性无可怀疑，而那种渴望突破自己、却已无能为力，即所谓"明白了，却已经晚了"的悲哀，也是一杯真实的苦酒，并且也只能由这一代人自己吞下。赵园在近年所写的好些文章中反复述说的"老态"，我理解其所倾诉的，也正是这样的情怀。

但这一代学人也并非无事可做，面对各方的挤压，他们也有自己的必须坚守的东西。当有人把对八十年代的学术进行的反省推向另一个极端，例如，把五四先驱者描绘成历史文化的"罪人"，漠视或根本否认五四新文化传统；例如，重又不加分析、毫无保留地肯定一种选择（自由主义、文化保守主义的选择），而鄙薄另一种选择（激进主义的、革命的选择），学术界很多人却对此保持可疑的沉默，又是赵园著文公开表示："厌恶于（这类）随时准备着将鼻梁涂白的'反思'，厌恶于那永不吝于'向过去告别'的轻浮，尤其不能忍受对'历史'对前辈选择的轻薄的嘲弄。在我看来，那是对生命的亵渎，对他人生命的轻薄。那一代人毕竟经由'革命'，寻找过人生之'重'。即使在理念的外壳被抛弃之后，甚至在'污秽与血'毕现之后，仍有这'重'在。"（《乡土之二》）赵园在这里所要维护的，依然是人的生命选择的尊严与自由。是的，在"独立、自由、批判、创造"这一知识分子的基本立场上，是不能作出任何让步的。几代人（连同我们自己）的充满血和泪的经验教训已经证明，这是一条"底线"，往后退一步，我们就什么都没有了，就由"人"变成"奴"，由"知识者"变成"帮忙与帮闲"了，所谓"学术"也会被"奴化"了。在反思历史，包括对八十年代的中国学术进行历史的总结时，我们要敢于正视与校正曾经有过的失误，同时也应警惕：我们是否放弃得太多了？这样想，如此提出问题，大概不是无的放矢吧？

就要结束这篇或许过长的序言时，我又看到了一位九十年代的北大研究生的一段话："我向往八十年代，我最大的遗憾便是没有搭上八十年代的末班车。八十年代的中国知识分子……他们有三个可贵的特点：一是单纯明朗的理想主义，二是不屈不挠地参与历史的热情，三是对'知识分子'身份的空前自觉。"不知道这位青年学生的意见在他的同代人中间有多大的代表性，但至少证明八十年代的知识分子还是给后代人提供了某些可供怀想的东西，作为这一代人中的一个成员，我是因此而感到了某种欣慰的，不知道赵园以为如何。当然，我也想告诉这位年轻的朋友：不要将八十年代过于理想化，每一代人都有自己的价值，也存在着自己的问题；即使是你所看到、并且十分向往的八十年代的知识分子的这些特点，在有着确实可贵的价值的同时，也存在着负面的因素。后来者应该站得更高，在继承、坚持的同时，也要对之进行质疑。我们并不迷信进化论，后人不是注定了必然超过前人，但作为过来人却又是真诚地期待着新的一代能够超越于自己。当然，我们这一代的路还没有走完，不过，也只是沿着已经选定了的人生与学术之路，走到底就是了。

赵园，你说呢？

1998年6月3日写毕于燕北园

有承担的学术

同代人的观察与理解

——读杨义《中国现代小说史》（第一卷）

也许是出于近年来形成的一个思维习惯，我读杨义的《中国现代小说史》，常常要越过著作本身，而思考着"我们这一代研究者"。

我与杨义，以及我们的同学、朋友辈，都是"同代人"。这不是通常年龄意义上的"同代人"，而是指我们是在同一历史机遇下，同时出现在现代文学研究的历史舞台上，担负着共同的历史使命，因而表现出某些类似的历史特征。这些问题自然不是三言两语所能说清的，有机会或者可以写成一篇专文。这里只能说一点：在现代文学研究学术史上，我们是"承上启下"的一代，我们的研究工作，无论研究内容与方法，都具有鲜明的过渡性。

据说有人把我们称为"新派"。如果这是指我们有一种"创新"的历史追求，是我们自己也不否认的；但据我的理解，在这个多少隐含着"不以为然"的意味的称谓里，是将我们与"前人""传统"对立起来的。不知道杨义及其他朋友们怎么想。我自己常常因此而感到一种"隔膜"，一种不被理解的悲哀。其实，作为"历史中间物"，这一代人最大的历史特点，正在于我们与"传统"存在千丝万缕的历史联系。这是我们的优点所在，也构成一种历史的局限。就这个命题的积极意义而言，我们是在前辈学者心血浇灌下成长起来的：这是我们自己永远不会忘怀，人们在对这一代人做出历史评价时必须首先注意的基本事实。由于历史的原因，前辈学者的历史地位，以及他们的治学道路、经验，直到新时期才得到充分的肯定；而我们，作为在新时期所培养的第一代学生，就不但有幸得到了前辈学者的精心培育，而且我们的研究道路也必然以对前辈传统的继承为开端。在这方面，杨义同志正是一位出色的代表。他在理论上明确地提出："方法上的创新，并不是凭空的创新，而是在继承前人的积极成果的基础上别出机杼"，"所谓创新的一个题内之旨，便是延长前人的优点，纠正前人的缺陷，并且尽量吸收今人的新的成果，形成各种研究方法在更高的层次上的协调统一"，这种继承前人传统的高度自觉性，以及不拘一格、广泛吸取的"开放"姿态，都很能显示这一代人的历史共性，杨义同志曾把他们的治学道路归之于对"三种境界"的不懈追求：务求"掌握扎实的第一手材料或具有可靠的旁证的第二手材料"，作为研究的起点与基础；"对真确而博泛的历史材料进行条理化，进行初步的辩证思维"，这是"作家作品论"的研究阶段；在此基础上形成"井然有序，了然于心的整体观念"，这才进入最后的综合研究阶段。人们不难看出，杨义同志的《中国现代小说史》正是比较完整地体现了他的治学道路的。杨义同志曾介绍说他是读了一千余种、一亿余字的著作和材料之后，才对五四时期的小说发展形成一个总体概念的[1]，这就是说，作为他的研究出发点的，是文学史上客观存在的大量事实，而不是某些现成的理论原则。杨义同志在现代小说史研究中，又特别突出了"作家作品研究"这一环节，这种扎实的微观研究既是宏观考察的基础，又是研究者自身不可或缺的基本功训练；在这方面，杨义是很有功力的。同时，杨义又不拘泥、黏滞于具体材料，在掌握了大量

---

[1] 以上引文均见杨义《研究方法上的三个境界》，载《文学评论》1984年第6期。

事实材料以后，能够做理论上的概括、飞跃，对一个时期、一个流派的小说发展做整体的把握，并努力揭示出纷繁复杂的小说史现象之间的内在联系与规律。杨义同志在中国现代小说史研究中所显示的"严肃的治学态度和沉实的治学方法"，严谨的学风，以及他扎实的基本功与理论思维能力，都显然继承与发展了前辈学者的治学传统，在同代研究者中又颇具代表性，对现代文学史研究已经产生，并将继续产生良好的影响。

但也不能低估"传统"影响的消极方面。朋友们经常谈到我们在研究道路上迈步的艰难。可以说每迈一步，都强烈地感受到与时代、学科发展不相适应的旧的观念、思维定式、研究方法、知识结构，以至语言习惯，对我们的束缚；于是，我们只能一面挣扎，一面前进。我们不断地反省自己，否定自己，修正自己的形象，经常处于"今是而昨非"的感慨与惶惑之中。我们十分清醒地意识到自己的研究成果的局限性，就如鲁迅所说，"至多不过是桥梁中的一木一石，并非什么前途的目标、范本"[1]。现代文学研究的真正突破，将不是由我们，而是在另一代（很可能是好几代人）手中实现——他们处在另外的历史条件下，理应有比我们这一代更合理、更健全的观念和思维方式、知识结构与研究方法。我们中许多人既对于学科的发展有着强烈的责任感与使命感，又清醒于自我的局限性，于是，在积极方面便时时产生一种危机感、紧迫感，迫使自己不断学习，不断探索，不敢有半点松懈；消极方面却又形成了巨大的精神压力：我们自己背起的"十字架"实在是过于沉重了。

但历史的辩证法恰恰在于，正因为我们这一代有着清醒的反省意

---

[1] 鲁迅：《写在〈坟〉后面》。

识，我们就不仅知道不可能做什么，更清楚自己能够做什么，尽管我们不可能做到真正的全面突破，但我们可以做些为后代人"开路"的工作。在这个意义上，也可以说，我们又确确实实是"创新"的一代。何况客观的历史条件已经具备。朋友们经常谈到，在我们这一代人走上研究岗位之前，命运之神对我们是无情的（甚至是残酷的）；而当有幸成为现代文学研究队伍中的一员以后，我们又似乎成了历史的幸运儿。我们不仅在"大气候"上遇到了新中国成立以来最好的历史时期，而且现代文学研究界的"小气候"又特别适宜于我们的成长：我们几乎得到了一切方面（不仅是我们的老师）的热情扶植。更重要的是，现代文学研究这门学科的不成熟，以及受极"左"路线干扰特别严重这样一些历史情况，都造成了这门学科留有特别多的生荒地，我们又面临着文学观念、方法大变革的时代，这就使我们获得了一个几乎是绝无仅有的历史机缘：在现代文学研究的任何领域，只要我们肯下力气，大胆探索，就能有丰硕的收获，建立起"拓荒"的功业。就以杨义的这本《中国现代小说史》来说，它的"创新"意义就十分明显与突出：这是第一本对现代小说的原始资料进行了独立、系统的搜集与整理的著作，这是第一本建立了自己独立体系的现代小说史专著，这更是以自觉的文学意识、文体意识去进行研究的现代文体史专著。杨义同志为恢复文学专史所应有的文学品格作出了巨大努力。他自觉地将理性判断建立在敏锐的艺术直觉与感情体验的基础上，尝试用小说流派的演变来构建小说史的框架，力图揭示小说艺术自身发展的内在规律；他对于各个小说流派及小说家艺术风格的精细感受与准确概括，都极富创造性；他的挥洒自如、富于灵性的文笔，更给人以美的享受。杨义的这部小说史长卷，已经成了现代小说史研究上的一

　　　　　　　　　　　　　有承担的学术

块碑石，标志着一个时期所达到的历史水平。它的一些精彩的分析、论述，将不断给后来的研究者以启示，而它的一些缺陷、不足，又必然成为后来者新的研究的起点。借用杨义自己的话来说，他的学术生命因此得以"延长"，他也就尽到了自己的历史责任。

自然，这一代人之间的个体差异也是十分明显的。杨义是我们中间的"年轻人"，这不仅因为他的年龄相对小一些，而且他确实有一股年轻人的劲头：充沛的精力、洋溢的才情、一往无前的气势，以及他的直率，都是经常为朋友们所称羡的。据我的观察，他的思想包袱就没有我们中一些人（至少是我）那么沉重。我从《中国现代小说史》的一些论述中，还"发现"了杨义的一个"秘密"，他已经不满足于做一个"才子"（我们背地里都这么称呼他），而追求更广泛地吸取、多元融合的，更广阔、更深刻地把握文学，自觉参与历史的"大家气度"。我相信，杨义会以他著名的执着精神，拼命扑向这个目标，我默默地祝福他成功。

是集大成，又是新的开拓

——读吴福辉《中国现代文学发展史（插图本）》

我读吴福辉《中国现代文学发展史（插图本）》，首先注意到的是作者"自序"里的这段话："本书的目标不是企图建立一个新型的范式。它不过是未来的新型文学史出现之前的一个'热身'，为将来的文学史先期地展开各种可能性作一预备。"作为同代人，我对吴福辉这一自期里的"学术中间物"意识是非常理解与共鸣的：我们所做的一切，都是历史发展长河里的一砖一木、过渡的桥梁。因此，对该书意义和价值的考量，必须将其置于新世纪以来现代文学学科发展的历史情境和脉络里来讨论。

但这又是一个大题目，不是本文所能说清楚的；这里只能谈谈个人的一些观察与感受。2002 年，我在现代文学研究会年会上有一个发言，谈到了我们的学科发展的两大危机：一是"学术的体制化、商业化，权力与利益对学术的渗透，学术的腐败"造成的"表面繁荣下的学术泡沫化"；二是学术研究的技术化，"有可能走向脱离、回避现实，从而削弱其创造性、批判性品格"，而这恰恰是现代文学研究的重要传统。我因此而谈道："这些都会让人不由自主地产生一种无聊感和荒谬感：我们的学术还有意义和价值吗？"——这恐怕是许多人共同的对学科发展的焦虑感。但我还是抱有谨慎的乐观，在发言里又谈道：在这"喧闹的世界"里，依然存在着"生命的、学术的沉潜"。

有承担的学术

我的结论是："一方面是学术的腐败，另一方面却是庄严的学术坚守，忽略任何一面，都会得不到真实。"

我至今也还是这样看待现代文学研究的这一段历史和现状。而我在这里更要强调的是，我们学科这些年的沉潜和发展方面。从表面上看，现代文学研究似乎不那么热闹，也很难像八十年代那样，不断引发学界以至社会的强烈关注和轰动。——我们实在不应该把八十年代的现代文学研究过分理想化，那是特殊历史条件下的非常态；其实现在的寂寞与沉潜，才是回到学术的常态。正是在这沉潜中才能产生更为坚实的著作，以及学术底气更加深厚的学者。而且也会有学术的新探讨，具体到我们的学科，在我看来，主要有三个方面。首先是对史料的重新发掘与研究，这背后隐含着"重新研究一切"的学术冲动，而且从一开始就要把这样的重新研究置于坚实的史料基础上；于是，就有了依据新史料而对许多既定结论、公论的新的质疑，尽管这些质疑还大有讨论的余地，但毕竟开拓了相关历史的新认识、新前景。其次，是对文本的细读，这样的细读也含有"坚持文学的形式感和审美价值"的自觉的学术追求，同时视野也更为开阔，引入了文化观照，使文学文本的研究更为丰厚。其三，是文化研究观念与方法的引入，不但极大地开拓了研究视野，而且深化了人们对文学、文学史、现代文学的认识，逐渐形成一个新的研究思路，即"把现代文学的文本还原到历史中，还原到书写、发表、传播、结集、出版、典藏、整理的不断变动的过程中，去把握文学生产与流通的历史性及其与时代政治、思想、文化、学术的复杂关系"，这同时带来的是在新的文学观念下对史料的新发掘（参见钱理群《史料的"独立准备"及其他》）。这些年现代文学与现代报刊出版、现代教育、现代学术、现代语言学的关系，文学与现代艺术（电影、美术、音乐）的关系，现代文学创作与翻译的关系，都成为现代文学研究的热门，这背后显然隐含着一个"大文学史"的观念。在这三大潮流之外，也还有许多重要的发展趋向，比如，"文学形态、派别多元共生"观念的形成，对作家（他们的人生选择、心理、物质生活方式、写作方式）与读者（不同读者群体的审美要求与心理）的关注，对文学语言的演变、创造、发展的关注，对文学图像、历史图片的重视，等等，都为现代文学的研究，打开了新的思路。而且经过十数年的努力，已经积累了相当可观的坚实的研究成果。而这些研究成果，在许多方面，却是现在通行的文学史结构与叙述模式所难以容纳的。这就是我在一篇文章里所说的，"文学史研究和写作内容与形式的矛盾"，也就是说，这些年现代文学研究的新发展、新成果，要求文学史形式上有一个新的突破；而形式的突破，也必然带来对现代文学图景的新认识。这是一个学科发展的客观要求，大概也就是作者在序言里所说的"一个文学史写作即将发生变化的时代来了"的意思吧。我曾说，现代文学发展到现阶段，需要新的想象力和创造力，也是这个意思。

因此，我们完全可以说，吴福辉的这本《中国现代文学发展史（插图本）》正是对这学科发展的客观要求的一个自觉回应，既是新世纪有关研究的集大成者，又是一个新的开拓。我们可以看到，吴著的一个最显著的特点，就是他的所有论述都是建立在大量的史料，特别是新史料基础上的，其中也有他自己的史料的独立准备与发现，这就给人以扎实与厚重之感。同时，他也吸取了文本分析的长处，在大气磅礴的历史观照里，也时有精到的文本细读，对作者的文体风格的精微处，更别具眼光，总能引发读者会心一笑。——这也是他自己学术长处的一个自觉发挥：福辉长期供职于现代文学馆，有较深厚的史料功底；而他的艺术鉴赏力，在同代人中也是突出的，看他的学术随笔就知道。

当然，更重要的是，贯穿全书的"大文学史观"。作者对现代文学三十年的把握与描述，始终抓住两个要点，一是时代政治、思想、文化对文学的要求，亦即文学对时代主题（五四时期的"启蒙"，三十年代的"现代化"，四十年代的"救亡"）的回应；一是文学市场对文学的作用与影响。在我看来，这正是更能显示现代文学与古典文学相区别的新的文学风貌的，同时，也揭示了中国现代文学的一个基本特征和传统，即文学与时代、中国大地的密切联系。抓住这两条基本制约因素和发展线索，吴著将现代文学的发展置于与同时期的现代政治、出版、教育、学术、思想发展的复杂关系网络，由此形成的文学体制中，同时突出了文学创造的主体——作家的思想、文学选择、心态、迁徙、流动、生活方式，以及文学的接受者——相应的读者群的复杂关系与接受途径、过程，这就构成了一个立体的，网状的文学史图景。难能可贵的是，吴著还将这样的全方位的观照落实到具体的文学史结构与叙述里，于是，就有了从上海望平街这条中国最早的报刊街市开始的现代文学叙述的尝试，和"电影艺术与文学的交互作用""对外国名家应时的整体接受""文人经济状况和写作生活方式"这样的章节的设置与写作，对文学中心的变迁的文学版图的精心绘制（三十年代的"南下之路：文学中心的回归"，以及四十年代的"重庆—延安—桂林—昆明—上海等—港台"的文学多中心的描述）。这些，都是以往的文学史叙述里或缺失或不详的，是一个全新的创造。

而"表"与"图"，以及典型年代（1903 年、1921 年、1936 年、

1948年）文学大事记的特意设置，更是吴著结构上的一个亮点。在我看来，在这背后也隐含着学术上的一个自觉追求，就是努力接近文学发展的原生形态，这是有助于帮助读者进入历史的具体情境的。作者在这方面的努力，及其成果与不足，应有专文的讨论，我没有专门的研究，就不多说了。

这里，还需要谈及作者的叙述姿态与语言。在我的感觉里，作者完全摆脱了以往文学史写作难免的严厉的审判官、所谓"文学规律、法则"的发现与宣示者和导师的身份和架势，而是像一位饱有经验和学识的"导游"，引我们读者一路走来，观赏路边应接不暇的文学风景，他介绍、指点，也偶有评论，却并不强加于人，只是引"导"我们自己去"游"，当我们真的自己去"游"（阅读原著）了，他就只站在一旁微笑：尽管我们已经把他的介绍忘记了，他的目的也就达到了。这里不仅有和读者一起平等地观赏和研究的态度，更包含了作者自己对其叙述对象——精彩纷呈的现代文学风景的热爱、欣赏，以至陶醉，正是这一点，深深地吸引和打动了读者。这样，这本书的叙述，尽管总体上采用的是严谨而简练的学术语言，但也有随笔的笔法的渗入，显得亲切而有情致。再加上作者对生活与文学细节的精心选用，就平添了学术著作中所少有的趣味性。这是一本好看好读的文学史，这本身就是别开生面的。

这自然和该书是一部个人文学史著作有关。这也是作者的一大贡献：这是对1949年以后文学史写作的"教科书模式"的重要突破。我在该书出版座谈会上说过：这样的教科书模式是和现代文学进入大学教育的学科体制相适应的，这本身是具有重要意义的。但教科书模式成为唯一，就有了问题：一是容易形成某种固定化的单一观念与叙述方式，会影响个人创造性的发挥，难以形成文学史研究多元化格局，这也是这些年出版的大量文学史大都陈陈相因的根本原因；二是会逐渐将文学史研究与写作知识化，而遮蔽了其内在的现代文学精神。现在，我们终于有了一本有别于教科书的个人文学史专著，这是一个重要的开端。我在这里要补充的是，这样的个人文学史专著，是最有利于文学史研究的个性化的，不仅是个人文学观念与趣味所形成的独特的观照点，而且也包括个人的叙述方式、语言的独特性，以及作者个人感情的有节制有限度的投入，在某种程度上构成主客体的融合。这在教科书模式里都是大忌，但却构成了个人文学史的特点。

我还要强调的，是这部现代文学史的"当代性"。如前文所说，文学对时代"主题"的及时回应，是现代文学的重要品格与传统；因此，现代文学史的研究，也必然与自己所处的时代政治、思想、文化、文学思潮密切相关，需要对时代所提出的问题作出自己的学术回应。在八十年代，现代文学史研究曾经是一门时代的显学，在当时的思想解放运动中发挥了不可替代的作用，尽到了对自己时代的历史责任。这是一个值得珍惜的传统。当然，今天现代文学研究某种程度的边缘化，也是一个时代的自然选择。但并不等于我们的学科因此就不再受到时代的挑战。事实上，当下中国政治、思想、文化、文学、学术的许多现实的重大问题，都会涉及对现代文学历史的认识。比如对五四新文学，对三十年代左翼文学，对四十年代的延安文艺的评价，以及对以胡适为代表的相关的自由主义作家，以鲁迅为代表的左翼作家的评价，都直接关系着对五四新文化运动，对中国革命历史的认识，其现实意义是十分明显的，事实上都是当代思想、文化思潮中争论的焦点问题。而对现代文学中的通俗文学，京派、海派文学的评价，也和当代文学的发展直接、间接相关。我们前面提到的现代文学研究中的"脱离、回避现实"的倾向，所指的也就是对时代所提出的这些学术问题的回避。而成长于八十年代的吴福辉这一代学者，对现实的关怀，是渗透于其血肉中的；只是个性与经历的不同，反应的方式、程度不同而已。因此，我读吴福辉这部著作，就特别敏感于他对当代现实所提出的前述问题的回应。

我注意到他的回应，首先是学术的，有距离的，并不是论战式的（这自然和文学史的学术文体有关），也就是说，他的现实关怀是隐含在对历史的学术研究与叙述中的。比如他对五四新文学，对左翼文学，对延安文艺的考察与评价，就始终坚持我们这一代所选择的"历史"的与"美学"的评价标准，既充分地肯定其历史作用和价值，又不回避其历史局限及负面影响，或许有人会批评这是折中，但在我看来，我们或许正需要这样的"中庸之道"，因为当下对历史的评价，总是好走极端：或者全盘肯定，将其理想化、绝对化，或者全盘否定与妖魔化。我们正应该结束这样的"钟摆现象"，回到中点上，恢复历史本来具有的复杂性（本书的叙述就充分注意到左翼文学内部的差异、分化、相互补充、制约、冲突与发展），尊重前人所作出的一切努力与贡献，对他们在探索过程中的困惑与失误，给予同情的理解，并从中吸取历史的经验教训，以既坚持又质疑的态度来对待留给我们的这份现代文学遗产，包括五四文学、左翼文学、革命文学传统：这正是对现实提出的历史评价问题所作的学术的、科学的回应。

该书对也是现实所提出的对京派文学、海派文学、通俗文学的评价问题的回应，更具特色，作者完全走出了二元对立的简单模式，用详尽的史料、细密的分析，揭示其相互撞击，又相互联结、渗透、制

有承担的学术

约、影响、共生互融。在这方面，该书有许多让人眼前一亮的发挥，显然是多年研究的结晶，是这部文学史的华彩篇章，这里就不一一列举了。我更有兴趣与感动的，是无处不在的"同情的理解"；而且在我看来，这不仅是一种学者应有的科学态度（我曾经把"同情的理解"与"正视后果"视为文学史研究的两条必须遵守的原则），更融入了作者自己的生命体验和审美经验：熟悉吴福辉的朋友都知道，他出生于江南，却成长于北国，人也是南人北相，是吮吸着京派文学、海派文学和通俗文学的乳汁长大的，直到现在，也还游走在北京、上海两个城市之间。所以由他来讲述这三大文学，正是恰得其人。而前述他对五四文学、左翼文学、革命文学的同情的理解，也是因为我们这一代都是被这些文学所滋养的。而这滋养，是既深得其益，又深受其害的。也就是说，所要研究与叙述的对象，是和自己的生命攸关的；研究、反省、讲述这段历史，在某种程度上，正是研究、反省、讲述我们自己。这背后隐含的，不仅是深切的现实关怀，更是深远的人文关怀，刻骨铭心的生命关怀。这就是为什么我们读吴福辉的这部皇皇大作，虽深感于其材料的丰富，却又觉得这些材料都虎虎有生气的原因所在。这样的学术的生命活力，是那些将学术技术化的著作所不能望其项背的。

在这个意义上，吴福辉的这部著作，也是对我们前面说到的当下现代文学研究弊端的一个反拨。

当然，读吴福辉的这部著作，掩卷回想，也会有些遗憾。我感到的主要有两点。一是尽管前面说过该书时有精到的文本分析，但总体而言，该书长于对"文学外部"的描述，对"文学内部"的分析、叙述，则有不足。这样的内、外的区分或许也有问题，但本书对各文体的内在发展线索，对文学语言的内在发展线索，以及文学风格的内在发展线索，未能做更精细的梳理，却也是事实。其实，吴福辉在这些方面，是做过一些研究的，例如他对讽刺文学的研究，在八十年代是相当令人瞩目的，也就是说，还有发挥的余地。另一方面，如果将该书和作者也参与编写的《中国现代文学三十年》相比，也可以发现，尽管已经有了许多新的精彩的分析和发现，但就对这三十年文学的分析、评价和框架而言，还没有实现总体的突破。这或许是一个苛求。因为就整个学科的发展而言，我们对三十年文学的重新研究，再认识，才刚刚开始；我因此曾经表示，现阶段现代文学的研究的重心，还在对局部问题的再发掘、再认识，在有了更多的积累和更丰厚的理论准备，在相关学科（例如现代思想史、学术史）有了更大的发展之后，才可能有综合的突破性的整体研究，在这个意义上，我认为重写现代文学史的时机尚未成熟。但这丝毫也不影响像该书这样的既是阶段性成果的总结，又是新的探讨和开拓的文学史著作的意义和价值，这都是学术研究必不可少的积累，是我们一开始就说的学科发展长河里的"中间物"，却又标示着一个时代、阶段的学术水平。因此，我认为，作者将该书定位为"为将来的文学史先期地展开各种可能性做一个预备"，既是对自我价值的有限性的一个清醒认识，也是对自身价值的一种自信与自尊。这样的学术清醒、自信与自尊，都是极其可贵的。

最后还要说一点：该书的价值，不仅在其对学科积累的重要贡献，更在于其所显示的学术精神。我想概括为三点，一是学术的沉潜精神，二是学术的想象力与创造力，三是学术背后的现实关怀、人文关怀和生命关怀。这都是切中当下现代文学研究的时弊的，其启示意义是不言而喻的。

商金林学术研究的"现代中国人文史"视野

——读《中国现代作家的读解与欣赏》有感

商金林老师是我在北京大学中文系现代文学教研室的老同事、老朋友。我在很多场合都谈到，北大中文系现当代文学教研室是一个非常值得怀念的学术、教学群体。它的特点和魅力就在于，每一个成员在学术研究与教学上，都各有特色，具有极大独创性，又彼此补充、支持，更相互欣赏——后者尤其难能可贵。我和商金林老师的关系就是如此：我们平时接触并不多，就像他的学生所说的那样，商老师"从来不拉小圈子，不东张西望，只是安安静静地做自己的学问"，我也如此；但我们却暗暗地彼此欣赏。我还暗暗地为商老师打抱不平：尽管他在所做的叶圣陶研究等领域一直有很大影响，但在现代文学研究界却多少有些被冷落，也就如他的学生所说，"如果真的以名气的大小评价他，这是不公平的"[1]。在我看来，"名气大小"倒无所谓，问题在商老师的学术特点与成就没有得到学术界充分的体认，受到损害的就不只是他个人了。正因为如此，我一直在内心里有一个愿望，就是把商老师作为我的"学人研究"的对象。因此，当商老师表示希望我为他的新作写点什么，我毫不犹豫地就欣然接受了下来。这两天认真一读，更感到了商老师学术研究的独特与分量，真的是对"商金林学术"做认真的研究与评价的时候了。

---

1 参看李斌：《做一位人品高洁、勤奋治学的读书人——商金林先生印象》。

但由于长期的忽略，真要研究，又不知从何入手。就在多少有些困惑的时候，我读到了收入本书中的《日本〈中国文学〉月报中的周氏兄弟》，并注意到商老师发掘出的成立于 1934 年的日本中国文学研究会的两大特点。一是"当时的日本的中国研究是清一色的中国古典典籍的研究。竹内好、武田泰淳、冈崎俊夫等一批年轻学者勇敢地站出来挑战整个日本的中国研究界，誓言要与现实中'活的中国'接触，并强调这种接触的重要意义"。二是研究会创办的《中国文学月报》上对鲁迅的《中国小说史略》（增田涉译注本译为《支那小说史》）的介绍与评价："这本书不仅论述了从古代到清末的支那小说，也论述了政治经济、民族社会与小说之间的相互作用与影响。对这部小说史的评价应该是前无古人的旷世之作。它超越了文学史，达到了人文史的顶峰，是中国研究者以及学者和文人必读的世界性巨著"。还有对《大鲁迅全集》的介绍与评价："支那对世界来说是一个伟大的谜！！解开这个谜的唯一的钥匙是这部《大鲁迅全集》。"写到这里，商老师忍不住感叹说："这两则广告大气磅礴，精彩至极，字里行间洋溢着译者和出版社对鲁迅的无限敬仰"，显然被震住了。而我读到这里，更是茅塞顿开：商老师（或许也包括我，我们这一代学人）不正是在关注现实中"活的中国"，试图解开"现代中国"这一"伟大的谜"，而在十九世纪八十年代聚集在现代文学研究领域的吗？我们实际继承、发扬的，不正是鲁迅《中国小说史略》所开创的"超越文学史"的"人文史"的研究传统吗？

这当然不是偶然的：就在我研读商老师的新作的前几天，即 9 月 25 日，北京大学"现代中国人文研究所"正式成立，指出当下的中国学术研究存在着"重传统、轻现当代中国研究"的不平衡现象，因而强调要重振"现代中国"的研究，认真总结二十世纪、二十一世纪中国经验与中国教训，建构"现代中国人文学"，解答"现代中国之谜"的新的历史任务。这正和商老师所注意与强调的鲁迅《中国小说史略》开创的"人文学"传统相呼应。我们也因此看清，商老师的学术研究的最大特点与价值，就是进行这样的"超越文学史"研究的"人文学"研究的最初尝试。我也因此找到了理解、评价商金林老师这本《中国现代作家的读解与欣赏》的一个最佳切入口。

所谓"人文史"研究，按当年日本学者对鲁迅的《中国小说史略》的评价，其最大特点，就是不仅关注文学史上的小说文体演变的研究，更关注"政治经济、民族社会与小说之间的相互作用与影响"，就有了一个"超越文学史"的更广阔的"人文学研究"的空间。应该说，商老师的研究在这方面是高度自觉的，他之所以历时50载，以惊人的毅力钻研叶圣陶，就是因为"研究圣陶先生可以纵观现代文学、教育和出版事业的发展，追寻近现代知识分子前进的足迹"[1]。商老师这方面的成就与贡献已有目共睹，我就不再多说。我要多说几句的，是这一次阅读商老师新著的一个新发现:《从音乐美术上领会人类的思想情感智慧光辉——湘西音乐美术与沈从文创作之关联》。说是"新发现"，是因为商老师提供的是一个全新的，却更接近其天性的沈从文:他身上的"楚文化禀赋"不仅在于许多研究者都谈到的"重生命、重自然、重个性、重情感"，更在于为研究者所忽略的"对于神韵的形态、色彩、声音乃至气味都十分敏感"。正是商老师提醒我们注意沈从文关于"他的人的生命与声音的关系"的自述:"一切在自

---

1 参看李斌:《"提供更多真实的中国现代文学图景"——北京大学商金林教授访谈》。

然上和人性中存在的有情感的声音", 都已经"陆续镶嵌在（我）成长中的生命中每一部分", "也许我所理解的并不是音乐，只是从乐曲节度中条理出'人的本性'"。还有"他的创作与音乐的关系"："（我所写的）大部分故事，总是当成一个曲子去写的，是从一个音乐的组成上，得到启示来完成的。有的故事写得还深刻感人，就因为我把她当成一个曲子来完成"。——在我看来，这都是商金林老师对沈从文其"人"其"文"的重大发现。或许更应该注意的是，商老师从沈从文与音乐、美术的关系入手对沈从文作品的"人文"价值的独特发现和阐释。他这样描述、评价沈从文小说里的"纤夫、船夫、打油工'神圣'的'歌声'"："沈从文所展示的并不是纤夫的屈辱的地位和沉重的苦难，而是他们'血液里的铁质'，他们如何用血汗挥写湘西的水上文明"，沈从文从纤夫的歌声里"感悟到更多的是纤夫作为'人'的'尊严'"，"沈从文写的就是纤夫的'生命形式'，或者说是'生命史'"。这是商老师特别看重的沈从文《媚金、豹子、与那羊》《月下小景》《边城》等小说里的"'杂糅神性与魔性'的山歌"："山歌表现的是真情实感，'山歌'是'不识字的诗人的作品'，是人类物质文化、精神文化和制度文化的凝聚体，是民间文化的百科全书"，"沈从文的抒情气质和'单纯'，以及他善于写'人'的'精神生活'的视角，都得益于湘西山歌的滋养"。商老师还注意到，湘西苗族、土家族都是"爱'美'的民族"，沈从文认识与描述"楚人"的"生命"，"实由美术而起"。这样，商老师就从沈从文笔下的纤夫的号子、山民的山歌、民族的服饰里，发现了沈从文最为在意、努力揭示的湘西"人"的"精神生活"和"生命史"，以及背后的"文明"形态：这样的"沈从文解读"，正是"商金林人文史研究"几乎是独一无二的创新，以及最具魅力之处：它从美术史、音乐史的角度去解读文学家的沈从文的文学创作，别开生面地揭示了沈从文作品超越文学的人文价值，而且特具说服力与吸引力。我还要指出的是，商老师的"美术史"研究视角，还延伸到他对闻一多的研究。大家都知道，朱自清在《〈闻一多全集〉序》中做出的概括——闻一多"学者中藏着诗人，也藏着斗士"的"三位一体"，已经成为思想、学术界的一个共识；商老师却在他的《"我的世界还有更辽阔的边境"——集艺术家、诗人、学者、斗士于一身的闻一多》里，强调闻一多是"'熟谙美之秘密'的'艺术家'"，塑造了一个"集'四重人格'于一身"的闻一多，同样极有说服力，丰富与完善了闻一多其"人"其"文"的形象。

这里，已经涉及"人文史"研究的另一个特点："人文""人史"，它关注的始终是"人"（作品中的"人"，以及作者、研究者、读者的"人"的情感、生命的投入）与"文"，以及作为研究方法的"由'人'及'史'，又由'史'见'人'的学术道路"[1]。在这方面，本书收入的《认识在北大中文系执教过的老师们》和《大学举幡辉青史，后此神州日日新——几代人的"五四"（1919—1949）》两篇大文，堪称"代表作"。商老师在《几代人的"五四"》里特地引述了郁达夫和沈从文的"五四"观：郁达夫强调"文学是'人学'"，"五四"的最大价值是对"'个人'的发现，这才有了'文学'的发现"。沈从文则在《五四和五四人》一文里，第一次提出"五四人"的概念，强调"'五四精神'得靠'五四人'的阐释"。商老师也就找到了研究"五四"的独特视角，开辟了一条研究新思路。于是，我们就通过商老师的描述，与一批特具魅力的"五四人"相遇了。这是叶圣陶："爱

---

[1] 参看李浴洋：《庾信文章老更成——商金林先生学术印象》。

友如命，有很多相伴一生的朋友"，"爱家恋家，家庭的和美温馨令朋友们羡慕不置"，"总觉得自己所得太多，总要求自己把工作做得最好，做到极致"。这是朱光潜："以出世的精神，做入世的事业"，"为人毫无世故气，为文毫无江湖气"，"要为全国制造信仰学术的风气"，"用拼搏的灯光照亮屈辱和苦难的暗隅"，"懂得忍，不盲从，不攀比，不附和，不去关心世俗生活中人们所追求的功名、权位、财富，远离世事纷扰，平和豁达，生活简单化，让'身'坚强独立起来，只会愈挫愈勇，精进不懈'"。这是闻一多：不仅"集艺术家、诗人、学者、斗士于一身"，更目光远大，"从不怀疑我自己的造诣很属特殊"，"我的世界还有更辽阔的天地"，"定能为人类作出'最伟大的贡献'"：何等的志向与气势！当然，不可不说的还有鲁迅。这也是评论者所特意关注的：不少商老师这样的"第三代学者"，"中年过后都在各自极具特色的研究对象之外，增强了对'五四'和鲁迅的关注，写出了力透纸背的文章，这样的"人书俱老"时形成的"晚期风格"，"这一代兼具历史感与现实感的学者在古稀之年汇集而成的'共识'，自然不能等闲置之"[1]引起商老师强烈共鸣的是郁达夫对鲁迅"观察之深刻"的阐释；"当我们见到局部时，他见到的却是全面。当我们热衷去掌握现实时，他已经把握了古今和未来"。商老师由此而发出感慨："研究鲁迅，探求鲁迅与当代中国的对话关系，是鲁迅研究者义不容辞的责任和义务。只是'知之惟艰'，真实的鲁迅，等待着我们更多的发掘。"但他还是在《鲁迅的思想情怀》里，留下了他心目中的鲁迅形象："为了'无穷的远方'和'无数的人们'"而存在的不朽的生命。这就是商老师笔下的"五四人"：他们"都有追求真理，崇尚科学的

---

1 参看李浴洋：《庾信文章老更成——商金林先生学术印象》。

热忱"，更有"做人的准则——有所为，有所不为"，"都是君子，爱己也爱人"，"都有一种'青春不老创造的心'"，"都还带有一点天真的稚气，因而极其可爱，极其可贵"。

这样的"极其可爱，极其可贵"的"五四人"，对于我们这些"五四"研究者，都是既熟悉又新奇的。我总能从商老师这里获得意想不到的新发现，并因此欣喜、称羡不已。我想过其中的缘由：我发现，商老师是"把自己的生命也融入对于对方生命的认识与理解中的"，作为评论者所说的"五四人"的"隔代知己"，商老师的"人文学"视野下的研究，实际上是研究者自己与研究对象之间的一次对话，既是对研究对象的人的生命的不断"发现"，更是对自我生命的"修身"养性。商老师对此是完全自觉的。他说过，通过阅读与研究，走进研究对象的世界，"一定会厚实我们的底蕴，纯粹我们的精神，完美我们的性情"（《望之俨然，即之也温——我记忆中的叶至善先生》），他还一再表示，叶圣陶的精神，"完全可以'照着学'和'照着做'"的（《〈江苏历代文化名人传·叶圣陶〉后记》）。商老师的研究，在评论者眼里，就呈现出一种特具魅力的形态："他是在以叶圣陶的精神研究叶圣陶，与叶圣陶对话，也是以叶圣陶的眼光衡人论事，察世观风；更是以叶圣陶的标准要求自己，做一个有所为有所不为的'真正的理想主义者'"[1]。这其实也正是对文学作品的"人文史"研究的一种理想形态："人文史"研究的"人"，既包括文学作品所描述的"人（物）"，作品的创造者作家其"人"，也包括文学研究者（学者）其"人"；而"人文史"研究的"文"，自然涵盖了文学"作品"和学术"论著"：文学创作与学术研究，作家与学者的生命就最终融为了

---

[1] 参看李浴洋：《庾信文章老更成——商金林先生学术印象》。

一体。吸引我们读者的，就不仅是作家，更有学者自身的生命魅力。合上这本《中国现代作家的读解与欣赏》，我的眼前浮现的，不仅是那些"极其可爱，极其可贵"的现代作家，更有同样"极其可爱，极其可贵"的商金林老师：就像他的学生所描述的那样，这是"一位人品高洁、勤奋治学的读书人"，"学问已经融入他的生命之中，阅读与治学已经成为他的生活习惯"；"他只是大时代的一位普通人"，"没有走过岔路，没有做过离谱的事儿。作为普通人，这是不容易的"[1]。

2022年9月29日—10月3日

---

[1] 参看李斌：《做一位人品高洁、勤奋治学的读书人——商金林先生印象》。

关于"同时代人"的两点随想

——在"同时代人的文学与批评"对话会上的发言

我刚从贵州赶来开会。我是 1960 年 21 岁时去贵州教书的，1978 年离开，来北京读研究生，这次五十九年后回去和当年的老学生、老朋友见面，就沉浸在六七十年代的历史回忆中；现在，又来参加今天的老朋友对话，要回顾八十年代的历史，有些不知如何说起。就只有从子平兄的书里偷取灵感了。而且真的在今天要着重讨论的他的新著《文本及其不满》里得到两大启发，就此谈两点随想。

子平首先谈到了"同时代人"的关系。特别提到李陀曾用"友情"和"交谈"概括他所亲历的八十年代。子平说，这是"很传神、准确"的，"当年的各种思潮与文章的蓬勃潮流"，正源于那些年的"无限交谈"。子平称之为"新启蒙"的"态度同一性"。我读到这里，心里为之一震：因为今天这样的"无限交谈"和"态度同一性"已经不复存在了。我在 2017 年王富仁先生逝世后，曾经说，我们现在生活在一个分裂、分离的时代。人与人之间，当年的老同学、老朋友之间，甚至在家庭内部，都失去了共识。能够毫无顾忌地、推心置腹地畅所欲言的朋友越来越少。子平概括的"同时代人"已经分崩离析了。在这样的现实情境下，回顾当年的历史情景，怎能不感慨万千！

李陀把当时的友情和交谈概括为四条：第一，可以直言不讳；第二，可以誓死捍卫自己的观点，跟人家吵得面红耳赤；第三，相信朋友不会为这个介意；第四，觉得这争论有意义。我还想补充一句：什么都可以谈，政治、经济、文化、文学、哲学……各种问题都随便聊，没有任何顾忌，这背后就有一个思想自由的环境与氛围，这或许是最根本的。我们"二十世纪中国文学三人谈"就是这样的"自由谈"的结果。在那个年代，自由聊天，不仅是一种生存方式、学术方式，我们还创造了"学术聊天"的自由文体。我还要特别回忆的，是当年我和学生之间的"无限交谈"。这就是所谓"老钱的灯"。学生上完晚自习路过我住的 21 楼，看见老钱的灯还亮着，不管时间多晚，敲门，撞进去，就谈开了。王风回忆说，他经常和我聊天，聊到三四点钟，这大概是真的。而且我和学生的交谈，都是平等的，是所谓"以心交心"，学生可以发表不同意见，也可以争论。一些经常来聊天，比较亲近的学生和我就形成了"亦师亦友"的关系。在我退休时就有学生在网上发文，说我是"最像朋友的老师，最像老师的朋友"。我是十分认可这样的评价的。所以学生都叫我"老钱"，其中含着说不出的亲切感。在这个意义上，我和我的学生也是"同时代人"。

　　这其中的那个时代的人与人之间的关系，确实是令人怀想的：这是思想自由、解放时代的人际关系，是以共同的理想、信念、追求为基础，超越名和利的人际关系。我曾经说过，自己——或许也包括我们同时代人，前半生充满艰难曲折，后半生发展就比较顺利。这其中关键是在八十年代遇到了"好老师"，按平原的说法，我们是与三四十年代的学者直接接轨，得到了他们的倾力教诲，也得到了五十年代的老师的无私支持。另一条就是我们有了这样一群"同时代人"。我回顾自己八十年的人生，最要感谢的是三个群体。一是贵州、安顺的朋友群：这是我的基础、我的根；这次回安顺就是落地归根。再一个是我的北大老师群：吴组缃、林庚、王瑶、乐黛云、严家炎、樊骏、王信，等等。第三个就是同时代人群。我所接触到的关系密切的同代人自然以北大的老同学、老学生为主，也包括外校、外地的几十年没变的一些老朋友。这个同时代人群，在我看来，有四大特点。一是思想、精神、学术上都有自己的理想、追求；二是思想、性格、学术个性都十分鲜明，各有不可替代的特色；三是在彼此交往中都深知对方的弱点，保留不同意见，但又求同存异，彼此宽容，不是党同伐异，也不亲密无间，相互合作但又保持一定距离，最大限度地维护各自的独立性；四是彼此欣赏，形成良性互补。我万幸生活在这样的朋友圈里，没有任何内斗、内耗和干扰，可以心无旁骛地做自己心爱的学术，还可以时刻感受到朋友的理解与支持。许多人都惊讶我怎么写了这么多，我心里明白，其中一个重要原因，就是尽管时有大的环境的干扰，但我所处的具体小环境，却极为和谐、安静、温暖，有利于我的自由创造。这是我要永远感谢我的老伴和周围的这些老同学、老朋友、老学生——我的同时代人的。

这里，我要特别谈谈黄子平兄。我多次说过，子平是我们中间智商最高的，也最具有独创性，以至我不知道用什么来概括他的学术特点。我只能说说我最为佩服他的几点。一是他的理论自觉与修养，特别是他对西方各种现代、后现代理论的强烈兴趣、熟悉程度与广泛运用。坦白地说，他的文章有的地方我看不懂，原因是我对相关理论不熟以至无知。二是他的艺术感悟和美学自觉。三是他对语言表达的情有独钟、讲究与独特运用，即所谓"语不惊人死不休"。四是他的社会、历史、学术视野的广阔，多学科把握学术的高度自觉。这四个方面大都是我的弱点。我比较关心政治、社会、思想史。我发现子平从表面上很少直接谈论政治、社会、思想，但他实际上是有很强的社会关怀、思想关怀和政治关怀与焦虑的。在这方面，我们俩是内在相通的。意识到这一点，我内心有一种说不出的温暖感。

我还要说说子平对我的学术工作的帮助和启示。一是他把我举荐到出版社，打开了我的学术通往社会之路。我们四个人中最早出名的是黄子平，他的那篇评论林斤澜的文章在《文学评论》发表，一举成名以后，上海文艺出版社的编辑找到他，问他的朋友中还有哪些出色的人才，他推举了赵园和我，我的第一本鲁迅研究专著《心灵的探寻》才得以顺利出版。而在此之前，我的书怎么也找不到愿意接受的出版社。子平的出手相助，就是"雪中送炭"。我更难忘，并心怀感激的，是子平的学术思想、思路对我的直接启发和影响。我的著作中，引述子平的意见最多。像最早注意到"堂吉诃德和哈姆雷特的东移"现象的就是子平，他在自己的一篇文章里提及，却没有展开；我当时正在思考知识分子与共产主义运动的关系问题，却找不到切入口，读到子平的这一发现，就茅塞顿开，立刻紧紧抓住，最后写成了《丰富的痛苦——堂吉诃德与哈姆雷特的东移》一书。我至今还认为，这是我的主要代表作。这当然有我自己的努力与贡献，但起意者是子平，是我永远忘不了的。后来，我构想《中国现代文学编年史——以文学广告为中心》的结构，也是得到了子平关于文学史叙述结构的设想的启示。这样的相互沟通、相互启发，学习，借鉴的学术关系，也是今日所难得，我特别珍惜的。

子平《文本及其不满》，在说到"同时代人"的相互关系之外，还特别谈到了"同时代人"与他的时代的关系。子平指出，他们既"如此密切地镶嵌在时代之中；另一方面又不合时宜地格格不入"，他们"属于这个时代，但又要不断地背叛这个时代，批判这个时代"，他们"紧密联系时代，同时又与时代保持距离"，他们"紧紧凝视自己的时代，又最能感知时代的黑暗"。我理解这就是说，同时代人与时代的关系是既"在"又"不在"。我认为，子平的这一论述，很好地概括了我们这些人与八十年代的关系。我们当然是这个时代的弄潮儿，就像前面所说的，我们似乎是"如鱼得水"。但这只是"似乎"，实际情况要复杂得多。这涉及对那个时代的认识。八十年代既有思想自由、言论自由的那一面，又有对思想言论自由的压制。这是一个两种倾向、力量，两种发展道路、体制相互博弈的时代。我们在思想解放的呼唤下迎风而上时，背后就追随着大批判的阴影。这里，就需要谈到"二十世纪中国文学三人谈"中的一个人们不太熟知，以致被遗忘和淡化的背景：在我们之前，曾有过一次在五四领导权问题上的大批判。我们从这次大批判中，意识到现当代文学研究中存在着一个"依附于政治史叙事的文学史框架"，这个框架不打破，就会从根本上束缚学科的发展。因此，我们提出"二十世纪中国文学"的概念，就是对既定现当代文学史研究框架的一个自觉的挑战，这是显示了这一代人的学术从一开始就具有的不合时宜的反叛性的这一面。黄子平在八十年代的两句名言："深刻的片面"，"创新的狗追得我们连撒尿的工夫都没有了"。前者是对批判的学术的辩护，后者则是对创新成为时髦的警惕与自嘲，这都表现出某种异质性。因此，这些同代人在那个时代的心情，既有舒畅尽兴的一面，同时也是内含忧虑的。子平解释我们以"悲凉"概括二十世纪文学的美学特征时，我们自己当时就怀有"焦虑、忧患意识"，"劫后余生，心境一直悲凉得很"，虽然这不是主要原因，但也有一定道理。

但或许正因为如此，我们既融入了时代潮流，又保持了一定距离，这就从根本上维护了自身学术上的独立性。因此，到九十年代以后，我们由学术的中心位置逐渐边缘化，一方面依然保持了学术的活力，另一方面又因为边缘化，就看到了子平所说的"身处中心无法看到的问题"，对学术思想、方法进行了不同程度的调整与发展，而且更加自觉地追求学术的独立性。当然，并不是所有的学者都做到了这一点，以至于十多年后子平回到大陆，发现许多当年的同时代人都变了，但我们这个小群体却没有变，自然弥足珍贵。我们至今也还是"相互搀扶"着，但我们也确实感到了孤独。现在，我们都老了，能够做的事情已经不多了，但我们还可以做一点历史经验的总结。今天的"四人谈"，重话当年同时代人，就有总结的意思。我想归结为两条，也是我今天发言的重点：要保证个人与整个学术界健康的发展，有两个关键，一是思想的自由，一是学术的独立。

2019年10月30日整理

谈谈赵园和我们"这四家人"

平原兄安排我写一篇随笔，谈谈我心目中的"赵园印象"。可写的东西确实不少，却不知从何入手，就迟迟不能动笔。大概是前天清晨，梦中醒来，突然冒出这个题目，就似乎有了一个切入口。尽管并不十分准确：我们这四家从未有拉帮结派之意，不过是彼此相容，走得比较近而已。但把我们异中有同的选择，放到这几十年的学术史、知识分子精神史上来看，似乎也有点意思，至少有话可说。

所说的"四家"，自然指赵园与王得后，陈平原与夏晓虹，黄子平与张玫珊，以及我与崔可忻这四户人家。除了崔可忻、张玫珊之外，都属从事文学研究的学术界专业人士，而且都是从二十世纪八十年代一路走来，足足走了四十多年，而且似乎都是"初心"有调（整）而不变。

（一）

我们四家八人中有四人（赵园、陈平原、张玫珊和我），都是王瑶先生的研究生；王得后则是王瑶先生在鲁迅博物馆的同事。因此，我们出现在二十世纪八十年代的学术界时，是被视为王瑶先生的"学生辈"的。王瑶先生对我们也都有具体的评价与期待。我在很多场合都谈到，王瑶先生生前多次对师母说，凡是有关"现代文学史研究"的事，都找钱理群；在我的感觉里，这是老师对我的托付：一定要坚持现代文学史的研究，我也真的这么做了。但是，先生并不看好现代文学研究，他认定，在现行体制下，现代文学这门学科是不会有大的发展余地的。因此，他一再强调，他"属于清华"，而不属于北大：他尽管是现代文学研究学科的开创、奠基者，他更重视自己的《中古文学史论》的研究。他晚年最看重，用力最多的，是现代学术史的研究，强调用现代方法研究中国传统文学。而他最后选择了陈平原做他这方面的研究的助手，也非随意。他早就批评我的致命弱点是不懂外文，古文修养不好，语言文字太不讲究。在这些方面，赵园与平原虽也有不足，却都是超于我的。晚年的王瑶先生显然对平原寄以更多的期待，平原到九十年代转向学术史、教育史的研究，也是对王瑶学术传统的自觉继承与发展。对于赵园，王瑶先生只有一句话：赵园有很强的独立性，不要多管她，让她自己去发展。这也是深知赵园之言。在某种程度上，我们几个同学中，受王瑶先生影响最小的就是赵园，而且她是自觉的，尽管她后来把自己的学术重心转向明清，是最接近王瑶的研究的。在我们这一群人中，王瑶先生最欣赏的，自然是得后：他根本不把得后视为学生，而从一开始就全力支持得后对鲁迅"立人思想"的研究，对之寄托了很大的希望。

（二）

而我们这些人在二十世纪八十年代走到一起，起关键作用的，则是黄子平。他是我们这一群中，最早为学术界看重并产生社会影响

有承担的学术

的。他那篇评论林斤澜的文章《沉思的老树的精灵》在《文学评论》发表，一举成名以后，上海人民出版社编辑找到他，问他的同学、朋友中，还有哪些出色的人才，他推举了赵园和我，我的第一本鲁迅研究的专著《心灵的探寻》才得以顺利出版。赵园的第一本书也是这么出版的。陈平原也是子平推举的：他和子平是广东老乡，平原在中山大学中文系毕业，想报考王瑶先生的研究生，子平把平原的论文推荐给我，我看了大为感佩，立刻向王瑶先生郑重介绍，王先生也十分欣赏，毫不犹豫地就收了平原为弟子。子平后来在回忆这段历史时，就谈到我们这些人，是因为"新启蒙"的"态度同一性"走到一起的。他还提出了"同时代人"的概念，并这样描述我们这"同时代人"的特点，主要是我们和时代的关系：既"如此密切地镶嵌在时代之中，另一面又不合时宜地格格不入"。我们"属于这个时代，但又不断地要背叛这个时代，批判这个时代"，我们"紧密联系时代，同时又与时代保持距离"，我们"紧紧凝视自己的时代，又最能感知时代的黑暗"。(参看黄子平：《文本及其不满》)在我看来，就是一种"'在'与'不在'"的关系。应该说，正是子平概括的这样与自己时代"属于又批判"的关系，构成了我们这"四家人"终生为伴的思想基础。而这样的概括由子平提出，也非偶然：如我在2019年召开的"同时代人的文学与批评"对话会上所说，"子平是我们中间智商最高的"，他的"理论自觉与修养"，"艺术感悟与美学自觉"，"对语言表达的独有情钟，讲究与独特运用"，"社会、历史、学术视野的开阔，多学科把握学术的高度自觉"，实际上也构成了我们这四家人共同的学术追求，子平无疑是杰出的代表。也就是在这次会议上，我对我们"同时代人"特点做了四点概括，我的依据、心中所想，主要就是身边这群同学与朋友："一是思想、精神、学术上都有自己的理想、追求；二是思想、性格、学术个性都十分鲜明，各有不可替代的特色；三是在彼此交往中都深知对方的弱点，保留不同意见，但又求同存异，彼此相容。不是党同伐异，也不亲密无间，相互合作，又保持一定距离，最大限度地维护各自的独立性；四是彼此欣赏，形成良性互补。"我由此而发出感慨："我万幸生活在这样的朋友圈里，没有任何内斗、内耗和干扰，可以心无旁骛地做自己心爱的学术，还可以时刻感受到朋友的理解与支持。"[1]

（三）

还是回到二十世纪八十年代的历史现场。我们这一群人在那个启蒙主义时代，最引人注目的表现，大概就是子平、平原和我合作提出的"二十世纪中国文学"的概念，特别是当时影响最大的《读书》杂志，连续 6 期发表我们的"三人谈"，我们也就被推到了学术界的前沿地位。可以说，我们三个人都对此做出了不同贡献。如平原在许多场合多次谈到的，这一概念的最初设想是我提出的，这与我总喜欢"出新点子"的学术个性有关。但我同时还有一个特点，就是每有新发现以后，又多有自我质疑，因此总是犹疑不决：当时已经人到中年的我，就为我们知识准备不足而感到有点发怵。而青春焕发的子平、平原，却是初生牛犊不怕虎，认为认定了大方向，就应该理直气壮地勇往直前。最后由子平执笔写出，由平原在"现代文学创新座谈会"

---

[1] 参看《关于"同时代人"的两点随想——在"同时代人的文学与批评"对话会上的发言》。

上首先把我们的想法公之于众，就绝非偶然。当时的考虑是："二十世纪中国文学"概念的提出，是对现行学术的一个挑战，可能引起质疑，子平是我们三人中"最会写文章"的，由他执笔，就比较稳妥；而我们把现代文学的起点，由"五四"提前到晚清，也容易引起争议，平原正在研究晚清文学，由他主讲，是最合适的。事实证明，我们当时这样的安排是正确有效的，子平和平原也就自然成为倡导"二十世纪中国文学"的主要推动者。八十年代中后期的"文化热"中我们三人都参加了"文化：世界与中国"编委会，子平与平原都是其中的主要骨干，我也只是参与而已：我一直把主要精力集中在闭门研究周氏兄弟上，和学术界和民间社会都保持一定距离。

赵园更是没有参与：她的学术风格与个性，都不会主动、积极参与集体性的学术研究活动，她是真正的"独行侠"。但她对我们的"二十世纪中国文学"研究还是理解与支持的。由于得后担任了鲁迅博物馆副馆长，她家的住房比较宽敞，我们这群朋友也常常约在她家聚会。我至今还清楚地记得，1989 年我的 50 岁生日就是在她家过的，同时过生日的，还有 40 岁的黄子平和 30 岁的汪晖。赵园也许比我更是集中精力闭门著述，于是就有了她的四大代表作：《艰难的选择》《论小说十家》《北京：城与人》《地之子》。在我看来，这不仅是她个人的代表作，更是八十年代启蒙时代的现代文学研究的代表作。我去年重写现代文学史，她的这四部著作都是主要参考书，引述的文字也最多。据王富仁的学生宫立在其所写《风骨：中国现代文学学人素描》里回忆，王富仁在私下多次表示，在二十世纪八十年代的现代文学研究者中，他最佩服、以至"崇拜"的就是赵园。原因是她"永远走自己的路，说的是自己的话，用的是自己头脑里自然呈现出来的概念。她从不与时俱进，但也不与时俱退，是一个按别人的标准无法分类的人物。"她的文章"没法作内容提要，没法提取关键词。勉强做出来，提取出来，也无法说明她的文章的要义，无法概括她的文章的要点。但这恰恰是她的文章的魅力所在。"说得太好了！赵园说她"很少读老钱的文字"（《话说老钱》），其实她做研究就很少参考别人的研究成果，而是直接面对历史文本和相关原始资料，以自我生命投入，逐渐进入、深入，就有了仅属于自己的发现。赵园说，学术对她来说，就是"一种积极的生活方式，经由学术理解世界，同时经由学术而自我完善"，学术更给自己"提供'反思'赖以进行的空间"。因此，她也"不需要为'耐得住寂寞'而用力"。赵园说"无人喝彩，从不影响我的兴致"（《〈明清之际士大夫研究〉后记》）。在我看来，这才是赵园学术的真谛与魅力所在。樊骏在总结八十年代的现代文学研究时说，第三代学人中，赵园"可能是最富学术个性的一位"，这是道出了"真实"的。

（四）

但历史无情：我们很快就面临二十世纪末的社会动荡所带来的政治、社会、思想、文化、学术环境、知识分子命运的大变动。

首先面对的，是知识分子"如何存在"。在我们群体中，首先关注到这一问题，并做出了明确选择的，依然是黄子平。他在九十年代初，以《幸存者的文学》命名自己的著作，我们都大为震动。于是，就有了"幸存者的学术"。在评论者看来，我的《丰富的痛苦——堂吉诃德和哈姆雷特的东移》、陈平原的《千古文人侠客梦——武侠小说类型研究》与黄子平的《幸存者的文学》，构成了转折时期的又一次"三人行"。也如评论者所说，"幸存是一种深刻的生存体验"（袁一丹：《用众不如用独——赵园与九十年代学术转型》）。无情的现实是，八十年代我们那种"既在又不在"的独立选择，已很难坚持。现在我们提出"幸存者"的概念，就包含了既然"幸存"下来，就还要"坚守"下去的意思。问题是"如何坚守"？这就有一个"在政治与学术，体制与市场之间重新寻找自我定位"的问题。这不仅需要勇气和韧性，也要有自我反省与调整。如评论者说，我们需要从二十世纪八十年代的"英雄主义、理想主义、浪漫主义"的"启蒙主义"的幻觉中惊醒过来，"正视自己的现实境遇。弄清楚自己能做什么，不能做什么"。

我们中首先做出新的选择，找到新的历史定位的是陈平原。赵园说："朋友中，平原有大将风范，长于策划，组织，能实际操作"（《话说老钱》）。在八十年代，他在我们这个群体中，年龄算是最小的，一切还在起步阶段，来不及充分发挥，到九十年代，就真正到了属于他的时代了。从九十年代初创办《学人》杂志，到1999年建立二十世纪中国文化研究中心，以后在新世纪又出任北大中文系主任，平原积极倡导胡适开创的"学院派学术"，成了九十年代的学术领军人物。但他依然煞费苦心地保持自己一定的独立性，反复强调要有"人间情怀"。人们由此隐隐感到了他倡导的学院派学术与八十年代启蒙主义学术的内在连续性，就和主流学院派区别开来了。这是极其难能可贵的。

赵园也有自己的"另作选择"。她敏锐地发现，"曾有过中国现代文学研究者'第三代'的说法，已不大被人说起"，"曾被归为一

'代'者，渐由'世代'中抽身而出，重新成为单个的人"（《话说老钱》）。她自己就是如此，作为"单个的人"，就有了更为独立的学术选择：她毅然走出现代文学研究界，开始了"明清之际士大夫研究"。我完全能理解她的这一选择：现代文学中，真正能够引发赵园将自己的生命投入的作家作品，本就不多；在她写完了她有话可说的作家，真正有兴趣的作品的研究文章以后，她就得"走人"了。据说，是陈平原、夏晓虹建议她转向明清士大夫研究的，他们两位是很有眼光、远见的。对于赵园来说，这不仅是由现代走向古代，也是从作家研究走向"士大夫"（知识分子）研究，从文学研究走向"'思想史'研究的边缘"（赵园语）：这样的变动可谓不小。但仔细考察仍不难发现，她的学术研究的内在连贯性：她的明清研究是"从现代看古代"，这就有别于古代学术的专业研究者；她的士大夫研究，也如她自己所说，依然是出于"对'人'的兴趣"："那一时期士人的心态，他们的诸种精神体验，以至我所涉及的人物的性情，由这些极具体的人交织而成的那一时期复杂的关系网络"，赵园也因此强调，"我在面对'明清之际'时，仍然是'文学研究者'"。在我看来，更为重要和根本的，是她的学术研究内在的独立性与批判性依然延续了下来。赵园的明清之际士大夫研究最引人注目、反响最大的是她的《说"戾气"》，就绝非偶然。赵园自己说，"有关'戾气'的话题，吸引我的，首先不是那一时代的政治暴虐，而是有关明代政治暴虐的'士'的批评角度，由此彰显的士的自我反省的能力，他们关于政治暴虐的人性后果，士的精神斫丧的追究，对普遍精神疾患的诊断，以及由此表达的对'理想人格'的向往"（《〈明清之际士大夫研究〉后记》）。我读到这里心为之一动：最触动我自己和我们这一群人，并持续引发我们的"自我反省"的，不也正是"政治暴虐"的"人性后果"吗？我们要做的，就是要做"士（知识分子）的精神斫丧的追究，对普遍精神疾患的诊断"啊！这样的历史研究与现实批判的联结，正是我们八十年代所坚守的"紧紧凝视自己的时代，又最能感知时代的黑暗""既'在'又'不在'"的学术传统的核心，在二十世纪九十年代又以隐蔽的方式延续下来了。我也因此强烈地感受到，赵园的"明清士大夫"研究，与我当时正在做的对"国民性批判""知识分子批判"研究的内在相通。

这就要说到，二十世纪九十年代我的选择。陈平原曾做过这样的概括："老钱的文化立场"，是"拒绝成为纯粹的学院派，追求'学者与精神界战士'的结合'"。"这位学者的大部分著述，都不局限于书斋，而是连接窗外的风声雨声"，"蕴涵着当代中国思想进路及社会问题"，是"有社会实践垫底，有思想道德引领"的："这是孕育于大转型时代，记录着风云变幻，投射了个人情感，有可能指向未来的思考与写作"（《老钱及其〈安顺城记〉》）。这都是知我者言。我与学院派的关系是另一种形式的"在"与"不在"：在学院教书，写学术著作，是我的本职工作、谋生手段，更是我的生命存在方式；但我同时又不局限于书斋，思想与行动都有强烈的社会实践性。这是由我不同于"这一群人"的特殊经历决定的。最近这几年，我多次提到"文革"后期（1974年）我们那个"贵州安顺民间思想村落"，尽管我们都是边远地区的边缘人，却在思考与讨论："中国向何处去，世界向何处去，我们自己向何处去"这样的"大问题"，以后就成了我终生思考、追问的问题。我们这些不能再"小"的"小人物"认定，历史将发生巨大变动，我们的"历史使命"，就是要为这样的大变动做"理论准备"。在"文革"结束，历史大变动真的到来时，我们这些"大山里的小溪"立即毫不犹豫地汇入"改革开放的历史大潮"。在二十世纪八十年代社会民主运动、农村体制改革和政治体制改革中，我的两个安顺"小朋友"都是其中的主要骨干。我的在思想、学术上的启蒙主义的努力，其实是对他们的默默配合。到了九十年代，我的"幸存者"的命运和身份，就具有了格外的意义和使命，这就是我在 2010 年写的《〈幸存者言〉自序》里所说的，作为一个多少有点发言权的学者，我不仅对"被毁灭的生命"，更对被迫"沉默的大多数"，特别是像我的两位安顺朋友那样的"民间思想者"，"多多少少有了点义务和责任"。"他们存在于我的生命之中：无声地站在我的身后，支持我，激励我，又要求我，监督我。当我提起笔时，无法不听从这些无声的命令：我是为他们写作的"。而且，我在获得学术发言权和影响力以后，就积极参与北大教育改革和中小学教育改革，主动投身于新世纪志愿者"上山下乡"等运动中去，这都是八十年代我的两位安顺朋友参与的改革运动的"接着往下做"。我在九十年代以后的学术研究，都是在这样的背景下进行的：它当然是九十年代以后的学院研究的一个组成，但却另有特点，多少有点"异类"。从纯粹学院派研究的观点来看，就是个缺憾。主要有三个方面。其一，我虽然也对八十年代具有浓厚理想主义、浪漫主义甚至英雄主义色彩的启蒙主义思想与学术有所质疑和反省，但我同时又是一个坚守者。这就是平原感觉到的，我在九十年代以后的学术论述风格依然"较多地保留了八十年代的特色，年青一代不见得愿意接受与欣赏"的原因所在。我那种在许多人看来，多少有些过分的"历史使命感，责任感"，有时候就显得可笑。赵园在她的《非常年代》的《代后记》里，就明确表示，"我不想用'使命''责任'一类说辞，将自己的选择道德化"。其二，就是赵园、得后、平原都有所批评的"好做全称判断（包括所谓的'大判断'）"，这也是我承认的学术弱点。但我天生地喜欢关注与思考"大问题"，不只是国内、当下的，更是世界的、未来的"大问题"的习惯以至嗜好，而自己的思想、理论准备又严重不足这样的先天的矛盾，就决定了我的尴尬：明知是毛病，却改不了，最后就干脆不改了。其三，也是平原所说的，我的"大处着眼，不过分拘泥于史料及规范的研究与写作，是受过良好学术训练的学院派所不敢想象的"，"借用老钱的话来说，这是一种'有缺憾的价值'，不是'每下一义，泰山不移'，而是灵光一闪，发人深思"，"老钱在学术史上的贡献，主要不是'完成'，而是'提出'。后来的研究者，可以通过追寻其思路，辨认其缝隙，克服其缺憾，而使论题获得大力推进和展开"。这就一语道破了我的学术研究成就的有限性。我自己心里也有数，坦白地说，这也不是我所追求：我从投身于学术研究一开始，就明白知识结构上的根本缺陷，决定了自己只能充当学术研究史上的"历史中间物"。

赵园与平原都能如此坦言我学术上的不足，都让我有所触动，更是感动：因为在我取得相当的学术地位以后，就很难听到这样的"不同声音"了。赵园说，"小友"告诉她，"听钱师母说，老钱最怕他的小师妹"；赵园还说，"至今老钱仍然是友朋中我可以当面以至当众'怼'一'怼'的一个"。我和赵园都认为，"这样的朋友不可再得"，"'直'、'谅'乃交友的高境界"，"有能受诤言的朋友才可能'直'"。都说"人生得一知己者足矣"，其实"畏友"才更加难能可贵。这也是我特别看重"这一群人"的重要原因。我的学生姚丹在为我编选《钱理群研究资料》时，我就特地关照她：一定要选得后兄在《鲁迅研究月刊》上发表的《对于鲁迅的发现与选择——和钱理群学兄讨论》一文：这样的朋友间的公开商讨，本身就自有一种价值。

赵园对我还有一个批评：老钱"对'天下''国家'关心太过，对周边的小事视若无睹"，他"激烈地抨击时政，却不愿意得罪身边的人"。我是自觉地与本单位的人保持距离的：这是出于我的"文革"经验，也是基于我对"单位管控制"的警觉：我拒绝卷入单位内部的思想、学术纷争，特别是人事纠纷，就是为了保持自身的独立与自由，好不受干扰地想自己愿意想的"大问题"，做自己想做的"小事情"。这也暴露了我性格的弱点，就是赵园所说的，"骨子里的软弱"。从公开发表的文字看，我是一个锋芒毕露的"好斗之士"，其实我真的是赵园说的"心太软，心太软"，很少"发脾气"。该发脾气的也不发，但也有发脾气的时候，而且往往是"不该发脾气的时候，乱发脾气"：崔可忻也经常以此来嘲笑我。我注意到，我们这四家人中，子平和我与所在单位都比较疏远（我现在在养老院里也是如此）；而赵园和平原在本单位多少有点职务，担任研究室主任或系主任，就免不了要介入单位的人事，蹚本不想蹚的浑水。不过这也是赵园所说的，"各人有各人的活法"（《话说老钱》），没有什么是非可说的。

或许正是我这样的学院学者的"异端性"，喜欢闹事惹事，引来的麻烦也就特别多，最后就遭遇了全国性的大批判。身边这一群朋友自然是理解与同情我的：不仅是出于友情，更是价值观念上的相近以至认同。但在这样的关键时刻，我们之间却达成一个默契：暗地里理解、支持即可，不必公开介入。这也是我的理念、性格、脾气："一人做事一人当"，绝不要牵连他人。每当有人公开恶意批判、攻击我，我就给自己的学生打招呼，不准他们公开站出来，为我辩护；变成一场"混战"反而上了对方的当。要求亲人、朋友"拔刀相助"，这是

　　　　　　　　　　有承担的学术

江湖陋习，为我辈（现代知识分子）所要建构的"新型关系"所不取。赵园对此特别理解，在私下多次对我提出"表扬"。这就是评论者所说的，"理想主义的知识群体不是一个个的山头，而是'独而群者'的松散联合"（袁一丹：《用众不如用独——赵园与九十年代的学术转型》）。这样的"群"是以"独"为前提与基础的；而所谓"独"，不仅是独立选择，也包括独立承担；相互支持、联合，主要是精神上的，更多的是一种默契，这样的有距离地默默地持续地相互支撑，是更加难得与可贵的。

（五）

2000年春，黄子平、张玫珊和他们的儿子一家三口，在离开大陆10年后，回到了北京。2010年以后，子平又有机会在北大、人民大学任教，我们这四家就又相聚一起了。子平后来回忆说，阔别10年后回到大陆，就发现"许多当年同时代人都变了，就我们这个小群体没有变"。其实，我们这些留在大陆的朋友早就感受到了这样的知识分子的大分化。按我的分析，大体说来，到了"新世纪"（二十一世纪）我们就逐渐进入"一个分裂、分离的时代。人与人之间，当年的老同学、老朋友之间，都失去了共识。能够毫无顾忌地、推心置腹地畅所欲言的朋友越来越少。子平概括的'同时代人'已经分崩离析了"。平原后来在《人文学之"三十年河东"》里，也有这样的分析："八十年代民间学术唱主角，政府不大介入；九十年代各做各的，车走车道，马走马道；进入新世纪，民间学术全线溃败。我也因此有这样的观察：在大学里占主导地位的教授，八十年代主要是"启蒙知识分子"；九十年代启蒙知识分子逐渐边缘化，起主导作用的就是"学院派知识分子"；到了二十一世纪，最活跃、占据中心位置的是"社会活动家型、政治活动家型的知识分子"，学院派知识分子也靠边站了。我们这样的顽梗不变的一群人，越是靠边，彼此就走得越近，甚至第一次有了"一家人"的感觉。张玫珊后来回忆这一段历史，印象最深的，就是他们一家"第一次回北大，崔老师在燕北园亲自忙碌，准备了一桌筵席"："一道一道有名堂的美味陆续登场，引起一阵阵惊叹，满桌的笑颜，酣畅淋漓的气氛永远难忘。仅只一次足矣。再难复制，也不需要再露一手了"（《崔老师点滴》）。此后，我们这四家人就经常聚会，聚餐，有时候还一起唱歌，崔大夫就自然成了大家的家庭医生。2019 年可忻第一个远行，得后、平原、晓虹、玫珊都写了文章，赵园在《话说老钱》里也特意写了一大段回忆可忻。岂止是悼念，更是怀念我们这四家人在艰难的时代相互"抱团取暖"的深情厚谊。赵园特别为玫珊写的那一篇所感动：她从中看出了玫珊"体情之细心"，她"如此细致地观察了我们每一个人"。而最触动我的，则是玫珊特意提到我们家"安然坐在沙发上"的"布娃娃'咪咪'"：真的是心心相印，亲如一家人啊！我在《崔可忻纪念集·代序》里则强调，可忻这一生，也包括我这一生，我们这一群人这一生，"只是坚守了医生、教师、研究者的本分，尽职尽责而已。在一个正常的社会里，再寻常不过，本不足为谈；现在，却要在这里纪念，也是因为现实生活中有太多的不守底线的失职，不负责任的行为，一旦有坚守，就自然觉得弥足珍贵了"，让我们"再抱团取暖一次，彼此欣赏一回，大喊一声：'我爱你'！'我的深情为你守候'！"

这样的坚守，也是自有收获的：可忻刚走，赵园就交出一部巨作：

《非常年代（1964—1978）》（2019年，牛津大学出版社出版）。此书一出，在网上传开，立即引起一片惊呼：赵园又把她的笔触伸向了当代！其实，这对赵园来说，是再自然不过的。研究者早就注意到，赵园在九十年代"履行全国政协委员职责，就提'尽快出台财产申报法'的提案"。她还"特别关注农村养老问题，提出'创造多元化养老模式'的议案"。研究者因此提醒我们注意，"赵园有更广大的精神世界"，在她看来，"书斋外天地很大，值得关心的东西很多"（宫立：《风骨：现代文学学人素描》）。而现在赵园"费时五六年"交出这本研究当代史的著作，也是有一个大背景的。这就是平原在2012年所说，"下一个30年，还会有博学深思、特立独行的人文学者，但其生存处境却相当艰难。你可以'只讲深耕，不问收获'——即不追随潮流，不寻求获奖，不申报课题，不谋求晋升，全凭个人兴趣读书写作，但这只能算是'自我放逐'。其结果必定是迅速淡出公共视野"（《人文学之"三十年河东"》）。赵园的这本《非常年代》就是一部"只讲深耕，不问收获"的"自我放逐"之作：连平原说的"淡出公共视野"都不会发生。作者也未必期待立即对现实生活产生影响，但却自有追求。这就是赵园在《前言》里所说"存史"的意义与价值："存史，从来是人文知识分子的职份，对历史，对未来，为后人，为我们身后的无尽世代"。按我的说法，也是我的追求，就是"为自己，更为未来写作"。这背后是自有一种"独立性，批判性"和"自信"的。赵园说："本书尝试讨论的是，一个拥有自信的民族应当如何面对历史"。没有明说的意思是，不相信对要讨论的"非常年代"现有的历史叙述，就是"定论"，而要努力地追寻被遮蔽的历史真相。赵园明确宣称："本书的作者相信有真相，致力于寻求真相，力求最大限度地接近真相。人文知识分子有责任努力揭示此一事件发生、演变的内在逻辑"。她也因此给自己的研究定下了两条原则：一是"有时'倾向'（或曰'立场'）不那么重要，重要的是诚实。面对'基本事实'时的诚实"。二是要"打开反思的空间"，因为"未经充分反思的历史仍活在现在"。赵园的"自信"就是建立在这样的基础之上，她借用雷蒙·阿隆的临终遗言，对自己的"非常年代"的研究，做出了这样的评价："我相信，我已经说出了基本事实"。这一评价也得到了评论界的认可。一直关注赵园的"非常年代"研究，并给予全力支持的黄子平也因此而评价说，赵园"贡献了一部必将成为这一领域的重要经典的大著"。在我看来，子平的这一评价，也是对赵园学术研究的一个总结：她为"二十世纪八十年代——二十世纪九十年代——二十一世纪前二十年"三个历史阶段的中国学术研究，都贡献了"重要的经典"：《艰难的选择》《论小说十家》——《明清之际士大夫研究》——《非常年代（1984—1978）》）。这样，她就立足现代，往上走到古代（明代），往下走向当代：将"古——现——当代"联接一起，将历史与现实汇为一体，将自己的生命融入其中，不但真实，而且具有相当的深度。

这里，还要多说一句：我始终认为，女性在学术研究与文学创作上是具有先天的优势的：她们的天性更接近学术与文学。在我们"这四家"里，在学术上我最看好的是赵园和夏晓虹。而晓虹的学术成就在学术界是远远估计不足的。本想在这篇回忆文章里，对晓虹的学术多说几句，但我对她的研究对象不熟悉，也就说不上什么，只能把问题提出来，有待他人的研究与讨论了。

　　　　　　　　　　　　有承担的学术

（六）

就在可忻病重之时，得后也进了医院，动了手术。在可忻远行不久，得后、赵园一家也搬进了我所在的泰康之家养老院。这就意味着"我们这四家"中的两家人：得后、赵园和我，都进入了"养老人生"；另外两家人：子平、玫珊，平原、晓虹，都逐渐进入了晚年。

而且，时代又发生了巨变：2020—2022年的中国与世界进入了"疫情与后疫情"的时代。在这让人手足无措的历史与个人生命的关键时刻，对于孤身一人的我，最大的幸运，就是有得后和赵园和我在一起，与平原、晓虹常有见面的机会，与子平和玫珊也时有沟通。更重要的是，我们在所面对的中国与世界大事、大问题的认识上，基本一致或类似——这真是一个奇迹，太难得，太可贵了！我每天最期待的，就是午餐时和得后、赵园聊上二十分钟。早就因为对鲁迅的高度认同而心心相印的得后，自不用说：我们不用多说话（得后因身体原因也不多说话），彼此看一眼，就会心一笑了。从来没有过的近距离的接触，使我更深入地了解与懂得了赵园。我惊喜地发现，我的这位"小师妹"实际比我更加忧国忧民忧世界，更加关心政治，她的许多敏锐的政治、历史，人与人心、人性的判断，都让我感佩不已。她也因此十分地爱憎分明，立场比我鲜明得多。有评论者提到赵园"对人品的纯度有极高要求，对自己和身边人的要求更加苛刻"，她的"洁癖"有点"道德严格主义"（袁一丹：《用众不用独——赵园与中国九十年代学术转型》）。现在，我就有了切身体察：多次看到她听到不合之音就拂袖而去。虽然我也劝她不要太动感情，伤了自己身体，但在内心是欣赏的，因为我一直认为，人到了老年，特别是进了养老院，

同时代人

就要脱掉工作时不得不戴的"面具"，还原一个不加掩饰的真实的自我，哪怕是缺点也摆在明处：这才是一个可爱的老头儿和老太！——当然，也可能是可笑的。

我们也还在合作做事。其中最有意义的，自然是"王得后著，钱理群选评"的《鲁迅研究笔记》。我也因此有幸重新审视这位大师兄：他的"没有半点讲究人事关系的世俗气，不存丝毫私心，没有任何个人学术地位、利益的考虑，一心追求学术的独立、创新和自由"，同时"律己极严，达到了苛刻的程度"的治学与为人的"纯洁性"（我们圈子里类似的老人就只有得后、樊骏、王信三人），他的一辈子研究鲁迅，来世也还要研究鲁迅的"古板和梗顽"，都让我感佩不已。而他对鲁迅研究四大贡献：鲁迅"立人思想"的发现，《两地书》研究，"鲁迅左翼"传统的提出，"孔子与鲁迅"这一重大课题的开创性研究，也和赵园的研究一样，都具有"经典性"。我也因此有幸将自己的鲁迅研究和得后、王富仁的鲁迅研究相联接，命名为当代鲁迅研究的"生命学派"，并且有这样的自我评价：从长远看，成就、影响都有限，但"并不平庸"（《"如一箭之入大海"——〈鲁迅研究笔记总评〉》）。唯一遗憾的是，得后对鲁迅还有许多想法没有写出来，已经提出的命题也都没有充分展开。本来我们准备在编完《鲁迅研究笔记》之后，还有个"两人谈"，把得后没有说完的关于鲁迅研究的思考，整理出来；但得后的身体已经支撑不住这样的"大工程"，就只有作罢。这样的学术与人生的"未完成状态"难以避免，却也给后人留下了一个想象空间。

我们四家人中赵园、平原、晓虹和我，想写的已经基本写出，没有什么遗憾了；没有写完的，还有子平。我一再期待着他把在北京几

　　　　　　　　　有承担的学术

所大学讲课的讲稿整理出来；读了他最近写的几篇关于鲁迅的文章，更强烈地感到，在鲁迅研究方面，子平还大有施展的空间。得后，我和子平最后在鲁迅这里汇合，这当然绝非偶然，更有一种说不出"暖心，舒心"之感。子平还有一个特点：当平原、晓虹、我，以至一定程度上的赵园的研究，都自觉、不自觉地逐渐远离了文学的时候，子平始终坚守他所说的"文学信仰和方法"。前不久在洪子诚和吴晓东的学术讨论会上，子平做了一个网上发言，让我大受启发，我也期待着子平在"文学性"问题上的新的论述。

平原是我们四家人中唯一还活跃在当下学术界的"幸存者"。他也在奋力做出自己的最后贡献：几经周折，平原终于组建了由自己主导的"北京大学现代中国人文研究所"，提出了"现代中国人文学"的概念，把我们一再提及的平原学术研究的创造力、组织力、引领力提升到了一个新的高度。我也为之称羡不已。除了在研究所成立大会发言中，提出了我自己的理解与发挥外，还在商金林老师的启示下，为平原的研究新思路找到了历史的渊源和依据。1934 年成立的日本中国文学研究会，在其主办的《中国文学月报》上对鲁迅所开创的学术传统作了这样的评价：鲁迅的《中国小说史略》"不仅论述了从古代到清末的支那（中国）小说，也论述了政治经济、民族社会与小说之间的相互作用和影响。它超越了文学史，达到了人文史的顶峰"，"支那（现代中国）对世界来说是一个伟大的谜！！解开这个谜的唯一的钥匙是这部《大鲁迅全集》"。我读到这里，眼睛为之一亮：陈平原所倡导的"现代中国人文学研究"不正是对鲁迅学术传统的自觉继承？它更是照亮了我们"这群人"的学术与人生：我们一辈子所从事的现代文学史、教育史、学术史、思想史、精神史、政治史的研究，不也都是这样的解"现代中国之谜"的"人文学"研究？更重要的是，我们用自己近四十年的研究和探讨，为如何在中国进行这样的"揭示现代中国之谜"的人文学研究，积累了基本经验。我将其总结为两条。一是坚持揭示"历史与现实的真实"，呈现"自我生命存在的真实"，不说违心的话，不做违心的事。即使在特殊情况下说了，做了，也要有自审与自省。二是要在当下的社会环境与学术环境下，坚持学术与人生的"独立性"与"批判性（反思性）"。

但我们也只是开了一条路，留下了众多的遗憾，也自然把希望寄托在今天的中、青年，以及他们的后代身上。我们当然清楚，之后的几代人面临的问题远要比我们这一代复杂、曲折得多。我们因此而提倡"等待"精神，大概要积累十年、二十年，以至更长的时间，后人将在更广阔的视野、更深厚的层面，对"现代中国之谜"做出更有说服力的解读，对其中的"中国经验与教训"做出更深刻的总结，并创造出对现当代中国具有解释力与批判力的理论：我对此充满了期待与信心。

2022年10月7日起笔，断断续续写，10月13日下午2时收笔，6时定稿

　　　　　　　　　　　　有承担的学术

回忆、祝福与怀念

一个老学生的回忆与祝福

——为乐黛云老师九十大寿而作

据说乐老师的学生包括了几代人；那么，我就是第一代的老学生。

我是 1978 年考入北京大学中文系攻读现代文学研究生的，我的导师是王瑶和严家炎，其实还有一位，就是乐黛云老师。她因为右派刚刚平反，还没有教授职称，也就成不了正式导师；但王瑶选她作助手，实际是我们的具体指导老师，可以说是"副导师"吧。这也是王瑶先生的一个精心设计：他自认年事已高，而且和我们这些"年轻人"总有点隔阂，就需要有一个中年教师上下沟通，起一个桥梁作用，这就构成了一个"老、中、青三代人结合"的教学、研究结构。这样做的效果确实非常好，显示了王瑶先生的教育智慧。这样，乐老师就在我们首届研究生的培养中发挥了特殊的作用：实际上是她管我们、带我们的。我们之间很快就建立了相当亲密的关系。我当时已经 39 岁，只比 47 岁的乐老师小八岁，我们的来往就更多，彼此有一种说不出的信任感。

乐老师给我最强烈的印象，就是她思想的自由、开放和活跃，和我们读书时的七十年代末、八十年代初思想解放的时代潮流是相当融合的。我们自己也渴望在学术上有新的创造，努力以新的、属于自己的眼光，来打量我们的研究对象，试图有新的突破。我们一旦有了新的"胡思乱想"，首先想到的，就是和乐老师交流，听取她的指导意见。记得我当时按照王先生读原始期刊的要求，仔细翻阅被视为"五四"反对派的大本营的《学衡》杂志时，突然发现，他们的思考自成逻辑，至少也是一家之言。我这样想，自己也吓了一大跳，因为这是违反既定的"公论"的。我只有求教于乐老师，她却毫不犹豫地鼓励我的"独立思考"。这或许是我的独立研究跨出的第一步，终生难忘。也就是在这样的思想和学术背景下，我接触到了周作人，在我的面前，突然呈现出一片新天地，我又惊又喜；但因为对我原来熟悉、习惯了的现代文学史图景形成巨大冲击，又让我惶惶不安。就在这关键时刻，首先表示理解与支持的，又是乐老师，并且很快得到王瑶先生的认可，最后甚至选定"鲁迅与周作人思想发展道路比较研究"作为我的毕业论文，我也因此在现代文学研究领域"找到了自己"。

乐老师在引导、鼓励、支持我们解放思想，走独立、自由、创新的学术道路的同时，还引导我们打开眼界，"从世界文学看中国现代文学"，这大概也是最具她个人特色的。我曾经说过，《中国现代文学研究丛刊》1980年第4期发表的三篇文章，对八十年代"重建中国现代文学研究"是起到了指导、引领作用的。王瑶先生的《关于中国现代文学研究工作的随想》，提出"重新确立学科的性质和特点"；严家炎先生的《从历史实际出发，还事物本来面目》，提出现代文学研究的"历史品格的重建"；而乐黛云老师的《了解世界文学研究发展状况，提高现代文学研究水平》，则强调"中国现代文学是作为世界文学的一个组成部分发展起来的"，因此提出"研究世界文学对中国现代文学的影响"及"中国文学对外国文学的影响"，"应是研究这个现代文学发展史的一个重要课题"：这实际上是关于建立"比较文学"学科的一个最早的呼声。同时提出的是对"当代世界文艺批评方法和流派的借鉴"，这也是八十年代中期包括现代文学在内整个思想文化学术界"方法热"的一个先声。今天来看，这三篇文章已经成为历史文献，是现代文学研究学科史的经典[1]。我记得当时乐老师就是按照她文章里的观点，来引导我们做研究的。她还向我们推荐了香港和国外现代文学研究的成果：司马长风、夏志清的文学史著作，确实大大扩展了我们的研究视野，我们就是在他们的著作里知道张爱玲的。而且这样的影响是相当深远的，我后来写《丰富的痛苦：堂吉诃德和哈姆雷特的东移》，把对中国知识分子精神史的研究扩展到对世界知识分子精神史的研究中，也算是我对乐老师倡导的世界比较文学研究的唯一的一次响应吧。

而即使在八十年代，所有这些创新性、开拓性的研究，都是要冒风险的。我的几位导师在引导我们的同时，也肩负着保护我们的责任。最让我感动和记忆弥新的，是为保证我的毕业论文的最终通过，导师们的"煞费苦心"。我是王瑶先生的学生中也是北大文科首届研究生中第一个参加答辩者，再加上我的选题又是"闯红灯"的，这就造成了一种十分紧张的气氛。王瑶先生在答辩前对我亲授"秘计"，整个答辩会都由乐老师精心安排。特地选择了唐弢先生担任答辩委员会主席，不但提高了答辩的规格，也提供了保护：唐弢先生在答辩一开始，就表示基本同意论文的观点，虽然也认真提出了两个论文之外的有关周作人知识结构的难题，但也声明，我的回答不影响论文的通过。但答辩会上还是有争论，而且相当激烈。中国人民大学教授、也是我在人大读书时的老师林志浩先生基本不同意我对周作人的评价，

---

[1] 参看钱理群：《我们所走过的道路——〈中国现代文学研究丛刊〉一百期回顾》，收《中国现代文学史论》。

严肃、认真地提出不少质问。我也按照王瑶先生的事先关照："在论文关键处绝不能让步"而据理力争。难解难分时，乐老师突然笑嘻嘻地插话："时间不早了，你们师生俩就到私下去继续辩论吧。"不但舒缓了气氛，答辩也就自然转为投票阶段，而且顺利通过了。我看到乐老师显然松了一口气，就对她微微一笑：我们俩都释然了。

我研究生毕业以后，被安排留校当王瑶先生的助手，和乐老师也依然保持密切来往。我至今还记得的，有三件事。我依然按读书时形成的习惯，每有重要的新想法，总要向乐老师通报请教。1985年，我和黄子平、陈平原共同提出"二十世纪中国文学"的概念与设想时，也是有一点风险的，我把我们的设想告诉乐老师，她立即表示很有兴趣。但她不知道，我也不敢告诉她，我们提出这一现代文学研究的新概念，目的是要打破王瑶先生奠定的既定研究格局，这是作为学生的我们，要走上独立研究之路，迟早要迈出的一步。在公开提出前，我自然是对王先生保密的。但不知情又心直口快的乐老师，却在《丛刊》的一次会议上，作为"学术新动向"，当着我的面告诉了王先生，王瑶先生因此大为不快，我也弄得十分狼狈。这算是我们师生关系中的一个小插曲吧。

这是很少有人知道的，我在留校当王瑶先生助手的同时，还利用业余时间当乐老师的助手：《中国现代文学研究丛刊》一直实行执行编委制，每一期由一位有影响的编委全权负责，乐老师是每年第三期的执行编委，她就选我当她的助手。开始时干一些零星的杂活，后来就放手让我来编，只是最后她来把把关。当时我和我们这一代人刚毕业，却很想在学术界发出自己独立的声音，就利用乐老师给我的这点"权力"，策划一些研究话题，集体亮相。印象最深的是1985年第3

期：首先是《论坛》"现代文学史研究要破关而出"，发表了张中（我们北大古典文学研究专业的研究生同学）的《近、现、当代文学史的合理分工和一体化研究》；另外特意办了三个专栏，一是"近、现、当代文学汇通"，发表了黄子平的《同是天涯沦落人——一个"叙事模式"的抽样分析》；另一个是"在世界文学的广阔背景下研究现代文学"，选的是陈平原的《林语堂与东西方文化》等文章；再一个是"现代文学研究在国外"专栏，选了温儒敏翻译的文章。这一期还特地选了夏晓虹的《五四白话文的历史渊源》；当时她和陈平原正在谈恋爱，我就开玩笑说，这一期正好当作送给你们的爱情礼物。可以看出，我编得还是相当用心的，既体现了乐老师的学术思想，又加入了我们这一代的研究新思路，还充分显示了自己的学术实力：这确实是两代人的成功合作。

　　但我的学术道路并不是一帆风顺，这也和我的老要做出格事儿的性格和思想、学术追求有关。1999 年我因为"破门而出"，参与中小学语文教育改革，触犯了中小学教育界的既得利益者，而遭到了全国范围内的"大批判"，还涉及我的周作人研究与沦陷区文学研究。大批判持续到 2000 年，我因此陷入极度艰险的困境。就在这一关键时刻，乐老师和汤一介先生又挺身而出，以汤一介先生的名义，在《群言》2000 年第 10 期发表了《"恒称其君之恶者，可谓忠臣矣"》一文，公开为我辩护，严正指出，"就我们当前的教育来说，谁不知道存在许多问题。我们应欢迎大家来研究和批评当前的教育制度、教学内容、教学方法等等方面存在的问题。殊不知，刚刚有学者提出一些比较尖锐的意见，有的领导就受不了啦，据说还要采取什么行动。这岂不是连鲁穆公都不如了吗？"此文又以"汤一介声援钱理群"为题发表在北大网站上，还刊登在香港出版的《二十一世纪》2000 年 9 月号上，引起了海内外的注目，汤先生和乐老师则冒了很大风险。完全不顾个人安危，救学生于水深火热之中，这样的导师风范，是应该载入史册的，我一辈子铭记在心！

谈到我和乐老师的关系，除北大的交往外，还有重要的一个方面。我曾经说过，我这一辈子最大的幸运，就是拥有北京大学和贵州两个精神基地，出没于社会的顶尖与底层、中心与边缘、精英与草根之间，和学院与民间同时保持密切的精神联系：这可以说是对我的人生之路与治学之路的一个基本总结。因此，2002 年 10 月我从北大正式退休以后，第一件事就是回到贵州，编写《贵州读本》，开始贵州地方文化研究。万万没有想到，在这人生和学术新的起点上，我又与乐老师相遇了。其实八十年代我在北大读研究生时就知道，乐老师是贵阳人，出身于山城的一个大富绅人家。此时，还发生了一个小插曲：我初入学时，还继续关心贵州当代文学的创作和贵州现代作家的研究；发现当地研究者写了本颇有新意的著作，就写了篇评论予以介绍，但我当时在学术界没有任何地位，文章发表后不会有任何影响，就突发异想：能不能借乐老师的名义发表？没想到，一向乐老师提出，她就欣然同意了：只要对宣传贵州有利，怎么做都行！我真的被感动了，而且隐隐觉得，因为贵州，我和乐老师的心更贴近了。这一回，我要研究贵州文化，特别是抗战时期贵州与"五四"新文化的关系，就意外地发现，乐老师竟然是我的研究对象！我在编《贵州读本》四处搜寻资料时，无意中读到了乐老师的一篇回忆文章《透过历史的烟尘》，文中提到的她作为四十年代贵州中学生的读书史，让我大吃一

有承担的学术

惊：身处贵州深山处的乐老师，抗战一爆发，就接触并迷恋《苔丝》《简·爱》《飘》《三剑客》，同时热衷于校园戏剧，扮演《雷雨》中的鲁大海；到了四十年代末，兴趣又转向了巴赫、贝多芬的音乐，以及劳伦斯的《查泰莱夫人的情人》、陀思妥耶夫斯基的《卡拉马佐夫兄弟》、纪德的《伪币制造者》等。这不仅让我懂得乐老师个人思想的开放是自有学术根底的，我更由此发现，正是在抗战时期，"五四"开创的思想解放、文化开放的新潮流，由北京等中心城市逐渐向贵州这样的边远地区传播、扩散，其所带来的多元文化，从西方的古典、现代文化，到中国的传统和新文化，极大地改变了贵州这块土地上的知识分子和青年学生的知识结构、精神结构，以至人生道路的选择；而对五四新文化运动，这样的来自边缘地区、社会底层的"响应"，才是真正显示了它的深刻性和深远影响的：无论如何，这是具有思想、文化、精神史的意义的。（参看《贵州读本·编者絮语》）。

这样，乐老师就从历史（文学）研究的引领者，发展到其自身也进入了历史。2017年我在研究八十年代中后期的"文化热"时，汤一介先生主持、乐黛云老师积极参与的中国文化书院又成为我的研究对象。我在最后写成的《民间学术团体的涌现与1980年代中后期的"文化热"》的长文里，特地引述了乐老师的回忆，介绍她深入基层，为"中外文化比较研究"函授班讲课的情景，提到听课的学生不仅有中小学教师、基层干部，还有农民和复员军人，这样的将中外文化引入中国底层社会的努力，是很能体现汤先生、乐老师那一代人的文化理想的。我的文章还详细论述了汤一介先生作为文化书院的核心和代表，对八十年代思想启蒙、文化反思的独立贡献。当我怀着一种深情进入"汤一介、乐黛云对当代文化史、思想史的学术贡献"的研究时，真是说不出的感慨，觉得自己与汤先生、乐老师的关系，也有了更深刻的内涵。

此刻，在为乐老师祝寿时，想到了这一点，就更觉得这或许也是对乐老师一生的最好的总结：乐老师开创性的人生、学术之路，已经使她成为一个"历史人物"：不仅永存于我们每一代、每一个学生的历史记忆中，而且在现代文学、比较文学研究史、现当代思想史、知识分子精神史，以及贵州地方史上都留下了她的个人印记。这大概就是我们对九十高寿的乐老师表示祝贺与祝福的更深层次的意思和意义。

最后要说的是，2020年底，我主编的《安顺城记》经过八年的努力终于出版，这是贵州地方历史研究的一个全新探索和突破，也是我晚年学术研究最重要的成果，就以此作为对乐老师九十大寿的贺礼，也是我对乐老师几十年倾心培育与呵护的一个回报。

2021年2月5—6日急就，2月10日定稿

有承担的学术

"三宽之人"谢冕

谢冕先生在学术、教育领域的成就、贡献与影响，都是有目共睹的，我就不再多说。我要说的是"谢冕兄"这个"人"，而且要借用"贵州老乡"朱厚泽的"三宽"说，来描述、概括他。于是就有了"'三宽之人'谢冕"这个话题。

我曾经专门研究过朱厚泽的"三宽"说，注意到他在八十年代倡导"宽松，宽容，宽厚"时，就已经说明，"三宽"不仅是"治国之道"，事关"国家大事，民族关系"，也是"为人之道"，"小至家庭，夫妻，父子，母女的关系"，也都要讲"宽松，宽容，宽厚"。

我们今天就专门来谈谈这个"为人之道"。于是，就有了这样的阐释："宽容"显示的是"思想的开放性和包容性"，"宽厚"展现的是"人性之美"，"宽松"背后是一个"宽阔、自由与闲适的精神世界"——这些，都让人想起坐在我们面前的这位"谢冕兄"，我们不妨"品味"一番。

先说"宽松"。大家可能不知道，在八十年代，朱厚泽那一代老革命知识分子，就已经在大谈"休闲"了。当时他们成立了一个以于光远为首的"关于玩的积极分子俱乐部"，专门召开过"休闲研究"座谈会。朱厚泽在会上有一个发言，一开口就做了一个重要的时代性的历史判断："我们的社会已经进入'劳和闲相一致'的初级阶段"，而且有这样的振聋发聩的分析："翻开人类进化、进步的历史，哪一页不与人的'玩'的行为发生关系。不会玩，是一种堕落；玩得不健康，也是一种堕落"。由此而生发出一个关于"人"和"人生"的重要命题："要求得人的宽松、闲适和舒展，保持人的身心平衡。"

在了解了我们上一代知识分子的选择以后，我们或许更应该关注和讨论：在座的我们这几代人的选择。因为我们面对的是一个远为复杂的、令人困惑、不知所措的时代，这就是我最近经常说的"疫情和后疫情"的时代。这方面的问题太多，只能说一点与我们今天的讨论有关的思考。这一次疫情极大地，甚至可以说从根本上，改变了我们的生存环境和生命存在状态。其中最重要的方面，就是长期困居在家里，一直到今天，都是如此。由此而凸显出的，是两个问题：如何处理家庭内部，也就是朱厚泽当年提出的"夫妻、父子、母女"的关系，构建新的"家庭文化"？如何处理日常生活，处理每一个人的"身心"关系？带着这样的问题意识，回过头来看朱厚泽们当年的讨论，不知诸位反应如何？我是有一种"豁然开朗"的感觉：我们今天不正应该追求"劳与闲相一致"，学会"享受"日常生活？不正应该追求人（我们）自身的"宽松，闲适，舒展"，"保持人的身心平衡"？——我曾经私下和学生们讨论，提出在"后疫情时代"可能会有一个"人的理想，世界观，人的思维、心理、情感方式的调整、重塑"的问题，"平衡"可能是一个关键。这个问题太大，以后再找机会讨论吧。

再回到我们今天的议题上来：当我想到以上"后疫情"的时代个人人生选择的时候，就很自然地要想起谢冕老师。谢冕老师可能没有像我想得这么复杂，但他早就在用自己的行动实践"劳与闲"的一致、"身与心"的平衡，他是实实在在的"先行者"。他早就是一个

有承担的学术

"玩的积极分子"——岂止是"积极分子",简直就是一个"玩家",不但玩,而且会玩,玩得"健康",还演化、发展为"玩文化"。在这方面,就显出我的麻木、落后,以至愚昧;即使是今天在这里高谈阔论,也是"说说而已",还是"不会玩",距离谢冕兄早已达到的"宽松"的人性、人生境界,还是"十万八千里":真是愧煞我也。

再说"宽容"。这本是我们北大的传统,似乎无须再多说什么。但我要强调的是,要将蔡元培老校长开创的"兼容并包"、"科学、民主"的传统在北大真正落实到师生的日常教学中,还真不容易,这期间充满了复杂而曲折的斗争。在这方面,谢冕老师依然是一个先行者、传播者、捍卫者。这里要讲一个或许谢冕老师也不知道或许忘记了的往事。我曾经郑重地记载在我的《十年观察与思考(1999——2008)》一书里。这次为准备这次讲话,我又翻了出来,就在这里说一说。那是我所说的"北大历史上最黑暗的一页":在"三角地"布告栏上突然贴出一张校方的布告,宣布给两个学生以记过处分,理由是:"他们在五四青年节,悬挂巨幅布标,上面写着中文系谢冕教授的一段名言:'科学与民主已成为这圣地的不朽的旗帜'。"这段"名言"是谢冕老师在纪念北大百周年校庆时所写的文章里提出的。在学生的心目中,谢冕老师显然是北大"科学、民主,兼容并包"传统的当代代表和传人,他也当之无愧。

谈到"宽厚",我想说的是,尽管谢冕老师的思想可以说是"锋芒毕露",但他的为人却毫无咄咄逼人之势,而是非常地厚道、亲切,非常容易相处。我觉得这背后有一个重要原因,就是谢冕老师的"自知之明":他不仅毫不隐瞒地公开和捍卫自己的立场与观点,俨然一位思想战士;而且他也毫不隐讳地公开承认自己的弱点与不足,表现

回忆、祝福与怀念

出极为难得的自我反省、反思、批判精神：这正是我所感佩不已和十分欣赏的。

这就说到了我们北大中文系现当代教研室老师的一个传统，我以前也多次说过：每个人的思想、学术、教学都很有个性，并各有成就；但又彼此理解，相互合作、支持，最难能可贵的，就是相互"欣赏"。我此刻就在以羡慕的眼光，看着这位身边的"谢冕兄"：这是一位多么可爱的老头儿！

2022年4月7日急就

　　　　　　　　　　　　　　　有承担的学术

我的感激和感想

——在"严家炎学术思想暨现当代文学学科建设"座谈会上的讲话

关于严老师的学术研究成就，对学科发展的贡献，我都写了专文。今天主要谈谈我个人对严老师的感激，以及由此引发的一些思考。

高远东曾经给我算过命，说我这一生"有惊无险"。在学术生涯的各个关键处，都不顺畅，总要有"事儿"，但最后也都平安度过，原因是总有"高人"相助。其中最主要的"高人"，就是严老师。

是严老师最早"发现"了我。1978 年报考研究生时，我已经 39 岁了，而且只有一个月的准备时间。情急之下，我把自己在"文革"期间写的研究鲁迅的文章，托人送给了严老师。严老师仔细看了，除了推荐给王瑶先生，还在接受新华社记者采访时，特地介绍了我。这样，我这个边远地区（贵州安顺）的普通老师一下子成了首届研究生考试的一个典型，特别在贵州引起了轰动，但没想到也因此带来了新的麻烦。我所在的安顺县的一些人不知道是出于嫉恨，还是派性，联名写信到中文系，告我写过批判邓小平的文章，是文革中的"三种人"。这自然是非常严重的。系党支部征求王、严两位老师的意见，准备取消我的录取资格，他们都为我作了辩护，认为这是政治运动中难免的事。这样，也就保护了我，让我顺利入学。这是第一关吧。

第二道难关，是我的毕业论文答辩。我写的是当过汉奸的周作人，并把他与鲁迅并提，这在当时是犯大忌的。王先生、严老师和作为王先生助手的乐黛云老师都为保护我过关，做了精心安排。但答辩时还是有老师提出了尖锐的质问。就在对周作人的评价问题上，严老师与这位老师辩论起来。乐老师又出来"打圆场"，说你们私下再辩，还是先投票吧。——就这样，又保护我过了一大关。

第三次，是审批我的教授资格前的一个星期六，《南方周末》突然发表外系一位著名学者的文章，抓住我的《周作人传》里的一些知识性错误，尖锐地提出，这样的人能当教授吗？在内部评审时，又是严老师一再肯定我的学术成绩，力主授予我教授职称，还特意向那位学者介绍我的学术长处，希望能给我一个全面的科学评价。

第四次，就更严重了：我评上了博士生导师以后，又因为一篇文章被点名批判，一位高级领导发出质问：这样的人能当博士生导师吗？在这个关键时刻，北大的学生、老师，也包括严老师，都挺身而出保护我，特别是当时的中文系领导，包括今天在座的温儒敏老师，都明确表态：要批钱理群，必须给他反批评的权利；要处分钱理群，更要考虑好：以后平反就麻烦了。最后也就不了了之。

很多朋友了解了我这连闯"四关"的经历，都说，这样的事，只有在北大，特别是北大中文系能够发生，在其他学校，你早就被"灭"了。我心里明白：原因就在北大有"保护学生"的"宽容"传统，更有严老师这样一大批自觉继承和发展这一传统的老师。这就说明，严老师对我的保护，不只是针对我个人，而是代表了一个传统，真正的北大传统。

这背后，自有一种人格的力量。同学们在私下议论中经常说到，严老师最让人敬佩之处，不只是他的学术成就，他对学科发展的贡献，更在他的"为人"。

我也因此想起，现代文学研究界经常提到，第二代学人中的三位"奇人"：樊骏、王信、严家炎。严老师曾经说，樊骏"是位律己极严的人"，苛刻到"不近情理"的地步，"通常人们难免的那点名利之心，好像与他无缘"。这其实也可以用来评价王信老师和严老师自己。在他们那里，一心只为学术，毫无私心。这样的学术公心与正气，构成了心灵的净土、学术的净土，就成了"纯粹的人"和"纯粹的学术"。正是拥有了这样的纯粹的学术公心与正气，他们成了学术的组织者、学科发展的开路人、学术后人的培育者和保护人。这正是我们最应该继承和发扬的传统。特别是当下学术都陷入了权力场和商业场，再也没有了"纯粹的人"，只充斥着精致的或粗俗的利己主义者；再也没有了"纯粹的学术"，充斥着劣学术或伪学术，今天我们在这里讨论严先生的学术与为人，就具有特殊的意义。

最后，再说一句——

谢谢您，严老师！向您致谢，致敬！

2021年11月22日整理

"古板和梗顽"的鲁迅守望者

——王得后《鲁迅研究笔记》前言

多年来，我一直有一个计划，想对得后兄的鲁迅研究进行一次认真的学术讨论，也很想编选他的研究论著，以做历史的总结。但我的设想却一再被得后兄所拒绝：他认为自己的研究十分有限，只是做了想做、该做的事，不值得总结与研究。得后是我的兄长，面对他的固执己见，我也无可奈何。但今年却突然有了机会。首先是明年（2022年）年初，正值得后兄的"米寿"，这就有了为他编书做纪念的充分理由。更重要的是，今年（2021年）正是鲁迅（1881—1936）诞生140周年的年份，于是，就不断有出版社找到我们这些"老家伙"组稿，就为我们的研究论著重新出版提供了一个历史机遇。我就应约编选了《钱理群讲鲁迅》和《钱理群新编鲁迅作品选读》两本书。当年得后和我合作编选的《鲁迅散文全编》和《鲁迅杂文全编》也列入了再版的计划。这样，在我和赵园的再三建议下，得后兄终于松了口；于是，就有了这本王得后《鲁迅研究笔记》钱理群评点本的编选与出版。

正在我准备写这篇《前言》时，山西北岳文艺出版社寄来了由李怡和宫立编选的《王富仁学术文集》，其中最有分量的自然是富仁的《论鲁迅》（上、下编）。这样，得后、富仁和我，三位从事鲁迅研究的老友的论著，居然得以同时再现于读者面前，真的别有一番意味。

　　　　　　　　　　　　　　　有承担的学术

特别是我打开书，读到富仁在《〈中国鲁迅研究的历史与现状〉初版后记》里的一段肺腑之言：“我”之所以能够走向鲁迅研究之路，除了导师李何林先生的指引外，主要仰赖“我的博士生副导师杨占升先生”“文学研究所的樊骏先生”《文学评论》编辑部的王信先生”，以及鲁迅博物馆的“王得后先生”，“他们四人对我一生的影响，是怎么估计也不为过的”。读到这里，我的心为之一动：它唤起了我同样的历史记忆。我不也正是在王瑶先生的引领、李何林先生的影响，以及严家炎、樊骏、王信和得后的扶植、启发下，才步入鲁迅研究界的大门的么？这里，实际上有三代鲁迅研究者的历史性相遇：李何林、王瑶为代表的三四十年代的老一代鲁迅研究者；樊骏、严家炎、杨占升为代表的五六十年代的中年一代的鲁迅研究者，以及王信这样的资深编辑；王富仁和我这样的八十年代的相对年轻的一代鲁迅研究者。而得后则有些特别：就进入鲁迅研究界的时间而言，得后和富仁与我都属于改革开放一代的研究者，但他的年龄与资历、修养，都属于樊骏、严家炎中年一代；我曾多次谈到，“当代鲁迅研究者中对我影响最大的，就是得后。他所提出的‘中国人及中国社会的改造的立人思想是鲁迅思想的核心’的命题，他对‘左翼鲁迅’的思考，都成为我的鲁迅研究的重要出发点”，我们是“相互影响与呼应”的。而富仁特别提到的“樊骏、王信、杨占升、王得后”这样的中年一代，对富仁（也包括我）“一生的影响”，就不只是学术道路，更是人生道路的精神影响。今年，王信远行以后，我写过一篇文章，就谈到鲁迅研究界和现代文学研究界当年曾经有过的“纯粹的学术精神”：“没有半点讲究人事关系的世俗气，不存丝毫私心，没有任何个人学术地位、利益的考虑，一心追求学术的独立，自由，创新与平等”，同时“律己极严，达到了苛刻的程度"。在我心目中，具备这样的"学术的公心和正气"的代表，就是樊骏、王信、杨占升和得后他们四位。现在，杨占升、樊骏、王信都已先后离世，得后也退出了学术界——"这样的'纯粹的人'不会再有了"。

因此，我在编选、评点得后的《鲁迅研究笔记》时，最为动心的，还是得后"这个人"。这些年，我一直在做现代文学研究、鲁迅研究领域的"学人"研究；这里谈到的李何林、王瑶、樊骏、王信、王富仁诸位，我都写有专文，现在又写了得后，就没有什么遗憾了。在我看来，"学术研究"的讨论和总结，最后就要归结到"学人"身上。

富仁曾经谈到，"我们这些搞鲁迅研究的人"，都免不了有些"古板和梗顽"（《我和鲁迅研究》）。在我的心目中，得后就是这样一个典型的代表。"古板和梗顽"已经渗透于他的鲁迅研究之中，成为一个鲜明特色：他"认定"鲁迅的四大特点，由此决定了他的四大选择，而且"古板"到毫不变通、"梗顽"到底的程度。

其一，他认定：鲁迅是一位独立的思想家，具有"以立人为出发点、归宿与中心"的自己独有的思想体系；鲁迅更是一位在现当代中国少见的具有原创性的思想家。当下中国思想、学术界的问题不在于对鲁迅的"神化"，而是对鲁迅思想的原创性、前瞻性，其对中国与世界的现实与未来的作用与影响，估计远远不足；而一个"养育了鲁迅的中国"，迟早会"愈来愈承认鲁迅，信服鲁迅，接受鲁迅"。由此决定了"王得后式的选择"："以鲁迅思想作为基本信念，以研究和传播鲁迅思想为自己的历史使命"，而且如果再有"来世"，也还要研究和传播鲁迅思想。

其二，他认定：作为一个"看透了大众灵魂"的思想家、文学家，

　　　　　　　　　　　　　有承担的学术

鲁迅自己的灵魂、内心世界也是极其"复杂，丰富"、极具"个性"的，而且具有某种"隐蔽性"和"矛盾性"。这也就决定了研究鲁迅，不能只停留在鲁迅外在思想的简单概括上，而要通过鲁迅的各种文本（不仅是公开发表的论著，也包括私人通信和日记）来探索鲁迅的内心，他的情感世界、心理世界，他的独特个性、内在矛盾、最隐蔽的方面，并且和鲁迅进行情感、心理的交流，灵魂的对话：这对于鲁迅研究，学术研究，是更为根本的。

正是出于对鲁迅思想的超前性，思想和内心的丰富性、复杂性、隐蔽性、矛盾性的充分体认，也是对自己和自己这一代知识准备、修养的严重不足的清醒认识，得后把自己定位为"讲述鲁迅的人"："以如实全面梳理鲁迅的原文原意为追求"，并且选择自己的鲁迅研究的基本方法，就是"从鲁迅著作中搜索、汇集鲁迅对某个问题的看法；尽可能读懂鲁迅的原意；注意揭示其多层面、多层次的结构与系统"。而且"不懂就是不懂，自我存疑；绝不断章取义，用摘句来构建所谓'一家之言'"。得后因此对自己的鲁迅研究的局限，有高度自觉意识，反复自己强调并不真正、全面懂鲁迅，只是在某些方面有所体认而已。他拒绝过度宣扬所谓"学术成就"，把相关论著命名为《鲁迅研究笔记》，并非一般的谦虚，而是一种十分难能可贵的学术清醒。

其三，他认定：批判性和独立性是鲁迅最基本的精神。鲁迅对一切文明形态，对现实社会的现存形态，对他自己，都坚持肯定中的否定，进行无情批判。这就决定了他在中国与世界的思想、文化领域里，都是独异的存在，是另一种可能：他的不可替代的意义与价值就在于此。

得后也因此选择了要以鲁迅的批判精神进行独立的鲁迅研究。他反复强调，并且追求鲁迅研究者应有的"特操"："不唯上，不阿世，不讲情面，不为流行时尚观点所左右"。他最感欣慰的是，尽管自己前半生曾屈服于各种外在和内在的压力，但在进入鲁迅研究领域以后，就再也没有成为鲁迅所深恶痛绝的"理想奴才"；尽管自己的学术成果有限，但也从未人云亦云，始终坚持独立思考，说自己的话，"并不平庸"。

其四，他认定：鲁迅是一位"以其独特思想认识人生，并从事改良这人生的实践型的思想家"，鲁迅选择杂文作为主要文体，就是为了使自己与现实人生，与中国人的精神发展建立起更紧密的联系。得后因此要求自己的鲁迅研究也要"具有某种实践性的品格，以改造中国人和社会为指归"。他给自己定的研究目标是："讲鲁迅，接着鲁迅往下讲，往下做"，而且主动创作"鲁迅式的杂文"，作为"往下讲，往下做"的具体实践方式。

面对得后的这四大认定与选择，我有一种说不出的亲切感；也可以说，这就是我和得后，或许还有富仁，共同的或相接近的认识与选择。但得后更有自己的特点：他的九十年代的杂文家的身份，是我和富仁所不具备的；更重要的是，我的研究逐渐转移到当代知识分子思想、精神史的研究，富仁也开拓了"新国学"的新领域，而得后始终心无旁骛地坚守在鲁迅研究岗位上。尽管九十年代和二十一世纪以来，不断有人回避、远离鲁迅，甚至以批判鲁迅为时髦，得后依然毫不动摇地以自己的新研究回应一切对鲁迅的诋毁与攻击。这样，得后就成了"新时代"少有的鲁迅的"守望者"。

但得后也没有把自己的选择绝对化。正像富仁所说的那样，"我喜欢鲁迅，我不能要求别人都喜欢鲁迅"，知道自己对鲁迅的看法不可能为许多人所接受，但也要维护自己研究、言说鲁迅的权利，"我们都是在中国谋求生存与发展的知识分子，我们不会相同，但我们之间得有更多的理解与同情"（《我和鲁迅研究》）。用我习惯的说法，就是——

"我（我们）存在着，我（我们）努力着，我们又相互搀扶着——这就够了"。

2021年7月25日急就

王信走了，那样的"纯粹的人"不会再有了

王信走了，我怅然若有所失！从噩耗传来那一刻，直到现在，我都在追寻——我失去了什么，要追什么，寻什么？

昨天下午，我在恍恍惚惚之间，翻出了当年的照片：王信、樊骏和我在一起。对了，我失去、并要追寻的，就是和王信、樊骏共同度过的那个"时代"，那个"传统"！

是的，就是那个如今已经被淡化、遗忘的八十年代，以及当年重新回归的"五四"启蒙主义传统。而对于我和我们这一代（1978 年入学的第一批研究生）来说，这样的年代、传统，都是具体的、个人化的；我们这些搞现代文学研究的，最难忘的，就是王信和樊骏：他们两位在我们心目中早已难解难分，成为一种象征了。

我多次说过，我们这一代人，前半生历经磨难，后半生却相当幸运：遇到了好时代。我们终于和代表"五四"传统的三、四十年代的老一代学者（李何林、王瑶、唐弢、贾植芳、钱谷融，等等）相遇，成为他们的学生，获得了学术传承的历史机遇。我们还遇到了一大批"好人"，就是王信、樊骏这一批成长于五十年代的编辑、学长：他们是我们的兄长，而长兄如父，就以父母的无私之爱，做我们的开路人、扶持者和保护神。

我这里特意提到的"父母之爱"，是有深刻的时代内涵的。每当

　　　　　　　　　　　　　有承担的学术

我想起王信和樊骏，总要想起鲁迅写于一百年前（1919年）的《我们现在怎样做父亲》。鲁迅说的，是正在开创的"五四"启蒙主义传统："觉醒的人，此后应将这天性的爱，更加扩张，更加醇化；用无我的爱，自己牺牲于后起新人"，"自己背着因袭的重担，肩住了黑暗的闸门，放他们到宽阔光明的地方去：此后幸福的度日，合理的做人"。——我引述到这里，真有些惊奇：这说的不就是王信、樊骏们吗？1919年的历史真的到八十年代重演了：王信、樊骏们也是背着"文革"中达到极端的"因袭的重担"，但他们又是首先"觉醒的人"，他们的历史使命就是要为我们这"后起"的一代开路。在那个历史的大转折时期，虽然思想解放的曙光已现，但"黑暗的闸门"依在，要在思想和学术上闯出新路，不仅要承受政治上巨大的压力，还会遭遇学术界内部的种种阻力，我们中的第一位冲出者王富仁就遭到过政治与学术的"大批判"。在这样的政治和学术权力面前，我们这些无权无势的无名之辈，是完全无力的，这就需要王信、樊骏们这些多少有些地位、影响的编辑、学长的保护。那时候，要发表我们的"创新"之作，真的是要有"肩住黑暗闸门"的勇气和胆力的。我们至今对王信、樊骏心怀感激之情、敬佩之心，这是非言语所能表达的。

我们从中看到的，正是鲁迅说的"用无我的爱，自己牺牲于后起新人"的精神。鲁迅说，"开宗第一，便是理解"；"第二，便是指导"，只是"指导者协商者，却不是命令者"；"第三，便是解放"，一切"为他们自己所有，成一个独立的人"。——说得太好了：这就是我们这一代和王信、樊骏们关系的真实写照：他们是我们真诚的理解者、指导和解放者，真正不遗余力，又从不张扬、不求回报。

这背后又有更深刻的原因：他们的支持、开路，并不是出于对我们个人的偏爱，唯一的目的是促进学科的发展，唯一关心和讲求的是学术质量。因此，尽管我们之间后来有了私交，经常在一起喝茶，聊天，甚至打麻将，彼此有很深的信任感；但他们丝毫也不放松对我们的严格要求，文章写得不够格，照样"枪毙"，我们也不敢把稍微差一点的文章给他们：在我们共同自觉维护的学术场上，绝不讲人情，没有半点讲究人事关系的世俗气，不存任何私心，没有任何个人学术地位、利益的考虑，一心追求学术的独立、自由与创新，真正做到了"学术面前人人平等"。这是一种相当"纯粹"的学术境界，用樊骏的话来说，自有一种对学术的"神圣情感"，强调以追求真理为鹄的的学术研究的神圣性和内在的精神性，由此产生的是"为学术而献身"的精神。这都是一种默契，绝不公开宣扬；王信和樊骏更是默默地以自己的言行，影响着我们。严家炎先生这样谈到，"樊骏先生是位律己极严的人"，"通常人们所谓的那点'名''利'之心，好像都与他无缘"。王信何尝不是如此！我们有时私下议论，那律己到苛刻的地步，我们是怎么学也做不到的，但又不能不暗暗佩服：世界上哪里有如此"纯粹"的人！这样的毫无私心的学术"公心"和"正气"，构成的心灵的净土、学术的净土，真是可遇不可求。

王信和樊骏自己却从不期待做我们的"榜样"。他们更多地谈到自身的不足，也确实有着历史的缺憾，即他们所成长的五十年代的封闭造成的知识结构的相对狭窄，随着时代学术的发展，到新世纪他们越来越感到力不从心，就逐渐淡出学术界，以至今天现代文学研究界的青年一代都很少知道他们了。这都是自然发生的：每一代人都是鲁迅说的"历史中间物"，完成了自己的历史使命，就自动退出，也算是无愧于自己的一生。

但作为后来人，真正面对"这样的'纯粹的人'不会再有了"的无情现实，我们内心却有"若有所失"之感。这是因为，我们的时代又走到了一个极端：在整个学术场陷入了权力场与商业场以后，不但没有了"纯粹"的学者，更充斥着"精致的利己主义者"和"粗俗的利己主义者"；不但没有了"纯粹"的学术，更充斥着"劣学术"和"伪学术"。樊骏早已远去，此刻王信的远行，就有了一种警示意义：即使我们不能、也不必完全回到那已经逝去了的时代，但那内在的精神传统——学术的独立、自由、创新，学术的责任感，严格、严谨、绝不马虎苟且而又宽容的学术风范，学术公心与正气，绝不能忘却与遗弃。我们总结八十年代以来的学术史，现代文学学科发展史，诚然，那些为学科发展作出了贡献的学人、学术成果，应载入史册；但王信、樊骏这样的学术的组织者、保护人，学科发展的开路人，学术后人的培育者，也应该有自己的历史地位。一定要后人知道并记得，我们曾经有过这样的"纯粹的人"。

2021年2月4日急就

"知我者"走了，我还活着

——悼念富仁

我们生活在一个分裂的时代，人与人之间进行思想的交流与讨论越来越困难，可以毫不提防、毫无顾忌地倾心交谈的朋友也越来越少。我因此经常吟诵古人的两句诗，并以此命名我的两本书："知我者谓我心忧，不知我者谓我何求。"

但"知我者"还是有的，富仁即是其中重要的一位。我和他，交往并不密切，特别是他远去汕头以后。两个人的独立性都很强；但我们却彼此心灵相通，互为知己。可以说，发生什么事，富仁会如何反应，不用问我就可以想见；富仁对我也是如此。记得去年我们最后一次见面，我到医院去看他，一坐下来，就谈开了，谈得很随意，也很尽兴，心里说不出的畅快。最后告别，真有些依依不舍……

我和富仁是同代人，不仅是因为我们年龄相当，我只比他大两岁，更因为我们都是"文革"结束后第一届研究生，可以说我们是同时出现，更以相近的姿态，展现在鲁迅研究和现代文学研究学术界的。富仁的博士论文《中国反封建思想革命的一面镜子——〈呐喊〉〈彷徨〉综论》一炮打响，迅速得到学术界的承认，在我们这一代鲁迅研究者看来，是一个标志性的事件，富仁也就成为新一代鲁迅研究、现代文学研究者中的一个标志性人物。富仁这篇博士论文的主要追求，是如何冲破将鲁迅研究与现代文学研究纳入政治革命的既定研究模式，努

有承担的学术

力揭示作为思想家与文学家的鲁迅的独特性，即"回到鲁迅"；同时又更关注鲁迅思想的独立创造性，并以鲁迅思想作为新时期思想启蒙运动的重要资源的高度自觉：这些，都是八十年代包括我在内的许多中青年鲁迅研究者的共同追求，实际上形成了鲁迅研究、现代文学研究的新学派。这样，我们的学术研究，从一开始就成为八十年代思想解放、思想启蒙运动的有机组成部分，富仁和我们的研究成果，一经发表，立即在社会上，特别是青年一代中，得到热烈的回响，其影响远远超出了学术界。那时候，富仁在北师大讲鲁迅，我在北大讲鲁迅，还有很多朋友在其他高校讲鲁迅，我们都把自己的教师使命，也是研究者的使命，定位为"沟通鲁迅与当代青年的桥梁"，于是就有了我后来在回忆中所说的"'我—学生—鲁迅'之间的精神的共鸣，生命的交融，那样心心相印的课堂气氛，只有那个时代才会有，此后就很难重现了"。这或许有八十年代特定时代的特殊性，确实很难重现；但在我看来，其内在的精神，即学术研究的生命特质，研究者与研究对象以及研究成果的接受者读者之间的生命的交融，是具有普遍性的，至少是构成了学术研究的一个派别，我称为"生命学派"的基本特征。而富仁正是这一学派的开创者、最重要的代表之一。

　　但我们的成长也并非一帆风顺：富仁的博士论文具有显然的挑战性，在得到广泛好评的同时，也引起一些学术同行的反感，他们就借助于政治的力量，对富仁进行"革命大批判"。而我们当时都认为，对富仁的批判，实际上是对我们这一代人的批判。富仁在生前最后一次接受采访（后来以《鲁迅改变了我的一生》为题在网上发表）时说，他因此卷入了政治斗争的旋涡之中，这是他所不愿意的（如北大中文系的《啎电》所说，富仁是鲁迅说的"精神界的战士"，与实际政治斗争既有联系，又有一定距离），但也是他参与开创的生命学派的学者的共同宿命：他们的研究所具有的现实感与批判性，注定了只能作为"异类"存在，并不断被"特别关照"。

到了九十年代，我们这样的具有浓郁的启蒙主义色彩的研究，遇到了更大的挑战。这是由多方面的因素决定的。首先是我们自己的反省与反思。这是对八十年代启蒙主义思潮，也包括五四启蒙主义的反思，同时也提出了重新研究鲁迅与五四启蒙主义的复杂关系（其内在相通与超越）的全新课题。而我们更要面对的现实却是："鲁迅运交华盖，突然变得不合时宜。"我在 2005 年的一篇公开演讲里，有这样的描述："风行一时的新保守主义者反省激进主义，把五四视为导致'文化大革命'的罪恶源头，鲁迅的启蒙主义变成专制主义的代名词。悄然兴起的国学风里，民族主义者，还有新儒学的大师们，鼓吹新的'中国中心论'，自然以鲁迅为断裂传统的罪魁祸首。号称后起之秀的具有中国特色的后现代主义者，视理性为罪恶，以知识为权力的同谋，用世俗消解理想，告别鲁迅就是必然的结论。用后殖民主义的眼光看鲁迅那一代人，他们的改造国民性的思想，鲁迅对阿 Q 的批判，不过是对西方霸权主义的文化扩张的附和。自由主义鼓吹'宽容'，炫耀'绅士风度'，对'不宽容'的'心胸狭隘'的鲁迅，自然不能宽容，他被宣判为极权统治的合谋。还有自称'新生代'的作家，也迫不及待地要'搬开'鲁迅这块'老骨头'，以开创'文学的新纪元'。"我总结说："这是一个饶有兴味的思想文化现象：在九十年代的中国文坛，轮番走过各式各样的'主义'的鼓吹者，而且几乎是毫无例外地要以'批判鲁迅'为自己开路。"（《"鲁迅"的"现在价值"》，收《中国现代文学史论》）面对远比八十年代单纯的启蒙主义要复杂得多的

　　　　　　　　　　　　　　有承担的学术

九十年代的政治、思想、文化生态，我感到了极度的困惑：一方面，我自身思想的发展由八十年代的单一启蒙主义进入"对历史、现实和自身的全面反思、反省"的怀疑主义，因此，对启蒙主义也有许多质疑；另一方面，我又必须与那些从形形色色的其他思潮出发，对鲁迅和启蒙主义全盘否定的虚无主义思潮划清界限。虽然我最终在鲁迅这里汲取了资源，强调"双重怀疑"："对启蒙主义的怀疑，以及对'启蒙主义怀疑'的怀疑"；但我还是陷入了犹豫不决的困境。这时候，是富仁以他所特有的坚定给了我当头棒喝：记得是 1994 年，我和富仁一起应邀到韩国进行学术交流，我一路都在讲一个题目《中国知识者的"想""说""写"的困惑》，这是我这一时期的怀疑主义思想的代表作。富仁听了以后，在我们两人单独相处时，即毫不含糊地、诚恳地对我说："你的质疑固然有道理，你也没有根本否定启蒙主义；但现在大家都在否定启蒙主义，你我两人即使明知其有问题也得坚持啊！"（见《1981—2015 年纪事》，收《一路走来——钱理群自述》，河南文艺出版社，2016 年版）我听了大为感动，这是提醒，更是相互激励：无论如何，在当代中国，必须坚持启蒙主义，即使只剩下富仁和我，我们也要坚守。这是时代、历史赋予我们的使命！就在这刹那间，我觉得自己与富仁真正相识相知了，富仁这番"掏心窝子的话"从此成为我生命中永恒的记忆。

并且我们还要共同面对学院学术的压力：九十年代以来，中国大学里的学术在"重建学术规范"的旗帜下，日趋专业化与技术化。这本身自有其必然性和积极意义，但这样的学院规范发展到极端以后，就对富仁和我这样的多少保有民间野性的学者，形成一种"理所当然"的否定：我们的有主观生命投入的研究，被视为对"学术客观性"的冒犯；我们学术论述中很少引述西方时髦理论，以证明其正确性，我们自身的学术价值也变得可疑。富仁和我，就这样成了学院派学者中的"不守规矩者"和"异己者"。坦白地说，我们自己对此虽感不快却并不在意（富仁性格比我刚烈，抗压力更强）；真正让我们感到纠结的是，当我们当上教授、研究生导师，事实上被学院承认和接受以后，却感到了学院体制的束缚。我在 1997 年写的《我想骂人》里就这样写道："我担心与世隔绝的宁静、有必要与无必要的种种学术规范会窒息了我的生命活力和学术创造力和想象力，导致自我生命与学术的平庸与萎缩；我还忧虑于宁静生活的惰性会磨钝了我的思想与学术的锋芒，使我最终丧失了视为生命的知识分子的批判功能；我更警戒、恐惧于学者的地位与权威会使我自觉、不自觉地落入权力的网络，成为知识的压迫者与政治压迫的合谋与附庸。"应该说，这样的政治收编与自身异化的危险，在九十年代中后期已经是中国知识分子面临的最大陷阱；富仁和我是较早意识到这样的危险，并自觉试图挣脱而出的学者，这全靠鲁迅对我们的影响和启示。我在文章最后是这样说的："我内心深处，时时响起一种生命的呼唤：像鲁迅那样，冲出这宁静的院墙，'站在沙漠上，看看飞沙走石。乐则大笑，悲则大叫，愤则大骂，即使被沙砾打得遍身粗糙，头破血流'也在所不惜。"这是一个自我选择的重大调整：从单纯的学院学者，转而追求"学者与精神界战士"的结合，也就是立足于学术研究（富仁和我都始终强调，我们都属于学院知识分子），加强对现实的介入，因而强化学术研究的批判力度，同时追求更接近知识分子本性的"独立、自由、批判、创造"的精神境界。

就在这转变的关键时刻，富仁又推了我一把：这是在 1998 年，北大百年校庆之际，鲁迅曾经指出的"北大失精神"的现象再度引起社会的广泛关注与议论。如我在富仁推动下写出的《想起七十六年前的纪念》一文里所指出的，校方宣布以"为市场服务，培养市场所需要的人才"为北大办学基本方针，"经营之道取代办学之道的结果，是教学质量与科研水平大幅度滑坡，导致教育精神价值失落"。但我在看出问题之后，对要不要站出来公开进行批判，却多有犹豫，这是我性格中的优柔寡断的弱点所致。是富仁及时点醒了我：在一次私下聚会时，富仁严肃地对我说："北大越来越不像话，对全国高校影响很坏。老钱你再不讲话，我可要对北大发起申讨了！"这一当面"将军"，就促使我毅然决然地挺身而出，写出了一系列包括前文在内的反省北大与中国教育的文章。这是第一次学术之外的发言，引起了思想文化教育界，以及社会上的出乎意料的强烈反响。我因此成为校方认定的"专和校党委'过不去'"的"不安定分子"。自己心里倒很平静，因为我的背后有富仁这样的真正的朋友和学者、教师的支持，我并不是孤军作战。富仁也果然写了批判北大和大学教育体制的文章，我在相关文章里还特地做了引述。

很快我们就有了新的共同行动。这就是 1998—1999 年间，我和富仁都介入了中小学语文教育改革，同时受聘为教育部普通教育司主持的九年制义务教育语文课程改革工作小组顾问。我和富仁介入中小学语文教育改革，是我们对大学教育的关注的自然延伸：我们都认为，教育问题是中国改革的最基本的问题。这也涉及我们对五四启蒙传统的理解：后来我曾写有专门的研究文章，强调在五四时期"中学国文教育改革，成为五四文学革命的有机组成部分"，而白话文成为中小学语文教材的主体，正是五四文学革命、启蒙运动最具实质性与决定性的成果（见《五四新文化运动与中小学国文教育改革》，收《语文教育门外谈》，广西师范大学出版社，2003年版）。因此，富仁与我在九十年代对于中小学语文教育改革的参与，可以说是八十年代的思想启蒙的延续与新的推动，是"接着五四往下讲，往下做"。我提出的"以'立人'为中心"的教育新理念，其出发点显然是鲁迅的"立人"思想（见《以"立人"为中心——关于九年制义务教育的语文课程改革的一些思考》，收《语文教育门外谈》）。应该说，我对中小学语文教育改革的参与多少有些仓促，而富仁则有较多的准备，理论思考和创造更是他的强项；因此，我在写《以"立人"为中心》时就借鉴了他的研究成果，并多有引述。这一回，算是我们的并肩作战吧。

但我很快又得罪了中小学语文教育界的权威，并引起了党内极"左"派的注意。在他们的"密谋"下，于1999—2000年间在报刊上对我进行了大半年的"大批判"：这样，我就在九十年代末遭遇了富仁八十年代"被讨伐"的命运。富仁对此作出了强烈反应：据说在"围剿"我的高潮时，富仁特地在课堂上讲我对中小学教育改革的参与，说到激动处甚至流下了眼泪。以后，富仁一直在密切关注事态的发展。我至今仍记得：在一个凌晨，我突然接到富仁的电话，他用略带沙哑的嗓音对我说：老钱，最近形势紧张，你千万不要再说话了。我猜想，他大概为此一夜没有睡好，因此感动不已：真是患难得知己啊！最后，我被迫退出了体制内的语文教育改革，但仍然坚持体制外的参与；而富仁则继续留在体制内坚守，写了不少文章，在中小学语文教育界产生了很大影响。2010年，福建人民出版社出版了富仁和我，以及福建师范大学孙绍振教授的文章合集《解读语文》，这也是一个纪念。

有承担的学术

富仁同时在不断开拓他的研究天地：2005年发表《"新国学"论纲》，提出了开展"新国学"研究的新设想。开始时我并不理解，许多朋友也有保留。但我沉下心来，仔细读了富仁的文章，于是懂得了他的意思，发现原来自己和朋友们对富仁多有误解，就写下了《学术生态的建设及其他——读王富仁〈"新国学"论纲〉》的长文（文收《中国现代文学史论》，广西师范大学出版社，2011年版），对富仁的"新国学"表示了"理解的同情"。我在文章里指出，富仁的"新国学"是"中华民族学术"的同义语。他给自己规定的任务，是将国学（民族学术）内部，长期被视为势不两立的各个派别，例如，古代文化（"旧文化"）与现当代文化（"新文化"），汉族文化与少数民族文化，学院文化与社会文化、革命文化，联系为一个更大的统一体，建立自我和自我对立面共享的价值与意义，构造一个有机融合、相互沟通互助的"学术共同体"，并成为中国知识分子"同存共栖"的精神归宿。富仁为此而确立了两个原则："一是任何一种思想、文化、学术派别在拥有自己的价值的同时，也存在自己的限度"；"一是任何思想、学术、文化派别都需要在和异己的思想、文化、学术派别的质疑、批判、竞争中求得发展"。在理清了富仁的基本思路的基础上，我做了三点肯定性的评价：一是指出富仁的"新国学"概念具有"内在的现实批判性"，即是反对以任何形态出现的"独尊"，将"社会实践完全纳入"单一的某种思想、文化、学术观念之中；另一是警惕"中国知识分子的精神弱点"，即所谓"霸气和'国师'情结"。这都具有现实针对性，更有长远的警示性。其二，富仁强调：知识分子的精神归宿只能是自己民族的学术，"这里表露出来的学术责任感、使命感，以至神圣感，是动人的"，"现在恐怕已经很少有人这样看待学术，这样痴迷于学术，将自己的全部生命意义与价值投入其间了"。最后，我也为富仁的"强调全局的宏观的把握，着重于理论概括和整体归纳"的研究方法做了辩解。我指出，"以史料见长的学者与以理论见长的学者，是应该互补的"，"绝不能人为地将有不同的学术修养、追求，采取不同的研究方法的学者分裂开来"。在我看来，富仁这样的注重"中国学术的整体性和独立性"，善于理论建构的学者，也许是发展到今天的中国现代文学研究、鲁迅研究所更为稀缺的，是弥足珍贵的。文章最后，我对富仁对"新国学"的阐释也提出了一点不满足，希望富仁对"'全球化背景下的新国学'，对以'新国学'命名的'中华民族学术'和'全球学术'（东方世界和西方世界）的关系，有一个更为系统、深入的阐释"。

在此后的十几年，富仁和我都步入了老年。我发现，富仁的研究与写作，越来越具有"文化守夜人"的意味——这是富仁提出的概念，他曾写有《中国文化的守夜人——鲁迅》一书，现在他自己也在为中华民族文化（"新国学"）守夜，为鲁迅文化守夜：在不断发表关于"新国学"的长篇力作的同时，还写出了《中国需要鲁迅》这样的专著。他也在"接着鲁迅往下做"。我自己，在把研究的重心转向更具历史与现实批判性的当代政治、思想、文化研究的同时，也在更自觉地坚守鲁迅思想文化阵地。就像我在《鲁迅与当代中国》"后记"里所说，几十年来，富仁和我，以及我们的相知者，"从来不为（鲁迅的）批判者的高论、喧嚣所动，依然我行我素，以鲁迅的韧性精神，到处讲鲁迅，一有机会就讲鲁迅，乐此而不疲"。我们如此执着、固执地坚守，许多人是不理解的，我们经常遇到"不知我者谓我何求"的质疑。但我们自己是有充分理由的。富仁在他最后的讲话《鲁迅改变了我一生》里，谈到在所谓新世纪，鲁迅研究再也不能给研究者带来名和利，而成了一种"社会承担"。想走、该走的都走了，纷纷另求出路；留下的，就都是与鲁迅有着生命的血肉联系的，就像富仁所说，"鲁迅给了我生命，我的生命就是要维护鲁迅文化的价值。维护住鲁迅，就有我自己的存在价值。维护不住鲁迅，我王富仁就是一个毫无价值的人"。而这样的生命共同体的体认，绝非盲信，而是理性的选择，并且有着深厚的历史内涵。所谓"鲁迅给了我生命"，就是说鲁迅使我们成了"独立知识分子"："尽管我很弱小，但我在精神上并不萎靡。我站着走到死，我不会跪着爬着上前走一步。这是一个最根本的东西，是鲁迅给了我一种内在的精神力量。"更重要的是，我们对鲁迅文化自身的价值和力量，始终充满信心；在我们看来，对鲁迅的意义，根本不存在许多人非难的"过度阐释"的问题，而是认识远远不够的问题。富仁在《中国需要鲁迅》里说："我可以断言，在今后二十年内，不论在中国，还是在世界上，鲁迅将赢得更多的同情和理解。他的价值和意义，也将表现得更加鲜明和充分"，这是代表我们的共识的。而且随着中国社会的发展，会得到更多人的认同：今天，许多人在面对和思考当下中国现实时，都越来越意识到，中国的问题，不仅有体制方面的一些问题，也有国民性改造的问题。这就意味着鲁迅的命题正在成为中国改革必须面对的一个核心性的问题，今天还需要新的思想启蒙。富仁说，"我们现在这个时期是一个鲁迅精神和鲁迅作品获得人们的理解和同情最多、也最深刻的时期，并且这个趋势还在继续发展着"。他是有充分理由做出这样的判断和预言的。因此，我们这些鲁迅精神和文化的坚守者，既不断受到质疑，但在根本上又不是孤独的，而且我们又是彼此搀扶的。

现在，富仁走了，我还活着。我早就说过，活着就是为了最后完成和完善自己，其中最重要的，就是坚守鲁迅的精神与文化。现在，这又成了"幸存者的责任"。我还会这样继续走下去，直到生命的最后一刻。

2017年5月7—8日，送别富仁第二、三日

这一代人中的一位远行了

——送别老吴[1]

老吴走了。

我的第一反应是：这是一个开始——我们这一代走上了人生最后一程，老吴是走得较早的远行者。

我作出这样多少有些理性的判断（这是我的思维习惯，也是一个毛病），却使我的心分外沉重起来。整个白天，无论做什么事，都在惦念着什么；还做了一夜的噩梦：整整四十二年，老吴和我们一起走过的路，一一浮现在眼前……

所谓"我们这一代"，指的是"文革"结束后1978年入学的第一届研究生。在我们所在的现代文学研究专业领域，是创建学科的王瑶、唐弢、李何林、贾植芳、钱谷融等第一代，新中国成立后的接续者乐黛云、严家炎、樊骏、范伯群等第二代之后的"第三代"。

我和老吴就是作为王瑶、严家炎的学生而相遇在北大，住同一个宿舍，我戏称为29楼202室"四君子"（另两位是凌宇和学古典文学的张国风），而且很快就发现彼此相同之点甚多，有一见如故之感。

首先我们是同届研究生中年龄最大的：年过三十九，一对"老兔子"赶上了最后一班车。这也就使我们处于极为尴尬的地位：明明已是中年，却被当作"青年学者"来培养、要求和看待；等到学成当了

---

[1] 即吴福辉。

教授，已经接近老年，就被尊称"钱老"和"吴老"。这也就决定了我们在学科发展中的位置：记得也是和我们同龄的古典文学研究生张全宇，研究生毕业不久就英年早逝；我在《悼"第一个倒下者"》里，特意提到，知道全宇临终前一再呼喊"我的书，我的书还没有出呀"，我的灵魂在震撼，我因此而看清自己的命运："历史要求我们为上一代画句号，又为下一代做引号"，"夹在老年与青年、历史与未来、理想与现实……之间，我们身心交瘁；我们唯一的依靠，就是几十年苦斗中练就的内在的坚韧力量……""然而，再坚韧的弓箭也会绷断"，全宇生命的呼叫，将"带着历史的悲壮性"伴随我们一生。[1]

我和老吴还发现，原来我们是大"同乡"：我祖籍杭州，老吴祖籍宁波，都是浙江人，自有江南水乡的底气。后来，出生于上海的老吴五十年代到了东北大地，我在六十年代去了贵州深山：这都在我们的生命、精神气质上打上了烙印。老吴本来就"南人北相"，经过几十年的磨炼，既保留了江浙文人的细腻、敏感、聪慧，又染上了东北汉子的大气和开拓精神；我呢，虽不乏智力，却也有一股掩盖不住的野性。这样，我和老吴，就不仅有精神底蕴相通，更有一种性格、能力上的互补：我这个人外似通达，却更惯于生活在自己世界里，常沉湎于一己的"胡思乱想"中，不善于和人打交道，更无行动的能力；老吴却有极强的与人沟通的兴趣与能力，在行动上更是如鱼得水，操作自如。我喜欢出点子，要变成现实，全得靠老吴。我们俩的合作，算得上是"天作之合"。

我们也有共同的弱点。老吴是中专毕业生，没有上过大学，这是

---

1 钱理群：《悼"第一个倒下者"》，《幸存者言》，第2页，复旦大学出版社，2011年版。

　　　　　　　　　　　有承担的学术

他的终生遗憾；我虽 1956 年就考上了北大，但也就认真读过一年书，1957 年"反右"、1958 年"大跃进"……就再也读不成书了。我们都极爱读书，底子却有先天的不足：古典文学修养明显欠缺，还不懂外文——我一直记得我和老吴当年学日语时的狼狈样子，后来就干脆放弃了。我们也只有靠勤奋来弥补：图书馆一开门就冲进去抢位子，直到深夜才回宿舍，读书都读疯了。我们后来的学术成就，靠的也是一辈子心无旁骛地辛勤劳作：这一代人先天不足，就只有靠这点笨功夫。

我们就这样越走越近。特别是研究生毕业，我留北大当王瑶先生助手，老吴任职于现代文学馆，都处于学科研究的中心。王瑶先生特地关照，应该利用有利的环境、条件，集中精力做最想做的事。当时，我和老吴两人最感兴趣的，就两件事，一是做好自己的学问，二是做点学科组织工作。这也是王瑶先生的期待：我和老吴在他的学生中年龄最大，正好为他守住现代文学研究这个摊子。这也就决定了此后我们一生的发展道路，就是要当一个"现代文学史家"——我到了晚年另有所选，老吴却终其一生都坚守在现代文学学科领域，终于成为一位名副其实的现代文学史家，这是极为难得的。前文谈到的知识结构的缺陷决定了我们要进入其他学科确实难度很大，而我们相对丰厚的人生阅历和生命体验，自小沉湎其中养成的文学兴趣、现实关怀，在现代文学研究领域正可以大显身手。而且我们在读研究生阶段，都老老实实地按照王瑶先生的布置，对整个学科的方方面面，几乎所有的作家、文体、流派、思潮……都下了很大功夫。在这个意义上，我和老吴的专业基础是打得扎实的；这也就决定了我们的专业知识比较全面，并不限于某个自己所喜爱的作家、文体、流派，由此形成的知识结构，恰恰最适合做文学史的研究。另一方面，也是在王瑶先生引导下，我们迷恋个人的研究，但又对学科的发展有一个整体性的关怀。这可能与老吴当过学校教务主任，有进行组织工作的兴趣与能力，以及我在贵州"文革"中已经养成的对全局性问题的特殊关怀有关。而王瑶先生晚年的兴趣也已经集中到学科队伍的建设，严家炎、樊骏等第二代学者在这方面都下了很大功夫，我和老吴就被选中当他们的助手，最后成为学会和《丛刊》的接班人。我们则把这看作自己作为"历史中间物"的职责。

应该说，我和老吴在现代文学史研究和学科建设这两方面的合作都有高度的自觉：我已经习惯于要干什么事就"找老吴"。在学术研究上，我们就有三次合作。头一回是八十年代王瑶先生布置我为《陕西教育》写现代文学史连载文章，我第一反应就是"找老吴"，一找他就欣然答应，还约了温儒敏，我们三个同学，还有王先生的女儿超冰，就这样编出了《中国现代文学三十年》，还成了全国现代文学课程的教材。到二十一世纪初，我想推动民间教育改革，编写《新语文读本》，联通"文学与教育"。一人孤掌难鸣，也想到"找老吴"，把他和朱珩青夫妇，以及另一位古典文学研究生同学张中一起拉来，联合一批中学教师，在重重阻力下，硬是编出从小学到高中的一整套课外读本，至今还畅销不衰。在退休前，我想对《三十年》的模式有所突破，就提出编一套"广告文学史"的设想，一找老吴商量，正中下怀，就由我们两人出面，约请陈子善先生共同担任主编，还在全国范围找了一大批中青年作者，进行了组织"民间学术工程"的尝试，成功出版了三卷本的《中国现代文学编年史——以文学广告为中心》。

我们在学术组织工作方面的合作，就更加主动而积极。我念念不忘的是，1980年初，我们这一代刚刚毕业，就想在学术界发出独立的声音。于是，就由老吴出面，组织召开了"镜泊湖会议"。与会者不限于现代文学专业，也包括学习古典文学、文艺理论……诸方面的青年才俊；也不受地域、学校的限制：有京、沪两地的名校，也有地方院校的见过面、没有见过面的朋友，都闻讯赶来。这样的空前盛会，组织工作的难度可想而知；老吴却从容、自如，仿佛一点也不费力地就把会办得井然有序，显示了他出色的组织能力，也确立了他的学术组织者的地位。这次会议对学科的发展，也确实起到了推动作用：此后上海方面提出"重写文学史"，我和平原、子平倡导"二十世纪中国文学"，都与这次会议有关；而许多与会者日后都成了各学科的带头人。更重要的是，由此开创了一个极好的学术环境、氛围，以至传统。这也是我感触最深的：我们这一代最为幸运的是，从来没有发生过内斗，也从无权力之争，始终相互支持、合作。无论是北京的社科院、北大、人大、北师大……，还是京、沪，北、南各地的学者之间，都有一种无言的默契，密切配合，不立山头，不搞宗派，也不谋求个人地位和利益。大家都专心专意地搞学问，绝不在学问之外耗费精力和时间。在我看来，这是我们这一代能够在不太长的时间就收获丰硕成果的一个重要原因。应该说，老吴在这方面是发挥了很好的作用的。特别是他在担任学会和《丛刊》编辑的领导工作时，更以他特有的温和、细心、体贴、宽容、善解人意，善待年轻学者和需要帮助的人。应该说，在学界他有意无意地为他人做事，是最多的。这就使他特具亲和力和凝聚力，在学术组织工作、学科建设方面发挥了别人替代不了的作用。应该说，这是老吴的一个不可忽视的重要贡献。这也是我最欣赏、佩服老吴之处，我自己也尽力支持、配合他。

在很长一段时间里，只要开会，我们必住在一个房间，便于商量事儿，更是一种情感的需要。于是，就有了一个小插曲：我们俩一入睡，都很"放肆"，我无规则地打大呼噜，老吴则有规则地打小呼噜，各得其乐。有一次会议安排上海评论家吴亮临时到我们屋睡一晚，闹得他一夜无眠，就妙笔生辉，写了篇短文描述和调侃了一番，一时传为学界"佳话"。

我和老吴之间也不是没有矛盾，还发生过争吵——也是唯一的一次。大概是开会途中在火车上打扑克，我无意中得罪了他。我给人的印象，似乎只会读书；其实，在"文革"中的被迫休闲中我学会了打麻将和扑克，技艺确实不错。这回我得意忘形，就故意地贬低、嘲笑老吴，"损人"过了头，老吴突然大发雷霆，把我吓"醒"了。由此也更深地了解了老吴：他软中有硬，性格中也有"倔"的一面，自有极强的自尊心，不可随便冒犯。这是应该充分理解与尊重的。我也就此调整了与他的关系：依然"亲密"却不追求"无间"，保持一定距离，做到对方的弱点心里有数，却以其长处相处：这或许是一种更为成熟的交友之道。这大概也是这一代人的一种人生经验吧。

我很快就成了老吴一家人的朋友。我至今难忘的是，有相当一段时间，我每年年初三都会和《文学评论》老编辑、也是我们的老朋友王信一起去老吴家打麻将，共同享受珩青提供的丰盛的东北味的美食。那时老伴可忻还远在贵州，我来老吴家就有一种回家的暖意和感动。珩青研究路翎，喜欢讨论思想问题，她的散文集的书名就是"我想，我在"，这就和我有更多的共鸣，我也欣然为她的两本著作写序。老吴的儿女都喜欢写小说，我也是他们的读者，儿子结婚我还当了主婚人。可忻来到北京，也与他们家多有来往。以后我们搬到了养老院，依然每年见一两面。2019年可忻患了不治之症，老吴、珩青特

　　　　　　　　　　　　有承担的学术

来看望，也是说不完的话。可忻病越发沉重，就在生前编了一本《我的深情为你守候——崔可忻纪念集》，还勉强挣扎起来，亲笔为一些最亲密的朋友签名，以作为永远的纪念，其中就有老吴和珩青。却不知为什么没有及时送到他们手中。现在这本书还在我这里，老吴却也随可忻远行，再也看不到了……

这篇悼文已经写得够长；但我还想就老吴的学术贡献再说几句：这也是我的责任。

在我看来，老吴一生的学术研究，大概有三个阶段。从研究生毕业到退休，是一个"寻找自己的独立研究之路"的过程。老吴的毕业论文写的是以张天翼为代表的左联青年作家的讽刺艺术，最早发表的论文《锋利·新鲜·夸张——张天翼讽刺小说的人物及其描写艺术》（载《文学评论》1980年第5期）、《中国现代讽刺小说的初步成熟——试论左联青年作家和京派作家的讽刺艺术》（载《北京大学学报》1982年第6期），就引起了学界的关注。以后他又发展到对喜剧艺术的探讨，写了《怎样暴露黑暗——沙汀小说的诗意和喜剧性》和讨论钱锺书的"机智讽刺艺术"的论文，在八十年代末和九十年代初先后出版了《带着枷锁的笑》和《沙汀传》，也都产生了很大影响。《沙汀传》的写作，显示了老吴对地方文化的关注，预示了新的研究方向，由此转向了对海派和京派文学、文化、文人的研究，经过七年的努力，于1997年出版了《都市旋涡中的海派小说》，最早为"海派"正名，成为海派研究第一人。而这背后蕴含了他对都市文学（文化）、市民文学（文化）在现代文学史的特殊意义和价值的独特发现，以及将文化研究引入文学研究的某种自觉性。人们很容易就发现，老吴对海派、京派、都市、市民这四大文学、文化、文人的情有独钟和独特发现，都是直接来源于他自己的生命成长背景、环境和由此形成的情感、趣味。老吴自己也多次谈到，"我在中国永远是一个'南北人'"，从小就生活在上海市民社会与环境中，"市民文化对我的恩惠是，喜欢衣、食、住、行的人的平常生活"。现在这种几乎成为生命本能的对人的世俗性的理解与欣赏，对现世的执着，都化作文字，凝结成老吴的文学研究了。[1] 王瑶先生对此给予很高评价，他在老吴《带着枷锁的笑》的序言里写道："作者自觉地'寻找自己'，寻找适合自己的研究对象，研究角度与方法，形成了自己的研究风格。"在我看来，这是先生发给自己的学生的学术"合格证"：老吴终于成了独立的学者。而其所显示的研究特色，又属于"这一代"学人：自觉追求"主、客体的交融"，用老吴自己的话说，就是"让生命附着于文学之上，让文学附着在生命之中"。[2]

按王瑶先生的说法，现代文学研究经历了"文革"结束、七十年代末的思想、学术的"拨乱反正"以后，从八十年代开始，就逐渐进入了"日常的学术建设"阶段。重新编写"现代文学史"的历史任务也就提上了学术日程。先生正是在这样的背景下，于1983年前后布置我和老吴、老温几个学生在刊物上连载重述现代文学史的文章，最后汇成了《中国现代文学三十年》一书。先生在"序"里写道：这是"一本有特色的现代文学史著作"，"这个事实本身就是令人振奋的"。但在当时的历史与学术背景下，这又只能是一本过渡性的历史著作。它表现在两个方面。

---

1 参看刘涛：《吴福辉的文学个性与学术贡献》，《汉语言文学研究》2019年第4期。

2 参看李楠：《让生命附着于文学之上，让文学附着在生命之中》，《汉语言文学研究》2019年第4期。

它首先是中国现代文学史的既定性能的一个承续。如王瑶先生"序"中所说，现代文学史的研究，"始于朱自清先生"，他的《中国新文学研究纲要》即是"1929 至 1933 年在清华大学等校讲授'中国新文学研究'的讲义"；到"五十年代初期，由于适应当时高等学校新设'中国现代文学史'这一课程的教学需要，先后出现了好几种比较完备系统的现代文学史著作"，其中影响最大的代表作就是王瑶先生的《中国新文学史稿》。这些现代文学学科的"奠基之作"都是"以教材形式出现的"。[1] 这样的教材的作用与功能，就决定了研究者所说的，现代文学研究这门学科从一开始就具有"某种'正史'的权威性品格"，它既是"学术、教学法式"，也是一种"政治表达"，具有明显的"正统意识""体制化"的特质。王瑶先生的《中国新文学史稿》就是以毛泽东的《新民主主义论》为指导，体现的是一种新中国成立初期的"国家意志"。[2] 而我们在八十年代写作的《中国现代文学三十年》从一开始就自觉地继承这样的传统，在 1997 年的修订本的"前言"和"后记"里，就明确其"教科书性质"，并因此给自己规定了"相对稳重"的写作策略与规范，强调"要充分注意教材所应有的相对稳定性与可接受性"，与"力求创新，显示个人独特眼光"的"私人写作"自觉地区别开来。因而在"现代文学的性质、范围、迄至、分期，以及总体性特征，发展线索上"，都维持既定格局，不做变动。我们也因此在"前言"里，特意强调中国现代文学的"现代"性质，以"文学的现代化"作为整个教科书的贯穿性线索，并且

---

1 参看王瑶：《序》，《中国现代文学三十年》，上海文艺出版社，1987年版。

2 李今：《讲述现代中国文学场域的故事——吴福辉〈插图本中国现代文学发展史〉重读》，《汉语言文学研究》2019年第4期；王德威：《吴福辉〈现代文学发展史（插图本）〉英译本序》，《中国现代文学研究丛刊》2019年第5期。

指出"这样的文学现代化，与二十世纪中国所发生的政治、经济、科技、军事、教育、思想的全面现代化的历史进程相适应，是其不可或缺的有机组成部分"。[1]实际上这就把现代文学的历史叙述纳入了八十年代"四个现代化"的国家话语体系之中，其鲜明的意识形态性，自觉服务于八十年代的国家意志，与王瑶的《中国新文学史稿》是一脉相承的，只不过"从'革命'转向'现代'"，"其总体格局并未发生根本性的改变"，实际上还是"文学史＋政治史"。[2]

但《中国现代文学三十年》在坚持其保守性的同时，更有创新性的一面。这也是王瑶先生的"序言"里要强调的："本书的作者是近年来涌现出来的几位引人注目的青年研究工作者。从书中可以看到，他们吸取并反映了近年来的研究成果与发展趋势，打破狭窄格局，扩大研究领域，除尽可能地揭示现代文学发展的历史主流外，同时也注意展示其发展中的丰富性与多样性，力图真实地写出历史的全貌。"[3]仔细做具体考察，就可以发现，在这方面，老吴作出了突出的贡献。《中国现代文学三十年》主要有三个版本：1987年初版本（上海文艺出版社），1998年的修订版（北京大学出版社），以及2016年的修订、重印本（北京大学出版社），每次老吴都提供了新的研究成果。1987年初版本老吴主要负责散文与小说部分的撰写，注重于文体，这正是他研究的强项。在散文发展的历史叙述里，他突出散文世界的"个性化、多样化"（第六章），"在论争中的完备、发展"（第十八章）和"归

1　参看《前言》《后记》，《中国现代文学三十年》修订版，北京大学出版社，1998年版。

2　李今：《讲述现代中国文学场域的故事——吴福辉〈插图本中国现代文学发展史〉重读》，《汉语言文学研究》2019年第4期。

3　参看王瑶：《序》，《中国现代文学三十年》。

趋"（第二十七章）。在小说发展史的叙述中，更突出小说"各流派的竞争"，"京派小说"、"'新感觉派'小说"（第十五章）、"洋场小说"（第二十三章）概念的提出让人耳目一新，"讽刺、暴露小说的繁盛"（第二十二章）则集中了他的最新研究心得。而"上海孤岛文学""其他沦陷区文学"以及"台湾文学"（第二十八章）的叙述，展现的是全新的文学景观。1998 年修订本，除了"京派小说"之外，第一次出现了"海派小说"的概念（第十四章）；"通俗小说"更是成了一个贯穿性线索（第四章，第十五章，第二十四章），还第一次作出了小说创作中的"通俗与先锋"两种模式的概括（第二十三章）；老吴还涉足作家研究，在第十章"茅盾"，第十三章"沈从文"的论述里，显示了对都市文学与乡土文学的关注。2016 年的重印本，老吴对他写的"通俗文学"作了较多改动，将其命名为"市民通俗小说"，强调"通俗文学和市民文学的交叉"，显然是新的研究成果。研究者注意到，"带有不同文化色彩的京派与海派小说概念就是吴福辉最早写入综合文学史中的"，"将通俗文学写入中国现代文学史，吴福辉都是头筹"。[1] 还有人指出，老吴早在 1987 年《中国现代文学三十年》初版本论述"上海孤岛文学"时，就专门讨论了具有"西方现代派的明显痕迹"的张爱玲的小说，以后在 1998 年的修订本里，对其就有了更高的评价，认为是"中国 20 世纪文学发展到这个时期的一个飞跃"：可以说，张爱玲是因老吴而第一次被写入了大陆文学史。这自然都具有现代文学史学科发展史的意义。更重要的是，老吴笔下展现的这些长期视为"非主流"而被忽视、遮蔽、遗忘的文学新景象本身，

---

[1] 参看李今：《讲述现代中国文学场域的故事——吴福辉〈插图本中国现代文学发展史〉重读》，《汉语言文学研究》2019 年第 4 期。

构成了对教科书模式的既定现代文学史结构、框架的巨大冲击，孕育着最终的突破。

这样，写于八十年代的《中国现代文学三十年》所具有的既保守又创新的双重性，使它很快就被现行教育体制所接受，也受到作为使用者的大学教师和学生（本科生，特别是研究生）的欢迎。如北大出版社在2016年"重印说明"所说，"本书从初版至今已经近三十年，其间先后被列为普通高等教育'九五'教育部重点教材和'十一五'国家级规划教材，有过五十多次印刷，印数超过百万册。其在高校的使用覆盖率，以及学界的引用率，在同类书中都是非常高的"。

但我和老吴心里都明白：《中国现代文学三十年》不过是特定历史条件下产生并发生影响的过渡性著作，不是我们心里想要的。我们真正追求的，是写一部独立的、更加个性化的中国现代文学史著作。

于是，老吴（一定程度上包括我在内）的学术人生之路，就在退休以后，走上了第二个阶段：为实现"文学史家"的理想，做最后的努力。

我们首先要作的，就是突破《中国现代文学三十年》模式。我们心里很明白，当《三十年》影响越来越大，为学界广泛接受，形成了固定的文学史知识、论述框架时，就面临被凝固化的危机，需要寻求新的突破。可以说，建立《三十年》模式，又突破《三十年》模式，正是老吴和我这代学人的历史责任与使命。

这需要勇气，更需要毅力和智慧：第一个迈出这关键一步的，是老吴。当老吴经过七八年的埋头苦干，于2009年拿出《中国现代文学发展史（插图本）》时，我的第一反应是："终于等到了！"立刻写了《是集大成，又是新的开拓》的评论文章，我欣喜地写道，"这是对 1949 年以后文学史写作的'教科书模式'的重要突破","我们有了一部有别于教科书的个人文学史专著"。

综合研究者和我自己的看法，这样的突破，有五个方面。

其一，教科书式的文学史模式的一个致命问题，即是其"'正史'的权威性品格"；而老吴的这部"插图本"给人第一印象，就是"作者完全摆脱了以往文学史写作难免的严厉的审判官，所谓'文学规律、法则'的发现与宣示者和导师的身份和架势，而是像一位饱有经验和学识的'导游'，引我们读者一路走来，观赏路边应接不暇的文学风景。他介绍，指点，也偶有评论，却不强加于人，只是引'导'我们自己去'游'。当我们真的自己去游（阅读原著）了，他就只站在一旁微笑：尽管我们已经把他的介绍忘记了，他的目的也达到了。这里不仅有和读者一起平等地观看和研究的态度，更包含了作者自己对其叙述对象——精彩纷呈的现代文学风景的热爱、欣赏，以至陶醉。正是这一点，深深吸引和打动了读者"。[1]

其二，教科书式的现代文学史的另一个问题，就是过度的结构化：在"'揭示历史发展规律'的冲动"下，"形成了一种线性的、单质的、直奔某种既定目标（其实是一种意识形态的预设）的所谓不断进步的叙述结构"，"这样建立起来的结构，必然是一种等级结构，严格区分所谓'主流''支流'以至'逆流'"，"这样一个被先验的理论、观念（而且是根据时代思潮的演变不断变动的观念）过滤过的文学史图景，必然要对文学发展自身的复杂性、丰富性多有遮蔽"。在我看来，老吴正是在这里找到了突破口：打破现有叙述的等级结构，尽可

---

[1] 钱理群：《是集大成，又是新的开拓——读吴福辉〈中国现代文学发展史〉（插图本）》，《文艺争鸣》2010年第7期。

能回到文学现场，呈现文学发展本身的复杂、丰富、无序、模糊状态，尽管也存在某些内在线索，如新、旧（传统）文学的关系，中外文化的交流，文学与政治、出版、教育、学术文化的关系，文学各流派之间的关系，战争与文学的关系……但都隐现在时断时续、散漫无序的叙述之中，以最大限度地撑开叙述空间，用大量新史料展现新的文学风貌，实际上是要为读者，也包括文学研究者提供足够大的对现代文学、现代文学史的想象空间：这是一个开放的结构。[1]

其三，以往的文学史叙述，都以时间为线索；老吴的"插图本"也重视时间的因素，全书每一个部分都选定一个特定年份：1903—1921 年—1936 年—1948 年，列出大事年表，列举相应出版信息，以显示关键时间点对现代文学发展的特殊意义；但如研究者所说，他更特别突出现代文学活动的空间场域的变迁，作为文学史的叙述线索。全书别开生面地以描述晚清上海望平街由传统的画馆所在地发展为中国最早的报刊街市的变化，作为现代文学史叙述的开端，以后就将"现代文学在都市空间发展的书写延展，贯彻到每一章"：二十年代突出"京沪报刊书局形成的文学空间"对五四文学的历史作用；三十年代强调"文学场域的中心从北京回归上海的趋势"；四十年代更关注战争环境下形成的重庆、延安、桂林、昆明、上海、香港六大"文化城"的特殊作用，从而"把文学场域空间的变迁组合成文学史的重要结构板块"。这样，就把过去"正史"按所谓"历史地位"设专章讨论的"经典作家"，分散到他们各自所属"文人圈"，左翼文人、海派文人、京派文人、乡土派文人……去编写其间丰富多彩的文学故事。

---

[1] 钱理群：《有缺憾的价值——在〈中国现代文学编年史——以文学广告为中心〉出版座谈会上的讲话》，《文学评论》2013 年第 6 期。

研究者说，"由此浮现出吴福辉个人的文学史观，即不再以经典作品为本体，而将文学史看作文学活动场域的变迁史"。[1]

其四，重视与突出文学与文化的关系，变教科书模式的"文学史＋政治史"为"文学史＋文化史"。我在《中国现代文学编年史——以文学广告为中心》的"总序"里谈到，九十年代以来，"我们对'文学'及'文学史'以及'现代文学'的理解已经发生了很大的变化，并形成了新的研究思路，即在原始史料的重新开掘的基础上，把现代文学的文本还原到历史中，还原到书写、发表、传播、结集、出版、典藏、整理的不断变动过程中，去把握文学生产与流通的历史性及与时代政治、经济、思想、文化、教育、学术的复杂关系"，这大概就是所谓"大文学史观"。"这样一个将文学生产与流通融贯为一体，注重文学市场作用，注重文学个人创作与社会文化关系的文学史图景，是更能显示现代文学与古典文学的区别的新文学风貌的，但却是现在通行的文学史结构、叙述模式所难以容纳的"，需要有新的突破。[2]应该说，老吴的"插图本"正是人们所期待的这样的文学史书写中的第一个突破，展现了《三十年》"时代背景＋作家作品"的传统叙述框架不能容纳的更加广阔、丰厚的文学图景：现代文学与现代报刊、出版、现代教育、现代学术、现代语言学的关系，文学与现代艺术（电影、美术、音乐）的关系，现代文学创作与翻译的关系，等等，都系统而完整地进入了文学史叙述。老吴在"插图本"序言里说，"一个文学史写作即将发生变化的时代来了"，这是一点也不错的；我也因

---

1 李今：《讲述现代中国文学场域的故事——吴福辉〈插图本中国现代文学发展史〉重读》，《汉语言文学研究》2019年第4期。

2 参看钱理群：《总序》，《中国现代文学编年史——以文学广告为中心》，北京大学出版社，2013年版。

此断言：吴福辉的"插图本""是集大成，又是新的开拓"。

　　其五，人们对教科书模式的文学史的不满，还有一个重要方面，即在其使用过程中，人们更重视的，是其教科书功能，它越来越成为应试的工具，而越来越远离文学，当它被知识化以后，文学描写中的人就被忽略甚至忘却了。这正是我和老吴这样的从小就是文学迷，后来也因眷恋文学而走上研究之路的作者，最感痛心的。今天，我们要重写文学史的一个最重要、最基本的目的，就是要找回文学性，真正以"人"为中心。吴福辉的"插图本"让我最为欣赏、动心的，是他对"文学场上的人"的关注，而且他关注的不仅是创作作品的作家，也包括将文学作品社会化的文学编辑、出版者、文学教育者、评论者、研究者，更是作为文学接受者的读者，他们在与文学作品接触、交往过程中，所作出的个性化的反应中，所展现的思想、感情，内心世界。这样吴福辉的"插图本"就"通过文学的窗口，展现了特定大时代里的个人生命史、人史、心史"，这样的本质上的文学性，才是他的追求，也是《插图本》的价值所在。我还要强调，他的"插图本"的语言也有文学性，注意历史的细节呈现，展现文学史发生学上的感性瞬间，甚至可以从中读出生命的体温：这都可以说是"随笔的笔法"对文学史叙述的渗入，这是能显示老吴文笔之所长的。[1]

　　老吴的《中国现代文学发展史（插图本）》就这样以全新的面貌，实现了对教科书式的文学史模式的零的突破，展示了个人化文学史写作的巨大可能性。一出现，就自然为国内外中国现代文学研究界所瞩目，并迅速被翻译为韩文、英语和俄文。美国哈佛大学教授王德威先

---

[1] 钱理群：《是集大成，又是新的开拓——读吴福辉〈中国现代文学发展史〉（插图本）》，《文艺争鸣》2010年第7期。

生在所写的英译本"序言"里指出，作者"有鉴于文学史的范式日益僵化"，"以百科全书式的知识和富于判断力的见识"，进行了"最具启发性的尝试"，"是一项不同凡响的成果"，"终于可以将他对中国现代文学史的洞见与反思，分享给全世界的读者"。[1]

有意思的是，老吴刚刚出版了"独立写作的《中国现代文学发展史（插图本）》"，又立刻"扎进一个集体的、前途不可测的文学史写作中"，出任《中国现代文学编年史——以文学广告为中心》的主编之一。老吴说，这"完全是被'多样文学史'的目标所召唤"：这个"富有很大挑战性的课题"，唤起了他四十多年前读研究生时天天泡图书馆翻阅现代报刊时的记忆，仿佛又听到报刊广告"内含的各种'语言密码'泄露出的各种声音、各种音调"。他也因此感悟到，"以文学广告为中心"写出的文学史，应该是"现场感极其强烈的文学史"："因为文学广告系当时人所写，它包容了当时社会的接纳心理，当时人的文学理想、价值观念，以及文学对当年的人和社会的反作用力，是以历史资料形式保存到今日的活化石"，"面对这些不同历史材料的了解、分析、阐释，必将引发出今日人们的参与性（对相应文学广告的某种阐释必然煽起读者试做另外一种阐释的欲望，而新的文学史应该给读者留下空间）"，这样以文学广告为中心的文学史，就必然是"既保留了文学现场，又被今昔时空充分穿透的文学史"，是传统文学史不能达到的新天地。老吴还敏锐地抓住了"文学广告的人文性质、思想文化性质和商业销售性质的掺杂混合"的特性，由此而发现了以文学广告为中心的文学史的特殊价值："这种文学史必然将文

---

[1] 王德威：《吴福辉〈中国现代文学发展史（插图本）〉英译本序》，《中国现代文学研究丛刊》2019年第5期。

学和商业关系作为一条基本线索来处理，充满了文学与商业的双重张力"，"我们可以从中望见文学作为'商品'被推行的现代进程，及商业化如何促进文学、改造文学、腐蚀文学的各个侧面"，这就深刻揭示了产生于市场经济时代的现代文学区别于传统文学的特质及其内在矛盾。[1] 这样，以文学广告为中心的文学史就为我们这些年一直设想、追寻的"接近文学原生形态的文学史结构方式"提供了一种可能性。[2] 这也就意味着，我们这一代（《编年史》三位主编都是"文革"后首届研究生）又在创建个性化、多样化的现代文学史的路途上，迈出了新的一步。

这样，从钱理群、温儒敏、吴福辉合作的《中国现代文学三十年》（1987年—1998年—2016年）到吴福辉独撰的《中国现代文学发展史（插图本）》（2009），再到钱理群、吴福辉、陈子善主编的《中国现代文学编年史——以文学广告为中心》（2013），我们这代人就完成自己的现代文学史编撰任务。是老吴将这三部曲串连起来，形成完整的结构，其独特贡献是谁也替代不了的。而我们这代人也借这三部曲将现代文学史的研究和撰写，从"教科书模式的集大成"到"个性化、多样化模式的新开拓"，既承接了以前两代学人王瑶《中国新文学史稿》和唐弢、严家炎主编的《中国现代文学史》为代表的传统，也为后来者的创造提供了新的可能性，就像老吴在他的"插图本"序言里所说，我们所做的，"不过是未来的新型文学史出现之前的一个

---

1 参看吴福辉：《后记》，《中国现代文学编年史——以文学广告为中心》第2卷，北京大学出版社，2013年版。

2 参看钱理群：《总序》，《中国现代文学编年史——以文学广告为中心》。

'热身'，为将来的文学史先期地展开各种可能性作 ‘准备’”：¹我们也因此而完成了"承上启下"的"历史中间物"的使命。

到2013年《编年史》出版，我和老吴都深深地吐了一口气：我们已经做到了能够做的一切。如果说我们这一代中的张全宇1983年第一个倒下时，心存"我的书还没有出呀"的遗憾；那么，经过我们这些幸存者此后近四十年的努力，该写、想写的都写了，也都出（版）了，那就真的没有什么遗憾了。夸大一点说，我们还都作出了"超水平"的发挥：我们这一代是被时代耽误的一代，在学术上根底不厚，先天不足，老实说，我们是全靠自己后天的勤奋才取得这些成果的。我们为此而自豪；但心里也有数：其局限性、有限性是明显的。只能说差强人意地完成了前辈老师布置下的"作业"，也对得起自己，对学科发展对我们这一代提出的要求多少有了个交代：这就够了。

于是，老吴和我的人生、学术之路，就进入第三个阶段——

晚年为自己写作。我们当然不会停笔——写作已经融入生命之中。但写什么，怎么写，却更要听命于自我生命的内在需要。我注意到，老吴在生命的最后七年，主要从事学术随笔、文化随笔的写作。在我看来，这意味着，老吴终于找到了属于自己的文体。老吴长期供职于现代文学馆，自有深厚的现代文学史料功底；而他自幼养成的对文学和日常生活的兴趣、鉴赏力，对文学和日常生活中的细节的敏感、记忆力，以及他对文体、文字的精微处的感悟、把握，一直都让在这些方面特别欠缺的我称羡不已，但我也分明感到，他的这些长处，在文学史的写作中虽时有闪现，却未能充分发挥。现在，我在报刊上陆

---

¹ 吴福辉：《自序》，《中国现代文学发展史（插图本）》，第6页，北京大学出版社，2010年版。

续读到了他后来汇集在《多棱镜下》《石斋语痕》《石斋语痕二集》等书里的学术随笔、文化随笔，尽管还有学术的追求，如他自己说，是要"一个一个发现新问题，为未来文学史写作做准备"，但我更强烈地感觉到，老吴是沉浸在自己的精神世界里：如果说，当年研究海派、京派、市民通俗文学，特别是撰写三大文学史，老吴找到了学术上的自我；那么，如今挥洒自如地写随笔，就回归到精神上的自我，并且找到了最适合的表达方式。当我把这一看法当面告诉老吴，并且向他表示祝贺时，他点头微笑：我是懂他的。

在 2020 年的疫情蔓延期间，我还在老吴的出生地上海《文汇报》上读到他回忆当年弄堂里的生活的随笔，第一个反应是，老吴"回到童年"了。

现在，他远行了，在"彼岸世界"等候他的亲人和我们这些老同学、老朋友和他相聚。那么——

老吴，再见！

2021 年 1 月 16—20 日

后记

我的文学史家的追求与努力

在《返观与重构》的"后记"里，我对自己的研究有这样的陈述："'文学史的研究与写作'一直是我的学术研究的主要兴趣所在。这也是一种'扬长避短'的自我选择与定位：与许多学友着重于某一文体、某一类作家的研究，成为某一方面的专门家不同，我的研究很不专一。樊骏先生说我'对什么课题都有兴趣，也都有自己的看法'，甚至连所写的文章，也'各具特色，难以形成统一的印象'，确乎如此。差不多现代文学研究的各个门类，从思潮、理论，到小说、诗歌、戏剧、散文，以及作家作品、文学现象，我都有所涉及，却不甚深入（和专门家相比）。正是这一种没有特色的'特色'，把我逼上了进行'文学史'的综合研究之路，近20年来，我一直在思考文学史理论与实践问题。"在我的研究重心从二十世纪九十年代后期开始转向思想史、精神史、政治思想史研究之前，我始终把自己认定为"文学史家"。

作为文学史家，我的关注、思考与努力，主要集中在五个方面。

首先自然是文学史的写作实践。早在八十年代中期，我在北京人文函授大学讲课，就整理了《中国现代文学函授讲义》（未出版）；同时奉王瑶先生之命，和吴福辉、温儒敏、王超冰一起在《陕西教育》上连续发表现代文学史讲稿，最后整理成《中国现代文学三十年》一书，于 1987 年由上海文艺出版社出版，后转北京大学出版社，于 1998 年出版修订本，并在 2016 年又做了一次修订。此书因成为各大学中文系现代文学课程的教科书，而产生了很大影响。此后我一直坚持作文学史写作的多种试验。1995 年与董乃斌、吴晓东等合作，编写了《插图本中国文学史》，担任"新世纪的文学"（指二十世纪）部分编写工作，这是一次将现代文学研究"重新纳入中国文学史的总体结构中"的自觉努力[1]。2013 年和吴福辉、陈子善等合作，出版了三卷本《中国现代文学编年史——以文学广告为中心》，此书由我提供总体构想、设计，自己又写了 80 万字的条文，可以说是体现了我的文学史理念与追求的。我还有一个"以作家作品为中心"的现代文学史写作构想，希望在有生之年完成（按：此书已于 2021 年写出，将于 2022 年出版）：这样，现代文学史写作，就构成了我的三四十年学术生涯中的一个贯穿性的线索，真正是从头写到底了。

其二，我在进行文学史写作实践时，还有很高的理论创造的自觉。可以说，我的现代文学研究（包括文学史写作）的主要著作，都有进行现代文学研究的理论与方法、文体试验方面的设想，并及时做理论的提升。收入《返观与重构》第二章、第三章里的文章，就通过对自己写作经验的总结，提出了"典型现象与单位观念""从一个人看一个世界""人类共同的精神命题""'设身处地'与'正视后果'""结构与叙述""现代人的生存困境及审美形态""多学科的综合眼光""研究的想象力""'分离'与'回归'""创作的超前性与评价的相对化""警惕现代学术的陷阱"等等重要的文学史研究的理论

---

[1] 参看《"分离"与"回归"——绘图本〈中国文学史〉（20 世纪部分）的写作构想》，收《返观与重构》。

与方法论命题。我当时（1998）说，"我并不奢望构建理论体系与模式，这显然是我自己力所不及的；但又确实期望提出一些能引起人们思考的命题，以为后来者的理论建构提供或许有用的断砖片瓦，如此而已"（见《返观与重构》"后记"）。到 2013 年，当我主持写出了能够体现自己文学史写作追求的《中国现代文学编年史——以文学广告为中心》以后，我又写了《我的文学史研究情结、理论与方法》的长文，做了更进一步的较为系统化的理论总结，讨论了"历史哲学中的主客体关系""历史研究中的时间观""史料与史识的关系"等重要问题，对于我一直坚持的"典型现象研究"的文学史观、文学史思维和学术话语方式，进行了深入的讨论。这都表明，我的自觉追求也是一以贯之的，就是我在《八十自述》里所说，"要求在中国现代文学史写作上形成独立的文学史观，方法论，独特的结构方式、叙述方式"。现在看来，努力的结果未必完全如意，理论修养的不足，始终是制约我的主观追求的难以克服的障碍，但我依然是"虽不能至，也要心向往之"。

其三是对现代文学学科发展史的关注，而重心又集中在"学人研究"上。这是很自然的：我们考研究生，要进入学科领域，第一步就是"寻师，拜师"，学习和继承学科研究的既定传统；而且一旦入门，最吸引自己的，恰恰是导师的学养、品格、风范，在一定意义上，"学人"的影响比"学问"的传授更重要、更根本、更带基础性。二十世纪八十年代，我来到北大校园，进入现代文学研究界，最刻骨铭心的，就是前代学人的学术与精神的熏陶：开始只是被动的赞赏、吸引，后来就变成自觉的研究和继承。而且如陈平原所说，我们这一代学人，最幸运的是，在学术研究的起点上，就与创建现代文学学科的，活跃在三四十年代学界的"第一代学人"相遇，直接承续他们的学术传统。与此同时，作为"文革"结束后的第一批研究生，我们又得到了成长于五六十年代，正成为"文革"后学界主力的"第二代学人"的倾心扶植。这样，我们的"学人研究"，自然从对第一代和第二代老师辈的学术思想、观念、方法、风格的研究入手。收入本书的第一代学人中的王瑶、李何林、任访秋、田仲济、贾植芳、林庚、钱谷融的研究，第二代学人中的严家炎、樊骏、王得后、支克坚、孙玉石、刘增杰、洪子诚的研究，都是相应的成果。应该说，我在研究设计上，就有意识地尽可能地涵盖最具代表性和影响力的学人，计划要写的还有唐弢、陈瘦竹两位老先生，最终没有写成，也算是一个遗憾吧。我最为着力的，当然是王瑶先生的研究。这不仅是出于王瑶先生学科史上的开创作用，也是自己作为王瑶先生的弟子和助手的责任所在。记得开始动手写，是在先生受到现实巨大打击，身心陡然衰老的时刻，我觉得冥冥中有一种力量在召唤我，要抢先写下先生的历史贡献与精神。那时，王先生似乎也有这样的期待，当我告诉他，我要为他的鲁迅研究写点什么时，他是微笑点头的。后来写成的《"寻找你自己"——王瑶先生的鲁迅研究》一文里，我强调先生这一代鲁迅研究者是"把鲁迅精神化为自己的血肉"，"用鲁迅精神来研究鲁迅"，我相信是能够得到先生的认可的，这也是我最愿意追随，要自觉继承的传统。先生在那样一个非常时刻远离我们而去以后，我怀着"大树倒了，以后一切都要靠我们自己"的心情，继续研究先生，讨论"一代学者的历史困惑""'挣扎'的意义""学术研究的清醒与坚守"，等等。直到先生诞辰百周年，我依然写《读王瑶"检讨书"》等文章，都是以先生作为现当代知识分子的典型，研究他在中国当代历史中的

　　　　　　　　　　　　　　有承担的学术

命运与坚守的。这或许超出了学科发展史的研究范围，但却是"学人研究"不可回避的。这大概也是显示我的学人研究的特点吧。

我自己成长于五六十年代，我和洪子诚先生是同龄人，本应属于"第二代"；但我成为"学人"却是在八十年代，也就自然被看成"第三代学人"。特别是我和远比自己年轻的黄子平、陈平原一起提出"二十世纪中国文学"的概念，就更被视为"青年学者"的代表了。直到二十一世纪，人们才赫然发现钱理群已经成了"老教授"：就像我自我调侃的那样，我是"没有中年"的学人。但我也因此有机会和现代文学研究领域的"第三代学人"同呼吸，共命运，深知其执着的追求、承担与坚守，和另一种形态的挣扎的痛苦；因此写下了收入本书的讨论赵园、杨义、吴福辉、王富仁等人的文字。这些文字更多的是一种评论，而非严格的研究，写作对象的选择也有一定的偶然性，主要限于我所熟悉的北京学界，并没有统一的构思和计划：这都有别于对第一、二代学人的系统研究，其局限性是明显的。

我的错代的历史身份，又决定了我从一开始就有强烈的"历史中间物"的意识——这是当时的第三代学人所没有的，或不自觉的。我在自己的第一部独立著作《心灵的探寻》题词里宣布，新的一代学人出现时，我将"自动隐去"，许多学界朋友，包括王瑶先生都觉得不可理解。尽管后来我也一直没有隐去，但那样的把希望寄托在"第四代学人"即我的学生辈的观念却十分顽固。我也因此把培养、扶植青年一代作为自己的主要职责之一。特别是我拥有了一定的学术地位以后，更是自觉地利用自己的影响力为第四代学人开辟学术道路。在这样的背景下写出的《新一代的中国现代文学研究者》《唐弢青年文学研究奖评语》《新的可能性与新的困惑》《学术坚守与宽容》等，都别具一种学术情怀。在退休，远离学术界以后，我依然在默默关注我的学生的学生，应该是"第五代学人"的学术与精神成长，偶尔有机会参加在校博士生的论文答辩，也就写下了《从研究生的论文看到的学术研究新动向、新希望》《自觉继承五四开创的现代文学研究传统》这样的发言稿，不过，都只是些感慨、感想（限于篇幅，我对于"第四代""第五代"学人的这些评论文字，将收入我的另外一本"学科论集"中）。不管怎样，我的广义上的"学人研究"也坚持了几十年，涵盖了五代研究者。我说过，这是对樊骏先生开创的研究领域的一个继承与发展（见《中国现代文学史论·后记》）；现在最后编成这本《有承担的学术：中国现代文学学人论集》，也算是一个交代，而且期待后继有人。

其四是不仅研究学科发展的历史，更关注学科的研究现状和实践；不仅关注个人的研究，更关注整个学科的发展，不断思考和提出具有前沿性的理论与方法问题，倡导新的学术探索。这看起来有些"自作多情"，其实背后隐含着对整个学科的历史责任感和使命感。我曾给研究生作过一个《学术研究的承担问题》的报告（收《中国现代文学史论》），提出了所谓"三承担"：对自我的承担，追求学术研究对自身生命的意义；对社会和历史的承担，追求学术研究的社会价值、历史作用、对人（读者）的精神影响；此外，还要有对学科发展的承担，即所谓"天生我才必有用"。我告诉自己，我就是为这个学科所生所用，天生地要时刻思考学科的发展。我在九十年代中国现代文学这门学科"已经不再年轻，正在走向成熟"的关键时期，就着眼于学科发展的全局，制定了《我的中国现代文学研究大纲》（收《返观与重构》），提出了一系列的新的开拓点与突破口，包括"抓住对

有承担的学术

20世纪中国文学的发展有着直接影响与作用的三大文化要素：出版文化、校园文化与政治文化"，开展"20世纪文学市场的研究"，"20世纪中国文学与现代教育、学术关系的研究"，以及"20世纪中国国家（政权）、政党（政治）与文学关系的研究"；"对经典作品进行精细的文本分析，抓住'有意味的形式'这一中心环节，总结现代作家的艺术创作经验，进行理论升华，逐步建立'中国现代诗学'"。同时探讨"文学史结构"，进行建立"文学史的叙述学"的尝试。这些具有前瞻性的设想，对九十年代，以至二十一世纪的现代文学研究产生了实际影响。我还在2003年提出了"二十世纪四十年代大文学史"研究的"总体设计"，强调"40年代文学的研究被相对忽略，是一个亟待开发而又很有发展余地的'生荒地'"，所谓"大文学史"是"文化、思想、学术史背景下的文学史"。(收《追寻生存之根——我的退思录》)。可惜这一设想当时并未引起注意，直到最近几年现代文学研究界才逐渐意识到四十年代文学研究的意义和价值，而这已经推迟了十数年。我还写过一篇《全球现代汉语文学：我的文学想象与文学史想象》(收《活着的理由》)，讨论全球化时代中国现当代文学发展的一个新的动向，提出了"全球现代汉语文学"的新概念，这都有一定的超前性。到2003年我退休以后，研究的重心转移到了思想史、精神史研究，但仍然不忘自己的文学出身，提倡"用文学的方式研究、书写历史"；同时还继续关注现代文学学科发展的新动向，经常想着这门学科应该如何发展的问题，不时冒出新的设想，尽管已经无力过问，只能成为永远的遗憾，但那样一种深入骨髓的对中国现代文学研究的学术情怀，已经成为我的生命的一个部分，永远也摆脱不掉了。

其五是对国际汉学有关中国现代文学研究的关注。我曾经说过，我们这一代学人的最大幸运，是在进入现代文学研究领域，一开始就"接触到学术的高峰"："不仅是得到国内学科创建人王瑶、唐弢、李何林那一代前辈直接、间接的指导与培养，而且有机会和国际汉学界进行学术的交流，得到许多教益"。我特别提到了日本鲁迅研究的"三巨头"：丸山昇、伊藤虎丸、木山英雄先生，"读他们的著作，没有一般外国学者著作通常有的'隔'的感觉，就像读本国的前辈的著作一样，常常会产生强烈的共鸣，以及'接着往下做'的研究冲动"（《我看丸山昇先生的学术研究》）。给我这样感觉的，还有韩国学人的研究。中、日、韩学者之间的这种心心相印，恐非偶然。我在和韩国学者交流中，就提出在二十世纪同为东方国家，我们面对着共同或相似的问题，就会有共同或相似的思考，像鲁迅这样的大师就有了超越国界的意义。我因此提出了"东亚鲁迅"的概念："我们讲的'鲁迅遗产'，主要是指鲁迅和同时代的东方，特别是东亚国家的思想家、文学家共同创造的 20 世纪东方思想文化遗产，它是 20 世纪中国和东方经验的一个重要组成部分。"（《"鲁迅"的"现在价值"》）这是一种全新的研究眼光：在全球视野下的中国现代文学研究，是别一种境界。

现在，我把自己的"学人研究"系统总结，编为一集，既是对于学术道路的回顾，也是向诸位学科前辈、同道致意，并且期待来者继续我们的事业。

有承担的学术

附录

钱理群中国现代文学学人研究文章存目

1 作为历史科学的文学史

　　　　——王瑶先生文学史理论、方法描述

2 一以贯之的史识

　　　　——王瑶先生现代文学史研究概述

3 "挣扎"的意义

　　　　——王瑶先生走过的道路

　　（以上三文收钱理群《返观与重构：文学史的研究与写作》，上海教育出版社，2000年版）

4 学术研究的清醒与坚守：王瑶的意义

　　　　（收钱理群《那里有一方心灵的净土》，中国文联出版社，2008年版）

5 和当代大学生谈王瑶先生，以及我们那个时代所受的教育

　　　　（收钱理群《论北大》，广西师范大学出版社，2008年版）

6 读王瑶的"检讨书"

　　　　（收钱理群《岁月沧桑》，东方出版中心，2016年版）

7 除了严格，更难得的是平等

　　　　——在"庆贺严家炎先生八十华诞暨学术思想研讨会"上的讲话

　　　　（《名作欣赏》2020年第1期）

钱理群关于中国现代文学学人研究的文章

众多，限于本书篇幅，以上文章特此存目